U0152060

感官的獨奏與越界

陳嘉英◎著

打造創意的版圖

感官作文新視界

文本書寫的樂趣有三：第一、創造性的樂趣，個人文學經驗的加工折射，釋放「無中生有」、「有中生有」的心智活動；第二、組合畫面的樂趣，藉由抽象意念與感官經驗的凝結，呈現「逼真　幻覺」、「神思　妙有」的豐美藝境；第三、尋找文字的樂趣，藉由文學語言的形象化，鮮活展現書寫者，「觀察」、「思維」、「想像」、「表達」的綜合能力。而陳嘉英《感官的獨奏與越界──打造創意的版圖》，無疑在「感官作文」的國度，引領高中莘莘學子，細細親嘗「沽心煮字」的三重樂觀。

所謂「感官的獨奏」，是以文字為指揮棒，讓「色之寫真」、「味之魔術」、「聲之舞蹈」、「觸之探索」、「氣之精靈」，得以揮麗萬有，各極其致。於是，視覺與靈犀推移，舌尖與字質對話，音樂與聲文合拍，觸感與心覺相應，氣味與記憶召喚，自成絲竹管絃的演奏世界。所謂「感官的跨越」，是文心的交響樂，由物理細節至心理幽微，由現實的巧構形似至真實的靈動神似；由感官經驗的相互補充（摹況、摹寫）至彼此挪移化合（移覺、通感），形成由景至情、由物至意的歷時衍生，與主客交感的共時知覺；在在豐富跨越的縱深與景深。於是，此書的單元設計，不僅限於「描寫」層次，進而向「抒情」漫步，向「議論」握手，讓生活化的感官經驗，邁向文學經驗的創思，邁向文化肌理的形塑。

通書旗幟鮮明，設色富麗，大抵特色有三：

第一、感官作文的精品店。

歷來作文教學著述，不管國小（孫晴峰《炒一盤作文的好菜》、陳正治《全方位作文技巧》、黃秋芳《穿上文學的翅膀》）、國中（蕭麗華《心靈的翅膀──創造性寫作鍛鍊法》、楊振中《初中作文十八法》）、高中（郭麗華《馳騁在思路上》）、張春榮《作文新饗宴》、林明進《創意與整合的寫作》），未有全面聚焦「描寫」範疇，專論「感官作文」者。本書一改綜論概述方式，深入探索，用力剖析考察，遂成「描寫」新品牌、「感官作文」專賣店，自具「小而精」、「小而美」之姿，值得珍視。

第二、習作與創作接軌。

作文編撰途徑，一向有消極、積極二義：消極者，自習作著眼，以合乎規範為主；積極者，自創作入手，以激發創思為宗。今檢視此書，行文鮮活，語感新穎，飲挹名家佳例（「作家說法」），揭示高明精微創作理念，盼莘莘學子得以觀摩相善，遷移內化；化被動書寫為主動出擊，化慣性制式為活力新感性，化消極應付為積極興感。通書元氣淋漓，力除機械「習作」，邁向興利「創作」，召喚莘莘學子敏覺創造性，激發沛然語文智能，俱見用心編排與設計。質實而言，此書亦可稱「感官寫作美學」。

第三、文學與文化交會。

通書以「感官經驗的探索」為軸心，連接「語言文字的探索」與「生命境界的探索」（劉若愚語），始於精微特殊知感，終於廣大普遍的照見。於是，由〈打翻一缸染料〉至〈色彩滲透的符號與版圖〉（「色之寫真」），由〈許我一桌人文飲宴〉至〈舌底的思考〉、〈舌根的隱喻〉（「味之魔術」），由〈時空中展演的音符〉至〈混聲合唱的饒舌曲〉（「聲之舞蹈」），由〈與世界親密接觸〉至〈觸摸藝術的溫度〉（「觸之探索」），由〈看不見，卻依然存在的精靈〉至〈空間中吟詠低迴的氣味〉、〈時間裡踉蹌漂泊的氣味〉（「氣之精靈」），微觀與宏觀連線，「入手其內」與「出乎其外」並呈，讓莘莘學子的書寫，奠基於技術性，發皇於藝術性，內蘊於文化性，遙指文本書寫的多元並置與厚重。

與嘉英老師初識於「91 建中紅樓文藝營」，而後歲月流轉，忽已三載。得見其深耕廣織，教學相長，始有《凝視古典美學：高中古文鑑賞篇》（2005，萬卷樓）；繼而，猛志精進，開拓「感官作文新視界」，詳人之所疏略，發人之所罕言，嘉惠後學，斐然可觀。

至於書中所留下空間有二：第一、教學設計中攸關「作品分析」、「教學省思」與「感官作文評量」，可再求研發。第二、自碩士論文觀之，此書即「高中感官作文教學研究」。換言之，參酌此書成果，可以撰述「國中感官作文教學研究」、「國小低年級感官作文教學與實施」、「國小中年級感官作文行動研究」、「國小高年級感官作文創思教學」。凡此，均為此書的後續效應，今示現其中願景，樂為之序。

張春榮　謹識於台北教學大學語教系

二○○五年十月二十三日

從感覺出發（自序）

許多美麗的記憶，以文字砌成自我的版圖想像。

在某個層次上，以文字說話，敲出一個個轉化心思的字詞，再由字詞留跡為文句，意識同時跳躍時空，接駁想像與回憶。於是，一條條文句所構築出虛實交錯的地圖，便神秘地，神奇地，點亮文字的亮度與溫度。隨著自我賦予文字的力量與意義，進入一個起筆時所無法預料的境界，與自己的過去邂逅、與過往的人事光影晤談、與曾經藍在心底，紅在眼間的溫度擁抱。有時候，在文字的陣式裡，走著走著，竟玩出陌生的、新鮮的實驗，自己的影子或膨脹，或縮小，或變形，像麵團似的被搓揉成另一個形體，被發酵為讓自己驚訝的影像，於是顧影自憐地贊嘆這掌控文字的魔力，心甘情願地與文字獨處，只為彼此的存在。

除了與文字間的迷戀，也開始為這個都市照相。起先捕捉的只是那別緻而炫麗的光影或櫥窗展示的風華與流行，繼而在生命的真實裡觀見世界多變的樣貌、聲色氣味的文化；在檢視人我間共通的歡喜與溫柔、無常與斑斕之際，將這一段段對夢的熱情剪貼成風景。隨著鏡頭移動的速度、角度，復興南路上座落於中央安全島賞落葉，吹響秋意的陽光、中央大學那看雲飄日升，聞松香鳥鳴的椅子……各以視覺的畫面上、空氣的味道、光線的溫度、低語的聲音向世界說話。

現場上，刺激元素從四面八方飄進感官，讓我停下來重新思索：若是在味蕾上放煙火、以實驗風格召喚嗅覺綺想、或者打探觸感獨門的戲碼、在樂譜上畫出山水的輪廓……原來美感經驗的產生，是透過眼耳鼻舌身意所伸出的觸角接觸、碰撞、感動而得，或是以感覺器官為通路來完成。物象的形色聲音帶動直接而深刻的印象，而在鼻息間迴轉的氣味、觸摸時所貼近的溫度質感、在唇齒磨擦之際所濺出的酸甜苦辣，無不生動地刺激感受，形成內心的詩情畫意。

活在世間不僅為自己生命佈局上彩，進行一幅圖畫，同時也為交會的光影留下感動。曾有一位旅行者描寫道：「身並於雲，耳屬於泉，目光於林，手綴於碑，足涉於坪，鼻慧於空香，而思慮沖於高深……」。藉著一場場文字捕捉的模擬裡，所要完成的，不只是被覺察的世界，而是被解讀的世界；所呈現原來是新的圖像觀感，最徹徹底底的「感覺頌」。記憶一旦與氣味、畫面、聲音結合，感官便構成一種情境，敏銳覺察能力足以擴展、渲染、點選創作的題材，在平淡無奇的生活重新做一番想像，或透過細微敏銳的觀察和創意獨特的視角，繽紛開展創作蹊徑。

我在，是因為我能感覺，因此每一個注目的符號，每一段諦聽的聲音、每一縷記憶的氣氛都是一束被凝視的目光。而挖掘感覺經驗、創造異類經驗圖樣，為的則是捕捉似曾相識的瞬間，戳印平凡幸福的權利與義務，釀製獨家的、個人的存在版圖，或只是對幻想最飽和的致敬。於是在一次次與文字相對的時候，在一回回解說文章的過程，在一堂堂引發學生凝視書寫的情緒裡，我們從感覺出發，架構出繽紛多姿的色調，讓不可見幽微被顯形，讓沉默的東西發聲，讓習以為常的事物展露新姿。

每個嘗試都是能量的一種形式，憑藉自由度高的啟發，將可以突破既有框架與窠臼；而透過活動設計出的思考彈性與密度，則提供一個脫胎換骨的空間。這本書留存著這種種感覺性的鋪墊旋律、透過感覺鏡頭拉出觀察脈絡的口味、因感覺渲染而搖曳勃興的觸角與氣息，這種種如顯影劑的設計活動，讓心靈圖景得以引渡來世，好似陽光還原了隱藏在陰影下的版圖。在這場作文的創意拼圖裡，每個學生都成為活動面相的一部份，是學習主體、創造者，是導演、也是演員，彼此在參與和互動間營造出趣味，在實作裡發現可能。同時藉著寫實基本功開啟感官的密碼、召喚個人情思、滲透文化環境思維；在實與虛、隱喻與象徵之間扭曲、變調、組合，縱容感覺重新洗牌、彈跳飛躍，突破現有思考。

感謝許許多多黃衫客的疊唱演出，共同成就課堂上孵夢的歷程，讓輕輕抽長的靈魂藤鬚映照感官的倒影：無論是以各種修辭展現真實世間關係裡巴洛克式的華麗圖景，以哥德式幾何架構出感官與文化間堅定不移的秩序，或者以筆端文字展示驚豔豐富的創意、游移於獨奏與越界間的繽紛觸點，而有這一段段美好的書寫旅行與一章章留駐影像的停格筆記。

陳嘉英於景美女中

目　錄

聲之舞蹈

觸之探索

氣之精靈

色之寫真

打翻一缸染料
色群的召集令
捕捉顏色的萬種風情
讓你好看的人事櫥窗
視覺鏡頭凝視的停格
色調標示出的感官移位
色彩滲透的符號與版圖

打翻一缸染料

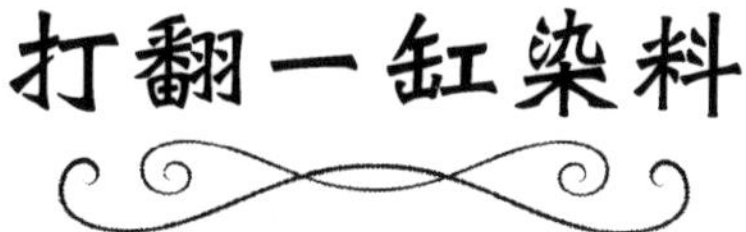

愛默森在《生命的華采》這本書裡說到：「相信世界的任何事，即使是一滴朝露都是宇宙中的微宇宙。人只需依個人直接的經驗，便可真正的了解自然並接受自然的指引。」

五顏六色讓我們的世界豐富而炫麗、燦爛而喜悅。當我們以文字呈現視覺印象時，色彩不僅讓每一樣東西有迷人的外表，更鮮活了構圖與內心的交感，而達到渲染的效果。隨著光線溫度變換，四季交迭間：春時花紅柳綠，夏來濃林碧草，秋至楓橘葉黃，冬際梅白雪清，因而寫景敘述中色彩成為最搶眼的焦點。如柳宗元以「縈青繚白」寫眺望的視景色彩、李清照以「綠肥紅瘦」道傷春之情。他如以「粉紅駭綠」繪花葉之姿，「粉白黛綠」描美人容顏，或如「黛綠年華」、「紅男綠女」、「爆紅漲綠」、「噴紅濺紫」、「驚紅駭黃」、「桃黃魏紫」……等，莫不生動靈活地以色澤凸顯人情景物的特質。

詩詞中俯拾皆是的色彩是說意傳情最生動的符號，如柳永〈八聲甘州〉裡「是處紅衰翠減，冉冉物華休」，以紅、綠所代表的花葉道盡傷春之情。王維〈過香積寺〉：「泉聲咽危石，日色冷青松」，青字寫禪境，冷字點其靜。蘇軾〈洞仙歌〉中「夜已三更，金波淡，玉繩低轉。」金波二字見月之光華，「玉」所暈散的質感與色澤與「疏星度河漢」交映。白樸〈沉醉東風〉裡以「黃」蘆岸「白」蘋渡口，「綠」楊堤「紅」蓼灘頭等單純而自然的色彩書寫隱者閒適自得之情所照見的自然；乃至「天垂繚白縈青外，人在粉紅駭綠中」……都因為點彩抹色而讓視覺感官上享受靈動的美好，也使筆下的篇章溢滿色之華。色彩同時也是表情思的媒介如「綠螘新醅酒，紅泥小火爐」（白居易〈問劉十九〉）以紅所蕩漾的溫暖表期盼故友之情。

色彩是字質的重要一環，不僅展示視覺效果與感受，同時創造新的意境。如向來冷色表現靜意的王維詩如「日落江湖白，潮來天地青。」（〈送邢桂州〉）「荊溪白石出，天寒紅葉稀，山路原無雨，空翠濕人衣。」（〈山中〉）此外如「柳色黃金嫩，梨花白雪香，玉樓巢翡翠，金殿鎖鴛鴦。」（李白〈宮中行樂詞〉）以黃金、白雪強調柳色，梨花透亮的質感，飽和的色度讓玉樓、金殿之貴氣盡現。

再者，也因為色澤對感覺神經的滲透、安撫，讓顏色有了多層面的解讀與魅力，譬如紅色代表奔放熱情、藍色代表憂鬱、黑色則代表神秘、綠色給人一種蓬勃生命力，盎然生機的感覺……。不過，由紅色所轟炸的侵略是無法抵抗的攻擊：「邊亭流血成海水」（杜甫〈兵車行〉），從狂暴火燄所毀滅的也是紅：「赤燄燒虜雲，炎氛蒸塞空」（岑參〈經火山〉）。紅所帶來直覺的恐懼、混亂感的紅色與喜燭的紅，同是紅，卻展現生命中迥異的情境。

「馬嘶青塚白」、「君不見青海頭，古來白骨無人收」（杜甫〈兵車行〉）「三春白雪歸青塚，萬里黃河遶黑山」（柳中庸〈征怨〉）、「試登西樓望，一望頭欲白」。（岑參〈題鐵門關樓〉）白色的純真，何嘗不也透露淒涼、寒冷、孤獨、貧瘠、苦悶、茫然、死寂、浩瀚、荒蕪與不安焦慮的情緒。

承繼以色寫意的傳統，在現代詩中以色渲染或點醒詩境者比比皆是，如楊平〈途中〉：「古剎自竹叢後出現/黃澄澄的飛簷挑著白」。魯迅〈復仇〉：「但倘若用一柄尖銳的利刃，一擊，穿透這桃紅色的，菲薄的皮膚，將見那鮮紅的熱血激箭似的以所有溫熱直接灌溉這殺戮者，其次，則給以冰冷的呼吸，示以淡白的嘴唇，使之人性茫然，得到生命的飛揚的極致的大歡喜。」「鮮紅」的殺戮與「淡白」的死亡形成強烈對比，也宣示生與死的圖騰。余光中則運用「驚紅駭黃悵青惘綠和深不可測的詭藍漸漸沉溺於蒼黛」來形容逐沒於夜色的霞光，類似的例子在文章中俯拾即是，正因為視覺是人類對外界認識最直接也最重要的方式，而色所吐納的彩繪、所召喚的情思、所承載的文化都讓色這塊版圖沾染無限風情。在書寫時，顏色所泛起的光燦也是最鮮明最深刻的勾勒焦點，於是有了以下一系列打翻染缸，肆意以色容、色情、色性、色語淬煉文句，展現視覺魔力的實驗。

一、設計動機與原則

馬蒂斯自言嘗試雕塑是為了「把思想整理出一個秩序」，是「尋找一個適合自己的風格。」把這理念轉化為文字，那麼最能表現創意的當是作文。訓練學生對於外在事物有敏銳的觀察力，在文句上有生動鮮活的表現，繼而剖析作家在文學中怎樣用各種方式來塑造現實？不同文類的表現藝術，如何以文字編織各種不同的情感畫面?是作文教學的重心之一。

再者，有鑑於人所接收總信息 85%由眼睛獲得，最容易也最基本的方法便是以顏色來為視野加味，把世界由黑白變成彩色。這何嘗不是將感官世界所接收的印象整理成自我的秩序，讓筆下展現的景觀人物，或是感情物象呈現個人獨立特殊風情的途徑？因此運用顏色與創造思考教學理論，設計書寫顏色的作文教學，在活動設計上有三原則：

第一層次：顏色本身的摹寫與美感經驗（過程）的呈現。

第二層次：顏色引發的聯想──記憶、想像與其他主題的擴展。

第三層次：顏色的深層意涵──文化、象徵及其他範疇的延伸。

二、活動實施方式

1 暖身活動：分組找資料、課堂搶答、分享報告以雙向對話，活潑教學擴展視野，引起及學習動機與興味。目的在透過說明不斷地導入釋放出新的訊息，而產生新的認知、新的觀點，激發學生以新的方法看事物、以新角度書寫的創意與深度。

2 作家說法：提供名家之作，以刺激思考、落實學習目標，延伸學習空間，使作文與教學、學習同時並行。

3 寫作要點：採漸進式寫作訓練歷程，亦即由最基礎的修辭造句到成段成章的描繪，同時藉簡要書寫重點以指引創作方向。

三、色家族的姿色

在心理學上，暖身提供創造線索，在沒有比較評鑑、否定阻礙中，讓學生在安全與自由的環境及學習氣氛下搶答或分組腦力激盪。意見或想法是具有感染作用的，一個構想引發另一個想像，如點燃鞭炮似的連鎖反應，而不甘示弱的潛在心理更發揮炒熱氣氛與新鮮的點子的功效。做為導航的老師則在決定目標、步驟後，營造學生奔馳飛翔的空間，藉引發聯想、類比同異、推演關係、整理觀念的活動過程中，逐步由認知記憶擴散思考、聚斂思考以顛覆原本的想法，開拓無邊的視野。

要點

1 引導學生依紅橙黃綠藍靛紫白黑透明十組，以各種方法讓他人聯想，猜出組的顏色。這遊戲的目的在刺激觀察新事物與結合舊經驗，再衍生出印象式的聯想與創意。

2 以樹枝狀呈現顏色系統所發展出的家族表，由淺而深，或由所調配的顏色所產生變化來區分層次均可，目的在認識與發現：一個顏色內分的系統居然如此繽紛而豐富。

色群直系線條──由常見的基調主色如紅、藍、綠、白、黑等十個基本色所形成的「色」家族，並把顏色在依深淺或與它色調配細分：

因為本色與水、光的比例而調配出繽紛的顏料，如紅色便能在明暗中衍生出粉紅、鮮紅、豔紅、暗紅、淡紅、絳紅、彤紅、深紅、緋紅、嫣紅、濃紅、大紅、正點紅、妃紅、銀紅、枯紅……

再者，當親近顏色交融時，也潑濺出另般跳躍的顏色，如橘紅、銀灰、赭黃、藍綠、紫藍、碧藍、灰紅、灰綠、紫紅、靛藍、青綠、灰紫青藍、黃粉銀、灰藍紫……光憑這些簡單的顏色，便可以表現多樣的視野，似五花紙般美麗。

四、停格的顏色

要點

1 請同學以所混合的顏色與任何名詞相接成為短語。

2 請任選單一色家族或眾多顏色組成一個句子。

3 以繽紛的顏色彩繪一段風景。

(1)顏色+名詞的短語——

・紅紫的落日、藍綠的浪聲、釉綠的青春、橘紅色的秋季風華、靛藍調的水族箱、黃綠的寂寞、暗紅的歷史、灰藍的憂鬱、嫩綠的民歌、彤紅的搖滾、深藍的爵士、淨白的佛語呢喃、慘綠的失戀、藍綠的民俗、粉紫的水晶。

(2)顏色+形容詞的組句——

・落寞的水藍浮沉著天地的迴響，失溫的色彩晃漾蒼白的韻味，衝動的浪花掀起狂妄的煙火，跌成一海釉色。（王世樺）

・鵝黃的帆船，深黑的木筏，斑雜的貨輪是觀世音的蓮花，航行在紅塵（鄭茜）

(3)以基本色彩繪一段風景——

作家說法

單純顏色所累疊成的景致如：「茫然的白毫無遺憾的白將一切網在一片惘然的忘記之中，目光盡處，落磯山已把重噸的沉雄和蒼古羽化為幾兩重的一盤奶油蛋糕，好像一隻花貓一舔就可以舔淨那樣。白。白。白。白仍然是白。仍然是不分郡界不分州界的無疵的白。」這是余光中在遊記裡寫大雪深密的白。單純的白，扣緊情感和情緒的起伏，在語氣上以三個連續的白接續三個句號的短句，表現讚嘆以及被浩瀚的白所震懾的絕對與純粹。

色，可以是斑爛繁複的光彩五光十色，也可以是單一味道的固執與堅持，運用獨特的一個顏色，有時反而營造出莫大的力量與氣勢，如「黃」：「在這裡無一不是土地的顏色，白黃，土黃，褐黃，赭黃，蠟黃，黧黃，騂黃，草木因乾旱的緣故也披上一層憔悴的昏黃。」（郝譽翔《逆旅　島與島》）或紛飛著混合顏色的「綠」所熱鬧的春天：「相思樹是墨綠的，荷葉是淺綠的，新生的竹子是翠綠的，剛露尖兒的小草是黃綠的。還有那些老樹的蒼綠，以及籐蘿植物的嫩綠，熙熙攘攘地擠滿了一山。」（張曉風〈魔季〉）

至於李魁賢〈藍色山脈〉則以藍為基調，在深淺變化以及與其他顏色調配之下，不僅寫藍的顏色、寫藍的觸感，更寫藍的心情：「太陽繪畫的遠山／是亮麗耀眼的鋅藍色／星星躲藏的近巒／是朦朧神秘的銅藍色鳥聲帶著鄉愁／從潺潺的水藍揚升到／悠悠的天藍／有層次分明的節奏在群山環繞中／坐靛藍　靠紫藍／倚灰藍　撫蒼藍／自己竟然也凝固成一座山　忽然間　發現身上／已經染成了湧來的多重藍色／包括遠遠從回憶中投射過來的／海的蔚藍」。詩的第一段是觸覺與視覺通感的中藍色對照；次段透鳥聲、水藍、天藍所暗示的水天，視角由低而高的節奏表現鄉愁。緊接著「坐、靠、倚、撫」四個動作與姿勢，和視覺上「靛藍、紫藍、灰藍、蒼藍」，藍調中四種變化的顏色，將主客交融合為一體，末段自回憶中飄來的另一種藍帶著海的鹹味與淒美的思念。

張愛玲〈傾城之戀〉白流蘇眼中的香港碼頭景色是：「碼頭上圍列著的巨型廣告牌，紅的、橘紅的、粉紅的，倒映在綠油油的海水裡，一條條、一抹抹刺激性的犯沖的色素，竄上竄下，在水底廝殺得異常熱鬧。」雖是單一顏色，卻展示出強烈而帶濃厚情緒的個性與畫面。

自然裡，任何時候總充滿豐富的色彩，如「四處可見掀紅花的馬纓丹與翻飛的白芒……努力尋被金黃掩蓋的翠綠與藍，這幅畫的冷色調，躲藏於表面暖色之後。這些是火炭母草的黑色和琉璃繁縷的藍色小花，以及憂鬱的少許蕨類。」（王家祥〈秋日疏林〉）

事實上，顏色必然存在，只是人是否以心眼捕捉罷了，因此，即使是不起眼的魚罐頭，在有意渲染「打光」效果之下，將出現下列的描繪：「拉開白鐵罐蓋，沙丁魚銀灰色的身軀沉默地堆積在裡頭，餐廳粉紅色的百葉窗斜斜射進一道道平行的金色陽光，那些銀灰色的軀幹，漫射出纖細的光暈。」（林燿德〈魚夢〉）

要點

選用單一顏色為基調，或兼容各種顏色描繪一片風景與在你生活裡交錯的光影。

在引領的活動與名家作品的啟發下，學生筆下的世界頓時色彩繽紛而亮麗：

・從山頭看遍林間，從海岸看往天際，從車廂望向窗外，一輩子的美景似乎都在此刻看盡了。紅的、白的、藍的、黃的，漫天飛舞，在相框裡。（張亞蓉）

・閃著亮金的地中海、晃蕩銀藍的多瑙河、沈澱黯紅的尼羅河是命運的主宰，滋育充滿生命的綠。（游琳雅）

・十種不同的天然素材，讓茶有股撲鼻的芳香：玫瑰嬌嫩的粉紅、仙草回甘的深黑、決明子澄淨的透明褐光、洛神花的酸紅、綠茶雨後清新的翠綠、大麥清香的深棕色、枸杞甜美的微橘、烏龍濃郁的暗褐色、菊花友善親切的淡雅茶色，還有山楂綿綿的沈紅。每啜一口，就像越過了無數座彩色的山丘，帶領我走向不同的視覺與味覺饗宴。（黃喜蓉）

・連綿蓊鬱的山，堆起一層一層茂密的綠。飄著芋圓香濃的淡紫及傳統磚瓦的古紅，是讓人流連的九份，特別是石階所透露灰白色的滄桑，與悠悠忽忽淡藍色的憂鬱，讓人彷彿回到幾十年前的那純樸自然的年代。（許筑婷）

・約瑟夫・維爾內描繪海灘、落日的畫作《拉荷謝港的景致》，顯現他對光線氛圍有著不尋常的精細觀察力。壓低的地平線，遼闊的天際和雲彩，葉葉清楚分明的樹木，讓整張畫作呈現出一種輕鬆明朗的情調。在這張畫中，人物所佔的比例非常小，卻有不可取代的重要地位，因為熙來攘往的人群可充分突顯港口的熱鬧。深澈的湖水，既有綠樹的蒼綠，又有天空的碧藍，流動出繁複而多姿的光影效果，他對顏色的運用能力，真讓人嘆為觀

止。（王茂樺）

・這麼眾多橘園畫家中，我對於女性畫家瑪莉・羅蘭桑特別鍾愛。她的畫作上通常以透明度高的粉色系為主，例如：粉黃、粉藍、粉綠、粉紅等，還有帶些陰暗色彩的灰色色系，使整個畫面洋溢曼妙輕盈的感覺，充分顯現出女性柔和的氣息。（吳孟璇）

這個階段由全班分組或分排在黑板上競書顏色家族，繼而個別運用色彩由短語、組句到簡單的片段書寫。由於在遊戲中以開放和自由聯想的方式進行，因此一時之間課堂上顏色漫溢，每個人筆下心中色意蕩漾。而所取用題材也豐富可觀，有寫實景，也有的著眼於喜歡的畫作，說明簡單明淨的色彩不僅足以成就畫家的獨特，也讓顏色為文章上了一個乾淨而深切的美粧。

色群的召集令

就如同一個字除了實質上的本義其實是有多層意義：含意、引伸義、象徵義。當顏色與多層次的其它顏色形成對比或交融時，也會如文字般產生出張力和因牽連而變幻奇特送發的色澤。顏色是有生命的，不僅在聯想中因為深淺明暗變幻而衍生出豐富的意味，也由於色調的交錯、意象的組織，使色與色之間的關係跳脫直線規律發展，而依其所蘊釀出的空間有更活潑的意義，並因為各人經驗想像、物象的投射而滋生出獨特的畫面。

顏色家族由基本寒暖色，在彼此滲透交融之際，橫生變幻，彷彿人類在代代相傳開枝展葉之間，繁衍承遞。在教學中，不妨以樹枝圖架構來擴散出顏色系譜，並以引導方式延伸出學生想像的方向，如以下旁支錯綜出的色彩版圖。

一、聯姻串成的顏色

要點

1 繼前段以基本色練習後，請每組選一個顏色為家族標誌，與生活中事物與顏色相連，拉出顏色家族龐大而多姿的系譜。

2 由同學上臺寫下這與種種聯結蔓延出的顏色王國，並為其命名。

(1)色群旁系成員——

顏色+食物+水果+植物+動物+礦物質，重唱疊奏出的顏色樂曲：

紅不讓的勢力——

朱砂紅、石榴紅、火鶴紅、楓紅、鶴頂紅、爆竹紅、豆沙紅、血紅、磚紅、玫瑰紅、康乃馨紅、胭脂紅、蝦紅、酒紅。

燦爛黃的得意——

象牙黃、柳橙黃、鵝黃、蛋黃、芥末黃、油菜花黃、向日葵黃、琥珀黃、菊黃、奶油黃、美人蕉黃、鳳梨黃、稻穗黃、南瓜黃、杏黃、榴槤黃。

橘色耀眼神采——

柳橙橘、蛋蜜橘、雛菊橘、芒果橘、木瓜橘、干貝橘、海膽橘、葡萄柚橘、杏子橘、太陽橘、枇杷橘、魚卵橘。

我最青的宣告——

貝殼青、鴨蛋青、苔綠、茶綠、橄欖綠、翡翠綠、蠶豆綠、湖綠、海藻綠、檸檬綠、綠蠵龜綠、蘋果綠、綠豆沙綠、抹茶綠、綠松石綠、青椒綠、葉綠素綠、奇異果綠、蛇膽綠、寶石藍、黛綠、金龜子綠、石榴綠。

純真白的魅力——

綿花白、紙一般白、水梨白、爆米花白、豆花白、霉白、蘆花白、茶花白、梔子花白、雞絲白、珍珠白。

神秘黑的誘惑——

牡蠣黑、墨黑、巧克力黑、卡布吉諾泡沫的黑、醋黑、貓眼黑、釋迦子黑。

(2)色群支系版圖——

顏色+亮度+質感+風景+地方+家用品+商品+人間事拉出經緯線交錯，構築出無邊的顏色：

紅線——

宮粉紅、寶石紅、婚帖紅、喜慶紅、咖啡紅、女兒紅。

藍點——

海軍藍、牛仔褲藍、琉璃藍、印度藍、山藍、星空藍、孔雀藍。

黃塊——

陽光般透黃、螢光黃、黃土高原的黃、金燦燦的黃、計程車黃。

橘枝——

夕陽橘、火辣橘、繽紛橘、彩虹橘、螢光橘。

綠軸——

水綠、螢光綠、郵差綠、綠油精綠、黑板綠、民進黨綠、祖母綠、7-11 招牌的綠、交通號誌燈的綠。

白緯——

雪花白、婚紗白、水花白、雲一樣白、大理石白……。

銀棒——

珍珠銀、蠟銀色、銀藍色、迷幻銀、古典銀、現代銀、月光銀、中南美洲被殖民的銀、光澤閃亮的銀、先進科技的銀、飛馳空中的銀。

黑境——

灰冷陰霾的黑、漫漫長夜裡的黑、爾虞我詐間人性的黑、中古黑暗大陸絕望的黑、黑人的黑、黑洞的黑、黑白棋的黑。

二、顏色接龍

要點

1 以這些結合聯想的顏色，描繪一方景致、一段歲月、一種感覺。

2 可以寫成一首小詩、一紙短箋、一則細語、一幅畫思或一札文稿。

作家說法：

當顏料與生活周遭的花木、物品、事件有了聯繫，色彩也在聯想之中有呼吸的生命感，和豐富多樣的面相。如「一粒雜色砂子也沒有的濱海沙岸，那整疋攤平在天地之間，堅持著簡單素淨的米黃胚布，總是直到邊緣脊線地帶，才肯讓淺紫的海埔姜、白珠串似的月桃、或匍匐在地的碧色草本，紛紛落彩。」（陳幸蕙〈岸　懷沙〉以簡單的顏色寫出沙灘乾淨而純然的景觀。「潮水墨藍如破曉前的天空，白浪鮮明的在深色布幕上暈開，一朵朵即開即謝的雪白浪花在高低湧動的黑色山丘上綻放。」（廖鴻基〈丁挽〉）則透過對比色表現天未開前海的動與靜。

「逐漸昏沉下來的日色流金璀璨，空有光芒，並無一點熱力。金色餘光斜照在藍色信箋上，傾斜無力的字跡卻好似鬆開了久經壓縮的歲月，令他陷落在某段在記憶裡埋沒的時間裡。」「門開了，一條遙遠的黑暗之路，霧茫茫，藍色螢光浮沉，一曳而過。」（黃錦樹〈魚骸〉）分別藉沉落的、暗淡色帶出對於過去的想像與低迴。

王文興在《家變》中以「在黃燦燦的燈泡下，他默默進食。四季豆露著沉鬱的黑色，鹹菜肉上凝一層灰白。」書寫兒子眼裡頹唐喪志的父親。同樣的黑與白，在川端康成《千羽鶴》中卻將寧靜的顏色寫成一抹生氣盎然：「黑碗綠茶，就像春天發綠意似的」、「這是只黑色織部瓷碗，在碗面的白釉上，繪有黑色嫩蕨菜花樣」。

在欣賞透視名家之作後，可以歸納出以顏色描繪風景的基本功：由實而虛、由現象到原則等漸層的表現手法，這時再以句詩，或以散文寫生活中曾停駐心頭的種種情思影象，不覺筆下多姿而有韻趣。

(1)畫一卷色彩的光影

・碧沉的綠透著幽暗的普魯士藍，風是藍色的，想念是橙色，道出古潭苦澀的低吟。（王皓）

・溫暖的抱枕上頭鋪著一層淺淡的橘紅，如夕落嬌羞的紅暈。海水藍的條紋與翠綠清澈的流蘇滾邊相映成趣，搭配上一顆顆鵝毛黃的金鈕扣，攏出一股平野垂天闊的氣勢。（周盈甄）

・身著一襲透明朦朧的薄霧，讓人無法捉摸。午後的陽光一闖入，神秘面紗瞬間揭曉，淡藍、淺藍、藍寶石綠、荊薊紫、葡萄紫……濃淡深淺地妝點出餘韻，令人不勝愛憐。（林靖容）

・春日原野流洩出的清涼，帶著夏威夷浪漫風情，而我就像一尾色彩豔麗的熱帶魚，徜徉於祖母綠的海洋之中。緩步入林間小道，微風的透明衣衫輕拂過臉龐，路旁開著的牛奶糖色小花，淺淺地散播粉紅色的花香，一時之間以為置身於夢幻的國度。（余靜雯）

・在一片銀白的雪世界中，尋找白樺樹林，是不是很詩情畫意？

吳冠中的〈白樺林〉便是在尋找這樣的感覺。一般的作家畫樹幹時都會偏向暗色系，但是這一片白樺林可不一樣：觸目所見，都是銀白。但在雪白、銀白間，穿插的暗黑、灰黑，像斑點似的灑落在樹林中。吳冠中以濃墨勾勒出樹枝的形狀，淡淡的粉藍、粉紅、粉黃、粉青……等輕快的顏色點入其中，把這一片雪白變得繽紛燦爛，隱約透露出作者喜悅之情。（劉敏之）

經過這些步驟，一層層添加出顏色的各種變化，以及因聯想而豐富了色彩的面貌，展開如畫一般有變化的色調與美麗的搭配。同時也在個人主觀詮釋下，賦予顏色人格化，情緒化或個性化，剎那間打破原有色彩的界限，每個顏色變得與眾不同。聯想，讓色彩有了不凡的可愛像莫內花園裡的光影，像梵谷熱烈的心情。

也有的同學著眼於廣告文案，賣的是瞬間強烈印象，以充滿個性情緒的色彩、有魔力誘惑的色澤、有獨立思想的色系，組合「藍色文學」：

山藍、水藍、海洋的藍。

加州頑皮的藍、英國自在的藍、台北忙碌的藍。

心的藍、風的藍、無憂的藍、快樂的藍、乾淨的藍、心地純潔的藍、天真悠閒的藍、一枝獨秀的藍、陶然忘我的藍、永不退流行的藍、藍色眼睛的藍、前衛新潮頭髮的藍、夏威夷調酒的藍、原子筆的藍、牛仔褲的藍、Blue 樂團的藍、藍色生死戀的藍、陽光笑臉的藍、不想被批評的藍。

藍是一種沒有負擔，可以飛得快樂的旋律。

單以一色聯想延伸出的想像，或結合景象與質感情緒所跨出的描繪方式，便能使得顏色生動而多姿。如果集中於食物與顏色的組合也自能成一種繽紛的圖景，如羅婷手以顏色所勾勒的課堂表情：

奇幻的彩虹糖色漫溢於廣闊無邊的國文課間，混沌的味噌色，是凝滯沉澱的數學課。活潑的青蘋果色屬於活潑快樂的英文課，緊湊的髮菜色是又臭又長的歷史課，爆笑的香蕉色屬於過多語助詞的地理課，天真的草莓色則非善良純樸的公民課莫屬，至於活力的橘子色絕對是蹦蹦跳跳的體育課專屬，這些色彩鋪陳出我的青春筆記，也堆疊起學習的金字塔。（羅婷手）

⑵彩一首顏色的小詩

天馬行空所隨想出的名詞，與有機式的排列組合方式，往往形成意外的火花。如果以這些絕妙好辭為基點觸發靈感，或以此為延伸寫作的導引線，加上顏色所蘊含的想像與指涉的情緒，常可迸濺絢麗的佳句美篇。如：

・床是夢的紫水晶舞台／黑夜是放蕩的許可證／血腥瑪莉成為狂野的催化劑／交融於緋紅的浪漫／微微地閃耀／淡藍的光（楊涵宇）

・奶油黃的街燈是夜的靈魂／是慾望的催情劑／誘人的黑

夜／犯罪的霓彩／深邃的巷道是鬼魅的床／絢爛之後／一地的紅——是年少烙印的刺青。（史蓉蓉）

・粉紅色的初戀是回憶的枷鎖
水藍色的淚痕是承諾的印記
五彩繽紛的氣球是婚禮的伴娘
而婚禮
是戀情的帳單（施香君）

片片浮萍糾纏池水，
青苔爬遍滑膩的浮石，
靜定如僧的盤坐水塘
蝴蝶在半空翩翩漫舞，
徘徊著五彩繽紛的貪戀，
肥滋滋的紅色黃色橘色金色銀色黑色肉團
不顧死活的推擠喘息，
只因一片乾巴巴的土司

（邱敏雯〈錦鯉〉）

這世界上的每一種顏色都是獨特的，含蘊層次變化的，引領學生由最實際的視覺所見紅橙黃綠藍靛紫與黑白銀色，到逐漸抽象式思維的賦義，將如天窗般打開眼睛對世界有另一番新的視角與省思，同時也在馳騁想像間帶來更豐富的色味與色韻。

捕捉顏色的萬種風情

一、顏色表現法

人的眼睛往往是心靈的窗口。黑格爾《美學》中言：「藝術也可以說是要把每一個形象、看得見的外表上的每一點，都化成眼睛或靈魂的住所。」說明客觀物象的藝術表現，根據主觀情緒變化，建構起結構空間形式。物象負載「性靈」，以隱喻化符號蘊意，而附著於物象的色彩往往最能透露情緒，如柔弱的白、孤獨的白、無邪的白、寂寥的白、驕傲的白……因為負載主觀情緒而表現深層的意義。

由聯想所產生：燈管呆呆的閃白、門窗透露下午悠閒的白、咖啡杯裡一圈圈問號的白、生死戀的藍黑輓歌、冬季戀歌的白色假期……等描繪，這種結合以前的經驗、閱歷的狀繪描述，讓色彩不再是躺在盒裡的顏料，而是透過個人心靈、情思、生命和視度，所創造出色澤的新面貌，也藉自己的透視觀照使情色相繫，讓深刻的印象停格於色所勾勒的風情當中。

想想，在過往的時光在回眸的心情裡倒映出何等色韻？愛情會是什麼顏色？生活裡的情思又綜合著多麼繁雜的色澤？

(1)顏色的濃淡明暗

以顏色為對象的細膩摹寫，與其他的體物詠物作品同是最基礎的寫作功夫。在摹寫之際，必須注意到不同色彩的質感、濃淡、明暗。

作家說法：

「一圈圈不規則的同心圓，色澤有深有淺，裡頭收錄了樹的生長訊息。豐沛的春雨讓樹快速成長，鑲成了寬廣的土黃色環紋，至於那細窄的咖啡色環紋，想必是夏天缺水會冬季苦寒所留下的痕跡吧！這些，都是歲月的刻痕，而不同於繁花綠葉，只是輕描淡寫的季節落款。」（蘇國書〈遇見一棵哀愁的樹〉）以深淺不同的顏色來表現生命的遞嬗、歲月的痕跡。

(2)光與色的流動

顏色摹寫與美感經驗無法分開，美感主體永遠是以其自身的感受來觀看世界、感受世界。外在風物的色彩、光線流動的姿態與圖像的面貌，運用顏色這無聲的語言符碼反而說得更纏綿，更無盡。

作家說法：

朱天文《世紀末的華麗》中描繪光影於天空間的變化，除以色系的漸層表現時間的流動，更由色彩的變動抹上驚愕之筆作為結束：「米亞和老段，他們不講話的時刻，便做為印象派畫家一樣，觀察城市天際線日落造成的幻化。將時間停留在畫布上的大師，莫內，時鐘般記錄了一日之中奇瓦泥河上光線的流動，他們亦耽美於每一刻鐘光陰移動在他們四周引起的微細妙變。蝦紅，鮭紅，亞麻黃，蓍草黃，天空由粉紅變成黛綠，落幕前突破放一把大火從地平線燒起，轟轟焚城。」

(3)漸層的寫景

吸取畫境於文中，往往能更細膩地鋪展色彩光影的變化，如表現客觀物象美，以繪畫講究經營位置或布局的空間觀念使文章具有構圖美，從而展現線條距離與色澤的美感，因此，以敷抹顏色來描寫景象的方式可以由平視到仰角、俯觀，如蘇轍〈黃州快哉亭記〉、王維〈山中與裴迪書〉，也不妨像蘇軾〈赤壁賦〉由天上寫到地上，再由實寫眼前所見到虛寫幻想。或如鍾理和〈做田〉一文由遠而近，由大及小：「中央山脈層巒疊嶂，最外層造林局整理得最好的柚木埋遍了整面山谷，嫩綠而透明，呈著水彩畫的鮮艷顏色；次層是塗抹得最均勻，鬱鬱蒼蒼的一片深青，最裡層高峰屹立，氤氳紫色嵐氣，彷彿仙人穿在身上的道袍。」

請以風景為描繪對象，展現多層次的色彩與圖畫式的取景。

在觀賞名家之作，與前段練習所延展出的察覺能力、表現方式，由學生作品中可以明顯地看見細膩而豐富的色澤，筆下的文句無論是描繪情敘述景，都見色相萬千：

- 樸素單純的藍天和潔淨優雅的白雲幾乎合為一體。艷陽溫

暖赤紅散發中國古典風味的木褐色帆船，在靛藍的水波中航行，帆布吹起黃燦燦的口哨聲，那是風與海談情的低語。（鄭宇雯）

・雲衣乍破，曙光一現。它輕拂青蔥的水油稻田，再行經房舍旁的小橋流水，穿透白煙冉冉上揚的餘繞，隨後綿延森林，散置樹叢，跌成一地春光，引得風起水影蕩。（吳佩珊）

・漂浮在港灣裡的墨黑油污，閃亮亮地映著混雜的色彩：窮人瞳仁裡絕望的闇黑、暴力父親漲紅了臉裸露的經脈、勢利老闆猙獰閃的亮大金牙、妓女戶門前閃爍的大紅燈籠……油黑赤紅鏽金暗紅刺綠，芳香而腥臭，鮮豔而灰黯。（高雅君）

・火車的軌跡越拖越長，綠色田園牛背鷺鷥鳥，陡峭高聳的黑灰岩壁……在眼前逐次展開。大台北的繁榮緊迫，灰濁的空氣隨風而逝，取而代之的是東部秀麗細緻的風情。了無人煙的寧靜竟令我寂寞，甚至招架不住那突擊的孤獨和失落，雖然心中一閃而過的輕鬆感覺如此鮮明。（呂國麗）

二、移情於色

作家說法：

顏色或以豐富的表情，或以各式姿態展現出魅力，如鍾怡雯〈傷〉一文以各種顏色變化寫瘀青發紫的痕跡：「那瘀倒也學會搬演萬種風情。在明亮的光線下，它黑中暈青、透點紫藍，四周微滲珊瑚紅的妖冶色相」。分明可媲美川端筆下那枚落在杯沿誘人的唇印：「黑暗中，它則隱去了光華，搖身一變而為鬼氣森森的黑眼，不懷好意的窺探這光怪陸離的花花世界。」就如同作品有其風格，商品有特殊性，每種顏色也擁有它獨特的氣質、個性和脾氣。

搶拍色彩表情：請在顏色前加上各種情緒、狀態、質感和滋味的形容詞以呈現色的情韻。

這個活動的目的是讓同學賦予冷冰冰的顏色個性與感覺，無論是色系本身所散發的氣質或人主觀加諸的移情，顏色，就這麼在想像與轉化中活了起來：

火辣的紅——

熱情奔放的紅，瘋狂壯烈的紅、狂野放肆的紅、專制愛表現的紅、耀武揚威的紅、嫉惡如仇的紅、包藏禍心的紅、歡欣喜地的豔紅。

誘人的黃——

暴裂的黃、猶豫的橙黃、忌妒的黃色、垂涎三尺的油酥黃、苦澀的黃褐、一鳴驚人的黃、嬌嫩欲滴的奶黃、濃郁而稠密的橘黃、澄亮誘人的穗黃。

初戀的綠——

盤根錯節的墨綠、浪漫纏綿的綠、邪惡的小麥綠、有醉意的綠、誇張自大的綠、滄桑的綠、聖誕節充滿歡樂氣息的綠、與世無爭的綠。

黏稠的黑——

罪惡深重的黑、瀕臨死亡的黑、害怕寂寞的黑、彆腳的黑、眼神裡帶有自信的黑、雜亂失序的黑、自私孤僻的黑、歪七扭八的黑、輕飄飄的黑、說謊的黑。

冷酷的銀——

世紀末頹廢的銀灰、焦慮不安的銀、自主獨立的銀、難以捉摸的銀、孤傲帶點狂野的銀、沉默憂鬱的銀、綿綿密密耳語的銀、吐露哲思的灰。

神秘的紫——

夢遊的紫、濃烈香味的紫、風華絕代的紫、發霉的紫、酩酊大醉的紫、靈性自戀的紫、罪孽深重的紫、矛盾絕望的紫、目不轉睛的紫、左右為難的紫。

自由的藍——

海闊天空的藍、蒼涼孤寂的灰藍、蒼鬱深沉的紫藍、憂鬱寡言的藍、豪邁瀟灑的藍、敞開心胸的水藍、靜定入禪的藍、開心得意的藍、奮力飛舞的藍、獨立自主的藍、海闊天空的翡翠藍、捉摸不定的灰藍、心事重重的灰藍、豪爽的天空藍、憤恨嫉妒的黑藍。

無邪的白——

絕望的白、正氣凜然的白、走散的日光白、孤獨寂寥的白、慵懶的白、震耳欲聾的純白、孤僻自私的白、頹廢懶惰的花白、清冷嚴峻的白、潔身自愛的白、高貴優雅的白、唯我獨尊的白……。

由此再衍生出「腦中充斥著一股馨香回憶：甜言蜜語的粉紅、浪漫的藍紫，眼睛頃刻之間也彷彿享受到彩虹一樣的炫麗與驚奇」（蔣宛誼）「試題填鴨的空白嘲笑我的膚淺」、「左右夾擊一陣陣駭人痴白」、「明眸映著雪亮神氣的齒白」、「朔風掃過山嶺寸寸冷漠的花白」的短句。

作家說法：

何其芳〈黃昏〉以顏色寫時間移動的景與情：「一乘古舊的黑色馬車，空無乘人，紓徐地從我身側走過。疑惑是載著黃昏，沿途散下它陰暗的影子，遂又自近至遠地消失了。街上愈是荒涼，暮色下垂而合閉，柔和地，如從銀灰的歸翅間墜落一些慵倦於我心上。」至於「哀傷的月／睜大眼睛在注視／狹窄的血槽棒依然滴著鮮血的劍／躺在乾硬的砂土上／陰森而寒冷　閃閃亮著青色的光的劍」（陳明台〈月〉）則在寫景中「意以象盡，象以言著」，藉顏色情緒性的形容「陰森、寒冷」寄託個人心境。

或如「聽說，紅色是思念／因為思念讓心脹紅，讓人憔弱／聽說，藍色是憂鬱／因為憂鬱讓心泛藍，讓人碎意／我不清楚藍色，因為我不是藍色系／但我了解紅色　因為數年之後，我依然想念妳」（藤井樹〈有個女孩叫 Feeling…〉）以紅的熱情與藍的憂鬱對映，寫一段心情追逐，簡單而明瞭，不僅讓我們驚見顏色特有的個性，在狀物寫真之餘，更可以藉色在實虛中轉換，使外在情境與內心情思交映。

以顏色負載情感，敘寫一段回憶。

經過引導，學生們很快地掌握以顏色書寫情感，表現時空流動的鏡頭，如維苑以眼前灰調的秋天校園，對應所停留在七月的夏，寫對那段日子長長的思念。

隱藏在內心的酸楚，會不會在時間的推移下淡化？

九月的秋天校園裡，淺灰色調的涼風伴隨著地上的沙子，與落葉旋轉起舞。油綠的樹蔭鋪滿長廊，盛暑的太陽放縱開心的豔黃，我的心卻像深沉低靡的藍天，枯望著樓上來來去去的白雲。教室旁的菩提樹總在劍拔弩張火熱的空氣中，揮手揚起渾樸明淨的涼爽。倚著窗口便能望見飄盪的葉叢裡，像繁星般灑下賭氣的花朵，幽幽邈邈的，鑲著多情臉孔，一張張，和落花飄成垂直的角度，向著鬱鬱的我飄來。

來來往往的人群，四處遊走，在我眼中馳成一片長長的思念。（林維苑）

要點

1 請以單一色為主，凸顯色彩的個性。

2 象是表意媒介，在移情作用下，色是情意的化身，思想是色的內涵，請以此為色系著上情思。

3 由顏色的光澤、色度、特質、密度，觀想其質量、觸感、氣味。

(1)色彩的個性

楊牧在〈香港日記〉以色調表述香港的個性：「它炫耀南國

閃耀的光彩，和諧壯大的線條，一組組，一系列，透過無窮的活力，彷彿是狡黠的，誘惑的，尤其當那風浪起伏的時候，整個遠景在浪漫中帶些神秘的色調。」在學生作品中也可見沾染主觀感受與文化哲思的色彩個性，如：

・叱咤風雲的紅，不可一世的紅，東方不敗的紅，曹雪芹紅樓夢生死相許的紅。紅色是一股不惜代價的衝動，一股不計成本的熱情，一股堅持到底的氣魄。（施香君）

・《紅樓夢》中湘雲的個性就像是日日擁抱幸福的白色小花，純淨而無憂無慮地敞開心胸坐看世間萬物，任由清風拂心田，任世間冷風冽冽，她依舊逍遙自在活得理直氣壯。（詹蕙瑜）

・固執，像一層深紫色的薄紗，讓她總帶著一份冷靜而幽黑的堅持和鐵青的理念，任歲月飛逝，依舊貫徹的黃褐意志。（黃喜容）

(2)色的情緒

張愛玲在〈金瑣記〉裡敘述七巧道：「她是繡在屏風上的鳥──悒鬱的紫色緞子屏風上織金雲朵裡的一隻白鳥。年深月久了，羽毛暗了，霉了，給蟲蛀了，死在屏風上。」顏色的味道、情緒與動作融合為靈動的視覺景象，同時也隱現寂寞老去的心情。又如「黑鬱鬱的山坡上，烏沉沉的風捲著白辣辣的雨，一陣急似一陣，把那雨點兒擠成車輪大的團兒，在汽車頭上的燈光的掃射珠，像白繡球似的滾動。遍山的肥樹也彎著腰縮成一團：像綠繡球，跟在白繡球的後面滾。」（張愛玲〈第一爐香〉）。以車燈所掃射出浮晃著的浮光掠影，由近而遠、從淺到深勾勒出夜神秘不可測的氛圍，這樣的場景似乎也暗示著車上的人未來的圖景。而學生作品裡，也充滿青春年少滲透於顏色之中的情緒：

・蔚藍的天空裡黏著搶白的雲，爭著得到被炸成金黃太陽的寵。藍色憂鬱的碼頭，瞬間從灰暗的世界中跳出，跟著油酥黃刺眼的亮光，開心的起舞。船帆像香水百合純真無邪的白色臉龐，像嬰兒嬌嫩欲滴的粉紅臉頰，像盛開玫瑰的桃紅小嘴，又像透明黃日光的燦爛笑容。碼頭，終於掙脫了藍色憂鬱的魔爪。（劉宜家）

・老天爺的眼淚，將巷子沖成一條寒灰寂寥的水道。灰色的雨天裡，我獨自一人，在充滿淺藍色氣氛的房間裡，暗自流淚，那淚，是黑色的惡夢帶來的；那淚，是透明猜不透的心思。我因孤獨而感到害怕，陪我的卻是那枯萎的鮮紅色玫瑰。（方琦）

・今天的天氣是橘子色的，透明的空氣中帶點秋天楓葉般的溫柔，照在我小麥色的皮膚上，頓時有了水藍色樣舒服的心情，連詭黃的巷子，都被我輕快的腳步，激得多嘴多舌起來。（林孟涵）

・神采奕奕的太陽從淡水河緩緩爬了上來，灑了一大片的黃。亮光叫醒了綠，叫醒了灰煙迷濛的淡水河，卻怎麼也叫不醒，這藍色憂鬱的碼頭。（戴瑋玲）

・淺藍是最舒爽的顏色，就像晴朗的天空，烏雲和陰霾一掃而過。不到 18 度的微冷，沒有 30 度的炙熱，只有淡淡的，若有似無的 20℃；不是憂鬱的藍調，也沒有大海不可測的詭譎，就像淙淙流過的小溪，給人難忘的沁涼和心靈的自在。（張瑋）

(3)色的質感

觸摸出的質感也可以運用在描繪顏色上，如碧澄乾淨的藍、清淨明亮的藍、清澈圓潤的藍或是溫潤柔軟的綠、彩陶質感的釉綠、清明而透亮的杏仁色、沉甸甸圓滾滾的紫、精緻細密的寶藍、白羊脂細膩滑溜的黃、柔韌的紫……等。

作家說法：

加入質感的敘寫將使色調在層次變化中能更細緻地呈現，如蔣勳在〈甕〉這篇文章裡便透視瓷器的質地，展現其聲色的美感：「瓷器中的精品如宋的汝窯、定窯或龍泉，把土的質地，經由研製、高溫，懷華美的釉的瑩潤，提煉出如玉般的精華。」又如張錯〈淡潤如汝〉所著墨釉色的質感：「汝窯內有瑪瑙為釉的晶瑩，溫潤如君子之玉，其中的天青或蔚藍釉色有如一湖水綠，青碧中另帶粉藍，寧靜嫻雅，透徹玲瓏。細看釉面，水波漣漪，透過網路狀的開片淡淡藍印著湖水藍天，有如薄妝美人，不掩絕色。」周芬伶〈瓶之腹語〉對於宋汝窯則是這樣描繪的：「藍中泛灰的釉色，隱約可見霞光，那是瑪瑙研成的釉水造成的效果，並均勻分不細小的蟹爪開片，像近晚的天空，靉靆蒼雲屯……」

至於龍應台〈一株湖北的竹子〉則以淡淡幾筆的觸感側寫竹的顏色：「早晨淡淡的陽光灑在竹叢，升起一點薄霧的感覺。我摸摸那仍舊滑綠的竹桿，發現地上已經落了一圈枯乾捲起的竹葉。」由「滑綠」到「枯乾」以觸感寫盡竹的生命，使顏色所繪出的不單是色澤，更有生命歷程的狀態。

顏色的質感賦予物體或景物更細微的視覺感動，如果再夾著氣味、情緒，將更凸顯色彩所煥發的美感，如宜嘉以「蛋清」狀寫色澤，實則微現透明的黏稠的狀態，而以「蟬殼濕潤半透、很薄……」，更將雲的觸感重量特質深刻而別緻地表現出來。

・蛋清色澤的天上，幾朵雲像剛褪出的蟬殼濕潤透明，很薄，是宣紙被露水滴上的模糊。微藍的晨風扯著甜潤又夾雜著酸澀的陽光，帶來一抹淡雅櫻花香，如羞澀的初戀心情。隨著溫度上升而漸漸昇華的淡粉紅，是情人出現時，臉上浮現的喜悅，清透而嬌媚。（翁宜嘉）

這一方光景，從以慣常視覺方式書寫色彩，到以擬人活化顏色的韻味，以至最後更細膩而逼進的途徑將色澤鋪寫得更深入，使得景與情、物與人、色與容如宣紙所滲入的心情，看似淡然，其實濃郁。

讓你好看的人事櫥窗

一、人之寫真

「色彩」是最搶眼的主角，因此描繪人的情態模樣時，不外乎細描狀貌，但顏色的裝飾或鋪寫，往往更能凸顯外貌如《三國演義》裡寫關羽：「玄德看其人，身長九尺，髯長二尺，面如重棗，唇若塗脂，丹鳳眼、臥蠶眉，相貌堂堂，威風凜凜。」再者，除著墨於五官肢體外，色彩的斑斕的衣著服飾是無言的符號，往往更貼近於人的個性、生活和氣質。

如《紅樓夢》裡，王熙鳳是這樣出場的：「彩繡輝煌恍若神妃仙子：頭上戴著金絲八寶攢珠髻，綰著朝陽五鳳掛珠釵，頂上戴著赤金盤璃珞圈，裙邊繫著豆綠宮滌，雙衡比目玫瑰佩，身上穿著縷金百蝶穿花大紅洋緞窄褙襖，外罩五彩刻絲石青銀鼠褂，下著翡翠撒花洋縐裙。」因此在設計上，運用顏色寫人，可分寫外在形狀貌與內在個性神韻兩部份。

(1)工筆畫——描眉宇，展容姿的顏色

作家說法：

「他的年歲不十分看得出來，頭髮鬍鬚全白了，毛蓬蓬一

片，使他的臉看起來特別小。小小的五官，縮皺成一堆，在毛蓬蓬的白色鬚髮中，閃爍著轉動的眼睛，囁嚅的嘴唇，一個似有似無的鼻子，蒼黃的臉色，臉色上散佈褐黑的拇指般大小的斑點。」這是蔣勳在《新傳說》書中寫〈關於屈原的最後一天〉。蓬亂白髮、蒼黃臉色、褐黑斑點訴說臨死前的絕望，相形之下小小的五官全然不見當年領戰一搏的氣勢，蕭條的顏色預告「眾人皆醉我獨醒」的決然。

要點

以臉部五官的特寫來勾勒出長相是最能直接表現形貌的方式，請客觀地描繪，像一幅精雕細琢的工筆畫，華麗地、仔細地一筆一筆描金圖色，刻鏤下眉宇的弧度、眼神裡的光澤、一抹嬌柔的甜蜜笑靨，或粗糙如樹皮的皺紋、呆滯濁黃的眼神， 藉以畫龍點睛似的強化讓人留下深刻印象。

・她就像從古代仕女圖走出的美人，不畫而黛的眉，不點而朱的唇，在眉目唇頰之間煥發的顏色，是青春的驕傲。（李樹菱）

・在水氣氤氳的華清池，朕看到今生最美的畫面——細如凝脂的雪白肌膚，曼妙的豐腴姿態，令朕震懾久久無法移開視線。當下朕知道，她就是朕要的女人，朕要定她了！（張少華）

少華以「溫泉水滑洗凝脂」的畫面，寫唐玄宗第一眼見到的楊貴妃，然而生命風景並不盡然如此鮮美，在崔舜華以梵谷〈星月夜〉所照見的情節與空間裡，讀見糾葛苦痛的情思：

燃燒著的向日葵
果凍色澤的小教堂
撕裂的靈魂躲在耳蝸裡
我聽見寂寞破碎的聲音
彷彿千萬顆　流星飛掠宇宙然後爆裂
憤怒而悲哀

憂鬱的瞳孔放大
紅色的鴉　紅色的田　紅色的天空
生命　始終是一幅未完成的油畫
除了幾點鮮血　幾痕淚意（崔舜華）

⑵寫意畫──標誌顏色的衣著語言

作家說法：

黃春明《看海的日子》裡便是這般細膩地以顏色勾畫白梅：「一頭時髦的麗髮，盈金的髮絲參差著濃郁厚重的禾穀黑，大大瀟灑的綁了一把馬尾。一切皆是藍色系：毫不沾汙光澤的七分牛仔褲，露出她傲人的小腿，一流的藍黑交雜，混色的調和便纖細她的下半身。上身是寶水藍的無袖衣，絲毫不含有一縷的碧綠，卻陣陣漾漾爍出螢光晶，衣服在手腕及柳腰間的接痕，一條條同衣藍色的布線交疊分層，餘黛便就緩緩徐徐的下垂，懸吊著一種藕斷絲連的牽掛。搭配其偌大的圓菁耳環，一同閃耀出耀人的藍光，波波餘暉搖曳著愛這憂鬱色彩人的眼，睛目不止的被震懾。

但，有點，自她憂鬱沉悶的神情中，帶有無望的失落感。大概是被這傷心的藍所感染的吧！」

藍，是第一印象的生動，是看海的預言，是地域與生命的圖景，亦是廣闊堅韌的個性。

對於女性小說家而言，貼身的衣物是細部書寫的必然，周芬伶〈綠背心〉便直接標明衣服的顏色，從各種布料的質料、色彩分理出不同女人的年齡與個性：「善良從小在織品中打轉，習慣從布料去認識一個人，冰涼帶水光的粉紅細絹牽連著一個肢體柔靜的女人，她的矜持可是碩大無朋；紫紅肥軟的法蘭絨聯繫著一個多欲而乏味的中年女人；粗糙的大花棉布關係著一個聒噪而自大的農婦，她的床底下埋著一包金飾，而善良最喜歡的是土黃色的卡其布，它那細應如肌膚地紋理，散發油紙一般厚實油膩的味道，令人產生人性的知覺。」

李藜〈浮世〉由衣衫搶眼的色澤遠遠被吸引目光，繼而隨眼睛的移動、距離的逼進，寫其人與觀其態：「她的身體像根水草般晃來盪去，卻是株色彩斑爛的水草。……獨特搶眼的是她襯衫的顏色，那種老遠就會看見地幾乎有螢光的松綠石藍，上面印的圖案卻是鮭魚紅加檸檬綠，眼睛多停駐一下便會被視覺暫留的色互補弄到頭昏眼花。」

要點

如果衣著與房室是人肢體的延伸，那麼人空間與物質也像語言一樣正訴說著千萬風情。請描繪穿著、裝扮藉以顯現其人神情與姿態。

・他頭戴深咖啡色圓頂帽，身著咖啡色大衣，身軀高瘦，略為駝背，但步伐尚稱穩健，臉上佈滿縱橫交錯的皺紋，兩眼深陷著滄桑，露出憂鬱的眼神。（韓雯）

・天氣冷，呼出的熱氣變成一團團白濛濛的煙霧，地下鋪滿皓皓白雪。天空晴朗無雲，一片白色環繞在彤鈴的臉上、手上、身上，和大紅色披肩相襯，像盛開的梅落在大包圍著紅喜幛上，鮮明的對比奪人目光。（蘇秀華）

韓雯的敘寫聚焦於衣物，繼而移動鏡頭至腳步神情。秀華則以景襯情，最後將目光集中於對比的顏色，細膩地襯托亮麗地顯現出名為彤鈴的女孩。

(3)印象畫——拼貼神韻氣質的顏色

作家說法：

朱少麟《傷心咖啡店之歌》中以拍電影的方式，藉由文字攝影機由遠而逐步拉近，或由近而漸遠行。描寫的角度由外型特徵、年齡身份到內心思緒、行事反應，烘托出人物的個體性：「眼前的海平面，被曙光一樣的夕陽映照成柔和的玫瑰紅色，一整片燦爛的玫瑰海洋中猛突出一根黑戟，那是一道黑影，黑影從海面上矗立正好像匕首一樣戳進了洛陽的心臟。馬蒂眯起眼睛，逆著刺眼的夕照，一直到那黑影攀爬上岸，走近她的眼前，馬蒂才看出那個人，赤裸著全身，正是照片裡的耶穌。」

張小虹〈抑鬱書寫——黑色的西蒙波娃基調〉則以「黑」、「白」概括這位女性主義的先驅本質：「妳究竟是個怎麼樣的女人？太多的照片、太多的自傳、小說論文、太多哲學的、文學的和運動的妳如意義滋生繁衍過度後形成的白色漩渦，如妳煦煦溫柔的白色淺笑，白色之下沒陰影。」「在血的知識的肉體的思辯中，拼貼出一個也有可能憂傷黑色的妳，有著困惑與迷惘，與困惑迷惘中更真實的生命力量。」

要點

1 印象式的寫法和工筆畫最大的不同，便是不直接反映形象，而以主觀感覺來寫對其人的印象。

2 印象式表述使畫面不再侷限於臉部鏡頭，而站在比較遠的距離來描繪，可以背景暗示情緒個性身份的表現手法，或以光影動作來顯現其整體風韻，或藉著臉上的表情旁人評論來襯托其地位架式，藉這樣勾勒形象及氣質的描繪裡，讓人對其年齡身份個性一目了然。

3. 請以莫內印象畫派式的光點，捕捉人的萬種風情。

在同學的書寫中，可以見到以顏色為主旋律，渲染出的個性氛圍：

・綴著蝶，蝶映著白瓷咖啡杯，蝶飛在女孩手指甲上。十隻手指，四十瓣翅膀，是女孩身上唯一的紅，其他全是紫的。到底是要紫色襯托蝴蝶的銀桃紅，還是要蝴蝶的銀桃紅點綴漫布的紫色，並不重要。

女孩是美的，薰衣草紫染髮、紫羅蘭紫貓眼圖案隱形眼鏡、藤花紫眼影口紅、葡萄紫圓形耳針、曼陀珠紫特殊剪裁薄紗短裙小套裝、深靛紫芭蕾舞鞋，鞋帶綁至小腿肚的粉紫緞帶，脖子上是近黑紫頸帶。

染紫了空氣，染紫了影子。

她不刻意意識自己是美的，但一股特殊的氣質，白得迷濛。小指微微翹著，攪拌剛送來的卡布奇諾，滿懷期待的把泡沫緩慢的，近似畫靜物畫的 SPEED 旋轉，將泡沫綿綿的白混進咖啡色香氣裡，繞出螺旋，螺旋，螺旋……（林柔君）

・表情安祥而甜美的女性靜坐一方，柔和的神情朦朧的背景，自有一番動人的神韻……這是浪漫主義的典型主題，夏瑟里奧將它發揮極致。

〈兩姊妹〉裡尤可見識到這種風格。相視而輕笑的姊妹兩人，恬淡對坐。絳紅色絲質外袍輕裹玲瓏的身段，優雅卻簡單的姿勢：白皙雙手相握，淺褐長髮挽成低垂慵懶的髮髻，半垂的深褐眼眸中流射出溫婉輕柔的目光，含笑地直視觀畫者。幾乎能想見，畫者創作這幅畫時的表情，也是輕巧微笑掛嘴際的吧？（翁宜嘉）

二、故事圖景

在同學們以小說方式書寫的圖景當中，顏色便充分飽足的被運用於形塑人物與鋪陳情節之間，如蔡如茵以五彩汽球與繽紛花語所揭開的幾個鏡頭作為小說啟幕：

五彩的氣球似掙脫束縛重獲自由般，自在地飛向不知名的世界，不知道下一刻會如何？自然爆掉，抑或……

這是台灣頗具名氣的學校之一——T大的校慶。靳沐熹和兩三個好友在攤位上守著這一堆令所有少女幻想，卻無法和人溝通的花。他無趣的呆望著遠方，彷彿看到了什麼，卻好像有個聲音在耳邊阻礙，永遠也看不到對岸。

「小姐，請給我一束聖誕玫瑰。」沐熹正忙得不可開交，猛然抬頭，腦中突然閃過一個畫面，有種悲涼的感覺，重擊在她身上，似乎硬是要把上了鎖的盒子打開一般。

「聖誕玫瑰適合沐浴在晨曦之中，可人的花朵是為了可人的女子所開，就像妳！」向陽在沐熹心中殘留的記憶，一字不差地跳出，頓時，她的心揪了一下，不安佔據了所有的空隙。她在怕什麼，為什麼剛才那一幕如此熟悉，就好像經歷過一樣，一樣的人物，一樣的背景，一樣的對話、裝扮。白色的襯衫，陽光下可以看出細絲的質料，一條普通的牛仔褲，掩蓋了金色光芒，卻怎麼也抑不住與生俱有的尊雅氣息，她實在想不透世上竟有這麼巧合的事。

這是向陽第一次到T大來，四處閒逛，沒有特定目標，只是覺得有一股莫名的力量牽引著他，不知不覺就走到這兒了。兩人同時思考著這不解的問題，四周好安靜，連一粒塵埃掉在地上也能清楚地聽見。（蔡如茵）

所有的偶然都不是巧合，所有的巧合也不是偶然，就如這段被打開箱的記憶，氾濫著心情與形貌顏色的故事。下面是一篇以錄影機拍攝下的影片，紀念並回顧曾經，要追問的是拍攝的人的心事，看的人懂嗎？取景所伏下的筆墨、主體所想說明的故事透過兩人共度的畫面，是悼念還是追尋？

・我，隨著機器，取讀著她的心事……

畫面有些搖晃，但仍舊能看出拍攝背景是我們第一次相遇的海景：墾丁灘上。簡直要搶去天空鋒芒的碧藍，不時地拍起繡雲白浪，襯得出水游魚也有那麼幾分飛鳥的瀟灑。然後，是她俏皮的聲音：「檎～你看到了嘛？這是我們第一次認識的海岸喔！」畫面乍然降低，是她穿著白洋裝的纖細身影。不曉得是誰為她掌鏡？我有些吃味的想著。亞麻布紋的粗質漾著她頰上紅潤，甜美極了。

鏡頭逐漸轉向室內，那是當我們熟識後曾訪過的 caf'e，彼此都欣賞其中幾道獨家小點。老位子，藍白格子布上是碟米粒大小的碎紅珊瑚，她對面的空位上放著一杯藍山。而後她微笑：「我在複習我們最常去的地方噢，想像你現在如果坐在我對面，會說什麼呢？

她啜飲一口苦澀而色澤沉重的飲品。老闆忽然上了陌生的甜點，鏡頭朝精巧的碟子方向一帶，展示性地，閃橙慕斯發亮，兩顆紅褐櫻桃緊密的偎在桃形蛋糕上，柔如摻了奶糖的嗓音不再苦澀，甜甜說著：「老闆說啊，這是為我做的新甜點呢！名字我倒忘了問，或許他沒取吧？我覺得這個很可愛呢。哪天你也來試試看唷。」這是倒數第幾捲 DV？我沒數。

當背景轉向色調清朗的藍白空間，她笑著，眼邊泛著淚光：「你發現了嗎？剛才那蛋糕的形狀和槲寄生一樣哦。我猜你還是沒發現喔……？如果你那時候發現槲寄生的秘密，或許你就有機會接受傳說中的告白唷！不過我想你該是沒注意到啦～呵呵～這也是你可愛的地方吧……別放棄自己的幸福喔！我不會要求你記得我的……但是，要記得寫封信到我家喔！我媽媽會轉交給我的。」當鏡頭焦距漸漸模糊，那陣笑音盪得有些飄邈……我看向窗外悠悠藍天，她現在是否趴在雲隙，窺視我唇角微微勉強的笑？

頭等艙窗內。女孩俯首，長髮垂在嬌若白貝的耳際，幽玄雙瞳內嵌著一抹似笑非笑的神秘。那雙纖巧雙掌中捧著茶，身旁空位上，默躺著一疊札記寫著每個男子的基本資料、認識日期、相處中的點滴，以及，他們眼中的「死亡日期」，還有他們寄給她的最後一封信、生活點滴。

一束乾枯的槲寄生恰壓在女孩膝上，隱隱流閃著闇金華采……。（翁宜嘉）

如果愛情裡的情節是由銘刻於心底的影象所堆疊，那麼，映射在戀人眼中的一舉一動，是否就像齣剪接好的影片？宜嘉聚焦第一次相遇的場景、女孩穿的衣服、倆人熟識後去過的餐廳，並運用顏色特寫，將「曾經」發生的故事放大，隨著情節轉換的色彩似乎訴說著沉浮於心的點滴情愫……。

三、人生調色盤

作家說法：

「從透明到第一層白／從第一層白到第一千層白之間／會不會有無數的色彩／浸染過最容易受傷的白／如同激情的波濤到靜息的止水／如同小沙彌熬成入定的老僧」（初安民〈白千層〉）

作者以透明的白表現純善的本性，以易染寫心靈深處的掙扎與污染，也以白道僧定的靜，在白的洗鍊與流轉中，一生的修行便這麼不言而喻地含蘊其中。

又如蘇紹連〈調色板〉中小孩哭著說：「我把爸爸酒後的紅色臉龐，媽媽濃粧後的藍色眼影，老師生氣時丟過來的白色粉筆，同學惡作劇的黑色面具，……等混合以後，怎麼變成了灰濁的顏色？」我拿開調色板說：「可憐的小孩，你受到汙染了。」（蘇紹連〈調色板〉）

要點

1 每種顏色都擁有獨立而鮮明的個性、氣質與其被賦予的意義，使得以色彩寫人生現象與感悟時，得以有很大的發揮空間。

2 以顏色象徵的人生階段、生命本相、生活哲思則是另一番色相的展示與演繹。

•潔白的身軀／染血的羽翼／闇黑的意念／是墮入凡間的幽靈／在天堂和地獄間沉淪（陳思諭）

•當了半輩子的灰色人，算不上清新的淡色系，更搆不到濃烈色彩的邊。多想加入大家的圈圈！想要學熱烈活力的紅，開朗樂觀的橘，寧靜平和的綠，即使是感性、情緒化的紫也好。然而卻只是一次次變成又髒又雜的深灰色，甚至是黑色，走不出窠臼，也活不出精彩。或許就是命中注定要做一輩子的灰色人，平平淡淡的中間地帶才是歸宿。（張瑜軒）

四、人事圖景

90 年台北市第一次指考模考作文，以張讓〈回聲〉作為導引：「青炒筒蒿菜，新出爐的麵包，橄欖油爆蒜頭，迷迭香、咖啡、巧克力，爆香的紅蔥頭，剛採的草莓和玉米，冬天曬進窗來的陽光，大雪後的純白，春天第一個暖日，新沏的茶，兒子銀亮的笑聲，躺在床上看書，和所愛的人在一起。羅列生命裡的可愛，所有顏色、氣味、聲音、形象，不同濃度強度的組合，在不同季節不同時刻不同年紀不同心情不同場合。」說明不同年齡有不同的生活風貌，你的生活風貌呢？要求學生透過生活中的種種「顏色」、「氣味」、「聲音」、「形象」，具體敘寫生活風姿。

要點

1 無所不在的色彩，在運用上當然也是無所不能的，除了為具體物類著色、拼貼世間的顏色、記錄生活中發生的種種情色事外，色之妙處更在凝定於行住坐臥的俯仰之間，人生百態之際的蝕刻中。

2 揮舞顏色──書寫文學藝術的顏色、心情思維的色調、戀物戀事的色澤，讓它們在你的文字引渡下，停駐人間。

神話符碼──

- 剔透藍空是盤古的孩子／共工撞毀　彩石補天／通靈寶玉

是絳珠草的精魂／道士卻領它下凡。（陳佳青）

・在所有航海者的口中，有一個美麗的傳說，在平靜深夜裡的迷航者，都會看到一個上半身為人，下半身為魚的女子，在月色晶瑩的夜晚出現於海中。

她的髮間串著七彩的珍珠，然而這仍比不上她軟銀般的髮色。她的眸子像將滿夜星斗鎔鑄也似，深邃幽黑泛著幾點星火，又像海底盡頭的漩渦，讓人不由自主地被捲入。最叫人耽迷的是她的歌聲，會讓人忘卻一切煩惱憂愁，不由自主的只想向她靠近。（吳彥蒔）

邀請卡——

・冰箱裡有鮮綠的菠菜一把，紅豔欲滴的荔枝一蒴，黃黃的俏皮蕉一籃，待君品享。（林佳蓁〈作東〉）

短箋的心情——

・抽屜裡有信紙一張，鋼筆一枝，感情一帖，鬱藍的思念一潭。（周芝宇）

・案有丹青一籃，好茶一壺，熱情一盤，黑沉的文筆一枝（林佳慧）

情誼的曲線——

1988 年，高更搬入了梵谷佈置的「黃屋」。起初兩人的合作愉快而豐富，在梵谷的熱情感染下，高更的畫作充滿泥土與陽光黃橙的氣息。

但生活空間狹窄，許多隱私無法保留，兩個對藝術充滿狂熱的人，時常毫無修飾地大談對彼此畫作的看法，爭端遂輕易地被挑起。其後梵谷嘗試配合高更神秘特質的畫風，但這陌生又無情的表達方式，終使梵谷懸崖勒馬，重返自己寫實派的畫風。對此高更很不滿，兩人之間的衝突從畫作擴大到處事態度。此時兩人的畫作都呈現黯色的筆調，儘管梵谷仍堅持用繪畫黃向日葵來證明兩人的友誼，但衝突依然無法避免地發生了。（姜星宇）

傳記的版圖——

・如果用顏色描述人事物間的抉擇與迭宕，那麼愛因斯坦的生命圖裡，我將以光綠色為五歲的他繪圖。灰色，是他討厭小學的專制、對填鴨式教育的灰心，以及對希特勒獲得政權的失望。中途輟學，遷至米蘭與家人同住是塊愉快明亮的橘紅色，黑色染出父母親過世、第一次世界大戰爆發、第二次世界大戰爆發。

生命總是波濤起伏的，愛因斯坦生命中鮮艷的紅色是與米蕾芭・瑪麗可結婚、與表妹艾爾莎舉行婚禮的笑容，相對的，深藍色是與米蕾芭決定離婚，藍黑色是妻子艾爾莎病逝的孤獨。（姜安璟〈讀愛因斯坦傳〉）

心理的櫥窗——

・《藝術家》第 327 期【紐約藝術情報】——心理寫實的攝影情境，專題報導利用「一瞬間的效果」，表達人們心理的對話。每一張「一瞬間」就像是電影裡的片段，像是說故事般，以戲劇性的燈光、人物表情，展現出美國家庭的焦慮不安。

我覺得這些作品的效果最主要的還是燈光吧！利用燈光營造出獨特的心理氣氛，作品在日夜相交之際，融合自然光和人為打光，有「超現實氣氛」的光線效果。日與夜、光與暗之間模糊的過度期間，對應著我們心理顯性與隱性交疊的灰色地帶，曖昧不明，耐人尋味。（陳伊柔）

舞碼的展示——

・雲門竹夢裡，青色背景的雙人舞，先是緩慢的抬腳，行走，倏忽地，旋律開始變快，舞者動作也轉為快步的行走、騰空跳躍、芭蕾式的伸展，旋轉。兩人如同傀儡戲你拉我動，既欲控制從此又頑強抵抗。白衣者表過去，黑衣者表未來，未來為過去一一調整，但過去不情願地掙扎，被迫揮別。

接著的是身穿白衣的青年們飛舞在舞台的四周，那是不同的感覺，是一種純白的潔淨，是象徵著年輕的清純，未受權力腐朽的原貌。一群群的白，像影子般重疊，排列整齊，動作劃一，就像鏡子，反射出一幕幕的白色。末了，大雪紛飛，身著紅衣的女郎，表情哀怨的起舞……樂曲轉為空靈，一群紅衣女子，飄著清柔的長髮，在雪地中，揮灑紅色的思緒。樂曲結束在吹笛的長者，就讓那淡綠的笛聲隨風逸飛！（劉悅如）

戀物情懷——

・阿祖有一只皮箱，跟了她一輩子，裡面放著所有她親手縫製的繡花鞋。從黃花大閨女到髮蒼齒搖的老婦，那只皮箱收盡了阿祖的風華。水藍牙子、石榴花、青紫、草綠、湖水綠、桃花紅、杏黃、芙蓉粉、銀珠白、天青、紫紅……，雙雙五彩繽紛的繡花鞋，好似阿祖藏了一群群的蝴蝶在她的皮箱內，一群群想飛，卻又飛不起來的彩蝶。

飛？該怎麼飛呢？

油燈打在木牆上，那色好美，棗紅色的片暈，一圈一圈的旋開，像是一朵盛開的牡丹花兒，花心上坐著一個女人。女人正繡著她的小鞋，那是一雙胭脂色的高筒繡花鞋，有著仙鶴長尖嘴的上彎鞋頭，鞋底架著一塊高高的木頭，鞋面則是一朵剛繡好的粉牡丹花，盛開著精巧的繡功、膩膩的心事。花蕊頭飄著又熱又香的花味兒呢！（陳怡如）

在這段書寫中，暈染著各種色澤的繡花鞋，一針針細細密密地繡進待嫁女兒的心願，只是那如蝶飛的幸福真能被踏實地納入生命？還是被鎖進沉重的箱裡？這胭脂般的古典是千百年來中國女人共同的故事。

視覺鏡頭凝視的停格

以主觀所顯現的色彩，常是最直接凸出興懷喻志或心靈流程情感的媒介，同時也映照主體有意複雜化、寄託化的世界。在顏色特有的個性狀物寫真之餘，倘若藉色在實虛中轉換，使外在情境與內心情思交映，將更真切地展現「色」與「情」共同體的事實，進而使「色」無邊擴散表現的範疇。

如果引領學生進入更精密的色世界，那麼色將不只因擬人而有個性、感情、思想，色微妙的觸感、光澤在描繪自然與周遭種種物景的「視覺筆記」時，往往能創造出更傑出的色意象與色風貌：

一、時間標誌

顏色所標示時間的流動，是明顯的，也是不經意間的，就如以綠所譜出的漸層色：春的嫩翠、夏之濃綠、秋是黃綠、冬之乾褐綠，或如留得殘荷聽雨聲所隱藏綠的依戀，其實是細微而敏感的。

作家說法：

古典詩詞中處處可見以景物色澤所鋪陳的時間：「黃葉覆溪

橋，荒村唯古木。」（柳宗元〈秋曉行南谷經荒村〉）、「春色滿園關不住，一枝紅杏出牆來」（葉紹翁〈遊園不值〉）、「梨花淡白柳深青，柳絮飛時花滿城。」（蘇軾〈東欄梨花〉）。

現代文學作品中如林語堂〈秋天的況味〉以「其色淡，葉多黃，有古老蒼龍之感。」的秋色圖，凸顯秋別有風味的魅力。李黎〈史丹福之秋〉則在黃的基調上，添上更繁華而多姿態的顏色，使秋儼然如色彩的盛宴，繽紛燦爛：「大自然的調色盤把春天的粉白嫣紅姹紫、夏天的翠綠青碧全用過了，現在是明黃、鉻黃、燦金、橙紅、紅棕、赭赤、古銅……全是暖色，在涼卻下來的氣候裡，有一種大膽挑釁的味道。」

然而，顏色其實是作者處境與內心世界的反映，陳列〈無怨〉文中對於一天中唯一步出牢獄外的顏色是這樣描述的：「剛來的時候是冬天，散步場四周水泥牆上的籐蔓只空留著皺瘦蕪雜的枝條，灰底黑紋，那股蒼涼已不只是版畫般的典麗；它似乎還在提醒我些什麼。……經過一個春天，那片老邁的藤蔓才逐漸長出澀紅的新葉。等到這場雷雨之後，整面牆也不久就會蓋滿一層在風裡招搖的綠色了。」以藤蔓色澤的轉變、從昔至今及預想的時間，顏色在看似不動的生息間靜靜地遞換，蒼涼老邁的灰黑與透出的紅綠嫩葉，暗暗流洩著孤寂等待的心情。

「當暮春偶然來訪的太平洋暖高壓，正以一種近乎魔幻寫實的方式，把海水晴空逼成豔夏的鈷藍……遠處潔白的小燈塔，在整屏深靛的軟琉璃背景上，卻定位成格外玲瓏搶眼的一枚浮貼。」（陳幸蕙《岸　岩雕》）則集中焦點於海，以深淺亮麗的藍與一點白的對比，呈現季節的訊息。

要點

以眼所見、心所感的色澤讚美季節。

在遍讀古今詩文中以顏色所存留註解的時間畫廊，同學們自被引得躍躍欲試，筆下點色塗彩倒也絢麗極了：

・金棕的，純粹的斑斕輝映，是沉甸甸的麥穗在微笑
金黃的，憧憬的纏綿陶醉，從閃耀耀的向日葵誕生
金紅的，熾熱的騷動飽漲，在血艷艷的赤柿上燃燒
蕭蕭枯黃風乾高粱穗桿
颯颯淡金雨落叢菊瑩淚
昏黃光暈一如莫內的巴黎，鮮豔灼熱的輝煌燃燒視野
梵谷的麥田
從地平線融和赭紅鵝黃，織成的絨毯包裹著紅著臉的秋（林靖容〈金碧輝煌的秋天〉）

・海灘是夏天必讀的聖經／清涼的藍天　熱情的沙灘／椰子樹是聖歌的音符／海浪是喃喃的詠詩聲／一到夏天／海灘上到處都是來朝聖的人／一支支太陽傘如十字架／一個個游泳圈如耶穌頭上的花環／泳裝美女是夏娃／海灘猛男是亞當／夏天　就是快樂的伊甸園。（魏如敏）

・春風的呢喃蘊釀出一片萬紫千紅，在向晚的青石街道上敲響陽光黃的跫音。晶瑩剔透的水晶珠簾舞弄嬪妃的嫣紅，掀起曼妙的花間心事。（王怡韻）

漂流的浮木訴說著人生如寄的感慨，點點褐赭的殘荷諷刺人世間的無盡滄桑。在暮鼓晨鐘的古廟裡尋覓我那深鎖的灰藍孤寂，諷刺人世間的無盡滄桑。（陳怡璇）

・陽光像白色的牛奶，灑向大地，薄紗般透明的風，輕輕的拂過我的臉頰。秋天的感覺，像是金色的貓，懶懶的，活動力不強，隨時都在半眠的狀態。我喜歡這樣懶散的秋天：變化多端，捉摸不定，把時空變成另一種金色的模樣，崇拜這樣藝術的秋天，拋物線的跳躍，圓滑的降落，每到了這個柔美的季節，腳步便不自覺地優雅起來。（羅芸軒）

活在時間的生命，隨著季節而跌宕生姿，歷史的年表記錄帝王將相功過得失，庶民的季節則展示四時人事的戲碼，傳唱著耕收的樂府。張曉風〈魔季〉一文裡說：「春天我們該到另一所學校去唸書的。去唸一冊冊的山、一行行的水、去速記風的演講，又數驟雲的變化。」學生們以顏色成就出一綑綑素描季節的寫生圖，為季節寫的經傳箋註是這樣的豐盛而浪漫多姿。

二、空間畫廊

空間原本便是揮灑色彩的舞台，請分別就空間的溫度、氣氛、天空與天氣的臉譜，捕捉其獨特的顏色、變幻的色曲。

(1)天空的臉譜

「天空是天神居住的場域，雲是飄浮的湖，閃電雷雨是天使的合唱。」「空氣流動的動力讓天空成為飛舞的舞台，灰塵如腫脹的金幣閃閃發光」或如「馬鈴薯般的積層雲、花椰菜式的層雲、捲舌的烏雲像江湖藝人……」這形形樣樣的把戲讓天空的臉龐美不勝收。

作家說法：

描繪所見的圖景時，或以定點為觀察對象，如「好苦的茶在桌上等著我，抽屜有空盪的味道，窗外是灰黑的天與灰白的雨。秋天的第一場雨，灰色是最精緻的色調，雨還未成形，只是輕粉一般地飄灑。」（曾麗華〈第二場雨〉）

楊牧在〈香港日記〉以海天色調呈現地方特性與印象：「它炫耀南國閃耀的光彩，和諧壯大的線條，一組組，一系列，透過無窮的活力，彷彿是狡黠的，誘惑的，尤其當那風浪起伏的時候，整個遠景在浪漫中帶些神秘的色調。」

陳冠學《田園之秋》集中於「黑壓壓」、「烏黑」、「烏雲」、「黑怪」等黑所帶來的鬼魅不安、黑所劈成的恐懼覆沒，將午後雨傾瀉而下的氣勢狀寫得淋漓盡致：「下午大雨滂沱，霹靂環起。……霎時間，天昏地暗，抬頭一看，黑壓壓的，滿天烏雲，盤旋著，自上而下，直要捲到地面。這種景況，在荒野中遇到幾回。只覺滿天無數黑怪，張牙舞爪，盡向地面攫來。四顧無人，又全無遮蔽，大野中，孤伶伶的一個人，不由膽破魂奪。」

至於描繪風景中，或由遠而近、從大到小、先仰視再俯視，利用視點移動的方式，以造成漸進或逐遠的動感：「橫山一朵，就矗立在三江合流的人家，三面的遠山，腳下的清溪，東南面隔江的紅葉，與正東稍北蘭溪市上的人家，無不一一收在眼底，像是掛在四面用玻璃造成的屋外的水彩畫幅。更有水彩畫所畫不出來的妙處哩，你且看看那些青山碧水之中，時時在移動上下的一面一面的同白鵝似的帆影，彩色電子的外景影片究竟有哪一張能夠比得賞這裡？」（郁達夫〈杭州小歷記程〉）

有人說天空是塊畫布，有人說天空是舞台，在彥蒔與慈惠的筆下，分別以顏色及帶著聲調的色彩，豐富天空的面貌。

・一彎象牙色的新月，將濃墨夜色渲染成詩。（吳彥蒔）

・天空是一位情緒化的樂手，開心時，雙頰漾起無邪的白絮，奏出清藍淨潔的樂章；但脾氣一轉，臉色沉默發黑，雷鳴電擊敲出刺耳灰暗的鼓，那淒厲的紫藍商調聽得人心頭哽咽。（王慈惠）

(2)空間的溫度

作家說法：

蓉子〈七月的南方〉以富麗的植物色彩對比於當下灰暗的城市，凸顯出南方空間畫廊所展示出瑰麗的熱情與絢美的溫度：「到處是引蔓的繁縷　喧噪的地丁／紫色桃色的矢車菊／燃燒的薔薇／傾陽的向日葵／金紅鵝黃的美人蕉／而夏正在榴火的豔陽中行進/在鳳凰木熊熊的火燄中燃燒」

玉琦以對比寒風與殷紅、冷漠與車陣，寫出一個小小市民生活中的臺北：

・行人頂著冷風朝著欄杆外看，眼前泛起一大片一大片的紅，車尾的赤色燈怒喝成一片殷紅，像看見天地顛倒了一般，灰色的柏油反倒輕踏在紅紅的晚霞上。血紅的海市蜃樓油油地氾濫在車鳴的巨響中，漾著浮向遠方的血色流光，像是一條巨蟒在浴血前進，在穠稠昏暗的日光下，戰戰兢兢地匍匐過波瀾揚起的紅海。行人站在橋的正中央，兩旁的高樓剎時狂暴成了冰冷的浪濤，整片紅光輝映在濤裡，不住地流竄。誰也不知道摩西到在哪一陣的浪裡，直到四周都暗了下來。（余玉琦）

(3)空間的氛圍

作家說法：

沈花末〈海灣之二〉以安靜的平和的調子寫凝視下的山海：「水草間，浮躁的魚群／吐著泡沫，仰游／我凝視遠方的山巒／錯愕的紅色和黃色／鋪敘在綠色的葉層／平靜的海面上／灑滿了許多喧喊的／水鳥降落又飛起／有人在餵食麵包碎屑／嬰兒推車放置一旁」。「紅、黃、綠」單純的顏色是實筆，那觀而可想見的海「藍」、鳥「白」與魚的「五彩」豐富了這方圖景，也見作者寧靜投入的心情。

事實上，在我們生活裡，處處充滿色彩所巧然點染，或理直氣狀霸佔的畫面，如星宇與宜嘉細緻而多層次顯現的光景：

・我站在古厝前等待公車，赭紅殘破的磚瓦在我耳邊反覆低喃著歷史頹敗的足跡，如喝醉的老兵一般不停地重複相同的過去。在茫茫車陣中，我無法聽清它想表達的意思，只能無奈地任由視線放縱地從牆內延伸出來的榕樹鬚根開始攀爬，穿越厚重的墨綠枝葉，輕巧地躍到另一棵羊蹄甲的枝頭。

一片片嫩翠平鋪在樓房與榕葉所切割的湛藍天幕，金色的陽光穿越漂浮在空中的綠色拼圖怯怯射下。凝視著隨風擺盪的葉片，我覺得自己恍如一條魚，睜大眼看著池面稚氣的浮萍，爭相遮擋陽光的嬌憨。我身在水底，心臟跟著水流脈動，血液瀰漫著冰溶的觸感，仰望萍葉的同時，想望另一個更靠近雲朵的空間。

一個與「水」平行的空間在魚的意識中甦醒，而另一個以羊蹄甲葉片為分界的空間也在我視覺中成形。我退到古牆角落，細細在上面鏤刻出屬於我的記憶河流，目送它緩緩流入這座已存放太多記憶的空間……。（姜星宇）

・碧竹圈起的幾道籬笆裡，兀自散著恬淡氣息的茅草屋。木門前一方水池，圍繞著幾圃碧綠的藥草，綴著月露凝成的晶華，清雅可愛。粉牆上除了一副相映生輝的刀劍，就是一卷筆力勁道的字帖，微泛黃意的羊皮紙軸上軋著有力的龍舞，是武人才有的瀟灑狂放。對著南窗的一張樟木書案，擺著幾裹竹簡，幾本青皮書。一方火藥殘骸鎮著甫擬好的詩句，捲著楓香的風，徐徐撫著未乾的墨痕。

五彩月華照耀下的閣樓白牆，熒熒朦朧的影像籠著，是今晚慘白城市最炫目的色塊。虹色光芒昇華佾舞著，翩翩的輕盈器魂，帶著未竟心願翔入雲隙。幻華綺麗的瑰美燁燁燃著，如烈焰焚原般佈及整座城市上空，所有正眠著，未眠著的人，紛紛墜入無邊輕軟的夢。諸多被遺忘的過往，曾許下的願望，年少的迷惘

痴狂……灌入枯竭已久的心房。許久無夢的慘白，填上豐盈的色彩。（翁宜嘉）

校園風景對學生而言，是充滿自我的真情與關注的場域，如維苑以美麗的顏色寫景美的美景：

・景美的校園處處是美景，透明的陽光直射校園的每個角落，連不起眼的灰塵也變成清澈晶瑩的鑽石。釉亮的陽光打在鮮黃色的制服上，顯得活潑搶眼。抬頭一看，每個視線裡閃的都是充滿熱帶氣息的風情，亮綠色的椰子葉隨風搖動，嬌滴滴的柳畔是明媚紫雲般的睡蓮。倒影在碧清鏡湖的天竟然是我從未發現的藍，那讓我舒適的藍，就像海一樣柔和。（林維苑）

對於所處的城市無論是建築地標、房舍樓牆還是街巷道路，是流動的光影，是空間的佈景，也是居住者夢想的展示，因此以簡筆勾勒評點鬧市店家，或以透過車窗所見光耀的招牌，都藉耳目感知的色彩：

・綠色的頂好超市，既新鮮又豐富；金黃色的士林夜市，充斥五花八門的香味：橘紅色的傳統市場，洋溢著濃濃的人情；銀色地光華商場，電子科技獨領風騷；純金的跳蚤市場裡，隨時都可挖寶。（朱珈瑩）

・捷運車廂呼嘯而過，映入眼裡的是熱鬧市區的看板和招牌：薰衣草紫、艷紅色的、鵝黃的、雞尾酒的藍……全化成了一道光束，像彩蝶似地在窗外跟著車廂飛奔。我的呼吸也跟著急

促，深怕那隻蝶跟不上這列車的速度而失去牠優雅的芳蹤。這份美麗比見到北極光還令我興奮，不，也許該說是感動吧！（黃喜蓉）

・巴黎街道招牌藝術展現於色彩的使用上，如綠圍欄、淺褐台基、黃牌、紅燈、白毛玻璃，公車則與地鐵的墨綠相互映的是白底綠條的顏色。至於招牌，法國人當然也替它點綴華麗的裝扮，特別是繽紛奪目的廣告柱設計，不但為巴黎街道增一份藝術氣息，可愛的設計更有如一尊尊雕像站在路旁向你宣傳文化藝術。

藝術生活化，生活藝術化，巴黎人總是有著敏銳的藝術感。（吳品萱）

掉入時空的裂縫裡，我們一路踩的，早在先前已有多少人踏過？閉上眼，一抹一抹的身影，當年街市繁盛的景象盡在眼前。可愛的居民讓我對這片土地的印象著實加了不少分，夕陽西下，景美溪的橙色晚霞映照木柵老街，此時人群逐漸散去，老街略顯冷清。儘管如此，手工麵線師傅依然在清晨起床，用雙手製作出一掛掛極富口感的手工麵線，榨油機依然轟隆隆的榨出一滴滴清澈的茶油，這些木柵在地人為老街所做的點點滴滴都是一道道曙光，或許會為老街的未來開啟下一個希望。

雨水和霧氣讓照片彷彿被刷上了一層霧色，那一片迷濛的灰，芋綿的灰，像水，像煙，像夢……。（梁薰尹）

三、光影流動

因為每一種光線彎曲的質量與角度不同，色彩呈現精靈般長絲綿延的光帶、圈成圓的光環、拉著臉的光束、旋轉飛升的光點姿勢。它們或以次序均衡的圖案在大地上一字排開，或如一簇簇草履蟲、一道道魚骨在佈滿青苔的紅磚牆面拓印浮遊的生態網絡，或者隨風敲起的節拍在波動的漣漪變臉。光的色系和它的形態一樣，從不複製過去，也從不妥協於恆常。孔雀的羽毛、沾著露珠的蜘蛛網、豆娘的翅膀……捕捉了穿透稜鏡的光線而變得燦爛奪目，特別是水蒸氣，在雨邊出太陽時、瀑布之前，彩虹變這麼驚奇地出現在眼前。

這些因光折射而幻化出的各種顏色，飄動的黑影與白光，在天上與地上玩出許多如樂府詩般的故事，你聽見了嗎？而倒影所留戀的回眸，你看見了嗎？在光的操作下，虛幻的光與影有時候與實體更美，你知道嗎？

(1)光的戲法

隨著陽光與月光的折射，風的撥弄，雲的婆娑，玻璃稜鏡的點抹，陰陽色調感光度所刻鏤的肌理，讓人有何似在人間的「起舞弄清影」，「舉杯成三人」的想像，手影的戲碼也得以在現實的場景中，繪畫的圖景上熱鬧地呈現。

請停下腳步，以賞畫的視角觀察光與樹葉的對白、花盆映在紅磚牆上的笑臉、路燈拉長寂寞的影子、貓咪玩尾巴落在地板上的遊戲、雲破月來花弄影的詩意……為這份駐足的觀看，這段光演出的戲劇，記下自己的察覺與心情。

・一塊小小白布，一雙手巧，加上一道明亮的燈光，廟前的皮影戲就那麼簡單質樸地投射出60年代的童年。（林君穎）

・達利是光和影的魔術師，若不仔細看，可能會忽略它在真實與虛幻互相遮掩，乍看是一張畫，細看又一張畫，頓時陷入達利的魔幻世界詭異氣氛，思緒也隨而循環於這種愉悅的困境中，難以自拔！那天，它感動了我，轟的一聲，它回響著，在內心深處留下不可磨滅的印記！（顏廷芝）

・夜晚霓虹燈閃亮的光束，像舞者飄動她那鮮紅的西班牙裙，甩動指間金光閃爍的黃寶石，銀藍色的耳環吊飾隨著身體而有韻致地擺動，熱情地舞於人群間。（陳冠妤）

(2)光的語言

雄螢火蟲閃爍寒色調黃綠色的欲望信號燈，吸引那可以一齊流浪的情人。海灣的螢火蟲以光警告敵人，在黑暗中發出藍綠、黃紅螢光的手環、白亮的裝飾讓演唱會的情緒為之亢奮。光是會說話的，你聽見了嗎？

要點

這世上有許多自然的、人為的光，它們像符號一般代表一種語言，一種方向或一種存在，如紅綠燈指揮交通，閃在寒夜裡的聖誕樹光點為人間添飾祝福……請說說它們的心思。

・人世間的遊戲規則何嘗不是如此？「黃光的交通號誌燈告訴行人應該加快腳步快速通過，紅光的交通號誌燈警告行人不可

任意穿越大馬路，綠光的交通號誌燈表示行人可以自由自在放心通行。」一如燈塔指引船的回家路。（周佩潔）

・超乎言語所及，不必透過彩虹，無法欺騙的喜悅就在眼裡的七彩光芒中；不需要隻字片語，不用任何證明，聰慧和自信就透在眼中的鑽石光芒。當光線不再堅定有力，而是閃閃爍爍地照不亮每個角落，不安和心虛已萌生在深處。（張瑜軒）

色調標示出的感官移位

我們習慣於運用色彩來描繪視覺上所觀所見的景色、事物，如水果、衣服、器皿，或由實而虛的記憶，想像，但著墨的主角都不脫有形的物體。其實，如果把色彩所帶來的感覺轉移到聽覺、味覺乃至觸覺上，以色彩侵占味覺、觸覺乃至嗅覺時，這種顛覆創新的通感非但習慣性以顏色來形容視覺的秩序被打破了，所展示的新感覺表現方式，造成突兀的強調效果，或新潮的震撼，這便是創意。

一、聲音的色澤

色彩在音樂上的運用如「藍調」，予人憂鬱蕭條的淒楚，或如「悲愴交響曲迴盪著灰濛濛的旋律，壓抑心底的辛酸苦澀，令人喘不過氣來。」、「巴哈無伴奏大提琴組曲，運弓如筆，行雲流水的線條遊戲如蘭紫與墨荷的繾綣，流動梧桐落葉秋香褐的光影」。這樣帶著顏色的音韻，往往更能凸顯樂聲的情緒圖碼，因此當孟德爾頌寫義大利交響曲，柴可夫斯基寫義大利隨想曲時，都透過音符的渲染和色彩的烘托，激發聽者無限的想像。是以伯恩斯坦說：「當我們聽到曲中那些銅管用一連串橙黃的樂聲照耀天空之際，我們絕對有權利看見一片壯麗的日出。」

要點

如果為聲音穿上有顏色的衣服，那麼春天輕衫飄裙的風是什麼色系？銅管穿的是什麼樣的色調出席盛會？海浪套上什麼顏色披風唱歌？鼓和鑼又戴上什麼色彩的帽子慶祝節日？請為這世界各種音樂、眾多聲音配上最佳色彩，為季節與圖景裝飾有顏色的聲調。

・金黃的陽光流動著，在指尖。彩蝶舞過帶來一陣粉紫氣流，優雅的迴繞百花間。耳邊縈繞的，是摻了鼓動著橘色小奏鳴曲鳥鳴，任憑淡藍的微風拂過。我，摸到了一季響著明媚旋轉的春天。（張瑜軒）

・熱情如火紅的拉丁音樂、陰鬱如海的藍調、青草般的綠色大自然音樂相聚在唱片行，準備召開一場小型音樂會。（朱珈瑩）

・黑色 JAZZ、藍色 SWING、紅色進行曲、黃色小步舞曲、灰蒼色邊疆民曲，譜出一支支風華萬千的樂章。（林佳蓁）

・鼓手敲打著沉重黑暗的重金屬，歌手隨著銀白色頹廢舞曲，唱出毫無保留的釋放感覺。歌迷內心如火紅般的熱情，手中藍綠色的銀光棒，在金黃的星光下搖曳出紫羅蘭的頻率。（周佩潔）

二、味道的情色

「愛說話的義大利人，只有在面對貝里詩特的 Cappuccino 時才會沉默。」

一份 Espresso，加一份鮮奶和些許奶泡，一口飲盡，哪還來得及言語，有人問：「該怎麼愛一杯咖啡？」貝里詩特說：「揮霍它！」（光泉咖啡經典大師——貝里詩特〈卡布奇諾〉）但我們所揮霍的豈只是咖啡的味道，更是那黑與白的協奏，發泡的褐與奶黃的香氣。

顏色，於咖啡，是一抹夢！

要點

飲食所講究的是色香味，鮮麗對比的色居於首席之地，正見它是味最顯明的招牌，請以賞心悅目的顏料替美味畫一個吸引人的漂亮「臉孔」。

・黑色濃縮咖啡 Espresso，加上白色牛奶及奶泡相擁而成的誓言，在湯匙的見證下完成你儂我儂的融合，一顆顆冉冉上升的彩雲泡泡，就像一個又一個綺麗媚眼的夢想，一口飲盡的揮霍，是不是奢侈了些？然而，再怎麼小心維護，終究難逃焦苦破滅的命運。（林斐安）

・放在白瓷盤中「和果子」是一幅雅致的畫，一幅立體的花，真捨不得吃。軟軟的像雪一般，含在嘴裡有淡淡的花香，再配一口茶，清涼的薄荷綠在味蕾間滲透。人生得此，夫復何求？（史蓉蓉）

・被薰得紅通通的叉燒包和臉色烏青的芋頭包，一向是黃衫人的最愛。（陳玫君）

・抹茶色的梅子果凍，晶瑩剔透散發著梅園的和風氣息，清脆爽口的醃梅在齒間跳動著，青澀的酒酸味，瀰漫在味蕾的每一處，入喉的那一刻，彷彿第一道旭光在口中綻放。（劉于禎）

如畫的和果子與清涼的薄荷綠、「被薰得紅通通的叉燒包和臉色烏青的芋頭包」、似旭光綻放的「青澀的酒酸味」……那屬於食物的光澤、被想像的狀態以及富有色彩的滋味，使得吃不只是一個動作，更是一種享受與禮敬。

三、氣味的色彩

為那隨風而逝的氣味、那夢迴牽縈的香氣、那陷溺其間不可自拔的味道，塗上你認定的顏色，你印象裡的光與色的相遇。

・紫紅色的水果酒，隱隱約約飄來櫻桃紅的果香、粉玫瑰的花香。透明的酒精氣泡在杯中擴散開來，讓人陶醉其中，心甘情願地墜入致命的桃色陷阱裡。（陳玫君）

・濃郁的一抹綠顛覆了人生的，是烏龍。那濃烈似煙霧的味道，就如同一個一生糊塗的人，永遠看不清事實的真相。優雅而帶點粉嫩的綠，是幽雅似高雅的貴族。堅毅而不妥協的綠，是玄米。那寧靜的堅果味，讓人由其中領悟到高深的禪道，正如一位修養極深的紳士。而我是哪一種茶，我還在尋找。（黃喜蓉）

・流動的風讓天空成為飛舞流浪的荒漠，灰塵如腫脹的玻璃碎片閃閃發光，花粉閃爍松果色的香氣，飄過呼吸間的微息裡，那是寫著抹茶綠的一首春詩。

我聞到了，聞到空氣中飄著香味，淡然的幽香舞弄著我心的律動，是飄逸秀髮的香味。妳的臉龐必定如杏仁兒般柔美，每一個毛細孔都散著花兒的香，而我是一隻想親吻花朵的蝶，忍不住想朝妳最美麗處飛去。（胡詩唯）

・穿過鏽色的魚攤前，鐵灰的沈重腥味熏得我快速閃開。清淡的蔬果綠向我招了招手，腳步不自覺地流連在玉米、蕃茄的清香中。厚重的橘黃牽引我的鼻子，轉眼我又沈溺於芒果、鳳梨的濃郁黃。最後的金光乍現，我信步往前，敗倒在炸雞的酥脆皮下。

市場，果真是鼻子殺手！。（張瑋玲）

黃喜蓉〈茶話人生〉裡蘊有人生哲理，胡詩唯所幻化的蝶色香並奏，一如情詩，無怪乎有人說：「蝶戀花為的是找尋前世的戀人。」張瑋玲所寫市場眾氣群集，色亦斑斕。

四、觸覺的顏料

要點

乾濕軟硬透過皮膚傳來如電波般的震動，在心裡激盪起的何止是觸動的感受，如果細膩地體會，你一定會觸摸到那有著顏色的溫度與濕潤，有著顏色的硬度與頻率。

・春雨濛濛的山是個美人，濕潤透明的水氣籠罩在眉宇間，穿梭在兩頰邊，沁心得彷彿夏威夷的藍天，清涼而浪漫。步入林間小道的我就像一條色彩豔麗的熱帶魚，徜徉於祖母綠的海洋之中，淨白的微風輕拂過我的髮梢，毛茸茸地、淺淺地散播粉紅色的花香，一時之間，我以為自己置身於夢幻的國度。（張瑋）

・大理石堅韌而美麗的手腕蒼白冰冷，什麼都感覺不到的透明啊，沒有顏色的溫度沁了過來，還是白色的。（鄭怡）

五、情緒的圖畫

喜怒哀樂所帶動的何止是腺上激素、血壓、內分泌的波動，更以爆發的色彩攻佔身心版圖。譬如嫉妒的紅、神氣的金、傷痛的黑，請以筆為糾結於心，繚繞於魂的情緒色彩留下箋註

・血紅的煩躁像三頭六臂的大魔怪貪婪地啃蝕著我，原本鮮黃的快樂逐漸被拆解。煩惱，是不是越想就越煩人，不想就不惱人呢？紫色的神秘，黃色的自在，綠色的開心，都被煩躁的火燒得灰飛煙滅。（王俐文）

打翻一罈醋，也打翻了染缸。紅色染料劃過，憤怒之火燃起；咖啡色流過，苦澀在嘴裡升起；灰色飛過，替眉毛上了鎖；藍紫的低壓糾結著喘不過的心，再也禁不住氾濫的色調走樣。挫敗的深藍滑過敵意，帶出眼眶裡的淚水，花了的妝和碎了的心糊在一起，斑雜的色塊激起一陣酸意。（張瑜軒）

・清香的湯頭是我雀躍的心情，隨黃澄澄的玉米粒舞動笑意，青綠的蔥茉是我灑下的花朵，綻放在滾燙的黃金中。火腿以

醇厚的芳香醉倒了我，忘了自己身處水深火熱，也忘了灰藍的寂寞思緒。（邱敏雯）

・遇見你，心頭泛起螢光玫瑰的悸動，從遠處偷看你，眼裡盡是淡青的遐想。注視你的眼神是大紅的炙熱，貼近你的臉龐是淡紫的幸福，和你在一起，是純白的感動。（陳怡君）

・高興是輕盈的金黃，難過是無限延伸的海藍，感動是痴傻的粉紫，喜歡是害羞的粉紅，捨不得是深藍的回憶，依戀是橙色的多情。（顧家齊）

情緒像變色龍，以顏色寫人的心情與個性時，加上畫面、事件、想像的形容以深化血脈賁張的憤怒、誇張失戀挫敗的情緒、沮喪固執的神情或樂觀天真個性的特色、以及人生萬紫千紅的勝景、滄桑無奈的灰白、江闊雲低斷雁叫西風時的黑藍……盡化為色塊的符號圖騰。

色彩滲透的符號與版圖

除了以深褐色代表高山、以綠寫平原、以黑線畫出鐵公路的形式來標示國家的版圖與狀貌。屬於國家、國民、地方所顯現的氣質當有其特殊的顏色吧！譬如高更畫下的大溪地洋溢著熱帶陽光的橘、梵谷以亮黃粗獷的向日葵寫下對鄉土的愛，那麼咕嚕咕嚕灌下可口可樂的美國揮灑什麼顏色？古典宮廷與江南園林所跌宕詩詞弦歌的中國又該著上那些顏色？

正如每個名字的背後一定都有屬於他的一段故事，地名承載記憶，也烙印自我的痕跡：巴黎代表的歷史、藝術和文學上的意義與美的記憶的保存，在超越政權替易中保持不變的地名中得以保存。張愛玲的上海、卡夫卡和昆德拉的布拉格、喬哀斯的都柏林則因文學作品而在時間長河裏閃動光芒，撫慰人心。蘇軾〈超然臺記〉、歐陽修〈醉翁亭記〉、韓愈〈喜燕亭記〉、王禹偁〈黃岡竹樓記〉……寫山川勝景外的寄寓情志，何嘗不塗繪著觀照自身、表現自我、實現自我的顏色？

一、國家與城市、建築、文化的顏色

歷史性建築是時間長河中披沙瀝金的榮光，無論興衰，一切曾經發生過的故事總是以各種方式存在著，等待被流傳、敘述、發掘、重現。塞納河左岸的人文咖啡館是畢卡索、沙特、蕭邦等人喝咖啡、談夢想的固定聚所，俯拾皆是引人思潮奔流的歐洲人文氛圍，塗染成的色系必是最耐人尋味與流連不已的風景吧！

要點

請為你所去過的國家、見過的城市、接觸過的文化，塗上它們獨一無二的顏色與在你心靈所留下的色彩。

・青苔的唇印吻綠了岩石的靈魂，醇紅的一罈心事醉倒在黃昏的版圖，這是「烏衣巷裡夕陽斜」的古老中國。

高聳的金字塔鎖著法老王子民的殘夢，時間的腳步抖落了一場長生不老的美夢，訴說著埃及咒語的神話。

金碧輝煌的寺廟上演著紅塵的殘夢，熏染梵音的迴廊倒映出紅塵的庸碌，叨叨念著印度經文的絮語。

比薩斜塔上傾倒出世紀的讚嘆，低語歐洲沉浮的歷史。（蕭琪）

・德國的黑啤酒飲盡了水手的辛酸，義大利人的熱情像濃郁的巧克力奶，做事嚴謹的德國人就像灰白的蘿蔔糕，形狀中規中矩，滋味也平淡無奇。蒙著神秘面紗的埃及閃爍黃金炒飯般的歷史。號稱人種大熔爐的美國就像什錦麵，洋溢自由年輕的繽紛。（唐光楠）

顏色會說話，特別是作家筆下的構圖中，冷色系流動的詭異漠然與現實，是張愛玲眼中的上海：「她坐在欄杆上，彷彿只有她一個人在那兒。背後是空曠的藍綠色的天，藍得一點渣子也沒有──也是有的，沉澱在底下，黑漆漆、亮閃閃、煙烘烘、鬧嚷嚷的一片，那就是上海。」（張愛玲〈心經〉）蕭琪與光楠各以古老氛圍的色調與飲食所噴濺的顏色狀寫國與民風。

二、社會政治經濟的顏色

黑暗的政治圈總陰霾著灰撲撲的爾虞我詐、辣紅的權力鬥爭，儘管台上鬧得聲嘶力竭，在無聲的大眾眼裡自有一番評議的顏色。經濟是泡沫？是雨後春筍？點滴盡在老百姓的鈔票數出顏色，在為官員打民意分數之中，而以色評點的眉批更見高低：

要點

1. 翻紅盤的股票、跌綠了一臉的指數，夾著各色黨派的口水戰裡，你看出什麼色調？
2. 時代的氛圍、文化的暈染、民風的樂歌裡，你讀出什麼色質？
3. 請刻鏤眼所明察的世態，耳所評點的世事。

・政治動盪不安，總統的臉變成苦瓜顏色；治安亮紅燈，警政署綠了臉。（黃齡萱）

・股票漲跌不定就像吃巧克力，永遠不知下一顆是什麼口味，是安非他命迷惑的灰藍？是賭徒沉淪的黑紅？或是發酵饅頭似的黃綠？答案在飛變的曲線裡，在塗滿腥紫泡沫的八卦中。（吳彥蒔）

色流流經魏晉，在青褐渾黃中透出了一抹純淨的黃，有點暖卻又不至太豔。在擾攘喧騰的昏暗年歲裡，金黃，是淵明心底的顏色。

色流千迴百折後，流到了唐代，撈月的詩人以一觴烈酒，一擊長劍，翻飛蹁躚，剔亮了這一泉色流。流得豪放，流得暢快，令澄澈的湛藍，茵茵的碧綠與熱情濃豔得化不開的紅，都不由得捲了進來，再也分不清的華麗色澤，映在所有黑色瞳仁中，是民族驕傲自豪的顏色。

再激越的衝撞，也有平和舒徐的時候。色流到了宋朝，褪去了鮮明的紅綠，換上了淡淡的紫灰，放翁還在崖邊握劍長歌。色流暗了。幸好，還留下一顆昭示天地正氣的丹心，在浩邈的衡宇中長照汗青，一道碧血赤誠的顏色，讓寂寞了太久的宋室，不會太孤獨。（劉奎蘭）

三、藝術與文學作品的色澤

詩的顏色、童話盒子、古銅色小說，在好多好多過往的時光中，愛情會是什麼顏色？感動記憶的詩震撼著什麼樣的繽紛？文學史上散韻間交錯跌宕出多少色系？每一個人的心情都可由文字組成，文學也可以是一種心情：「浪漫纖美者馬友友，如歌詠，如崖岸溪流，轉折迴轉，處處風景，試看董其昌赤壁詞卷：予夢久矣，須臾得寤，悄然而悲，肅然而恐」……行草之間，美麗的哀愁為文與其間心靈的對話鋪就成低迴的顏色。

作家說法：

夏宇在《摩擦・無以名狀逆毛撫摸》中說道：「寫詩的人最大的夢想不過就是把字當音符、當顏色看待。」並以里爾克賽尚的話印證：「每個顏色自我集中，面對另一個顏色而意識到自我的存在；在每一個顏色中形成不同層次的強度來溶解或者承受不同的別的顏色。除了這個顏色自我分泌的體系，還不能忘記反光的角色；局部地較弱的色調退失，為了反映更強的調色。由於這諸種影響或進或退，畫面的內部激動、提升、收聚而永不靜止下來……」這段話說明詩人捕捉的是世界的顏色、情感的色調、思想的反光色澤。

至於語言風格的色澤如「這來自波蘭的語言，這帶著白色伏加與白雪色澤的語言，溫暖了她的額頭。」（斐德里克《巴黎情人》「一到白刃的光／投射我／孤獨的存在／集一切色彩／熬煉出千古原始的／純黑」（李魁賢〈黑玉〉）這兩段分別以「白」、「黑」說明語言，前者寫白色語言帶來的溫馨的感受，後者以「黑」著墨詩人的孤獨、寫詩的堅持。詩以熬煉成「黑」的純熟、融鑄為「黑」的原始，闡明創作的方式在於不斷提煉經驗、淬礪孤獨，而這亦是其語言風格與作品內容所現。

要點

為文學作品、地方民族、藝術風格加顏添色，也是表達想法，加入與作談話的某種方式。請選擇一本震動心靈的書，或曾探訪的藝術作品，寫寫它們煥發出來的色澤。

・簡媜的《水問》該是清淡素雅的白色吧！像一池吹皺的春水，不久便了無痕跡，又似捕捉天光雲影的嬉戲，那是潔淨、純粹而遠離俗境的白。（劉琦）

・張愛玲的一生是孤獨的灰寂，《金鎖記》瘋狂、扭曲而異常的人物是童年的倒影。《傾城之戀》有她與胡蘭成的悲泣，在那五彩繽紛的細部描繪下，其實是黯淡無光的人性與絕望。（周穎若）

・史特拉汶斯基的名作——「火鳥」在耳邊響起，火紅、赤色的感受隨音樂的進行而濃烈奔放，以浴火而出鳳凰飛濺出跳躍的活力。（賈玟淑）

・湯顯祖的《牡丹亭》，整部戲有種霧濛濛白色煙霧之感。夢神拿著兩個鏡子彷彿磁鐵般，吸引柳夢梅杜麗娘慢慢地靠近。熱鬧的鑼鼓喧天、花仙子群舞時，舞台上洋溢著神話想像浪漫的紫、辦喜事粉紅的甜，但夢醒尋不著情郎時，憂鬱悲淒的失落是沈悶的藍黑。（施香君）

・青衣身段優雅如舞者翩翩，水袖裙帶飛飄之際揚起古典藍，駢儷的唱詞豔麗精工像繡屏上的金鷓鴣。春香丫環的小巧有如青梅甜，討喜地蹦跳，嗶嗶波波像花蝴蝶飛出亮亮的彩影。（鄭宇雯）

四、顏色擴散出的意義

如果流行現象是一種符號，也是某神話的展衍，那麼依據羅蘭・巴特以在《神話學》中所言：「神話是一種傳播的體系，它是一種訊息。它是一種意指作用的方式、一種形式。」顏色在文化裡承載的意義，也是一種意指的方式，自成一種傳播的體系。

因此，將顏色視為某種語言，某種訊息，引導學生對於視以為常的顏色現象，做更細緻精微的考察與尋繹，將發現無論是「喜歡」、「憎恨」或、「避諱」，顏色是潛意識都無法壓抑欺騙的符號，其符號體系背後都是主觀而強烈的情緒，或是集體意識乃至文化的反映；同時以新的眼光，挖掘與創造顏色符號所構築的神話世界。

要點

1 請說說顏色所帶來情緒上的影響。
2 請觀察周遭親朋好友喜歡的顏色，是否與其個性相應？
3 請由醫療或心理書籍中，探索顏色所形成的影響。
4 請找尋帶有顏色的成語、諺語、俚語、流行語與名詞，並歸納其所象徵的意義。

象徵是借用具體的東西比喻抽象的東西，其中可能存在一個抽象化的過程，在人們的想像境域中都含共同的定義。這普遍性的象徵表達了即使不是全部，也是大部份人類相同或相似的意念，以色所象徵的詞語有血腥紅的戰爭、黃金年華、青澀年少、紅塵……等。又如以顏色象徵意義的國劇臉譜：忠肝義膽的紅面關公、奸詐狡滑的白面曹操……。

顏色同時也指涉社會習慣如紅燈禁止通行、紅色警戒線、紅粉知己、紅粉贈佳人、紅包、白帖、黑函、黑道、黃色影片、黃色書刊、閃黃燈、無色的無印良品、閃著紅藍白圓滾筒的理髮廳。或藉以形容某種情境狀態如紅得發紫、紅不讓、當紅辣子雞、「股市」連聲應跌一片慘綠、指數揚升翻紅。

顏色所代表的旗幟與符號往往是最鮮明、最簡潔的語言，因此社會階級也在顏色之間壁壘分明地被標示著：「黃袍加身」的權利、「白領」階級的知識份子、「藍領」的基層勞工，他如往來無「白丁」、「赭衣」塞途、「紆青拖紫」、「佩紫懷黃」……等以服色所代表的身份，都因約定俗成而自成文化的一部份；或如「綠黨執政」、「紅衫軍」、「紅十字會」。

由顏色轉意所擴張的文化符碼、社會習慣或雙關的語意更充滿周遭，如「非常好色」、「社會是大染缸」、「重建綠色家園、股市一片慘綠」、「紅得發紫、紅不讓、你很紅、眼紅、股市翻紅」以及黃色笑話、藍調、白癡（癡情於白）、黑道等諧音雙關或色彩的引伸，不但生動了語言的涵義，也顯見顏色其實蘊含多重層次的情思。

要點

以顏色所象徵的意義、代表的語言，寫一段體悟、一則觀察，或結合傳統歷史書寫顏色承載的特質。

・每個人都是棋
在交織縱橫的棋盤上
用白色智慧
黑色鎮定
紅色勇氣

走一場永無止境的競賽（林芮如）

・蔚藍海岸的夏天藍都「藍」不住；宰相肚裡能撐船，教人胸懷「紅」大。（黃侑華）

・歷史上的民族英雄總得經過一番鮮紅色戰爭，才能得到金色勝利，散播黃色熱量給每一個國民。（蕭琪）

在添加這個層次的想像後創作出的作品，讓顏色的力量由有形到無形；由具象到抽象，如「藍」不住、胸懷「紅」大以諧音製造效果、以顏色表述人生與戰爭歷程。當你看見學生因為這樣的刺激而放射出來的成果，必然也能領會色彩無限的吸引力，被其無窮的魅力所震撼，如高雅君所展示各種形態的「黑」。

神秘的黑　寂寞的黑
等待著明日的黑　吸收所有光明的黑
百無禁忌的黑　沉重迂迴的黑　寒毛豎起的黑　不需襯色的黑
古畫裡女子的髮黑　開明墨汁散發書卷氣的黑
孩童眼中閃爍希望的黑　政壇爾虞我詐的黑
耀著權力的黑　礦石中難得一見黑水晶透明的黑
雜質沉澱所形成的黑　埋葬地底千萬年成就石油的黑
閱讀〈冰點〉浸淫在人性的黑　趙飛燕在掌中迴旋腰枝轉出的黑
武媚娘捏死親生女兒的黑
與白對比的黑　惡魔羽翼的黑　墮落天使路西法的黑
罪惡交集的黑　凝聚神秘的黑
黑是一種沉重的色彩
是與上帝抗衡的一種力量　一種腐蝕真理的陷阱

黑是萬物源起之處　黑是大地之母（高雅君）

色彩是沉默的語言，動物以走馬燈式閃爍多變的顏色偽裝以保護自己，亮出爆竹一般鮮艷神氣的色情傳遞求愛的電波，海底的魚、地上的昆蟲、飛舞的群鳥各使出渾身解數，以顏色證明「物競天擇，適者生存」的規則，或展示自我生命存在的炫耀，就如以制服的顏色做為學校的標幟，但余思佳所看見的是這世俗符號下的氣質與個性：。

綠色制服，宣告著一枝獨秀的傲氣；駝色制服，宣誓著浩瀚沙漠千里獨行的豪邁氣魄；黑白制服，代言簡單自信的瀟灑不羈；藍白制服，呼嘯著翱翔天空的蔚藍快意；黃色制服，閃爍恣肆奔放的青春年華！（余思佳）

顏色在空間中具有的靜態美感，在光與形的秩序與結構之中，自有其本身具足的活潑特質與精神面貌。對於色彩的感受超越時空的人們共同的經驗，那麼在作文教學上，引導學生感受五顏六色、想像色系，並以文字書寫色調，為色寫真似乎是個頗值得進行的嘗試。於是，根據了「色彩表現手法」、「色彩內涵意義」等設計了一些練習，讓學生細膩地感受、思考感官所帶來的豐富內容。

色彩所標誌的地圖一直是最鮮明的雷達網，我們的知覺依賴視線所捕捉的色澤來延伸記憶的版圖，框定意識的邊界。事實上，色彩並不僅是發在世界上，更在心裡。當眼睛，這如立體望遠鏡的器官準確地收集影像與光譜，喚醒沉睡其他感官闡釋、評鑑、了解映入瞳孔中的山光雲影、人情事故時，在知覺領域之外意象的抽象位置中，視覺形象所圈點的不朽記憶在感情與靈魂間緊密鐫刻，這便是顏色奇麗的力量。

法國小說家惹內說；「美永遠是特例，永遠是特別的，這也是它之所以使我們感動的原因。」藝術所有的語言都是為把瞬間轉變為永恆而發展的。塞尚自述作為畫家，每一筆必須「包含空氣、光、物體、構圖、性格、輪廓與風格。」在物象之外看得見物體的深度、觸感甚至氣味，能提供超越現實世界色彩的豐富感，方得以表現出對世界完整的感覺。因此無論是視覺上的捕捉色彩，或是在飲食上添加色調，把顏色塗抹於旋律中，乃至以顏色來形容心情，都使色在迷倒眾生之外，更在顛覆習慣用法中，讓學生發揮創意以別具隻眼的角度來觀享炫目燦耀的色彩王國，使顏色不只渲染出一幅畫似的山光水色，同時跳躍出鮮麗的生意，獨特的魅力，筆下的文章自然有「驚豔」的萬種風情，「美不勝收」的色情蕩漾。

味之魔術

許我一桌人文飲宴

有道是：「民以食為天」，「吃飯黃帝大」，因此打從孔老夫子起便以「足食」為治國首要目標。孟子也以「食」為性，以「仰足以事父母，俯足以蓄妻子」的飽食為民生基本。無論是「治大國如烹小鮮」的處世哲學、談笑間的「杯酒釋兵權」用兵，或是「開瓊筵以坐花，飛羽觴而醉月」的詩酒風流、「流觴曲水，一觴一詠」的暢敘幽情、鴻門宴臥藏玄機的爾虞我詐、《本草綱目》裡的食補、藥補以及祭祀祖先神明之用三牲五禮……無不圍繞著吃的儀式，這樣的飲食文化不只成就中國菜為獨特的國粹盛名天下傳，也因為文人雅士流風餘韻而增添無限滋味。

其實，有人聲處必有美味飄香，特別是與民族、地理、文化、儀式結合後的佳餚，如嘉年華的狂飆美酒、耶穌基督的最後晚餐、聖誕大餐上的火雞、情人節的催化劑巧克力、國宴婚席上的山珍海味……都憑藉在味蕾上翻滾的飲食而滿漲亢奮、幸福的因子或化為深遠的意義。

中國揚名吐氣的菜色裡，南甜北鹹東辣西酸各有風情，山蔬海味別具流派，煎、煮、炒、爆、燒、蒸、烤、燉、滷、燴、拌、炙間火侯運作更創造出饕餮客口中的連連稱美。舞文弄墨講究生活情趣的士子，則進一步地把人之大欲存焉的飲食，向外延伸，形成飲食美學、飲食民俗學、飲食文藝學，因而材料、火候與調味，在烹煮時自是有其天地玄黃，發為文字也飽藏餘韻。

藝術是表現與創造的過程，以「飲食」從題材表層意義與深層主題意義，來引導學生如何由題材中表現主題的敘述策略，如何由設計、琢磨、分析、沉澱而使意念藝術化，將可使學生以生活中必然的三餐、偶然的消夜、零食吃喝為題材，融鑄經驗見聞，並與生命底蘊文化風俗相繫，而構築出飲食的繁盛韻趣。

一、教學策略

（一）以圖片、畫面至結合觀察、想像、理解而為文的原則，並採漸進式寫作訓練歷程，亦即由最基礎的修辭造句到成段成章，從有形的畫面到無形的想像。

（二）內容上由飲食本身的描繪為第一層次，人事中藉飲食所建構的生活情節為第二層次，而以飲食、在文化、宗教藝術的作用與意義為第三層次。透過飲食省視民族性與文化交流、流行及心理反映、哲學與美學的滲透作為更深的探索，如此飲食顯現文化，文化孕育飲食，使飲食文化與人生之間的對語呈現密切的交集。

（三）活動設計中除藉由與課文相關主題的作家作品延伸，並透過個人經驗、查閱資料與小組實地走訪，同時運用多媒體影像，以多元性充實學習方式，自主性找尋思考並歸納整理，以呈現傳統飲食理念及自我觀察分析的觀點。

（四）有計劃的作文教學是結合教與學、引導與寫作、閱讀與創作、觀察與解讀等方式，故設計寫作主題的同時，講解相關知識並列名家之作，以取他人之長並拓展視角、深化所識。

二、實施方式

（一）作文教學設計中，寫飲食多不離吃什麼、如何吃、吃出的滋味是第一階段是基本功訓練，在書寫上並配合各種修辭等表現技巧；其次是與誰吃、在何處吃、誰煮來吃的飲食情感化生活化書寫，亦即結合個人生命、經驗。在寫作呈現上或以雲淡風輕的情味，或是平靜閒遠的意態，或樂在當下享於其中的沉醉，以飲食寫日記寫回憶寫家族。

第三層次是飲食與人生相通之理，如將飲食由文學作品拓展至電影，由中思考飲食在影片中的象徵意義，與東西文化宗教顯現其中的觀察，或探究寄託於菜單、菜名以及人生不同階段的食物所隱藏的意義。第四層次是飲食文學知識化，融合各類門常識，以多元化、多層次觀點，考掘知識、跨越醫學、營養學、史地環境將飲食版圖拓展至風俗文化、民族性、傳統現代的影響與匯通現象，並分析其形成與改變背後的因素。第五層次是飲食的跳躍與跨越，則回復到飲食本身的描繪，不過飲食並非著墨的主角，而是用以形容聲音、心情、處境等。

（二）每項導引或以暖身操，如「找食譜」、「找佳句」的活動，以引起學習興味及動機，或輔之以行家書寫範文以增加其表現技法，或問詢經驗、分組找相關資料報告以增廣其寫作材料與背景知識。

（三）在寫作訓練上，先以學習要點導引拓展學生思考方向，呼喚牽引出既有的經驗與獨特感受，並以簡易的造句、仿習名家之作運用練習、配合課文延伸、詩文創作與分享佳作來豐富學習，激發創意，強化寫作能力。

（四）從個人日常飲食到文化哲學思考，在刺激與引導間，使學生不斷地導入釋放出新的訊息，而產生新的認知、新的觀點。

（五）進行飲食的作文習作過程裡，除教師事先收集並歸納名家作品，以引導學生認識飲食散文的特色及創作技巧，讓學生學得此類散文特殊處與共通處，同時可請學生尋找資料，彼此討論，相互分享，以增加學習範疇。

（六）在教材呈現中，除以電腦圖片、影片展示放映，並可與家政課協同教學，結合烹調經驗與書寫過程、感受、品評的樂趣。

（七）具體的設計實施時，教師將圖片或影片配合相關課文進行，作為課間活動引發學習動機，也可用之為專題練習。活動中可交錯採用分組討論／個別思考、報告／書寫等方式，期能引導學生在思維意涵的織布機上，結合飲食的經線與文字的緯線，以織就美麗的錦繡圖案。

三、現代文學中的種種吃相

從《詩經》到《紅樓夢》處處可見反映飲食的精采文章，從屈原到朱自清、周作人則透過飲食題材，或讚美地方名食抒發情懷，或警世珍糧、諷朝失政，或藉以溯源說理道世態人事。

飲食雖看似粉墨登場的主角，但一旁拉琴擊鼓、跑龍套串戲的情境往往能提美添香，其間傳唱的氛圍詞語，則建構起飲食意義，因而「美食在散文中應該是一種書寫策略，一種媒介，它驅使舌頭召喚記憶，最終必須超技術和感官的層面，稱產／延伸出更豐富／歧異的意義」（鍾怡雯〈舌頭的記憶——美食在散文的出沒方式〉）。

今以作家著墨的重點及開創的新局分敘述如下：一則檢視作家風格，以探討其如何以飲食為材，成就一方佳味美食之景，另則提供研讀及創作上或可依循的基礎，以期在此脈絡之外另闢蹊徑，以經營絕妙的飲食盛宴。

(1)舌頭鋪陳的見聞

介紹菜色美味軼事掌故的唐魯孫、寫飲食源流夾以食譜歷史的逯耀東、懷舊寄興幽默隨筆的梁實秋，將飲食散文這一片天地經營得秀色可餐，讓人透過文字深深品嚐到味蕾跳躍的興奮。以世情練達的心眼、博涉古今雜學的周作人，取材於故鄉的野菜、童謠民歌或風俗，形成從容、閒雅、古典的隨筆，夾敘夾感，散而不亂，時有慧見。

唐魯孫為滿州貴族後裔，這特別的出身背景提供豐富美食經驗，形塑其深厚嚐味本領。他藉飲食記錄中國大江南北菜色湯點，筆調像老爺爺說起清宮飲食如數家珍，讓人聽著看著不覺出神忘我，食指大動。譬如〈蛇年談吃蛇〉中說到毒蛇療治五癆七傷、蛇宴千金難得的調理方法，與柳宗元〈補蛇者說〉：「可以已大風、攣踠、瘻、癘，去死肌，殺三蟲」可相映證。

梁實秋在飲食雜文《雅舍談吃》裡，要言不繁，俐落輕快地從陸放翁詩「磊落金盤薦糖蟹」，推解道螃蟹可以加糖；從北方鄉下的一句俗語：「好吃不過餃子，舒服不過倒著」，知道了北方人不論貴賤都以餃子為美食……在書裡處處見其考證每道佳餚的來歷、產地、文化背景和相關的民情風俗，成就以飲食結合人文的敘述風格。他如〈芙蓉雞片〉、〈烏魚錢〉、〈拌雞掌〉在戛然而止的極短篇幅中，直言直語，常有意猶未盡之感。全書正如其在書序所言：「偶因懷鄉，談美味意寄興，聊為快意，過屠門而大嚼。」飲食作為懷鄉的寄託，五十幾樣美食遂為個人經驗回憶錄上的見証。

採取歷史之筆傳述飲食典故的逯耀東，在旁徵博引中，圍繞著主菜周邊的知識，以時間空間為經緯地繁衍推展，有考掘學式的追本溯源，報導式的羅列資料掌故，以及探究獨家品味的詮釋論析，讓讀者彷彿回到當時情境，做一趟人性與歷史的深度之旅。

⑵舌頭駐留的記憶

飲食作為感官享受的同時，承載著對往事的眷戀懷想，使得飲食在沾染人情事件中，一再地被咀嚼回味並在被陳述書寫間，重溫記憶，轉化意義。

以烹調者角度說話，細膩描繪過程，藉以形成獨特的創作方式的林文月其《飲膳札記》基本上是回憶文學，精緻的食譜之外，盡是對故人的懷念、對盛筵不再的嘆息。正如其所言「食譜的滋味，遂往往味在舌尖而意在言外」。作者慣以慢工出細活式的詳說作法結合文學與食譜，完成味覺與心靈的創造，讓飲食文化與人事記憶存真，遂有了情感的深度與時間的痕跡。

以〈潮州魚翅〉一文而言，數語之間說明自己由對潮州魚翅的喜好，轉為琢磨調製，由親手烹調的過程到用心於口味手藝，這是這篇飲食散文與眾不同之處，也是其特殊的切入點。再者，文章的重點看似在敘述發魚翅的方法、烹煮魚翅的經驗談，事實上，在如此高貴食材與繁複精心的處理烹飪步驟的背後，所在乎的是那品嚐的人，所思念的是在飲膳間的許多往事。

林文月曾說，在普魯斯特的《追憶似水年華》裡，很多事情都可從吃追憶。對她自己而言，對宴會的回憶，除了做過什麼菜肴之外，與何人共享、發生什麼事、說過什麼話都成了回憶的軸心。當年只道是尋常，如今想來，這些朋友中許多人已不在，更是令她感慨，亟欲寫下來的主要原因。娓娓道來的筆調雖樸素平實，然有別於食譜的單調，時而展露專屬於廚藝的熟煉巧技與心得，時而表現家庭主婦的精打細算。這篇文章除留駐做菜和記憶交會的光芒，那以文字記敘為孝敬父親、取悅美食家的老師而親手調羹的心情與態度，何嘗不是「以文學藝術之經營來書寫飲食」？

另一位女作家徐世怡則透過飲食書寫回顧自我成長，在她而言，飲食是離鄉背景的飄泊者安慰鄉愁的解藥，是流連時間的飄泊者無止盡的追尋：「飲食文化是一群人在時空環境中，慢慢釀出花朵。打開生命的大鍋，回憶的味道總會裊裊溢出。」因此，在異鄉的烹飪過程呈現遊戲玩味的狀態，成為忘我的迷惑樂園。

屬於林清玄入口即化的〈清雅食譜〉，則以頂針為技巧穿梭織就成連環式的美食記憶，如「說到水仙茶，是在信義路的路攤尋到它，對於喝慣了茉莉香片的人，水仙茶更是往上拔高，如同坐在山頂上聽瀑，水仙入茶而不失其味，猶保有潔白清香的氣質……水仙茶是好，有一個朋友做的凍頂豆腐更好……」彷彿一連串音符成鏈地帶出平淡中慢慢品味的驚豔感覺。

(3)舌頭掀起的革命

原名何國道，上海出生，香港長大，現居美國的杜杜，以其豐富的中西文根底，在《另類食的藝術》、《完全飲食藝術》中，以隨手拈來的東西掌故，出入醫學、科學，幽默而閒散地東拉西扯，並附可以實際操作的食譜，表演性十足。由篇名如〈青蛙無景變田雞〉、〈雲吞與陰陽哲學的關係〉、〈功德無量說芥辣〉、〈天然風韻的法國布列斯雞〉、〈散步的母雞不要吃〉、〈燒豬論文和通姦〉……等可見混雜化、隨筆式，後現代文拼湊的特質。

唐捐對食物提出另類思考，以宗教、生命觀點寫化為食物的靈魂：「少年 Q 挾起一塊羌肉，用力咀嚼，鮮美的汁液在唇喉間流淌，堅韌的肌腱使舌尖牙齦略感酥麻。Q 放鬆身體，細細體會這無邊的美味，忽然，他發覺有一種陌生的稠狀物，在細胞的夾縫裡凝結，如焚餘的塑膠袋或保麗龍，頑固糾纏，難以消解。啊，那或許是羌肉中飽含的毒素，由痛苦怨懟悲哀絕望悔恨的情緒化含而成。」它像一本毛血懺悔錄，把生命的精神、肉體之間的相互表裡，轉換描寫得淋漓盡致，以致食道在吞嚥滋味的同時，也因為胃裡醞釀食物的反撲而充滿不忍的罪孽感。

以飲食寫人生處境、人情世事乃至人與人錯綜複雜的糾纏開拓了味覺疆域，此中拿手者如徐國能的〈刀工〉：「晚年父親不再提刀，只寫書法，字中一派圓潤祥和，甚至近於綿軟，不像是殺生無數的人所手書，有一回父親擲筆浩嘆：『我的刀法從字中來，還是要回到字裡去』。我仔細回憶父親用刀，並揣摩了他的書法，這才了解父親用刀的技藝，『老王』可能是個神靈啟蒙，而真正的老師，恐怕就是那些人生的風霜，與積疊成簍的唐碑晉帖吧！」文藉刀工寓人生之理與文學之境，與其另一篇得獎之作〈第九味〉由「鹹最俗苦最高，常人日不可無鹹，但苦不可兼日，況其苦味要等眾味散盡，方才知覺，是味之隱逸者，如晚秋之菊、冬日之梅。鹹最易化舌，入口便覺，鹹到極致反而是苦。所以，在尋常處往往最不尋常之處，舊時王謝堂前燕，就看你怎麼嚐它了，」道出苦衍生出的飄零之味。由是，飲食中種種滋味，不只是增菜添香的佐料，更是人生世態的呈顯，創造出飲食文學的另一風景。

高翊峰的〈料理一桌家常〉與之有異曲同工之妙：「豆油清淡，麻油太補易上火；米酒味道節儉，高粱價高易醉。這是媽媽的主論。爸爸也會說，麻油入肉能強精壯腎、補建男人地位；高粱氣味才撐得起舊時面子，米酒只能煮出含酸湯頭，引不起別人稱羨。」母親如豆油清淡莊重，如米酒勤儉持家，父親如麻油極盡猛烈，如高粱豪氣干雲，作者藉由雞酒來買醉，忘卻看見父母吵架時的難過苦悶，而父親則藉此補建他男人的地位—無論是心裡或生理上的，讀此文讓恍然原來料理飲食之間是塵世微妙的糾葛。

羅青〈吃西瓜的六種方法〉裡將西瓜化為哲學的代言人：「西瓜的哲學史／比地球短、比我們長／非禮勿視勿聽勿言，勿為——／而治的西瓜與西瓜／老死不相往來」大發奇想地藉吃西瓜之法分析瓜類無為自在的生命觀。至於焦桐的《完全壯陽食譜》則是驚天動地一場味蕾與文字的情色革命，有詩意吟哦與細碎私語的慾念意識流，屬於現代後現代新詩隱喻式的生命探討。張小虹對其評論是「這是焦桐的第一本『詩房菜』，驚天動地一場味蕾與文字的情色革命……如果《完全壯陽食譜》顛覆了政治語彙的『威而剛』神話，那它同時也改寫了愛情語彙的『繞指柔』羅曼史。」夏宇〈甜蜜的復仇〉：「把你的影子加點鹽／醃起來／風乾／老的時候／下酒」讓人對料理的轉化想像驚愕。

(4)七嘴八舌的飲食文學

飲食，做為人類生活與文化行為中不可或缺的一部份，在近年來登上被書寫的重要角色，一時間，飲食不再是被油煙包圍的廚房後臺，而耀眼地擠入殿堂被研究，如財團法人中國飲食文化基金會所辦的研討會，焦桐、林水福主編飲食文學論文集《趕赴繁花盛放的饗宴》。國內作家專集、選集、合集則助長並反映這股飲食文學熱潮，使飲食文學正式成為台灣文學的主流類型之一。

眾人以百家爭鳴之姿各騁其妙，如盧非易出版的《飲食男》寫來靈趣生動，援引諸多西洋飲食文學典故算是先聲。韓良憶的《羅西尼的音樂廚房》結合美食與音樂，另有結合旅遊及美食經驗所著《美味之戀》、《微醺之戀》、《食在有意思》、《雙唇的旅行》。葉怡蘭《在味蕾的國度，飛行》、《台灣生活滋味》、《玩味：Yilan 的味蕾筆記》。另如方梓《采采卷耳》，寫菜蔬與親情；劉克襄《失落的蔬果》從失落蔬果的知識呈現憶舊情懷；黃寶蓮《芝麻米粒說》寫各國飲食兼及習俗風情、美味比較，文章像生活隨筆。蔡珠兒曾經是媒體文化記者，《南方絳雪》、《饕餮書》、《紅燜廚娘》將論文與飲食結合，名物之學合抒情述感交錯，充滿知性的肌理；汪曾祺《五味》文字間穿插圖片，增添閱讀效果；簡媜《吃朋友》藉三五好友圍坐餐桌說出自己的故事，共享人生感悟。

小說家如李昂《鴛鴦春膳》、《愛吃鬼》以飲食寫情慾與政治。張曼娟《黃魚聽雷》，寫的是家常飲食與成長記憶，以及生活。至於張維中的《九層之家》，則以一種偶像劇的風格寫一家老舊客家餐廳的故事。

各呈現其以美食專家姿態所評點的系譜，形成與散文家、詩人或小說家不同風味的飲食版圖，開創新的飲食書寫形式，讓人透過文字也深深品嚐到味蕾跳躍的興奮。

近期異國飲食文學圈裡，承載作家的心情變化、展現民族食味的作品如露絲・克蕾爾《天生嫩骨》、彼得梅爾《山居歲月》、法蘭西絲・梅耶斯《托斯卡尼豔陽下》、《美麗托斯卡尼》、阿言德《春膳》、渡邊淳一《失樂園》以小說散敘方式將生活與飲食、文化與品味、旅行與食物的個性兼容並陳，使得飲食書寫版圖無限延展。

文學和烹飪的相似之處在於由有法到無法，由選取素材到各憑巧思創作，它可以是技的琢磨訓練，也可以是想像力與創造力、美感與節奏的推衍鋪陳。透過以飲食書寫為主題的名家風格，就像食譜般在學生腦海裡攤開飲食文學版圖，這些以地標方式樹立的典範，既是打開學習眼界的實景，亦是增進寫作創新功力的墊腳石。而以飲食作為書寫策略，讓味蕾所舞弄的色香味感，捲起情思回甘的演繹，也讓學生在閱讀這些前輩彈奏出的風情裡，呼喚起屬於自己的記憶，潛藏內心的寫作慾望。

蕾一樣綻放著舌尖

所謂行家出手便見真章，觀摩行家之作，一則可以取法其寫作技巧，另能觀其書寫策略出奇致勝各展風貌之處，如此胸中有丘壑，下筆自能在平凡中有新的切入點而開發趣味。

既然天天得吃，吃的是什麼？和誰在一起吃？以及如何吃而決定食物的意義、生活的趣味和個人生活品味。如果飲食即生活，在生活中飲食，也在飲食中生活，那麼，我們何不引導學生以飲食為材，寫下異類的生活筆記？

要點

上窮碧落下黃泉，緊盯飲食料理好滋味，為菜色拍照。上網、查書、翻雜誌、看廣告，找出描繪飲食的佳句三則，並標明出處。

除了親口嚐鮮品味，熟讀名家之作是讓自己筆下別有風景的不二法門。通常老師們總先準備好成套的講義給學生，但在容易得到的不值錢心態下，總流於虛擲。不如讓學生們各顯神通動手動腳找資料，再配上整理好的講義，豈不更有看頭？你瞧！他們真的上天下海多方「捕獵」：有寫口味感覺的、有鉅細靡遺道作法的、還有娓娓說演變的，至於那套餐的精緻、自由組合中的創意，檢閱之餘，怎不叫人食指大動？如：

四海遊龍鍋貼——鍋蓋一掀，煎台上兀自噗滋噗滋作響，鍋貼的底皮成金黃色，煎得焦、香、脆，而外皮仍是軟嫩，至於內餡呢？一口咬下，熟透的肉餡汁鮮甜入口，雖是燙了舌頭但仍義無反顧地吞下。（陳宜君編著《台北小吃》）

她最怕溫吞開水，要喝就是燙燙的，紅茶濃濃的香香的那像醇酒似的顏色更美，不喝捧在手心嗅，再鼻子聞聞都好，那淡淡的幽香更使她的心靈沉靜過，也陶醉過。（琦君〈菁姐〉）

當學生在搜羅閱讀這些作品，就彷彿看到菜單上的照片，視覺聽覺上的呈現與想像齊飛，令人食指大動，也勾起對飲食的記憶與感情。這時先要求學生們簡單寫下愛吃的點心、印象深刻的菜餚、飲料……一時之間，教室如餐廳，稿紙如餐桌，隨筆揮就一杯杯珍珠奶茶、檸檬沙士的小品、一碟碟蔥爆辣子雞、遊龍戲鳳擺出喜宴，還有那樸素而有典故的金鉤掛玉板「黃豆芽、豆腐湯」、紅嘴綠鸚哥「炒菠菜」以及浪漫無邊的起士蛋糕與卡布奇諾……

一、秀色可餐

一如畫圖得先構圖，但要創造似畫的盤碟與菜色的絢爛則還得靠顏色。裝扮食物之所以吸引人，在於第一眼接觸時的色彩，察色、看形展現飲食在色彩上的美感、浪漫的想像。因此，著力於為蔬果甜點添加亮麗的顏色，是寫飲食散文的基本功夫。

作家說法：

朱天文在《世紀末的華麗》以繽紛的材料展開料理的圖景：「她用兩茶匙的肉桂粉，半匙丁香，桂花，兩滴薰衣草油，松油，檸檬油，松果絨翼裏加塗一層松油，與油加利葉、扁柏、玫瑰花葉、天竺葵葉混拌後，綴上曬乾的辣紅朝天椒，莉果，日日紅，鋪置於原木色槽盆裏。」

趙繼康在〈花的菜餚〉裡敘述昆明吃花的地方美食：「鮮黃色的金雀花，一朵朵看起來很像小鳥閉合著的小嘴，只需開水燙一下，用來炒雞蛋，盛出來的盤子金光燦爛。」有了亮麗的顏色加味，那滑嫩的金雀雞蛋、綠葵紅椒顯得格外鮮美多姿。

要點

描形著色、添油加醋……

1 以視覺顏色線條、光影、畫面展示一道菜、一杯飲料或一盤點心，如「乾柴白米岩骨水，嫩筍綠茶石板魚」的配色是不是勾起食慾？

2 別忘了在紅藍綠白的彩色之外，用點想像和比喻，讓色彩光澤也在聯想之中有呼吸的生命感，和豐富多樣的面貌，如此才能達到「秀色可餐」的效果。

・凝在銀製托盤上，薄可透光的粉橘紅色薰鮭魚片，有如輕啟朱唇，散放著絲絨似的油潤光彩。（楊玟英）

・覆蓋在上面的新鮮的奶油，細緻地收斂起咖啡的溫度，彷佛高空中一朵淨潔純白的雲。

・黑亮香醇的黑森林魔鬼蛋糕在口中遲遲散不去，像神秘的幽靈。（吳曼萍）

・酥皮濃湯：烤得焦脆金黃的起士酥皮，散發著一股迷人的色澤魅力，一揭開來，乳白色的濃湯浮沉著鮮美的海鮮，構成一幅動人的畫面。

・圓鼓鼓的棒棒糖是沒有四肢的小寶寶，大大的頭頂在軀幹上，好像一不小心就會滾掉下來。它是世界上最甜美的回憶，讓我嚐到各種不同的口感滋味，深深地埋入心坎裡。（林孟涵）

二、親口嘗鮮

描寫飲食不外乎色香味，當顏色刺激腦下神經的同時，其所飄散出來的味道，已是靈敏的鼻子所無法抵擋的誘惑，更何況在唇齒之間、舌牙琢磨之際所營造出的氣氛和滋味，因此讓筆下的菜餚添點油、加些醋，投入雜陳五味，然後衝襲喉管、征服腸胃，把這段嘗味的過程細細精雕，那無窮滋味將不只味覺裡流轉，還會化成萬般享受與迴盪。

作家說法：

錢鍾書的《圍城》不僅寫出婚姻如攻城的妙喻，對於飲食的譬喻也見妙筆：「終於找到一家門面還像樣的西菜館，誰知道從冷盆到咖啡，沒有一樣東西可口：上來的湯是涼的，冰淇淋倒是熱的；魚像海軍陸戰隊，已登陸了好幾天；肉像潛水艇士兵，會長時期伏在水裡；除醋以外，麵包、牛奶、紅酒無一不酸。兩人吃得倒盡胃口。」亞里斯多德以巧喻來衡量詩人的天才，因為喻之於句不是裝飾意味，而是點石的煉金術，就如「魚像海軍陸戰隊，已登陸了好幾天；肉像潛水艇士兵，會長時期伏在水裡」之比擬，活潑而生動地將食物不能下嚥的僵硬生冷，寫得入木三分。

要點

眼鼻唇齒之間的歡唱與腹胃裡的奇遇

1 著眼於山珍海味，葷素醬料的顏色、形狀、線條、味道、口感……。

2 再以視覺意象、味覺意象「調味」。

3 然後以唇齒舌喉與其他感官間交錯觸動所引發的震撼、單純的直接的心靈悸動「醃漬」，便是一張絕佳美食圖。

・杯中洛神花茶漣漪著一池媚艷，但色彩雖膩厭得穠麗，卻飄盈著素淨的芳蘊。緩緩地入口，沁涼著茶甘，滲透著花甜。

・陳皮的醃鹹、菊花的清柔、梅汁的澀酸，藉由龍膽葉調和，舒暢地在口腔中流竄。（藍逸群）

・麵條富於彈性的身段，在口中娉婷跳躍；湯和蔥花香水乳交融，在口中跳起華爾滋，一股暖意在體內流竄。今年台北的冬天很冷，但因為有一碗師傅用心製作的麵，所以不冷。（陳仲涵）

・當唇尖碰到巧克力的那剎時，全身細胞瞬間甦醒，充滿興奮。在舌面滑動的是一種不可思議的浪漫，像數千朵玫瑰在舌尖

綻開，我沉醉於這上了癮的狂戀，戀這一份濃烈香醇的奇蹟。（莊雅筑）

・深黑色的海苔靜靜的躺在砧板上，就像深蘊的海洋，似乎可以聞到鹹鹹的海草與珊瑚耳鬢廝磨的呼吸聲。（陳佳青）

・在薑母鴨熱情的擁抱下，青菜變得柔柔軟軟、服服貼貼，看起來嫵媚動人。滾滾鍋裡泛起一陣迷霧，老薑辛辣的威力、酒精香醇的誘惑，勾引著我們就像饑狼撲向獵物，眾筷齊下，醉入歡腸。（金康嵐）

・樸素翠綠的生菜透著青綠的光暈，珊瑚橘的紅蘿蔔絲散發出清絕的香氣，泛著咖啡色斑點的苜蓿芽，就像一灘融化的冰淇淋上的巧克力豆。萵苣以鮮豔的紫色打破原有的寧靜，華麗典雅的色調，為眼前這碟沙拉增添一分高貴的氣息。

淡橘的千島醬融合這幾種看似不搭調的顏色，樸素中有繁華，繁華中又不失清靜，完美地呈現在餐桌上。夾起一片生菜，在嘴裡嚼著，喀滋、喀滋的聲音，那是一種舒暢幸福的感覺……。（賴思璇）

・熱愛中式飲食的家父，硬是要我嚐一口飯糰。迫於無奈，我只好捏緊鼻子朝微微露出肉鬆餡的飯糰狠狠地咬一口，那力道之大，就像是要把所有的不滿都在這口飯糰中發洩出來一般。原以為飯糰會在我的味蕾上報復我剛才的粗魯，讓我食不下嚥、作嘔連連，想不到中國人的傳統美食也具有了中國人不記仇的好脾氣，無比善良的飯糰依舊願意將潛藏一生的甜美與我分享：團結的糯米飯肩併著肩，手拉著手，將油條小姐、肉鬆先生、菜圃婆婆、酸菜爺爺、還有蔥花蛋太太，緊緊的保護在白色的城牆內。雖然如此，仍然逃不過由好吃的我所率領的鋸齒軍隊，從眉頭緊

皺到欲罷不能，一座拳頭大小的「飯糰城」就這樣被我囫圇吞棗吃了下去。（陳純琦）

・夾起一片在大骨湯涮裼的牛肉片，沾些醬料送入口中，鮮嫩Q滑的肉質與鹹辛的醬汁在口腔中緩緩擴散，同時咀嚼著微甘的白飯，濃淡適中的味覺雙重奏強烈刺激食慾。

豆腐的甘甜柔軟，天婦羅的咬勁十足，豬血糕的厚實黏稠，蘿蔔的清淡爽口，鵪鶉蛋黃的綿軟，蛋白的彈性，再加上微帶酒氣，鮮美多汁的醉雞肉片與鹹脆嗆辣的泡菜……，飲一口甘美的紅茶，一股冰涼滑入喉頭，直抵胸腔，漫延全身，彷彿冷漠的冬日融化成三月的春風蕩漾，綿綿冬雨中百花綻放，而舌齦間含著的，是十一月少見的暖和氣溫。（崔舜華〈飲食日記〉）

在選取焦點之後的運鏡中，可見學生們或馳騁想像以爆香、或以擬人譬喻排比來添味，讓煽動於舌尖唇上的食物不僅刺激味覺，更召喚眼耳鼻地共舞，使盤中飧化為感官的享受、心靈的盛宴。如舜華文中「彷彿冷漠的冬日都要融化成三月的春風蕩漾，綿綿冬雨中百花綻放。而舌齦間含著的，是十一月少見的暖和氣溫。」這類的描繪使實虛結合，而形成更豐富的意象。

飲食之迷人正在於其顏色發出的電波，讓人目瞪口呆全然被震懾而無法思考，及至其氣味噴濺的煙霧彈，再理性的人，再有地位的人都不免降服而聞香下馬，為的是打開這「所羅門寶藏」的驚豔與滿足！所以「卡文・克萊出現在比佛利山坎農路上，不是為了女人，而是一盤螃蟹沙拉。聖羅蘭只要一想起俄式夾心煎餅的味道，幾分鐘之內，人就在瑪德達大道上，大快朵頤。」（李欣蘋　誠品〈完全不忠誠的慾望藍圖〉）

那於味蕾上搔首弄姿的葷素油潤，在舌間上竄飛騰躍的酸甜麻辣，於齒牙間廝殺兼併的慾望饑渴……都在吞嚥的動作裡完成朝拜的神聖儀式，由齒頰留香與飽嗝足腹的情境間享受擁有的山盟海誓，無怪乎伊丹十三在〈蒲公英〉中形容吃到美食與飲下美酒時說：「時間突然變得悠長」。

跳舞的廚房節奏

一、廚房的魔術與主廚的法術

1996 年法國十三位名廚發表〈真實法國料理宣言〉，文中說道：「大自然給予人類最好的，卻沒有絕對的完美。料理的藝術正在於不斷研究，以達到『絕對的完美』」。這種完美的態度如同求「道」般莊嚴。事實上，這樣的心情每天都在身邊上演，無論是觀看媽媽煮家常菜熟悉的動作，或大廚們俐落的身影，都有如女祭司或術士的掌廚在廚房這大舞台上，以刀劈剁拍混合的打擊樂、熊熊火燄燃燒成的魔力，透過鍋碗瓢杓間的對話，或演辯，或輕聲細語的談心，傳送出強烈的節奏與光影噴出的線條。儀式在慎重其事地水油之舞中，濺成麻辣鹹酸的香味，惹得胃裡沉睡的絨毛鼓噪不已。

以「廚房的魔術與法術」為題，寫自己下廚，或觀人備食時，流竄於耳目眼鼻心肺腸胃之間的躍動，張揚於色香味之中的音樂舞蹈或人生劇本，將可以讓學生端出來的家常菜別有自家風味，讓食物的味覺，這項庖膳功課銘刻人生滋味。

此外，味之於飲食猶如聲之於音樂，動作之於舞蹈。如果以舞蹈形容滋味、以聲音樂器旋律形容口感、以動作觸覺表現食物性質，當彼此相濡相和共舞時，將更能有多樣的躍動。

廚房之於女人，一如舞台之於舞者與演唱者，那是專屬女子的學校，一心為洗手做羹湯準備的考場，也是抓住男人胃的魔法道場，因此當女人拿起鍋碗瓢杓時，即將演出的不只是上刀山下油鍋式的莊嚴儀式，頂禮膜拜口唸咒語般宗教性的神秘，更是魔幻寫實的超現實合奏，你瞧：

「在一間溫暖且繁複的廚房裡，一個保守女子歡愉地洗滌菜蔬，以各式刀具拍、切、剁、刨、剜……她熟悉各種料理法，只要有一台雙口瓦斯爐及兩個插座，她便能讓炒鍋、燉鍋、烤箱、電子鍋……組成一支歌舞團。當各種肥美的氣味飄浮在這間廚房裡：成熟蹄膀的鼾聲、清蒸鱈魚白皙的胴體、油燜筍嬌嫩的呻吟、干貝香菇菜心的呼喚以及什錦豆腐羹發出孩童般的竊笑時，她已經準備好各式相襯的餐具與裝飾用的綠菜葉，並且撥好兩粒軟綿綿的紅柿，盛放在描花青瓷小碟上，多麼像得道高僧啊！」

這是簡媜在〈肉慾廚房〉一文中搭起的想像爐竈，記錄每一種食物與她的超友誼關係，無論你是親自下廚、跑堂打雜偷學幾招或是聆賞大師如庖丁解牛般的藝與舞、法與智的戲碼，請以虔誠禮敬之心，寫下這神聖的廚房儀式。

要點

1 取鏡廚房裡展開的作菜儀式，細瞧師傅怎麼經營一道道美食：師傅的手勢、身段、安置菜色的韻律、節奏以及下鍋起爐間諸料齊鳴，眾器共發的調式……敘述上著重於現場感的轉播、臨場感的寫實、觀藝的精采。

2 將菜餚飲食與音樂、舞蹈、藝術聯姻，與轉化、譬喻、排比結盟。

(1)色香味的節奏

・映照在海洋上的夕陽，閃亮成一條條拉麵，淘氣地溜出師傅的杓子，如一尾尾貪玩的小魚，穿梭在充滿海帶、貝殼和蝦兵蟹將的高湯裡。一不小心，被師傅灑下的魚網捕了起來，放在大碗公裡，再舀上一瓢雞湯、配上鮮麗多汁的叉燒肉、不油不膩的蛋皮，還有一片寫著「北海道拉麵」的海苔。一時間，農場、綠草、牛奶、羊奶糖的香味混合著海洋的氣味直撲我的肺。（羅婷手）

・番茄紅、蛋黃嫩、豆芽綠站成一首圓舞曲，吹出一節交響樂。在油滑步翻攪中、跳躍中，衝破紅橙黃綠藍靛紫的迷霧，昇華為斑斕絢麗的美好滋味。（蘇宣綺）

除色香味，海鮮拉麵因為有海景的搭配演出而格外寫實，讓人彷彿吸入的不僅是 QQ 滑嫩的口感，而是整個海的想像、浪的鮮味，還有屬於北海道的堅持原汁的理念。而「番茄紅、蛋黃嫩、豆芽綠」所演出的圓舞曲、交響樂，在斑斕多彩的顏色下，搶眼而迷人。

(2)轉化的詠嘆調

・解凍的那隻雞已經認命的閉上雙眼，為美味捐軀是愛人類的最佳表現。唰！我不忍地閉上雙眼，大刀與砧板敲出的鼓聲配

上抽油煙機咻咻的淒風，是雞隻的悲歌。別難過，至少你下葬時有綠蔥和紅椒相陪。（林芮如）

・晶瑩剔透的鮮奶油被引進地瓜粉的漩渦中，晾在慾求不滿的陽光下。在交融的一剎那，用「怒髮衝冠」的熱油，來個「棒打鴛鴦」！嘶──無聲的淚也不被允許。在二指外的「飢餓喜房」內，酥脆的、香郁的外皮不再是保護色，而是融化在我柔情舌尖下的妳，如此甜美。（尤詩涵）

「解凍的那隻雞已經認命的閉上雙眼，為國捐軀是愛國的最佳表現」、「怒髮衝冠」的熱油，來個「棒打鴛鴦」！為的是滿足「飢餓喜房」展現出精彩的創意與絕妙的形容，將待煮的雞神聖化、熱油神氣化、人的腸胃慶典化。

(3)食與樂的婚禮

・飲食與做菜都是一門藝術。今天要做的是清脆、爽口又帶有華麗的田園蔬菜沙拉，我幻想以貝多芬的田園交響曲結合成為藝術中的藝術。

身為指揮的我，指向低音大提琴和低音號，放入了高麗菜和青椒，進而牽引出小提琴的旋律。迷人的音色一如番茄的野韻勾動我的味蕾，切絲的紅蘿蔔和小黃瓜是群活蹦亂跳的打擊樂，迫不及待叮叮噹噹地加入合奏的行列，平衡蔬菜的水煮蛋與馬鈴薯泥，像中提琴和法國號漾出溫和的好滋味。

輕鬆的曲調頓時轉為浪漫柔情，樂曲的尾聲由長笛豎笛輕輕點綴：我灑下淡粉橘色的千島醬，綴著鮮艷欲滴的沙拉。這是完美

的婚禮，挑逗我的胃、我的心，這就是食與樂的魔力。（唐光楠）

・閃爍金光的柴魚片在騰騰熱氣中扭動不已，像在誘惑的笛聲中般，舞著香，也舞著無法形容的完美，這是日式大阪燒誘人的地方。一層層的豐盛配料，欲滴的鮮明色彩，在師父熟練的揮舞鍋鏟之下，一個個蒸氣騰天的大阪燒服服貼貼地隨鐵鏟滑入雪白晶亮的圓盤中，像嬌而無力似地出浴貴妃，隨之而來，便是「大珠小珠落玉盤」的清脆聲響——！！！（余玉琦）

無論是自以為指揮驅使「低音大提琴和低音號」、「法國號」奏起的貝多芬的田園交響曲第一樂章，或是「像嬌而無力似地出浴貴妃」，發出「大珠小珠落玉盤」清脆聲響的大阪燒，在音樂的添姿加味之下，觀看作菜的過程一如完美而妙絕的秀場，提供無邊的視覺與嗅覺、無盡的心與靈的饗宴。

(4)食與舞的共鳴

・日本師傅作手捲最是好看，像是藝術一般。瞧！如鳥飛轉之輕靈，如魚躍動之快捷，只一個手勢，材料便安穩的躺在海苔搖籃上了！（吳彥蒔）

整個視角扣緊靈動的鳥與魚的意象而鋪陳，手捲的姿勢與「如鳥飛轉之輕靈，如魚躍動之快捷」的形容都緊貼「靈巧」之藝與技，展現乾淨俐落的線條之美，作食之美學盡現其中。這讓人想起徐世怡在〈水餃〉一文中，也是以天鵝舞為意象寫二姐包的水餃：「她就是可以把水餃包挺傲有角。和別人的水餃比起來，她的水餃隊伍簡直是一排巍峨站立的天鵝芭蕾舞群。水餃從腰窩弧度拔起挺胸的曲線，我幾乎要懷疑那些驕傲的水餃已經長出脊椎骨了。軟軟的一張圓皮被拉持連續的幾何平面，薄薄的皮裡包著結實的肉餡，伶俐的彎皮角度下藏著不破皮的韌度，二姐捏出的水餃就是與我們這等泛泛之輩有很大的不同。她的每隻天鵝都挺胸揚顎，整齊白淨，那麼整齊的角度活像訓練多年的古典芭蕾舞團。」所用的比喻從天鵝到舞團，將水餃生動地形象化。

(5)食與書法的匯通

庸庸碌碌結束一天課業。外婆總伴著那一道背影在巷底木門口等我，不同於朱自清的酸楚，這背影給我滿懷暖意。

外婆總愛誇我文筆好，而我所驕傲的，則是她在廚房裡揮毫自如。

昨夜那道清蒸鱈魚太腥，大家碰都沒碰，今晚外婆將它拿出來潤了沙茶，橫豎一涮，東坡般的雄健率直，可謂「蕩氣迴腸」。至於那盅頂天立地的燉蘿蔔，一燉一化間，中氣十足，羲之般長期磨練的力道，綿延不絕，流香百「齒」。油爆青菜瀟灑撇於盤間，誰說家常不解張芝？紅燒肉精如歐碑、渾若蘭亭透出熟潤而不散的恰到好處。

華燈初上，我似文人雅士幽賞淺嚐，名作滿腹，意猶未盡。

世上雖有山珍海味，卻不及家人親製珍饈。中國人好美食且善品食，不是憑空尋覓，而有一份隱藏於菜色下的情分。

（林芮如）

由文筆而至書法的聯想充滿藝術性的意象，乾淨俐落地帶出外婆的個性與才藝。王羲之的力道，張芝紅燒肉精如歐碑、渾若蘭亭透出熟而不散的恰到好處進一步巧用書法筆藝、東坡豪情、碑帖韻趣凸顯做菜之藝與入口之情。

二、獨家食譜的祕訣

自孔子強調「食不厭精，膾不厭細」以後，歷代宮廷菜、官府菜、筵席菜、家常菜都以此為原則精益求精，而文人以流風餘韻所添加的食味，無論是蘇東坡與佛印間的「毳飯」、「皛飯」，或用雜菜如蔓青、蘆服、苦薺作的「東坡羹」以及開創出獨門功夫，自稱「饕餮侯」的曹雪芹所編《居家飲饌錄》、烹調精細不同凡響者如《紅樓夢》第四十一回中對「茄鯗」、袁枚《隨園食單》、李漁《閒情偶寄》中的「飲饌部」……各有其獨門私房菜。

不管是鮮嫩野疏，或素淨菜根只要調以鼎鼐，烹燒得法則或風味清淡，或軟爛香醇，都讓人在記憶裡時時懷想。如果以文學的方式述寫食譜流程，其間材料相遇所迸的火花、料理間所激濺的聲響、誘之於唇舌鼻端的色香，何嘗不是迴盪於心魂的感動？

(1)烹調戲法

「黃州好豬肉，價錢如糞土，富者不肯吃，貧者不解煮。慢著火，少著水，火候足時，它自美。每日起來打一碗，飽得自家君莫管。」這是「東坡扣肉」的滋味，隨著詩文裡的作法一一流傳民間。因此會吃會賞，還得會下廚動手做，如果，以戲劇電影狀寫作菜的配料、處理過程和現身的姿態，能這樣將這飲食藝術端上文章裡，豈不讓人彷彿置身流理台的鍋爐前。看著一場場特別為自己量身定做的實驗，在眼前演出，那又是另一層藝術。而你，將是文字廚師，料理著一段段迷人心魂的美文。

要點

1 描述家常菜、拿手菜示範作法，著重於材料、份量、作法、步驟等過程。

2 聚集於一個焦點，一樣菜，並仔細寫出做法、吃法及色香味。

3 以想像為調味料，以聲光色味作為配樂，寫出感之於心，動之於眼的美食秀。

・等待多時的土雞，不耐煩地發出啵剝聲，湯鍋裡一時天搖地動了起來。媽媽信手把在三溫暖裡浸泡許久的香菇取出，以拋物線優美的弧度丟出一個三分球。喲！頓時天雷勾動地火，激盪起陣陣金黃漣漪，空氣中每一粒細小分子全都染上懾人的馥香，那甜嫩的雞香因子，在我肚皮上以敏捷的鼓棒敲得叮咚作響。（楊燦寧）

・每到過年，最興奮的是做拜拜用的蘿蔔糕，首先的準備工作是做蘿蔔糕的米漿。在來米泡水大概一個晚上，隔天再磨成漿，濃稠如牛奶，但獨特的米香樸素而恬淡。

奶奶會從家裡的田挑些漂亮的蘿蔔，我們總在一旁用豔羨的眼神看著那白玉般的蘿蔔在奶奶的手上變成了細絲，再變成泥。此時，總會聞到媽媽或嬸嬸炒著紅蔥頭、蝦米和碎碎細肉的香氣。

材料準備就緒，那有半個圓桌大的蒸籠就派上用場啦！將米漿和蘿蔔泥攪拌均勻放入蒸籠，初時還要不停攪拌。這是一件很費力的工作，所以全家人輪流待候這一鍋逐漸由淡稠到黏糊的什錦好料。蝦米和紅蔥頭在蘿蔔米漿中上上下下，就像電視綜藝節目的歌星在雲端上跳舞一樣，帶著虛無縹緲的微醺。

攪到米漿黏稠時，媽媽不顧我們反對蓋上蒸籠，將我們和那白色的雲海世界隔阻開來。我搬了張椅子，坐在蒸籠旁邊。我總覺得，大人一定趁我們不注意的時候偷偷放了什麼東西，或是把裡面的東西換了，否則為什麼水水的米湯會變成蘿蔔糕一整塊的樣子？

裊裊輕煙從蒸籠邊浮了出來，我盯著蒸籠，傾聽裡面的材料翻轉游泳……奇著呢！蒸的是蘿蔔糕，卻連蒸煙都彷彿有了蘿蔔那清香的味兒。

蘿蔔糕終究是蒸好了。上面一層是有點焦黃色的，透著薄薄的幾乎像空氣一樣薄的油光。切的時候，不像外面賣的那樣方方正正，表面也不像外面那樣光滑，而是有種鬆鬆粉粉的感覺，甚至有一點沒磨好的牽絲，多年後方知那是我對節日與家人的牽絲。（陳莨之〈蘿蔔糕〉）

坊間食譜擺出數學般精密的計量與公式化的步驟，但以文學手法是否可讓食譜有不一樣的風情？如「在兩個竹節之中，蠕動著的潔白竹蛆，至少有一磅半到兩磅。剖開竹筍，倒出來足足有兩大碗。珍珠一樣潔白的竹蛆，甚至連洗都不用洗，往油鍋中一倒，油炸至半焦黃，盛在盤子裡，也很像印度或西班牙小種的花生米，略加鹽和胡椒，挾進嘴裡真是入口即酥化，而且帶點竹子的清香味。」（趙繼康《喫遍天下》）或如三毛在〈沙漠中的飯店〉純搞創意，把粉絲說成春雨，「螞蟻上樹」，則是「是你釣魚的那種尼龍線，中國人加工變成白白軟軟的了。」逗得荷西既愣得滿腹狐疑，又滿心期待。無怪乎駱宛萱會如此盛讚女人在廚房世界創造一片樂園之趣，如：

「婦功」烹飪是女人的宿命，是傳統父權加諸女性的侷促。家事鎖住女人的腳，讓她們在大門不出二門不邁。兩個女人間的廚房之爭，或明或暗地切割著婆媳的地位，因此維京尼爾·沃芙在《自己的房間》中大力提倡女性走出廚房進入書房，但在高唱新女性獨立宣言的同時，何不想想：廚房其實也是女人能獨享的世界，在食譜所創造的天地裡建立女人的文化與生活空間的象徵，或「糖鹽共醬醋一味，瓢鏟與鍋碗齊鳴」，或「青菜蘿蔔燴一爐」，這樣女性自我完成的樂趣，自己創造藝術的感受，又豈是那遠庖廚的男子所能參與和感受得到的?（駱宛萱）

(2)創意食譜

食譜者，顧名思義是食物處理過程，小至原料、佐料等份量，大及料理步驟，目的在使按譜施工者都能如千年修行的師傅般炒出一盤好菜。如果將食譜轉換為敘述成功之道、作文必備修鍊法門、百米競賽武功法術……將會是什麼樣的譜系？

要點

請以中外藥方、中西餐飲食譜形式，提供獨門經驗如作文練功術、追分成功法、吸分大法……、

世情全席

你來，你可以點任何你想要的食物，除非你付得起……

歡迎光臨

菜　類	菜　單	抵換金額
合菜	長生不老	尊嚴
	返老還童	純真
	大展鴻圖	二十年生命
主菜	人際拼盤	快樂
	名聲鐵板燒	勇氣
	青春羹	想像力
湯品	愛情麻辣鍋	浪漫
	魅力湯	愛心
	蠱人湯	忠心
	馭人湯	親情
	IQ 湯	EQ
飲料	升職茶	休閒時間
	好運茶	樂觀
	美聲茶	味覺
點心類	明星臉孔派	笑容
	魔鬼身材派	自信

（陶曉寧）

實驗是將夢想化成真實的必然要件，就像這些以食譜方式呈現的各種招術，有老生的追分經驗談，有以哲學家觀點參悟點出的「世情全席」，這樣化用食譜所寫的說理，真是別出心裁。

(3)美食地圖

池田利子文《吃定義大利》一書裡選了四十二事，寫成「挑逗味蕾的美食地圖」。蘇珊·羅德蘇格·韓特《二○年代：頹廢的巴黎盛宴》則藉當時文人聚會飲宴、食譜及其故事背景來勾勒那個時代。旅行者，不論是空間的旅行，抑或進入時光隧道，沿途所見食物食事，都像風景名勝一般引起興趣。

坊間食譜類的工具書，或是型錄式的美食指南、電影雜誌間的美食尋寶在經驗富裕吹來的享受風中蓬勃多姿。觀摩行家如何發現美食，饕餮客如何講究氣氛、聲色味間的藝術，廚師們如何匠心獨運經營新口味之餘，自己鍾愛的小店、常光顧的攤販，無論是潤嘴飽腹的滑潤，共結情誼的活動佳餚，必然有著屬於個人獨愛的心情。而以食所勾勒的生命圖像也在另類角度的切入下，呈現不一樣的風味！

要點

1 上窮都會下鄉村，動口動腳覓美食，介紹所發現的奇店佳餚。

2 以食堂、路邊攤、辦桌的大宴小酌為座標，畫出屬於個人口腹的地圖，如心儀的店味、傷心的口味、饕餮的品味、爆發的富味、有著阿媽的古早味……。

・其實有時候路邊攤的麵包並不輸連鎖麵包店喔！像三重前幾年風靡一時的滷蛋麵包。鹹鹹的滷蛋加上美乃滋的大膽嘗試，出自於一對在路邊擺攤，二十出頭的年輕夫婦，這說明不一定只有那些有店面的才能做出令顧客驚奇的作品。看日本美食節目中精心挑選某些產地的雞蛋、牛奶做出一個並不特別的麵包，而他們只用以簡單材料就做出如此人間美味，我心裡超佩服的！（王馨）

三、菜單裡的玄機

當年慈禧太后逃難時，村野鄉間沒有山珍海味，御廚只能煎豆腐、炒菠菜，卻因「金鑲白玉板」、「紅嘴綠鸚哥」好聽的名字而得西太后滿意。相較於外國名廚以原料、作法為菜名者如「香芹汁大蒜泥佐田雞腿」、「松果奶油夾心烤蛋白」，在中國能為每道菜別緻菜名才是飲饌專家，其中含蘊著文化象徵與心理期待，譬如蛇肉煲雞叫「龍衣鳳足」、蒜粒炒蟒蛇肚雞什件叫「龍肝鳳膽」、烏魚子、白蘿蔔、青蒜排列成「子子孫孫」、髮菜、青江菜燴蝦仁、魚漿、香菇球是「發財有餘」，既諧音又寓美意，讓平常菜入餚便成富貴，每一口都是希望，既滿足食的欲望，也飽足心的期待。

要點

1 收集酒筵婚席中、茶館餐廳裡的菜單，研究其名與菜的關係、其命名背後的寄意以及試圖達到的效果。

2 就所認為最炫、最美、最特別的菜名，書寫其風采與蘊義。

・中國人文學的雅韻在菜單上展露無遺，打頭陣的大拼盤在政商聚會時寫的是「鴻運當頭」，同一盤菜端上婚宴則是「花團錦繡」或命為「天賜良緣」、「龍躍九環呈吉祥」。

愈是高檔的五星級大飯店，取名愈是典麗多姿，譬如炸湯圓是「麒麟送子」、「花好月圓」、「紅袍錦繡齊歡慶」；鮑片燴北菇是「富貴雙方」、「情投意合」；清蒸海石斑則是「鳳凰于飛」，或名「兩情魚水春作伴」、臘味糯米飯是「珠聯璧合」、竹笙紅棗燉土雞是「金星伴月」、桑其提米拉蘇是「好事成雙」，連西米露這尋常冰品也以其白稠，而有個美得不得了的雅名──「白頭偕老」，若是加上芋塊，則名為「紫霞祥照百子圓」，最後一道水果是以「百年好合」、「良緣美果甜百年」收局，這一套酒宴吃下來，真正名副其實的婚姻祝禮！（駱宛萱）

・中國人語言文字的掌控能力，不但能夠創造出奧妙深遠的詩詞文章，更能夠美化生活，化腐朽為神奇，使原本不起眼的一道小菜，增添無限風采。就拿「雙耳聽琴」這道菜來說，雙耳是木耳和銀耳，而琴則分別為水芹和早芹。作法很簡單，只消把所有的材料加進鍋裡用沸水燙過即可，是一道簡便，但是能夠滋陰生津、止渴、清腦降壓、潤肺涼血的菜。（郭盈吟）

・這說到「吃」這門學問，誰能敵得過我們中國人啊？光是菜餚的名字，就把那些舶來品給打得落花流水。不信，就瞧瞧這道「霸王別姬」，光聽名字就架勢十足，誰能料到不過是甲魚（鱉），外加母雞下去烹調而成的。葷的名堂多，素的可也不少，「鼎湖上素」全用菇類及木耳類，包君滿意。葷素都嘗過了，就來個「珍珠湯」，雖然只是青嫩的玉米粒，但這名字可就加分不少。中國人果真是吃之中傑啊。（陳純琦）

果菜飲料的獨白

一、個性化的果菜

每一種植物的特殊性成就其天生的魅力與作風，其軟硬質感、口味與氣息所傳遞的聲色情意，其實是人的縮影，是社會各形式的象徵。因此無論以果菜植物的長相，以其行事風格或是居世態度著墨，都可以有很異類新奇的觀察。

要點

以擬人的方式點化果菜，賦予性格、氣質上的寫真。

・高麗菜拒人於千里之外，油菜犧牲小我完成大我，地瓜葉乏善可陳，榴槤貌合神離，冰淇淋水乳交融。（陳佳青）

・財大氣粗的皇帝豆、直腸子的空心菜、深藏不露的釋迦、防範未然的榴槤、花心大蘿蔔在「吃到飽」的召集令下趕來一一報到。（韓亞珍）

・雙重性格的柳橙，酸中帶甜，甜中帶酸；芒果最熱情，不斷把糖送到我嘴裡；芭樂正直，葡萄是個醋罈子，蘋果天真熱情，總露出純真的笑容；草莓是位嬌滴滴的弱女子，一碰就受

傷。（張嘉芸）

在人的個性、氣息與果菜性格的雙重結合下，高麗菜是一張「拒人於千里之外」的冷臉孔、皇帝豆頂著「財大氣粗」的冠冕、「柳橙是個雙重性格的人」，因為它既酸且甜……這樣的形容真靈動而鮮艷，有趣而絕妙！

二、果汁飲料裡的百樣人

將飲料擬人化時，各番茶水果汁像聯合國一樣表現出千奇百樣的個性，應之於人的心思、觀想，飲料頓時不再是解渴的最愛，還可以道出人情世故。

作家說法：

如白靈〈茶館〉一詩所敘述的：「數十載歲月清茶幾盞／幾百樣年華淺碟數盤／一桌子好漢茶壺裡翻滾／唯黑臉瓜子是甘草人物／在流轉的話題間，竊竊私語」非但將甘草瓜子一語雙關地比為「甘草人物」，同時把茶壺、清，茶都入了人生。

簡媜在〈粗茶淡飯〉序裡寫著：「烏龍好比高人，喝一口即能指點迷津。花茶非常精靈，可惜少了雍容氣度。冰的檸檬紅茶有點志不同道不合，可夏日炎炎，它是個好人。白毫烏龍耐品，像溫厚而睿智的老者，加味茶裏，薄荷最是天真可愛，月桂有點城府，玫瑰妖嬈，英國皇家茶，恕我直言，鍍金皇冠。還是愛喝中國的茶，情感特別體貼。鐵觀音外剛內柔，佛手喝來春暖花開。柚茶苦口婆心，至於陳年普洱，好比走進王謝堂內，蜘網恢恢疏而不漏。龍鬚茶，真像聖旨駕到，五臟六腑統統下跪。」

有「文字的精靈」美稱的簡媜在這篇文章中表現文字創意與美感，尤在於將茶擬人化，以精巧貼切的譬喻描寫各種茶的滋味，別具驚豔之藝。各番茶水果汁像聯合國一樣表現出千奇百樣的個性，應之於人的心思、觀想，飲料頓時不再是解渴的最愛，還可以藉以道出人情世故，從中亦可看出簡媜對茶與人的品味。對於英國皇家茶，簡媜以「鍍金皇冠」來形容，說明她對崇洋媚外、虛有其表者的不屑，足見由舌尖的滋味找人的面目，將別具驚豔之藝。

請同學擇數品飲料形容時，這些新新人類展示了相當靈巧的構圖。不信？以擬人的方式點活這些食味，你將發現二者間微妙傳神的契合度：

要點

以擬人方式轉化飲料茶品的生命，想像其對映出的人際關係，外貌個性以及神情姿態。

・飄著淡綠香草的奶昔是白紗盛裝的小公主，淋灑五顏六色香料的刨冰果汁則是野地中嘻鬧的頑童。牛奶的白潔乳味表達出青少年的純真情懷，至於冒出亢奮泡泡的可樂是令人無法淺嚐即止的壞男人，明知其壞，卻又臣服於那興奮的氣味而收不了手。焦苦而微醺的咖啡是不分男女的，它屬於年輕人的時髦，中年人的優雅，老人的苦盡甘來。（王承韻）

‧百事可樂「滋滋」作響，不安於室，是滑頭的年輕小子。柳橙汁黃思滿腹，嚐來味道詭異，酸中帶甜，是喜玩弄情感的花花少爺。綠茶苦中喝來帶有清香，是值得一品的世外高人。梅子汁融合酸、鹹、甜，是偉人的懷抱，揉合一切滋味。（黃欣儀）

‧珍珠奶茶驕傲地擁著顆顆晶圓，以嘲笑的口吻對波霸奶茶說：「我真不懂～～妳什麼都沒有，何來『波霸』理由？」（李佳容）

‧英國皇家紅茶雍容華貴，雖然有一點點驕矜自傲，不過這也無可厚非，畢竟它就像雄孔雀般珍惜羽毛，雖然有時候不免像花枝招展的貴婦人，搔首弄姿。

但它的味道純正，口感厚重，濃濃的在口中散開，彷彿是天女散花的輕巧的落在舌尖。厚重中所展開的變化層次似海裡的游魚，奔馳中的兔子，如此難以捉摸。孫悟空的七十二變、如來佛的五指山，在它面前不過是雕蟲小技，倒是觀音大士的從容氣度，有那麼點皇家紅茶的華貴。（陳佳青）

‧阿薩姆奶茶又矮又胖，幸虧還有那麼點藝術氣質。包種茶是皇帝身邊的小太監，討喜得很，逢人就報喜，可惜太狗腿了些。還是烏龍茶可愛得緊，沒事擺擺烏龍，總算叫看倌們娛樂娛樂，可不像鐵觀音那樣，說一不二的說沒半點人情味，所以紅茶、綠茶這些平民百姓才會對他言聽計從。（尤詩涵）

‧椰子水察言觀色，適時的笑話逗得人怒氣全消；檸檬水最惹人厭，是個表裡不一的大壞蛋；西瓜汁成熟穩重，給人可信的安全感；葡萄汁油腔滑調，簡直俗不可耐；菠菜汁平易近人，只可惜不得人喜愛；葡萄柚汁嫉妒心強，說起話來酸溜溜的；苦茶是個好管閒事的濫好人，還是白開水配合度最高，做什麼事都有

分寸，總是毫無怨言地面對百種人萬張嘴。（梁秀如）

運用譬喻擬人所畫出的果汁飲料王國，有著如糖果屋與魔豆的神奇，有著轉嫁人間世的嘴臉心機，還有無數用字精巧，意象豐富的刻劃如既「像花枝招展的貴婦人」，又似「東施在幽蘭群裡，搔首弄姿」的英國皇家紅茶、「狗腿」的包種茶、「說一不二沒有人情味」的鐵觀音……讓尋常飲料有著不尋常的滋味與門面。

三、菜果蔬食的象徵

在所謂抽象化的過程中，象徵意味與通過形象的感染產生不同的聯想、理解和感受，使單純的食物含蘊多元的意義，其中所寄託的哲理更擴大飲食的空間。如菜單上的寓言：烏蔘燴明蝦——遊龍戲鳳，紅棗花生桂圓蓮子——早生貴子，或如前人生活中的智慧：「落花生精神」、「咬得菜根，百事可做」、「番薯不驚落土爛，但求枝葉代代湠（傳）」、「飽滿的稻穗是低垂的」，或如傳情符號：「巧克力、櫻桃、蜂蜜」……

要點

捕捉生活中這樣富有象徵哲理的菜果蔬食，是一種刺激品味民俗，思考飲食深層意義的好招數，請由諧音、雙關……等方式，由流行語、傳統篇中找尋由果菜發展出來的象徵性意義。

諧音篇：

鳳梨——旺來，好運到來、橘子——大吉大利、椪柑——吉祥如意、蘋果——平安、創世紀裡的誘惑、湯圓——吃一粒長一歲、團圓，髮菜——財源滾滾來、蓮子——與憐子、過年一條魚——年年有餘、發粿——賺大錢。（余玉琦）

西瓜——水分飽滿，宰相肚裡能撐船，教人胸懷「紅」大。（黃欣儀）

本質篇：

石榴——多子多孫、番薯——樸實耐勞、倒吃甘蔗——先苦後甘、水蜜桃——可愛而玲瓏的女生、麻糬——個性堅韌有彈性、生命的權力握在別人手中，隨人捏來捏去。（林維苑）

現代版：

金莎——愛意，卡布吉諾——充滿詩卷氣息的都會男子，漢堡可樂——青少年的次文化，可樂、奶茶、咖啡——中西文化交流，可樂、開心果——歡喜就好，樂立杯——現代人一切講求快速一致的作風。（王承韻）

諷刺篇：

- 「瓜子論壇」——說三道四談說古今中外。
- 「芭樂脾氣」——樸實有力，固執實際。

釀一碗懷舊的酒

翻開食譜，人對待食物有上百種鮮活的態度：剁、切、刨、煎、煮、炒、炸、燴、燜、烤、焗、蒸、涮、爆、熬、燙、醃、烘、醮、燉……如果把這些動作拿來料理人情，砧板上興奮的不將只是舌頭而已。因此白居易以「溢魚頗肥，江酒極美，其餘食物，多類北地。」為謫遷一泰。〈後赤壁賦〉裡若沒有賢妻「藏之既久，以待子不時之需」的斗酒，夜，將寂寞許多。同樣的，若無瓊筵之開，則春夜間，飛羽觴醉月的情趣將不可能發生，可見飲食不只是口感的飽足，更是心理精神上的滿足。

再者，每種食物對不同的人產生不同的意義，滿街五味雜陳俯拾皆是的飲料點心、餐飲佳餚在張口便吃之間，菜色、濃香、美味不但成為回憶的觸媒，可以承載心情變化，而結合舊經驗所衍生的聯想、發現食物中特殊的意義，這樣的飲食筆記因為有著對過往人事物的回顧，細細的劃開情慾裡的愛、恨、貪、痴、悲、歡、離、合，而雕琢出一篇篇色香味俱足的愛慾料理，使生命在口與心停格。

(1)寓情於食的想像

據說莫泊桑並不很喜歡艾菲鐵塔的菜餚，但卻常在塔上用餐，因為那是巴黎唯一可不必看到艾菲鐵塔的地方。羅蘭．巴特則說：「你可能在那兒夢想、吃喝、觀賞、理解、驚嘆、購物……你會感到完全與世隔絕，但仍然是世界的主人。」

可見迴旋於口之味，其實是品思之於心的想像，因此享受美食時，除了表現視覺上的光色、聽覺上的咀嚼、觸覺中的觸摸，還得寫出它在記憶裡、在心思中留下的烙印，寫出以想像聽到的無限內涵。譬如吃青菜像悠遊田野中，舉目盡是活潑的色彩，耳旁草葉細微的搓揉聲。那麼，你不但呈現出吃之美，也顯現感覺之愉。這份精彩的味道將不只讓你的腸胃甦醒，更在生活記憶裡留下心情的足跡。

從菜色美味展開聯想，它可以是視覺上的五光十色畫面，可以是飛灑奔瀉的舞碼戲作，或是引發想像的任何場景。

・一包麵粉、一杯水，洋洋灑灑和著她所不為人知的江南風光。繃緊青筋的筷子同，啪～啪地攪成麵糊。一排排高低相映，快慢相合，朵朵麵糊飛入一鍋滾滾沸騰，那是一首熟悉的兒歌。（方鈺晴）

(2)家常菜背後的故事

美食中往往寄託著鄉愁與家族承繼的使命，因此一鑊之味雖家常，卻因為代代私傳或獨家口味而雋永。雄雄火燄燃燒成的魔力，食物中所留下感情的印記，所流露的味道都將深藏在血液裡，成為記憶的一部份。而口腹間的滿足實源於心靈中的幸福感，晚餐桌上的相聚、把菜吃得精光的示愛、媽媽的味道，讓家常故事與爆香熗炒的歲月更化為成長的養份。

描寫家常飲食菜餚在記憶裡的畫面、在人事間流轉所留下的影像與深藏的情動，那料理烹調的身手節奏、添加的寵愛欣賞以及每一道手續所放入的念頭，都讓這幅飲食畫有著深味。

・QQ 的粄條下水，滑溜溜地在漏勺裡搖晃翻滾，呈熟透的顏色時，便「唰」地一聲俐落起鍋，倒在碗中散發誘人的色澤。混著陳年醬汁和薑蒜蔥細的調味料張著鮮豔搶眼的色味挑逗視覺，我的肚子早已不爭氣的抗議。只見媽媽又加了鮮嫩的肉絲，肉汁潺潺地在粄條上縱橫如飛天的彩帶；又灑了些酸菜，酸得你皺眉頭，又甜得你忍不住舔舔嘴，特別是唇齒間聲響的好嚼勁，直叫人卸下所有壓力，舒適放鬆地享受家的甜蜜！（徐千惠）

・補習街是寒風的故鄉，家裡是暖陽的棲所。補習的煩悶，在餐桌上得到了解放。

夜晚十點多了，拖著挨餓的身子回到家，桌上總有奶奶替我熱的飯菜。溫暖滑潤的肉汁，暖著我的身體，讓補習班的悶鬱蒸發成煙只剩一股暖氣發酵，和濃郁的古早味。（陳曉雯）

媽媽的味道是鄉愁的符咒，緊緊拉扯著子女的心，就如千惠所敘「直叫人卸下所有壓力，舒適放鬆地享受家的甜蜜！」而奶奶古早味裡滷進的疼愛與溫暖，渲染得寒風也暖和起來！

⑶飲食所浮現的回憶

晉張翰見秋風起，想到家鄉蓴羹、鱸魚膾便棄官歸家，足見根植於飲食原始記憶的鄉愁，讓人在思念裡永遠懷想。「綠螘新醅酒」讓雪天之邀充滿溫暖的情意，他如「夏日於朱紅盤中，自拔快刀，切綠沉西瓜」滴出金聖嘆淋漓的快哉。

羅葉〈老酒〉一詩，以綿密多情的口吻，道老友相聚的雋永滋味：「這樣的相逢恬淡如水／恰似剛蒸熟糯米散發清香／萌芽的介紹　含苞的微笑／好比紅麴催化著這段時日／的攀談：深深淺淺　滔滔喃喃／化作糟粕在腦海隱隱發酵……

放進心罈裡默默醞釀……／當思念的爐火緩緩溫熱／配上些許砂糖與老薑／無意間它便驚蟄釋放／我們愈陳愈香的情感」

《尋找松露的人》一書中敘述從小在普羅旺斯長大的翁卡巴薩，習慣在冬天享用有黑鑽石之稱的松露，然而，對他而言，最大的眷戀不僅在松露的濃郁氣味，更在於這是他「通往地底夢境世界的鑰匙」，因為每次只要吃松露，就夢見亡妻。

在你的記憶裡，什麼樣的飲食足以象徵幸福的味道或帶來某種幻境？

作家說法：

尹玲〈Endive〉以吃生菜甘苣的過程轉成交往的過程，在情的發酵下，物質形式從而昇華為精神層次：「輕輕一口即是柔爽嫩脆／潤透的滋並不單留舌喉之間／不能言傳的芳香依存在每一小小縫隙／甜蜜是從你眼中有我開始／透由你款款的選定手勢／優雅地滑進你期待的嘴／所有的愛就在你所似有似無的咀嚼／一啖一啖傳送／不，不，並不為了填胃／而是直接飛翔入你心底／以作超越世紀的永恆依偎」。足見，和什麼人吃飯、在什麼地方品茗，環境氣氛與人際關係間的情思對話決定飲食的心情。

琦君〈月光餅〉則透過中秋民俗、五彩畫紙上的民間故事、拜月觀音面的傳說，記表姐與思鄉之情。魯迅《野草》詩集裡刮起黑色的旋風，但同年所寫了十篇總題為《朝花夕拾》的回憶散文，卻以一片溫馨徘徊於食的懷舊裡。在這本書的引言中，他明白地說道：「我有一時，曾經屢次憶起兒時在故鄉所吃的蔬果：菱角、羅漢、豆、茭白、香瓜。凡這些，都是極其鮮美可口的，都曾是使我思鄉的蠱惑。……他們也許要哄騙我一生，使我時時反顧。」

的確，飲食創造了回憶中最深刻的感動，蘊釀最迷人的情懷，足以哄騙人一生，使人們時時反顧。而透過對場景的氣氛、盤旋在心神中的夢想或回想，讓飲食所熬燉出的情味，在實虛之間跌宕中形成自我獨特的體會感受。

要點

人、食與情的圖畫——吃入口裡、滑落腸胃間的食物，在咀嚼、吞嚥、消化之中，所被吸收的何止於器官，更在那隱藏的記憶版圖裡深深烙印，請以這深植的飲食往事述懷想之情。

・哇！前頭是插滿稻草束的糖葫蘆，還有雲一般的棉花糖，我立刻衝上去買一串紅亮亮的糖葫蘆，邊走邊吃，吃出甜蜜蜜的童年，也吃出輕鬆鬆的心情。舔一舔白柔柔的棉花糖，舔到夢幻

幻的童話，也舔到悠閒的自在。（孔令涵）

・童年的口袋有甜甜的糖果香，那是被疼愛的甜，是戀戀珍惜的香。口袋塞的是五顏六色的糖果，這顆是老師給的，那顆是朋友送的，鮮豔的色彩讓我不忍吃，而是拿出來把玩，循著圖案，用口水餵飽了渴望。糖果繽紛的色彩，是小女孩對於未來美好的想像。又是撫摸、又是幻想，總要等到糖果遇熱漸溶時，才依依不捨地將它含進嘴裡，企圖在它快消失前吸吮它的味道。（劉悅如）

・小叔母用她結實卻略顯疲憊的手，緩緩的捏出一片片無奈，一片片惋惜。這是第二次做麵粉粿，我和小叔母無言以對，凝重的空氣沒有人來化解。

曉馨呢？早就甜甜地飛去屬於她的國度，在醫生宣告她得血癌的那一刻。在她瘦弱的身軀躺在病床上的那一刻，在我來不及和她道別的那一刻，她已經把世界上所有的甜都帶走了！只留下苦澀，酸鹹，等著我們去嘗，卻沒有人來調味。（黃欣儀〈甜甜的麵粉粿〉）

・家裡做的蘿蔔糕，吃起來味道非常濃郁，蘿蔔的甜味和蔥蝦米的香味若有似無地烙在嘴邊，在捨不得立刻吞下的口裡和舌頭跳著一支致命的舞曲。慢慢地、一點一點地，分解後才小心翼翼的嚥下。每一次第一口總要這樣吃，這彷彿已是每年的一種儀式。

直到那一年，當家裡再也不做糕的那一年起，我就知道，蘿蔔糕美味的秘密，已隨著奶奶的往生而沉入歷史，就像最經典的古物，最終總是在時光的積塵中亡佚……。

坊間那些口味在我看來，不是蘿蔔糕，而是以蘿蔔糕為名的另一種點心罷了。至於我，缺憾的從來都不是蘿蔔糕，而是我對

蘿蔔糕的口味已經被養刁了。（陳萓之〈念糕情懷〉）

・回憶的氣息流動得很疾，俯衝入素日總密封著的廣口，迴著原始的，壎音。在沉厚旋律中架構出一個恰及大甕頸部的雙手仍沾著泥土小孩，盤據在粗糙釉身上偷偷掀起神秘、蘊著未知寶物的那層寶庫大門……這次阿娘醃製的菜色是什麼呢？鹹滷水堆積半混濁泡沫，掩飾著經由時間洗禮轉換的璀璨：色香兼具，酸、脆的泡菜。

纖幼卻已磨得有些龜裂的手指輕巧巧掐起一塊鮮橙橙胡蘿蔔切片，送入鮮少飽足的胃囊中。小麥色的臉龐浮現滿足的淺紅微笑。正打算再來個第二塊，揭破偷吃行徑的宏亮叫罵聲自背後破空傳來：「死小孩！又來偷吃！」敏捷的身影輕盈地自甕上滑溜而下，童雉地，對著甕上偷偷笑了笑，又對追趕而來的婦人吐了吐舌頭，俐落地離開自家廚房後。

午後的陽光下，褐釉上粲然的笑顏，異常絢爛……（翁宜嘉）

《潛水鐘與蝴蝶》中的鮑比中風、全盲、右耳失聽，靠著辛苦吸入的汁液與嗅覺而體會生命的質地。氣味、味道是感情的催化劑，科學家發現動物腺體內的費洛蒙讓我們藉著鼻所嗅的氣息、口所嚐的滋味在傳到大腦後，庫存為心底，待以後類似氣味招喚下，勾起種種記憶。普魯斯特在《追憶逝水年華》中說道：「人死後一切煙消雲散，唯有味道和美味能留下來，難以捉摸卻恆久真實，堅持著記憶，等待與盼望。」彼得・梅爾在純樸的普羅旺斯以濃濃的酒香、悠閒的氛圍及浪漫的愛情創造《茴香酒店》，圍繞飲食的畫面在過去與現在中穿梭，每一口嘴裡的滋味，因為溫煦的陽光、輕柔的空氣、還有薰衣草飄香的星空而充滿誘惑。

這讓我們不得不承認在熟悉的微小事物上，回憶能造成最強的魔力；而平凡事物有時具有完全的美，能予人貼心的安慰。甜甜糖葫蘆的夢幻顏色、土甕裡醃漬物的媽媽味道、沾染糖果心的口袋、甜甜的麵粉粿與糕的儀式……不也都是承載記憶最真實的顯影劑嗎？

來自飲食準備或品嚐過程裡，與食物一併吞嚥的感情也在不自覺中成為生命中的永恆，以致在每一次咀嚼中，透過感官的聯想重新經驗「過去」。雖然有時候，烹調一鍋菜就像祭悼一段逝去的戀情，醃漬煎熬的過程，就成為莊嚴的儀式，如承韻所寫〈熬一鍋相思〉：

被夾在僅
一人身寬的仄徑

拿一只大鍋
將情感液化當湯底
佐料是與你點點滴滴的過往
蓋上鍋蓋　蓋住一串串暗色的煎熬

你的笑　擦槍走火
火苗燃起溫度
慢熬
泛流光陰後

掀開禁忌的傷口
灑鹽　調味
嚐一口

濃稠
（王承韻）

(4)穿梭於地圖間的鄉愁

要點

1 選一本描繪古蹟、歷史的書籍，讓它引領你走入標寫著記憶街名的巷弄，吸吮飄浮於空氣中、烙印於身影裡的飲食滋味。
2 走一趟眷村、老街、小鎮嚐一嚐帶著家鄉的口味，聽一聽耳際的鄉調口音，寫下那感之於心、動之於齒間的悸動。

大同區保存「古味」的風貌，迪化街裡成山成海的南北貨、千奇百怪的中藥材、花樣百出的布料和道地的台灣小吃流淌出悠悠歲月中曾經繁華的榮景。殘留巴洛克風的洋樓，始終香火鼎盛的霞海城隍廟，精雕細琢的保安宮仍屹立不搖，把這塊台北的暗角照亮出不同的新風貌。

這裡的小吃可謂名聞遐邇：民間苦茶可調息養生，充滿童年回憶的甘味零嘴，令人愛不釋手；桂圓蓮子湯入口即化，令人欲罷不能，一碗接一碗。寧夏夜市的遊客更是絡繹不絕，有為了嚐鮮的老饕，也有為了糖葫蘆而來的小朋友。這兒不僅只有台灣小吃，日本料理、義大利麵、印度 Q 餅也參雜其中，到處林立著「俗擱大碗」的店家，還有撈魚、套圈圈、打陀螺等民俗童玩，積壓已久的鄉愁終於可一次解放。

再喝一口苦茶，再逛一次迪化街，再讓心靈悠遊一次大同區已沉澱沒落的浮華。殘缺的古蹟見證曾光華的過去。大同的巷弄瓦牆上，我聽見歷史閱讀歲月。（楊燦語）

(5)以飲食寫人生悲歡離合

人事間所糾纏的恩怨情仇中，以愛情的滋味最迷人，也最令人心酸苦痛，無怪乎詩家常以飲食之味來形容情愛，特別是由中所體悟的哲思。

作家說法：

「想愛情是一杯／100%的果汁／如果　他滲了一點水／我寧願學習／喝黑咖啡的方法／不過濾一點溫柔的寬恕」。（顏艾琳〈愛情飲料〉）以果汁與咖啡表露另一類的愛情觀。又如沙笛《愛情密碼》裡的〈酒〉一詩：「終於被妳釀成／害羞卻濃烈的／酒／含蓄在別人無法掀封的／小罈……即使一口也好／只要能讓妳／醉出，此生／唯一的美麗」以及同書〈品茗〉一詩中道：「第一泡。真怕／茶經的講究／會寵壞理智……第二泡以後／蜷葉便含蓄地／漸漸散髮／甘醇迭異彷彿妳／難以捉摸的丰采……即使老邁／最後一泡／還捨不得遺棄／……最好風乾、製枕／讓餘香纏綿在我／所有的夢」分別以濃烈的酒狀寫愛的激蕩、以茶之三味表現欲追還羞的愛、撲朔迷離的戀以至溫存一生的記憶。

要點

以飲與食在滋味、處理、品嚐種種過程間，書寫所串聯或隱喻的情愛，所埋藏的心事。

‧記憶如同逆旅中販售的葡萄酒，計算不出醞釀的年歲，也無法由色澤鑑賞出內容。畢竟，能有驀然回首的偶然牽引著旅人走進那狹窄的木門，又能使旅人願意用歷經荒漠的唇輕啜，那不知是何滋味的汁液，除非漂泊已被習以為常，否則，誰有那勇氣呢？（姜星宇）

‧我樂於烘焙各式西點，通常送給愛人。心情不外乎是那些甜蜜蜜一如手中糕餅的翻版再複製，說起來沒有什麼意義。草莓、布朗尼、黑琳這種激發想像力的甜品名稱，勾起的還不是一樣的愛欲，就算是給不同人。

但那天真的很特別，飄著細雨而昏暗的春日午後，我決定為自己做份法式蘋果派。一切就緒，只差青蘋果尚未削皮切片。一層層削去嫩嫩的，林中清澄的湖水一般的果皮，那股獨特的酸味混著蘋果秀氣的香飄浮在空氣中。最新鮮的感傷夾在雨的潮味裡，心情再也不能安然無恙，早夭的戀情利用狼狽的果皮「借屍還魂」。

原來，我今天做甜點給自己是因為愛情已遠，我再也無法細心的把蘋果片鋪成漂亮的花辦，沒辦法用等待愛人的心情把派送進烤箱，沒辦法用期待流星雨一般的心情灑下糖粉，因為糖粉已

無法實現我對永恆的想望，空氣中始終只有蘋果的香味──酸。（王湘雯）

日本女孩以自己親手做的「壽司」便當作為愛的表示，那一條條生切、熟作的繽紛內餡，以柔軟的手緊緊捲起，就如同這烘焙西點的儀式，是愛的宣告、是情的專享。飲食，如碑般刻下一道道飽腹甜心的親密與體貼，當情隨事遷時，那曾經以深情款意捲入的幸福，以之死靡它揉進的誓言，就像這一段文章雖是一樣的愛慾，但過去早夭的戀情卻只能利用狼狽的果皮「借屍還魂」，然而這畢竟是要被拋棄的碎片。

李黎〈品味時節〉中也以飲之味言情：「豆沙要有蛋黃棗泥得摻松子，方才食之有物，就像一種感情，完全暢行無阻，便像缺了點什麼，總需有一些小別、一些齟齬、一些相思、一些遺憾……方才入得心裡深處去，總也撂不了、放不下。」說明談感情在有點黏有點不黏之間的距離與調和，然而過猶不及，一段通行無阻的愛情會讓人生倦，一節無疾而終或倉促落幕的情歡，也令人欷歔不已，該怎麼收拾這樣的情緒？

美食是精神治療的方式之一，在湘雯的絮語裡，由表層的實筆入深層的虛筆，動手製作的程序與心念流轉的情緒像明潮暗巷般穿梭，低迴不盡的是空氣中的酸味與混亂的章法，如此在烘焙的當下也面對倉皇的自我。

舌頭的旅行

所謂一飲一啄莫非文化，無論東方或西方，它具體而微地凸顯出一個民族和社會的特質。飲食，因此可視為社會學，自有其一套嚴密的文化結構和社會性。在這一層層思考訓練中，同學的思考層面與關心幅度都廣闊地被擴張，恍然明白原來食物絕不僅是「可以吃的東西」，而是文化。

要點

1 說說你所知道民俗節日中食物，並深思其所蘊藉的意義。

2 請就飲食的禮儀、餐具、習慣參其民族性與地方性。

3 吃所透視的民族性與地方性、飲食文化與傳統。如果正史是以帝王為主的歷史，那麼，以飲食書寫的庶民史，將更深刻貼切地反映民生及民族遷徙、發展情形。請找出中國米文化、麵文化演變的時間、地域分析結合史地常識原因。

一、土產土味間的文化

日常食物最能代表不同文化精神，中國人好客、講究吃的習性使得台灣本地小吃沿著地理性格、人情滋味在各地漫開：宜蘭金棗、新竹貢丸、彰化肉圓……等特產點心充滿鄉土味與草根性。各式的點心如筒仔米糕、紅蟳米糕、狀元糕、鼎邊銼、碗粿等更顯現出運用的智慧與風俗。因為文化因素所蘊釀而生的飲食習慣、特殊的地理環境影響各有風情的菜色、烹調手法，以及西風東漸、異國文化滲透的飲食商圈都可見其隱藏的對應。

要點

1 在臺灣地圖上標示出各地名產與美食，說說自己買土產的心情、曾嚐過的特產滋味、對於各地小吃的品評。

2 觀察各地名產與當地物產、地理環境與地方個性、人文風俗的關係。

以下是同學所觀察到的飲食現象：

・美國人「到此一遊」的紀念方式常是買一件印著當地風景與地名的 T 恤，中國人則鍾情於食，於是到員林必吃肉圓買蜜餞、走趟阿里山吃了山產帶香菇、竹山埔里一日遊少不了拎袋蕃薯提罐茶葉，去宜蘭怎能不買鴨賞與牛舌餅？當地人送禮自然是「只此一家，別無分店」的本土味，才能表現出對客的尊重。（陳盈欣）

二、茶與咖啡標示出東西文化

食物不僅預設了一套烹飪及材料選擇的規矩，還預設了一套價值觀及一種生活方式，因此飲食反映文化心靈、教養品味，以及文化內不同的社經階級的地位、習慣。譬如英國國宴使用法國菜，宋明文人對品茗情境、氣氛乃至水質、水溫的講究，紅樓夢藉劉姥姥進大觀園表現富貴人家器具飲食之精美……說明飲食代表生活的美感、文化經濟的發展與文化的演進。

文化乃生活的實踐，它可以落實為一種生活習慣，李亦園指出無論是生活於中國、台灣、新加坡的人以及僑居各地的華僑，都有著某種程度的中國飲食習慣，推之於其他民族似乎也存在著相同的情況，足見飲食直接地展示出東西文化風景。

(1)茶，東方，古典心

茶是中國人開門七件事唯一非關三餐，而是閒情逸趣之事，因此茶該是中國文化最具代表性的飲品。藉茶的這段歷史，將可窺探從文人雅士到庶民文化間的生活與時代風氣。

魏晉南朝士人以茶結合清談、美學，尋求飄逸、淡遠、簡約的精神情趣，與「含英咀華，澄懷味道」的生命情懷。唐人泡茶重技藝，宋人講究意境、明人雅士講究清風訪月式的茶飲情趣，有著世間生活的脈動與澄澈的觀照。

在小說裡，傳為佳話的是清蒲松齡，大熱天在村口鋪蘆席，放茶壺和茶碗，以茶會友，以茶換故事而成《聊齋誌異》。他如《老殘遊記》申子平桃花山品茶、施耐庵《水滸傳》王婆開茶坊喝大碗茶。至於《紅樓夢》在開卷章裡便言道：「一局輸贏料不真，香銷茶盡尚逡巡」，以「香銷茶盡」為榮、寧府衰亡埋下伏筆……莫不因茶而醞成。

繪畫上則有唐（調琴啜茗圖卷）寫貴族婦女飲茶之趣，另如唐閻立本〈蕭翼賺蘭亭圖〉、北宋張擇端〈清明上河圖〉、宋錢選〈品茶圖〉、盧仝〈烹茶圖〉、元趙孟頫〈鬥茶圖〉──被視為茶文化的歷史見證、文徵明〈惠山茶會圖〉、唐寅〈事茗圖〉、丁雲鵬〈玉川烹茶圖〉……，顯現茶與詩畫裡飄著中國古典情懷的纏綿。

以茶為媒，寫品之氣味、飲之想像、回甘之文化故事。

茶甘醇而清新，所以喝茶時要慢慢來，切忌心急，否則就失去了品茶的優雅和樂趣。燈光下，漆亮的原木長桌上，幽幽的輕煙緩緩往上攀附，如同藤蔓般攀附著透明的空氣靈動輕巧，一陣風吹來就能擾亂它的弧度。

淡雅清新的茶香，從空氣中飄進鼻尖，那樣恰到好處，輕輕勾起慾望。它不若酒一般濃烈，也不像咖啡那般令人印象深刻，就是那樣若有似無地存在著。

隨著飄散的一縷輕煙，曲曲折折的上升，走入中國千迴百轉的悠悠歷史，搖著槳，輕輕擺入江南蜿蜒的漫漫渠道。客棧裡、看台上，說書人滔滔不絕的傳奇故事，如滾滾江水般浩瀚，那裊裊的輕煙在一旁襯著底，細細柔柔的茶香飄散著。

中國的歷史，也是茶的歷史，輕煙從古代漫延到現代，品茶的人或許變了，但茶依然一樣，那晶瑩的淡黃色，是中國永不抹滅的光，是古國的悠閒與氣派。（郭盈吟）

這兩段文字中，前段以工筆畫著墨於品茗的幽靜，也正因為心定意寧，茶所飄散的縷縷線條，線條所帶出的幽然香氣，以及輕匀入懷在若有似無之間所迴轉的清新。後段則大筆揮向亙古歷史，以茶為引進入中國，一時間，「客棧裡、看台上，說書的滔滔不絕的傳奇故事，如滾滾江水般浩瀚，然而那裊裊的輕煙在旁襯著底，細細柔柔的茶香飄散著。」似老舍「茶館」裡道出的千古傳奇。

(2)咖啡與文學間的故事

濃縮咖啡對義大利人而言，猶如一首帶勁的獨唱曲。在英國，咖啡廳是家庭的延伸，也是交際場所，於是咖啡的香與味、咖啡的色與氣氛，烘焙出文學的想像、藝術的浪漫，也譜寫出一段又一段流傳於街弄巷道，吟誦於歲月季節裡的故事……

咖啡廣告賣的則是一種生活的態度，一種生活的想法，或是一種自我的理念，「統一左岸咖啡館」便如是寫道：

你愛拿鐵 Latte 嗎？有一天，你點了一份拿鐵，它將細細告訴你咖啡可以獨立於苦澀之外的甜美，正如女子原可以活得如此健康自我：「她又要離開巴黎了，人們說，女子不宜獨自旅行。她帶著一本未完成的書獨坐在咖啡館中，那是一種陰性氣質的書寫。她喝著拿鐵……咖啡與奶，1：1 甜美地證明著第二性，不存在。那香味不斷地從她流向我……。她不只有咖啡香。這是1908 年中的一天，女性成為一種主要性別。她是西蒙波娃，我們都是旅人，相遇在左岸咖啡館。

譬如關於卡貝拉索 Cuppresso，曾有這樣的一段佳話：「他從波蘭來，旅行的人，總帶著脆弱的靈魂。他在找一架鋼琴，我看見他走進咖啡館，想送給大調，練習曲。他只點了一杯卡貝拉索，但愛情是交響曲。這個時刻，人來人往正以練習曲的步調在我們之間進行。大調練習曲，便成為離別曲，這是 1849 年之前的事，──他是蕭邦。我們都是旅人，相遇在左岸咖啡館」。這種種故事正像村上春樹所說：「當時真正吸引我的，與其說是咖啡本身的氣味，或許不如說是咖啡的某種風景也不一定」。咖啡，飄浮的人文風景才是人深深動容的原因吧！

要點

1 咖啡的浪漫在於濃醇的香氣，更在於風花雪月的文人雅士所調入的執著與眷戀，請為音樂繪畫文學等藝術家找出與他們氣質相應的咖啡，想像他們品嚐的畫面。

2 由此蕩開的回甘、餘韻：寫出喝這味咖啡的感覺，或它所適合的心情、燈光、場景甚至可能發生的情節。

•咖啡與雨果《悲慘世界》的結合是：「畢竟不是雨果的年代，凡事都有意見的巴黎人，讀《悲慘世界》可能也少一份苦悶，所以要求杯子裡不加太多糖，去體會卡貝拉索的味苦，厚重焦苦，卡貝拉索……」

由此盪開的回甘、餘韻：

為情所困的痴心人………流眼淚

工作不順利的上班族……流眼淚

課業壓力重的上班族……流眼淚

喜獲麟兒的父母…………流眼淚

久別重逢的朋友…………流眼淚

傷心的淚+喜悅的淚+憤怒的淚+感動的淚+……。

卡貝拉索——苦澀中的甘甜

我愛拿鐵，或許因為喝不慣咖啡的苦澀

我偏愛像咖啡牛奶的拿鐵

人生已經夠苦了

又何必再跟自己過不去呢？

或許你會說：「吃得『苦中苦』方為人上人」

你還會說：「『苦』盡甘來」

但我還是要告訴你：

「我愛拿鐵，我愛它『苦中作樂』的感覺」——（韓克瑄）

三、以吃透視民族性

每個地方的飲食，必與該地之地氣、風土、人情、世態相呼應。美國的歷史只有四百餘年，所以有很多的事情都求快速，加上工商社會和時間賽跑的生活型態，快、狠、準，講究高熱量、高蛋白的速食文化於是大行其道。

荷蘭的作家賽斯·諾特博姆（Cees Nooteboom）在《西班牙星光之路》中談到他旅行在西班牙與葡萄牙交界處一小鎮時，品嚐「蜥蜴晚餐」。這尾蜥蜴，拌在一盤碎番茄中，配上百里香、迷迭香，就是諾特博姆所形容西班牙「混亂的、粗野的、自我中心的、殘酷的。行過之處，永無止境的驚嘆」的氣質。

不僅食物的氣質反應水土文化，吃東西的速度也成為生活步調以及民族性的指標，如英國大學生在餐廳中平均吃飯時間只有七分鐘，可是法國大學生卻花了四十至五十分鐘。這是由於英國人認為吃是人生活中的一部分，只要攝取到足夠的熱量與營養就夠了，法國人認為吃飯是人生大事，所以他們一餐吃上兩三個鐘頭是非常平常的事，有了熱量、營養，還要講究味道情調，這是法國追求極致的民族個性與講究使然。

各國的衣食住行生活要素都會因文化不同，賦予它們的價值也不同，這又跟意識形態有密切關係。如韓國人是粗食主義者，物質樸簡單，但粗獷不羈，強悍有力，或許是對日本精緻主義的反動，如直截了當辣得原始的泡菜、反璞歸真的燒肉、火鍋。韓國的湯是拿來泡飯吃的，諸如豆芽湯、海帶湯、肉湯、排骨湯、芋頭湯、先農湯、魚湯、牛尾湯、內臟湯、糕湯等都是，流質的飯吃起來當然快，吃得快是韓國餐飲上的禮儀。

台灣夾雜著移民篳路藍縷的草莽性格、島國隨遇而安的天真，在小吃中展現其隨性、家常，「辦桌」中的「流水席」更宣示其海派的熱情。中國人在吃飯時也講究長幼尊卑，致使生活器具、食物分配、祭祀時的牲禮數目也是依等級分。而由點心餐食的千百變化中，更呈現中國民族生命韌性與因應環境的彈性，如以麵發展出或切成麵條，或刀削成家常麵，或擀為餃皮餛飩皮，或拔絲拉線成油條，烙烙為餅……等麵系家族，而米所組成的飯粥糕……更是族繁不及備載，在在演繹中國人的生命力與擴散性、繁衍能力。

要點

1 如果飲食是一種文化方式，它與環境有什麼對應關係？

2 在飲食中所顯露的民族性是？所表現的生活態度是？

請由地理、氣候、歷史、文化、社會、經濟各方面推敲飲食習慣（如烹煮的過程、吃的速度、吃的情調、吃的方式、吃的次數）與民族性的關係。

・吃日本料理就彷彿是參與一套莊嚴而神聖的儀式，陶燒的杯子、線條簡單卻唯美的碟盤、如畫般擺設的菜色以及燒烤得脆黃香嫩的魚鰻，那是如櫻花般的春情，如日本古典文化婉約而嫻靜，細膩而高貴，雅典而優美。（駱宛萱）

・在韓劇中常見吃飯的戲，有趣的是無論男女吃的都是一大碗飯，桌上擺滿一碟碟小菜，此外一定有紅亮得辣麻舌頭的泡菜，正如韓國人火爆勇猛的民族性，他們的習慣是湯泡飯，大口大口地一派豪爽之氣。（徐禎玲）

・伊比利半島上的西班牙飲食牽扯著豐富的民族性，當地的菜融合了各個地理區位的特色，像常吃的生菜沙拉醬料，是羅馬沿用下來，主食馬鈴薯是殖民南美洲時引進，愛吃內臟這點則和台灣相近，這些例子顯現出西班牙多元的民族性：喜歡冒險拓展領地，吸納各地文化，這些特色在飲食上一覽無遺。（郭宗敏）

四、以吃觀見地方性

地理位置為座標所設下的空間的意義只是地圖上的點，實際上地方的意義往往來自當地人生活經驗、與環境的直接感受，因此，台北生猛的內在氛圍、台北人以文人式既藝且遊於一身的晃盪氣味，領導服裝化妝的巴黎、撐起自由女神的紐約與擺弄森巴風華的里約熱內魯……以飲食來捕捉、來詮釋、來解讀，又會是什麼樣的況味？

作家說法：

張曉風〈麵包出爐的時刻〉一文中，由吃肉的現代人說到自己對吃穀的堅持，既而寫葬禮中五穀馨香「可以上薦神明，下慰死者」，及至寫三十歲那年嚼著一口飯，忽然驚想滿口飯都是「一粒粒種子」，是江南水田的稻種，經過多少手多少汗而來到臺灣嘉南平原，「那裡面有叨叨絮絮的深情切意，從唐虞上古直說到如今」。

藉飲食陳述城市的個性、人情的溫度、學校的風格。

我窺探這城市，這國家的風味，就以如此詭譎的角度舔噬。因為那種白天陽光下建築物緊挨著彼此的親密，和紅碗綠筷供應的熱騰公仔麵，純樸得令人睜不開眼睛。而夜晚披上一層奢華的迷人憂愁，把蘭桂坊陳年女兒紅綴在足踝，輕盈盈的舞一曲，或流放自己到叉燒飯的米香裡，縱情墮落。

那鍋，像孕婦害喜的產物，即使我擰鼻子仍能感受到胃酸的當下翻滾，聽說是──燉木瓜。港口的天空開始被龜糕凋零，沉甸甸的黑玉，彷如要顛覆龐大人口的足跡，如此雙臂摩擦的溫度逐漸高升，但人情的噓寒卻相對冷淡，疊出的天地密度高，卻沒有交集。

什麼果子都可以做襯底或主角，豐富一碗西米露的生命，小人物的舊公寓，隔壁高級飯店是鄰居，大閘蟹在餐廳橫行，昔日的魚腥，是一抹祖先勤懇的憨笑！（黃欣儀〈重慶森林〉）

夾處在庶民式飲食與因觀光新興的倉促粉飾間的重慶，沒有抗戰光環，沒有回鄉的腳步，也沒有傳統的脾胃與記憶，有的只是一個臺灣人對大陸以飲食作的註解。那麼臺北人是如何寫自己居住的城市呢？

・補習回家搭乘捷運時，從上空俯視大臺北一片燈海，天上的星星全下凡了，落在台北，讓台北這不夜之城從不寂寞。下捷運後，穿過一長排攤販，雞蛋糕的香味飄來誘惑、章魚燒在我眼前晃來晃去、濃濃的美奶滋塗滿在微烤的焦黃的表皮上，一張口好像咬下一整個大洋，滿口溢著大海的香味。

遠方傳來糖炒栗子的焦香味，彷彿是回到了古早的臺北城，坐在城門口大口咬破栗子堅硬的殼。（陳佳青）

・以吃聞名的夜市到夜晚就如火龍一般亮燦燦的燃燒起來，像吃角子老虎，男女老少如飛蛾般猛烈撲火，摩拳擦掌躍躍欲試。

「士林夜市」堪居龍頭老大，身子矯健的小販架攤設位，烹調高手掌爐當廚一字排開，扯開喉嚨聲嘶力竭吆喝著：「來坐呀！來坐呀！好吃的在這裡，大腸包小腸、蚵仔煎、滷味、鼎邊銼……要吃什麼通通有」。

此起彼落的催促聲轟炸著耳朵，試探著腸胃。大腦頻頻發出離開的警報，但是雙腳反射性地選擇跟著嗅覺走，只消開個口，點樣味，花些小錢，就能馬上享受比五星級大飯店更周到的服務。

湊熱鬧趕流行的人潮群、最賣力嘶吼狂野搖滾的市集百貨、響起高分貝的喧囂、爆發煎炒烤炸的香味、亮閃炫酷時髦的名牌服飾、轟炸爭名奪利的爾虞我詐，麻得你眼花撩亂。在台北不夜城裡，二十四小時，沒天沒夜的無限供應。臺北，滿足你的胃與眼、餵養你的慾望與感動。（駱宛萱）

城市，是一座人群生活的圍城，流淌著人所流動成的風景；城市，是文明的希望的淘金城，焚燒著慾望所雕塑的聲色。平民化的夜市尤其搖擺揮霍的動感，高亮度的過癮，那是唯一能在都市裡找到熟悉的感覺，一種趕集般的歷史傳統，在那裡，階級完全使不上力，權力也在小販的吆喝聲中成為民有、民享的大同。因此以吃寫城市的個性，無疑也是一種新鮮而貼切的表現方式：

台北就像一盤「綜合剉冰」，擁擠的佐料全糾纏在一起，正如菌聚在台北盆地的人口密度。甜酸苦辣、食之無味嚼之有勁的淘金客、敗家女以及追求生機飲食的都市隱士、股市狂飆的麻辣

野狼族……一口吞下，直衝腦門的冷漠與殘酷、機會與陷阱。（周怡君）

如果拿食物比擬各高中學生及其校風，將呈現什麼「色香味」？

・建中個個臭屁、驕傲、聰明，使他們成就如皇家歐式大餐般的尊貴；附中是水果拼盤，百果具備，怪胎、怪腳雜陳；成功是銀絲捲，外白內黃，充滿霉味與汗臭的狹小空間，飄著彷彿火熱過後，溫馨過後所剩餘火鍋的殘餘香味。（許筑婷）

・北一女學生厚眼鏡下喃喃自語的獨白，哲學式的思考與對話，像青菜，溫順中帶著無限爆發力；景女是熱帶風味的綜合果汁，吵雜熱鬧、豐富多元，充滿活力。（李嘉容）

・中正高中像吃到飽的自助餐，充滿各式各樣的香味，最特別最引人注目的是「糖果屋」，屋前是一大片綠色棉花糖，吹來甜甜的、輕柔的草香芒果冰，讓人想到紅綠交雜的拼布。美術班、音樂會、藝術樓裡面有許許多多巧克力鋼琴，黑白鍵連手飛舞著鮭魚熏雞烤和蘑菇的「匹薩醉魂曲」。（簡庭芳）

舌下的王國

飲食是總體生活的再現，它賣的不只是商品，更是夢想、是希望。它塑造一個神話，讓你以為吃到嘴裡的是心頭願望的實現，或者在腹胃間流轉的是重溫舊夢的停駐。它或許是一道菜、或許是一家店、或許只是一味菜名，但它賣鄉愁賣風土，就像黃春明所說：「好的故事不一定要長，它會在接受者腦海中繼續完成。」相同的，好的菜餚飲食所營造的氣氛感覺，讓幻想與心情在腦海中繼續發酵。

要點

1 神話是民族遠古的夢和文化的根；只要人存在，神話就永遠存在。大眾文化中有神話的渲染，飲食之間也充滿神話式的想像。請透過飲食商品訴求的廣告、文宣、包裝觀察其如何塑造神話，滿足人們的慾望。

2 試以自身經驗，深思是否曾有帶著情緒慰藉吃？環顧四周有哪些食物是吃一種信仰、一種祈求或為某種想像而食？

3 大量的飲食節目，無論是廚師現場表演的全能美食秀，尋根溯源找出古法原汁的飲食觀光，或在地人口中的道地美食包打聽……這些節目設計的目的是？牽引的效應是？所達到的宣傳作用是？

一、想像與廣告運作出的神話

要點

食物所塑造的魔力，它不只是來自口味，來自廣告故事，更來自被人運用或操作的方式。請聚焦於某種像圖騰式的飲料、點心或食物，寫出消費者與製造者聯手打造的神話。

塑造神話想像最成功的甜品，莫過於巧克力！甜中帶苦的巧克力，入口即化，綿綿密密。

一個等待的女子，看到男友手中的金莎花束時的驚喜神情，一次又一次催眠熱戀中的男女。金色的包裝，層層包裹的口感，甜得叫人發顫。在媒體炒作與情人節廣告聯手之下，金莎巧克力已經變成「誠意」和「高貴」的代名詞，挾著一種虛榮感，成為愛情的象徵送禮的寵兒。

相較於金莎，最近幾年才出現的「德芙巧克力」卻走個人路線，標榜「我的德芙」。誰說巧克力一定要別人送呢？語意帶有強烈「寵愛自己」的意味，塑造得相當成功。現代女性獨立自主的思維。（陳莨之）

「巧克力」原有舶來品、高貴、西式、洋化、現代、時髦的意味，商品開放進口後，巧克力在普遍性的同時，被添加上情愛間送禮的糖衣。吃糖，讓人有種甜蜜的感覺，但口裡含一粒巧克力，流入心魂的則是幸福的滋味，因此金莎被以透明的盒裝、被白紗紮成花束，讓嬌羞的愛意、得意的寵愛被在情人節裡傳誦，像鑽石般成為鍾愛一生永恆不易的象徵。

有別於金莎所帶動的集體行動，「我的德芙」以「我的」二字宣示個人化，為那些等不到情人的單身貴族，失去愛情的怨婦哀夫另闢一個專屬的神話。幸福於是不再是兩人或異性間所牽繫的緣份，而是獨立、自求、自創式的掌握，既反映現實社會亦道出大眾心聲。

二、在咀嚼與吞嚥間流傳的神話

要點

喝牛奶帶著目的性的吞嚥就像卜派吃菠菜、勞工們灌下「保力達P」、熬夜者一瓶「蠻牛」在手一樣，營養與體力的想像頓時以流動的密度運行於身體之中。

請聚焦於一種食物，書寫食用它時在潛意識中所深信不移的定見，無論它是醫學根據或是傳統加持的訴求。

如果溫和的葡萄酒是一種娛樂的行動，裝飾的姿態，那麼牛排則如羅蘭．巴特在〈牛排與油炸馬鈴薯片〉一文中所說：「屬於歡樂的神話。它是肉的精華和肉的純粹形態，不論誰嚐了它，都可以獲得公牛般的力氣。……在牛排中，血是看得見的、自然的、緊密的、既濃縮又成塊的，……在齒下咀嚼、縮小，你會敏銳地感覺到它原始的力量」。牛排中血的意象於是成為一種補償性的投射，而在法國被社會化為集體飲食。（駱玉嶔）

「公牛般的力氣」與「原始的力量」的想像，讓牛排成為飲食的基本要素，保障生命與陽剛的權勢。

三、流行與慾望燃燒出的神話

許多物質被符號化、象徵化之後，飲食的流行也在被想像中形成標誌，如當「鄉土」被都市顛覆之後，懷舊的心情遂以「阿媽的酸梅湯」、「阿婆鐵蛋」的「阿婆」二字強調年代與對傳統的信仰，或是打著「古早味」、「家鄉味」、「純手工」、「陳年」、「古法釀成」……來形塑對於舊的保存。這不僅滿足了人們鄉愁停靠的依偎，同時反擊現代化、科技化的僵硬與冷漠，讓人在廣告、包裝、形象等符號編寫中，自以為吃下了「傳統美食」，時空便乍然回到從前，落在虛構的樂土。

有趣的是在飲食國度裡，傳統與現代、地方性與國際化以一種共生共榮的方式並陳，如都會中藉世界美食齊聚一城一街一店，滿足「吃遍天下」的慾望，營造美食烏托邦。吃所炫耀財富的揮霍更讓紅樓宴、帝王食補、宮廷菜、鮑魚魚翅餐饗著高級的名號在政商名流的嘴裡傳頌。

相對於集精緻華美昂貴的饗宴，以庶民化「俗又大碗」為口號的食堂也在街頭巷尾簇擁人群，掀起一鍋鍋香。

鄉村裡則呼喊健康的生機飲食與回歸自然的野菜，或夾雜著歷史古蹟滿足懷舊情結，或以土裡土氣的包裝呼喚原始，或以健康新主張打造山中傳奇，……吹奏著懷舊鄉土腔調的回歸，各種在空間中營造的假象，顯然說明了迷失的事實：「此種『記憶的洗滌』是『雙重的不在』」，鄉愁不斷被喚起乃因文明敗壞的都市領域令人難以喘息，鄉愁迷宮遂成為最虛幻的真實。」（鄧景衡《符號、意象、奇觀》）。再者，打著鄉土的本土意識，以飲食作為政治認同的符號，如以名產、土產所標誌的地方意象使得觀光旅遊更具賣點，於是有深坑豆腐街、苗栗「客家小炒」、宜蘭蒜節、花蓮金針、……吃，所建構的商機，在廣告與媒體炒作下，因報導或政治人物嘗味而成為到此一遊的焦點。

要點

1 穿梭大街小巷，行遍地下美食街、商圈異國風、民宿觀光小鎮，抬頭望望招牌、低頭看看菜色、放眼瀏覽裝潢佈置。

2 透過報章雜誌或導覽，觀察最熱門的飲食商品、最奇特的店家設計、最耍怪招的菜味命名。

3 分析這些由食品、食名所聯繫的潮流、食店、食法所創造的流行現象。

•對於超現實世界的嚮往一直是當下的夢，「神仙湯」、「天使糕」、「魔鬼派」、「通神餅」所寄託的魔幻，與後現代風接軌的店名「現啟示錄」、「異形魔宮」、「大魔域」或與驚悚鬼片、地獄手鐐腳銬依附的餐廳空間設計，讓人在吃的同時，吃下虛構的神話、吃下感官的異味。（駱宛萱）

•無論是台大、師大、淡水、成大……只要是大學校區的周邊生活圈，往往是國際美食集散地。走一趟泰順街、師大路，老字號的大碗公牛肉麵、許記生煎包、藥燉雞湯龍涎居、阿諾可麗餅……足以滿足日常三餐。鼓噪異國風情的則有地中海藍與白的米克諾斯義大利麵、火辣又深奧的沙雷娜印度咖哩、清爽溼潤的Jr.s 英式酒吧的金黃炸魚……讓你在食材香料、色彩滋味燈光擺設的細節間，以目光享受出軌的驚豔，以舌頭環遊世界創造新奇。（翁淑如）

四、媒體與商機聯手炒作的神話

飲食作為商業機制下的操縱籌碼，媒體是如何開發經營這方「料理市場」、這塊「美食大餅」？請就你的觀察與了解說明。

我喜歡吃、喜歡尋吃、喜歡研究吃，任何與吃沾上邊的東西都是我的捕獵目標，看電視，當然緊抓飲食節目。從東方到西方、由古代至時下，這些美食節目進行的方式不外乎嚐鮮、走訪、報導，或結合觀光旅遊、現場製作請食客廚師現身說法，或依字依圖尋覓、競賽。內容上，或介紹各地美食，展示絕妙手藝與精緻菜色，或深化美食品牌與追求食材、技藝的精神，像嘉年華會般熱鬧而瘋狂、巴赫汀式感官崇拜而坦然，愈看愈覺得吃這門學問像研究殿堂學術般神聖。

說起我的電視美食史，從古早的「傅培梅時間」、到正上場的「料理東西軍」、「食字路口」、「超值美味」、「阿鴻上菜」，或是專題式的「酒國探史」、「日式蓋飯大會串」「鐵人料理」、「走八千吃四方」、「享瘦新主張」、「美食尋寶」……乃至「神廚」、「情定大飯店」以廚師或飯店為聚焦，

「大長今」以食醫藥理為主軸的連續劇……這些節目掀起吃的休閒風、吃的藝術味也讓每個人透過劇情、現場秀見識各國吃的文化，以及每一道菜後面的堅持與創意。（駱宛萱）

吃的表演、吃的追求乃至於吃出文化的台北美食展、美食廣場、美食嘉年華會飲食，除了上演庶民生活百態，在媒體炒作、戲劇包裝、政府宣傳聯手出招之下，飲食所象徵的意義已由考驗天子之仁、庇佑生民之存而轉身變為「搖錢樹」，招攬商機、政權，錯列並置飄浮離散的多元景觀。

五、與族群政治意識對應的飲食神話

社會經濟的轉型與政治改革在人們飲食口味、飲食場所、飲食習慣乃至某種菜系的興衰上，具有微妙的推波助瀾之用。

從人類學方式研究臺灣粵菜的社會史，可見「一國之菜」、「地方菜」、「族群菜」是如何被社會創造出來，而其間的轉變更顯現政治階段對立現象。日據時「蓬萊閣」以福建、廣東、四川菜為主，這源於該時移民多由漳泉來的地理背景，1949 年由大陸撤退來的廚師，則以湖南、江浙為主，「狀元樓」的精緻國宴反映當權者的口味。但六十年代後，有閒有錢所帶動的是港式飲茶，推車所擺出的點心，讓「龍鳳」、「紅寶石」、「萬喜樓」滿足全家聚餐的自在，與享受精緻美食的虛榮。九七大限導致七十年代後期大批香港廚師移民，於是街頭林立著「鳳城」的燒臘、港式「粥品」、「海鮮」、廣式「炒飯」，由南到北豎起港式粵菜的招牌遂凌駕江浙、四川、湖南菜。

台灣小吃、夜市型的清粥小菜從萬華到圓環，從路邊攤到觀光飯店，從宵夜到國宴，從節儉刻苦到族群意識……又何嘗不是社會階序地位的象徵，大眾意識型態的表徵？

要點

請抬眼張望林立街頭巷角的飲食招牌、翻閱菜單廣告打造的噱頭、見識館樓店鋪裝潢成的氣氛，寫出商家賣點的訴求，食客被招徠的慾望以及所隱然反映出的大眾心理、族群政治關係。

十多年前像是「滿福樓」、「喜相逢」、「圓滿」之類餐廳名稱，表現出中國人期待福氣、希望團圓的寄託。這類餐廳的裝潢無獨有偶的都以紅色為基調，營造出喜氣洋洋的氣氛，因此許多喜慶也都在這種地方舉辦，菜名自然也吉祥意涵，例如「花好月圓」、「龍鳳呈祥」等等……。

至於「乾隆坊」、「狀元樓」、「龍宮」的裝潢則走華麗路線，體現顧客嚮往尊榮、華貴的心理。菜餚例如「帝王蟹」、「紅樓宴」、「滿漢筵席」等，以往只有帝王或富貴人家才有資格享用的菜餚，在今日則是一種「身分」的幻想。

在店名前安加地名的餐廳，大多是具有地方特色的菜餚或是地方名菜，例如：北京烤鴨、西湖醋魚、蒙古烤肉、泰平元國。有時，地名會帶給人聯想，像是提到「四川」就會想到「辣」，「蘇杭」則是「精緻」，此名一出便能霸佔住整個嗅覺、味覺形象。

這種種帶著鄉愁滋味的懷舊路線，像招牌呼喚那回不去的大中國情懷，但就如白先勇小說所言：「台北還是變了」。竄生的本土料理、地方小吃以迅雷不及掩耳的爆發力，隨著國宴與政治色彩燃燒，摘下這一抹「乾隆帝王」、「狀元花好」的餘暉。（陳茛之）

六、飲食變奏中的殖民與被殖民神話

葡式蛋塔烤出的旋風曾在台北街頭成長龍式地燃燒，與 kitty 貓聯手的漢堡也以徹夜等待的形式被渲染，並以聯鎖店、加盟店的方式宣示經濟壟斷的版圖、勢力擴張的招牌，於是，我們毫無警覺地被「飲食」所殖民，被外來的「食物」吞噬。

作家說法：

陳黎有一首名為〈蔥〉的詩：「我母親叫我去買蔥／我走過南京街、上海街／走過（於今想起來一些奇怪的／名字）中正路，到達／中華市場／我用台語向賣菜的歐巴桑說／「甲你買蔥仔！」／她遞給我一把泥味猶在的蔥／我回家，聽到菜藍裡的荷蘭豆／用客家話跟母親說蔥買回來了」首先以街名暗示外來政權在台灣複製大陸江山的依戀與台灣做為反攻基地的位置，繼而是台語買蔥與客語交錯的實虛畫面。

這以日常食物做為文化移動的版圖，除卻國民政府轉徙而來的色彩，更有如「我像喝母奶般地喝著早晨的味噌湯／理所當然地以為ㄇㄧㄙㄡ ㄒㄧ・ㄌㄨ是我的母語／我吃著每天晚上從麵包店買回來的 pan／不知道自己吃的是葡萄牙語的麵包」以食物暗喻的歷史滄桑，在台灣島上所留駐的影響，於是，家常食物不再是品之於口的飽腹之味，更是環境變異的符號之一。

要點

1 以往是秀才不出門，能知天下事；現在是食客不出國，能嚐天下味。請舉出在臺灣你所知道「舶來美食佳餚」，以及其所塑造的神話。

2 站在街頭巷尾，觀察招牌上所張掛的外來飲食種類與品牌（可透過網路或任何方式查尋）。

3 以飲食來勾勒外來文化侵入的情況，如哈日、哈韓風，經濟與生活習慣、社會變遷所帶動的異國風味，並分析其所滲透的生活態度。

4 分析這些外來飲食背後滲透的價值觀與生活方式、社會面貌與政權氛圍。

・二十世紀初，各國各洲之間時傳糾紛衝突，彼此互不相讓，但這種情況卻被可口可樂統一了，麥當勞和漢堡王不費吹灰之力便令世界大同。哈日風大盛的今日，壽司的號召力早已足夠鞏固日本經濟強國的地位而綽綽有餘。葡式蛋塔的降臨就好比颱風過境，接近台灣島時，人未到而聲先至，口耳相傳競相走告，席捲過後，暴風圈遠離，只剩下滿街搖搖欲墜的招牌，哭訴著它那曾經輝煌過的生命。（陳仲涵）

・草根性的枝仔冰、俗又有力的四果冰、鄉土性的芋頭冰敘寫台灣在地人的務實與堅持原味。但近年來全球化、多元化的流行在冰品間吹起大風吹，從打著養生美容的芒果冰、聯鎖式的進口冰淇淋，到幽默的火山爆發、香蕉船，冰品以筒裝球體入侵，或以遠來廚藝名義耍噱頭，夾著新奇搞怪的姿勢攻佔市場；或憑尖端科技與低卡路里的花樣繽紛上演。在這講究包裝，崇尚價位，吹噓名牌的虛榮心下，「遠來的冰」先聲奪人地，無聲無息地進行「西風東漸」的另一波攻擊，吞沒這一代人的腸胃。（駱宛萱）

台灣海島型地理特色不僅表現於氣候，對於橫掃而至的文化風向更是以來者不拒、兼容並蓄的度量接受，於是，傳統中國料理的家鄉菜、台灣本土菜、現代化下的美式速食、隨著外籍勞工來的東南亞飲食都一一被收納於飲食櫥窗裡。

日本料理當中所隱含台灣人對日本的情懷，從阿公對日據時的生魚片記憶，到年輕人哈日偶像劇所引發的拉麵乃至科技新貴養生長壽的寄託。這些複雜的情愫與細長的歷史因緣，使得日系飲食以高檔價位，賣弄清淡素雅、賞心悅目的神話，於是當一口咬下生魚片時，似乎就滿足了侵略併吞的虛榮。

當人們吃漢堡喝可樂的時候，他們吃的是「國際的麥當勞／美國感覺／中產氣氛／現代時髦……」等一大串「味道」。這些味道之所以會對某些人是香或是好吃，是因此伴隨著漢堡其他新殖民文化也一齊在改變本土的文化。

羅門〈「麥當勞」午餐時間〉揭露老中少三代客層的消費心理，在西方飲食入侵下或沉淪或淘汰，張默〈肯德基〉則清楚地區分為速食文化的代言人──少年與面對衝擊沉重的焦慮老人。侯吉諒在〈美式速食〉一詩裡，以俯瞰的角度寫這波飲食侵略，由飲食習慣的改變寫生活模式的異化，讓飲食不只存在於腸胃，更在歷史之中；不僅展現飲食的國際化，更透過各種飲食進行異國情調消費與想像。

舌底的思考

飲食之事雖起於庖廚，卻足以小中見大，書寫時除了基本功夫著眼於菜餚本身的美感、品味的情趣、文化民俗的習慣，更可以與音樂、美術、書法、電影、舞蹈產生對話，也可以藉食中諸味描繪人情、觀政言事，創造出另類的互文。

一、食之味與學問之味

如果以食之味形容國文課，你的感覺是？

有的人認為是白稀飯配安眠藥，淡而無味，昏昏欲睡；有的則以老師趕課，學生聽得茫茫然如瀉藥來比喻博大精深的國文課，或以每至段考前抱佛腳的急就章，而比之為感冒藥，說明陣痛的盲然與飽和，或以西瓜連子吞——囫圇吞棗，點出國文內容廣闊，只能硬塞硬吞，至於中國文學之久老如餿水酸臭難聞的形容詞，可見是對這門課未能窺其堂奧所致。其他學科，在同學嘴裡又是什麼樣滋味？

數學的奧妙如同豆腐乳的發酵味，能吸引許多老饕，我卻久「聞」而無法理解。易經太極的圓融之美在於醇茶一般，潤下喉嚨後才一絲一絲由底心抽起情愫。至於近代史課上，日本當年的

殘忍和當今的裝腔作勢，由一道菜便看出來：生吞魚肉還用美麗的盤飾提高其氣質。（林芮如）

二、飲食與藝術相得益彰

(1)食與樂的弦歌

女作家韓良憶以西樂佐西點，在《羅德西尼的音樂廚房》一文中敘述道：「烘烤蘭姆葡萄乾小餅時聽柴可夫斯基〈胡桃鉗〉裡彼得潘的樂曲。香甜的小餅屬於小飛俠，也屬於每一個偶爾想回到童年的成年人」、「吃美式肋排，聽具有民謠風的〈阿帕拉契華爾滋〉帶有西部風味的旋律，使我想到德州的原野，難忘的聖安東尼奧冬日陽光。」其他如拉丁爵士樂配西班牙番茄白酒秋刀魚、貝多芬四重奏與橙汁旗魚排……。

林谷芳《茶與樂的對話》則以沉澱於時空之流的樂曲對應茶，如飲包種時聆聽〈雨打芭蕉〉、〈梅花三弄〉、〈蕉窗夜雨〉。喝龍井則配〈漁舟唱晚〉的箏聲；若品的是凍頂，〈出水蓮〉、〈飛花點翠〉可相互輝映。嚐高山茶，若聽二胡拉〈漢宮秋月〉、箏奏〈漢宮秋月〉並是人間佳妙之境。至於鐵觀音，〈塞上曲〉、〈瀟湘水〉、〈胡笳十八拍〉、〈霸王卸甲〉無疑是絕品。

要點

1 品嚐飲食色香味的心情，製作調理過程的節奏，讓你聯想到什麼樂曲，它們之間的旋律、情緒有何共通處？

2 樂曲小節間跳躍的音符，迴轉不已的主調，讓你想起什麼風味的餐飲，它們之間的氣息、味道有何相應處？

・他指間流瀉出的琴音，像冬日裡香醇的熱巧克力，讓我有種沉醉在幸福裡甜蜜的感覺。舞者在絢麗燈光下精湛的演出，肢體與靈魂結合，昇華，在跳躍旋轉間，一盤華麗的拼盤，絕妙滋味，端上迷幻舞台。（余玉琦）

・在甜餡餅上裹上蜂蜜，像少女的聲音嬌嬌滴滴地輕拂花香飄送來的尾音，令人酥骨醉心。當你一口咬下，由脆酥餅皮流出的蜜汁，一如遠處傳來稀微的跫音，有種在蔚藍中飄盪的雲氣，沁著淡淡的甘甜。（楊雯）

(2)用食與藝術之美

當飲食與藝術相遇時，顛覆傳統的摹寫方式，往往形成十分趣味而獨特的效果：如「蛋是一部單純年輕的電影，有人說它的故事，感覺像黃色芥醬，有點微辣，有點微甜，有點微酸。」（王毓雅《The 蛋 egg 電影製作祕笈》導演手記）

要點

在我們既定的想法裡，飲食是以口嚐味的，其實，它還可以越過界為音樂加鮮，為舞蹈戲劇加色，為繪畫添味，替電影加上箋註，這樣的顛覆將帶來聽覺視覺上完全不同的驚喜！

・藝術展廣告清楚明白而簡單的線條就像是杯全脂牛奶，單純直接卻味道濃郁，能滿足感官，飽足心靈。（康涵菁）

・唐宋佛像美得令人讚嘆，那對信仰所抱持的執著與愛一如宮廷宴饗華麗而慎重。北魏的造像沈靜地雕出發自內心的歡喜，儘管當時的歷史漫長黑河，但正因為經過苦難的洗禮，我們才能看到這些被洗去世俗塵埃動人面容，這讓我不覺想及醃漬物平實而深刻的滋味。（姜星宇）

・法國大革命造成價值系統全面崩潰，畫家、詩人、音樂家因而傾向於反社會、強調個性。「個性美」取代了「理想美」，浪漫主義因而在一八二〇至三〇年代風靡法國和全歐洲，這樣的改變就像臺北街頭百家爭鳴的餐館，中國式的懷鄉、在地風味的台灣小吃、方便乾淨風格簡潔的速食、養生日式料理、東南亞的熱帶酸辣、印度染著咖哩的壇香、豪華法國美食，滿足個性化的選擇。

珍視個人感性的浪漫派藝術家，反社會的態度趨向於逃避現實的歷史回味和異國品味，於是東方阿拉伯世界所流行的各種幻想故事，成為浪漫派最適切的題材，讓我想起異國的華人街與中國餐，老外拿起筷子所夾起的豈只是口之味，更是對東方的神秘想像。（王茂樺）

三、以飲食審美

在哲學上，時見以味析論事理者，如《老子》第十二章：「五色令人目盲，五音令人耳聾，五味令人口爽。」孟子以味喻性：「口之於味也，有同嗜焉；耳之於聲也，有同聽焉；目之於色也，有同美焉。」或以食論藝術之理如先秦穆公飲食文化中，味與聲色同為美學範疇，這種直覺感悟式思維遂形成中國詩味論，魏晉南北至齊梁有「詩味論」之說，鍾嶸《詩品》「滋味」說開啟以味論詩評詩。

風味所涵蘊的意味氣味，是吟味、細味出詩文至味的佳趣。而滋味、味外之味、本味……常用以說明作品餘味不盡，由欣賞時的玩味、品味、體味、得其深得其真滋味、真趣味以表現作法的吸引力與美感。

作家說法：

飲食喻文章之法者，如李黎〈品味時節〉以中秋月餅的口感寫文章所形成的「讀」味：「但果仁太多，如伍仁者，警句太多的文章，只怕詰屈聱牙。萬一果仁又屬於特別堅毅甚至舊年陳貨者，則像這種文章夾了錯別字，滿口扞格，十分辛苦。若再錦上添花奉送金腿一味，則更教人忙不過來了。」

余光中先生則以〈食客之歌〉為文學分類的譬喻，用餐間的動作成為新鮮而貼切的解讀：「如果菜單／夢幻／像詩歌／那麼帳單／清醒／像散文／而小費呢／吝嗇／像稿費／食物中毒／嘔吧／像批評」。

要點

以食物形容藝術家的作品、文風、詩味及生命風景，與聆賞品思時的感動。

‧陶淵明田園詩洋溢蘆筍清新的味道，像清晨草叢尖露水的清涼味。「晨興理荒穢，帶月荷鋤歸」裡有淡綠、淡藍的自在自得；「帶月荷鋤歸」令人想到暗色中出現柔黃的明月，一如詩人

「衣沾不足惜，但使願無違」堅持的志向。（鄭宇雯）

・陶淵明的詩宛如一陣起自芬芳的山谷，拂入桃花源的自在忘機，在充滿壓迫剝削，爾虞我詐的東晉社會，訴唱著珍貴而動人的率真，像一味簡單而明瞭的沙拉。他的舒嘯，不知震醒了多少為名利沈浮的奴隸；他的詩，多麼像一盅寒冬的暖菊茶，喚醒無數人心中被凍僵的真意。（劉懿萱）

・觀賞梵谷的作品時，就像進入他的艱苦人生和熱烈的創作歷程裡，無論是燦爛的向日葵，漩渦狀的星空，或是憂鬱的人物神態，都宣洩出他不斷「移動」的一生。坎坷生活及糾結的感情，特別是不安而又神經質的個性反應，就像沉沉的中藥苦澀而麻口。（陳怡錚）

・她的小說寫的無非是風花雪月，簡直甜得發膩。

・杜甫的詩是酒是用眼淚釀成的一甕，醉人。（尤詩涵）

・白居易詩風有炊白米之香，是家家戶戶皆能共享。

・前衛文學的辛辣麻酸，可能對了四川人的嘴，卻無法適應於上海人的胃，是以僅能在小眾之間傳誦。（林芮如）

・歌劇像 pizza，豐富熱鬧的舞台佈置，喧囂的水晶吊燈，澎湃洶湧樂器所演奏出來的氣勢將 pizza 裝點得繽紛討喜。明亮鮮艷的花腔花調如威士忌般熱情奔放、猛烈濃豔。崑曲便像雅致的茶宴，絲竹弦琴茗茶香淡而幽靜，單純的樂器，身段表情似明淨茶色，但激盪內心情思的後勁卻不可小覷。（林靖容）

・崑曲如淡淡花香飄來，句句都有韻味，唱者身段優雅如舞者翩翩，水袖裙帶飛飄之際，如啜飲茶的回甘香。小姐口裡幽幽唱出文言的詞句，豔麗精工像繡屏上的金鷓鴣，春香丫環嘴甜心巧是討喜的爆米花，嗶嗶波波跳不停。（鄭宇雯）

‧「驚夢」像草莓雪泡，儘管充滿甜甜的溫馨感，但雪泡畢竟是虛幻。這段戲裡，杜麗娘心裡充滿情思，好像一道素菜春捲，外表是清淡的，仔細品味卻是悠悠長長的情思愛意。
（魏如敏）

對了然於心，神會意通的學生而言，文學之旅中作家所展演的風姿，是時代與文化的顯影，以食味品文風，三言兩語之間風姿盡現，而芮如以辛辣甜膩所形容的文風則呈現獨特的思維！

四、文學作品食譜化

在某種形式或意義上，執筆為文這動作是否與持鏟烹調有相通之處？一以文字為素材，一以果肉菜蔬為原料，都必須以想像和創意師以魔法，才能成就獨家口味。那麼，以食譜的方式，由作品逆溯作家構建文本的過程，或解讀作品，豈不更增添讀書與理解間的挑戰樂趣？

要點

任選一本故事性濃厚的作品，以食譜的方式來呈現人物特性、情節變化。

《小王子》第四顆行星是實業家的行星，整天忙著管理星星，計算星星、佔有星星、買別的星星……這樣的畫面，這樣的人生，這樣的價值觀如果化為食譜該是什麼樣的搭配？

什錦沙拉──實業家

材料：（以下的材料必須是最新鮮的）

一罐鮪魚罐頭──精打細算的加法

二條胡蘿蔔──自私的心

三片火腿肉──嚴肅的個性

四片紫甘藍菜──堅定的固執

五片綠色的生菜──對數字的執著

六顆蕃茄──完全的佔有

七包沙拉醬──強烈的慾望

八匙玉米粒──所擁有的星子

九撮目蓿芽──無比的專注

十塊蒟蒻──獨特的理論

（再次強調，這些材料必須是最新鮮的）

作法：

五片綠色對數字的執著當底，再陸續擺上切成絲的紅色私心、一顆顆完全的佔有，些許強烈慾望增加風味，順便淋上幾分嚴肅的個性，灑上幾粒擁有的星子，一些專注在上頭，最後將神算的功力切成細段的紫甘藍菜、切成丁的獨特理論裝飾盤緣，就大功告成了。（陳伊柔）

舌根的隱喻

要點

1 請同學想想飲食在生命中的位置、飲食之道可轉移到人生什麼樣的狀況？飲食文化與心理反應的關係是？飲食所展衍的人際關係是？

2 分組討論同學們所發現的特別主題或有興趣研究的方向，找出與飲食主題相關的電影、劇本、藝術或文學作品。

3 廣讀文學中，發現詩家文人最愛的飲食，它在作品中是如何被描述的？請找出三則與飲食有關的詩文，並標明出處。

4 如果文如其人，那麼由作品中，顯見對文學家們所寄託於鍾愛的飲食，所縱情的味道，透露出什麼樣的情思與生命態度？

5 上網、查書，找出資料，並結合人文歷史、民俗習慣整理報告。

一、食味中的哲學

對於道家而言，飲食與養生關係密切，儒家則強調所謂修身之道往往不限於視聽言動、起心動念之間的意，更在於生活習慣，而落實於養身與養口腹的「儉」被視為美德。

飲食不但是飽腹的美味，其中運用的原則道理，足以推之廣遠，應之人事。藉烹調的過程寫處境，由作菜到處世，到人際關係者，如《論語．鄉黨》篇中記錄孔子「割不正，不食」。《莊子．養生主》中藉庖丁善解牛闡「依乎天理，批大郤，導大窾，因其固然」為養生關鍵。他如「不食嗟來食」、「齊人乞食」、「涸轍鮒魚」各敘說著堅持的悲壯與妥協的虛假、貧苦與蒼涼的無奈。

俚語、俗諺中處處可見由飲食喻說深刻智慧與人生經驗者，如「吃快弄破碗」、「一樣米養百樣人」、「吃果子拜樹頭」，由是觀之，飲食之於人，何止在口味，更可藉以宏觀人生百態、世情玄妙！就像那兼有甜鹹共一鍋的滋味。

作家說法：

周芬伶〈戀物人語〉中以烹調表現人生境界、人生情調或人生階段將是相當有味的嘗試：「熬湯與炒菜是人生兩種不同的境界──炒菜譬如青年，宜眼明手快，宜浪漫奔放；熬湯如老年，宜老僧入定，宜沉潛內斂。」對於愛情，梁實秋則主張專一，因為：「獨享一菜遠勝過大吃筵席；不是飢不擇食，是情有所鍾。」（〈清秋瑣記〉）因此「牛排像外遇，料理得相當令人齒頰留香，但如果沉迷其中，天天大快朵頤，血脂肪、膽固醇恐怕會快速上升」。（楊明〈女人和女人的晚餐〉）。

至於在父權宰制下的女性命運，則如方梓〈歲歲年年〉所喻：「人生如芥，似草的生命終究也可以隨遇而安；女人猶似芥菜，不管清炒，醃製成酸菜，或是，甕裡的覆菜，由苦澀轉酸、變鹹，再呈甘醇，女人總是在這樣的轉折中，活得有滋有味。」

由掌廚之人決定味之輕重，寫個人對自我生命的掌握，正在了然於心的自主自在，若有失誤亦如雲淡風輕不需在意，如此則得意失意都是福氣：「人生是一場自己賞廚的宴席，要甜、要酸、要甘、要油、要淡，自能選擇，也要能調理。做壞了，有機會下次再試；做得好吃，也是一場腸胃盡歡的喜緣。」（徐世怡《流浪者的廚房》）

也有由食材火候調味解生命意態者：「論火候，則是以心傳心的獨門工夫，要有天份纔可領悟其中意境，像禪趣機鋒，最為引人入勝。論調味則是魔術師之流的綜藝節目，趣味有餘但內涵不足，不過觀眾最多。」（徐國能〈刀工〉）足見在食之味與食之作中，其實蘊藏無限現象與耐人尋思的世情之理、哲學之妙。

以豐富的食物隱喻、聯想做為核心，鋪陳事態現象或人生觀。

同學們經過引導與討論，各自展開由飲食體會處世行事之理，如揉麵與人生之受磨鍊、米香所走過的刻苦歲月、由豆腐與從做餅中體會領會教子之道：

・麵團總是越揉越能發出麥的香味，越能增加它的韌性和嚼勁，蒸起來才格外有光澤。人也是這樣吧！吃過了苦，對人生的體悟深刻，處事或許也更坦然些。（黃欣儀）

・帶著竹香的壽司米經過山泉的洗滌後，潔白清香，宛如靄靄雲氣中的仙人。木製的大桶子在蒸氣環繞中開始運作，整個廚房陷入一片迷濛。

依稀看到媽媽模糊的背影在晃動，忽然覺得好像回到用灶爐炭燃燒起一家生計的那個時代。小孩子望著父母忙碌的背影長大，又讓自己的孩子看著他們像磨一般轉的背影長大，一代傳過一代，廚房裡的煎炒煮炸揚飛著薰煙，也飄搖著養兒育女的辛酸。但那爆發出的香味總甜甜地滿足了生命，每一代的子女都踩著父母的腳步往前走，而我們不也是處在這個大轉輪中？
（陳佳青）

・豆腐是易碎的，並不能用力翻攪，卻也不能放著不動，容易黏鍋。教養青少年的技巧，也在於此。（吳彥蒔〈紅燒豆腐〉）

「麵團總是越揉越能發出麥的香味，越能增加它的韌性」與人多經一事多長一智，多磨折則苦其心志增益其所不能的道理相應。紅燒「豆腐」之理與父母養以之心既怕太嚴峻而形成代溝，又怕太寬鬆而無法度頗見相似之處、由煎炸甜心餅在搓揉捏滾的過程中，聯想到的也是生存之道，至於從米香養大一代代的身影，則看見傳承的腳步，凡此種種都見飲膳之法與教養之方互匯相通，無怪乎煮夫煮婦亦是養子高手。

二、飲食與心理間的對應

飲食，也是一種「社會語言」，所承載的豐富社會文化意涵之一便是身份地位的象徵，因此以吃做為炫耀如曹植以駝蹄做的七寶羹、宋蔡京一羹須殺數百隻鶉、明冒襄大宴天下名士於水繪園，一席用羊羹須三百隻，乃至何曾日食萬錢，在心理上誇耀的意味實大於口腹之慾，嘗新的好奇亦甚於唇齒間的滿足。

吃的飽足有時是解決壓力大、煩惱多，最快速、最幸福，也最簡單的方式，無怪乎「吃到飽」式的開懷暢飲、百無禁忌，在大街上聳立著招牌，神氣地炫耀著滿場的業績。

要點

「吃」這個動作之前、之後，以及進行過程中，滿足了什麼樣的心理需求？追求的是什麼樣的心理慾念，又反映什麼樣的心理背景？

「吃到飽」所提供肆無忌憚的吃法不僅一圓暴發富的夢想，使人們得以在吞噬中平衡現實中的壓抑，在無限取用的自由裡，更自以為是揮金如土的大少，有權隨心所慾地選擇食物，得意地掌控調配與擁有獨享。但在囫圇填塞、食慾滿載間是否也暴露內心恐懼匱乏的慌然與飽漲的貪婪？（駱宛萱）

從口腔期的吸吮開始，吃，是生活中的必然，它所飽足的與其說是腸胃蠕動的慾念本能，不如說是想像心理、平衡心理、匱乏心理、依戀心理、炫耀心理所吶喊的存在，在宛萱所分析的無限量飽食中，展現了飲食種種心理。

三、飲食與人際關係間的對話

有幾部電影是以飲食做為陳述的符號，如以大齋戒的宗教背景寫人情間明爭暗鬥的〈濃情巧克力〉，巧克力做為對吉普賽人的排斥，代表對異文化精神的牴觸，亦是使村落起死回生魔法的象徵。〈巧克力情人〉則以誇張的方式呈現食物做為表達愛慾的媒介。〈飲食男女〉以滿桌菜象徵圓滿、熱鬧，表達父親對子女之愛……說明美食與人際間濃密的關係。〈喜宴〉裡透過五千年文化所孕育出的傳統宴席大菜，思索自我存在的價值定位、〈蒲公英〉中呈現日本拉麵道所象徵的食道精神，與「形於外，誠於中」藝的精神。〈芭比的盛宴〉裡以法名廚探討中世紀新教／清教（基督舊教）天主教嚴厲自制，在事奉上帝與放縱歡樂，個人享受間的沉默與開懷，處理美食所代表的藝術如何軟化人心，將原有人與人的界線與分寸打破——食於腹亦滋潤心。

不僅現代電影藉飲食顯露宗教文化，在中國古典小說中也處處可見憑酌寫富貴、藉宴說英雄、由食說豪情、以酒化干戈……等鏡頭。前者如《紅樓夢》中節慶生日之宴吃得精緻俏麗，《金瓶梅》中慾望滿溢吃得粗眉大眼；後者如「鴻門宴」，或是《三國演義》中以「溫酒斬華雄」寫活了關公的勇猛、「喝悶酒，打不平」塑造真性情的張飛、「食則同桌」表現桃園三結義的關係、孔明「飲酒取樂」表演出空城計的胸有成竹與草船借箭的軍機、龐統則「以酒糊塗」表現不得志的澆愁與對劉備的不滿和抗議。至於「望梅止渴」見曹操的機智、「煮酒論英雄」則寫盡曹操的自信自大、豪氣和野心、長江大船上設酒樂，「橫槊賦詩」，除顯現其武略之外的文才，醉中一槊殺劉馥則見其霸氣……凡此可見由飲食情境多角度地寫出人情人性與關係。

現代詩裡，飲食也常被用以為意象著墨，譬如張錯以〈茶的情詩〉寫情愛間的深意：「如果我是開水／你是茶葉／那你底香郁／必須依賴我底無味……我們必須隱藏／在水裡相覷，相纏，／一盞茶工夫／我倆才決定成一種顏色。／無論你怎樣浮沉／把持不定／你終將緩緩的（噢，輕輕的）／落，攢聚／在我最深處。」而夏宇〈甜蜜的復仇〉則以飲食調理的方式寫下一生的記憶：「把你的影子加點鹽／醃起來／風乾／老的時候／下酒」。食之於口的味，飲之於鼻香的茶，便在書寫的並置間化為盪於心的款款情愛。

以飲食作為媒介，敘寫人際關係間微妙的互動

從廚房裡傳出陣陣香氣開始，我就知道，這將是一個很精采的大年夜。

良久。水沸了，掀開鍋蓋，蒸氣把我的眼睛熏得幾乎睜不開了，隨著蒸氣的逸散，一整年的挫折、成果、快樂、悲傷也都跟著逸散了。

湯上桌了，從擺碗筷的角落望去，有一個不知打哪來的魚頭，公然地躺在雞湯「溫泉」裡，鳩佔雀巢，而那隻雞的面容卻依然安祥，依舊不發一語地坐在那只冰涼涼的盆子上。

大伯新交的女朋友，大剌剌的坐在餐桌上，不知是哪個倒楣的人，有著和雞相同的命運？

「哇哇……哇！有人坐我的位置，我不認識她，她搶走我的位置啦！哇哇——。」妹妹沒有雞的度量，她又哭又喊又叫，只為了奪回她的家族地位，似乎忘了大年夜的規矩。

大伯大聲斥責：「小孩子哪有什麼位置!?」那女客文風不動，像那魚頭一樣。爺爺為妹妹主持公道，還她一個位置，但雞呢？卻沒有人替牠伸張正義。（李杰穎〈那一年的圍爐火鍋〉）

正如飯桌上的戰爭雖不見刀光劍影，卻也在雞鴨魚肉的見證下，於碗盤匙碟間揮旗吶喊開來飲食所牽涉到的一個權力結構：

吃飯，是感官性的食物美，也是一種社會儀式，其中沾黏著愛恨情愁的糾纏、人事的暗語的象徵。一家團圓，一如在鍋子裡展開一場大聯誼的菜色。表面上寫年夜菜裡的雞與魚，其實寫人，指桑罵槐中見嘲弄尷尬，以食寫人事情節，頗能巧妙運用之妙。

四、人生每個階段裡的食物

對於中國人而言，不僅逢年過節各有應時的食物，從生到死，更脫不了各色標誌著象徵符號的飲食，為生命每一個階段刻鏤鮮明的烙印，這些階段性隱喻的飲食又與物本身的特質相映。以茶來說，茶質本潔，從一而終，因此，在婚姻中扮演象徵角色，如《紅樓夢》裡王熙鳳開林黛玉的玩笑說：「你既吃了我們的茶怎不做我們家的媳婦？」臺灣習俗中除相親的女兒捧「甜茶」向男方賓客及媒人「敬茶」，定婚要送「喜餅」篆龍鳳呈祥。結婚時在洞房「食酒婚桌」，吃紅棗念：「食紅棗，年年好」、吃甜桔口念：「食甜桔，好尾結」祝福夫妻白頭偕老。

婚禮當天媒人婆照例要唸道：「食雞才會起家，食魷魚，生囝好有飼；食豬肚，囝婿大地步；食肉丸，萬事圓滿；食魚頷下，快做老父；食福圓，生囝生孫中狀元；食芋，新人好頭路、新娘緊大肚；食甜豆，翁某食到老老老……」。這樣的祝禱裡有諧音狀形的趣味，更寄託深遠的祝福。北方新郎新娘當天吃「子孫餑餑長壽麵」、喝「交杯酒」，床角藏著棗子、花生、桂圓、蓮子以祈求「早生貴子」，婚禮上的喜果中棗兒、栗子、核桃、荔枝象徵「早立兒子」祝新婚夫婦和和氣氣。

要點

近來諧音討吉利的飲食大為暢行，如包種茶、包粽、旺旺……在考季與年節時彷彿是一種儀式般被形諸祝福之中，請寫出這些飽合祝福之意的食物，以顯現它們如何在人事中被運用。

・不知道是不是傳統，校長和老師們居然要請全年級的人吃「包高中」:「包」是肉包，「高」是綠豆糕，而「中」是粽子，還配上「包種茶」，目的是希望我們都能推甄上自己喜歡的學校。（邱敏雯）

・卡通版的儀禮介紹，讓我不僅見識到古禮之煩瑣，言詞間的禮，最特別的是在納采、問名、納吉、納徵、請期五禮中，男方必須派使者前往女家。除納徵外皆以雁，親迎時要奠雁，取雁行有序，及燕燕合歡之意。

迎親當日，先將「同牢合巹」的饌食陳設，那是以三個鼎裝主要的祭牲，有去蹄甲的豚肉、十四條魚及獵兔，夫婦將各食一半。老師說因為周人認為「肺」是氣之主也，「脊」是體之正也，故以豚肺及脊為主……這樣的婚禮雖不若西式熱鬧華麗，但每一個步驟間以食物所寄託的祝福與儀式，都蘊含兩姓之好的慎重和分享的美意。（鄭怡君）

飲食所照見的人生思考，大至治大國如烹小鮮之類的哲理小至日常中取吉祥之意的祝福，使得飲食不單是口腹間的需求，而具心理性，生命性的意義。

舌尖的波流

一、舌頭的個性

飲食習慣忠實地反應個人性格與生活環境，如張愛玲於〈童言無忌〉中說自己是肉食主義者，特別偏愛甜食：「我和老年人一樣，喜歡吃甜的爛的。一切脆薄爽口的，如醃菜、醬蘿蔔、哈蟆酥，都不喜歡，瓜子也不會嗑，細緻些的菜如魚蝦完全不會吃。」胡蘭成在《今生今世》也說：「她喝濃茶吃油膩熟爛之物……每天吃點心她調養自己像隻紅嘴綠鸚哥。」反映出張愛玲出身富家，接受上海西化的流金生活，也與其華麗深濃的文字魅力相當。相反的，是草莽出身的杜月笙獨鍾鄉土氣的本幫菜、魯迅〈孔乙己〉裡的茴香豆、〈酒樓上〉中的紹興酒、青魚乾、油豆腐都帶著本土的堅持。

飲食除卻是意識型態的反映，它更生動地凸顯人的特質，如「刀子嘴，豆腐心」、「啞巴吃黃蓮，有苦說不出」、「油麻菜子命」、「酸葡萄心理」、「空心菜，虛有其表卻沒有內涵」、「拜倒在石榴裙下」、「君子之交淡如水」這些耳熟能詳的比喻都利用食物來形容，正是掌握物與人之間共同的特性，使人的種種情事透過可口的美食更生動具體地呈現。

至於「櫃檯小姐的一顰一笑，都是一盤小小的甜點，增添了許可口的業務經驗。」（陳大為〈南京東路〉）則以食物比擬業務人員對於櫃檯小姐的鑑賞。「立陶宛不下雪的深冬下午，顯得特別陰暗而悶窒，陌生和孤單此刻變得如此巨大，將旅人的意志削得和配給的麵包一樣薄。」（褚士瑩〈立陶宛的雙峰〉）將抽象的意志以「削得和配給的麵包一樣薄」相比，不但切合共產國家生活條件，更巧妙寫出天寒地凍，物乏人疲下，對於食物的想像與渴望。

王文華《蛋白質女孩》是近來熱門的一本書，正因善用食物特質形容而予人耳目一新之感，其中描繪賢慧的女孩「像蛋白質一樣，健康、純淨、營養、圓滿，和她在一起你會長得又高又壯。……像喝了一杯鮮奶，純淨、無味、但充滿養分，流過每一條靜脈。」對於情侶間的關係則寫道：「進場時你握她的手，緊得像和了水的麵粉。」「你們對彼此的存在都已習慣，她對你的好是理所當然。你我的愛變成商業套餐，什麼都有但吃起來沒有口感。」姑不論其中所透露出男性中心主義的視角，但其別出心裁地以食物來譬喻便是新意！

以食物比喻人的個性、舉止、情緒、身份或處境。

神情——

・他姿態嬌貴，神情高傲，渾身上下散發著一種凜然不可侵犯的威嚴，宛如尊貴的茴香，以一身濃烈香味聲明自我的與眾不同。而她，靜靜地坐在浮著深沉木紋的旋轉椅上，沉默得像在咖

啡中迴旋的液態奶精，別人也許只覺得濃郁，我卻憂慮於她內心無人可解的苦楚。（余玉琦）

・物理大師黃河清，上課時只要他是轉向全班講解，就像是師傅在傳授秘訣給徒兒似的，眼睛多半是閉起來的。下顎微微上揚的弧度，像一陣風般勾起腦中不停的運算，和鏡框融合的瞇瞇眼，在因努力教學而泛著油光的煎鍋上，留下兩道粗粗的海苔。其中一片海苔說著：真理只有一個，另一片則說：這就是這麼算。從老師口中冒出來的話，常常像金箍般，緊緊勒著不知哪裡錯了的腦袋瓜，想到發疼！（林芝宇）

個性——

・他不怕苦不怕難的作風，就好比殺出重圍從土裡冒出頭的竹筍，但他的內心世界，卻像天山雪蓮般那麼遙不可及。（梁秀如）

・鳳姐兒的性情好似麻辣豆腐，嗆得人發辣，說話酸得人牙根裡發疼。（蘇宣綺）

習性——

他做起事來張牙舞爪，待人頤指氣使，真是一隻橫行霸道的螃蟹。

・他幾天不洗澡，遠遠地便傳來一陣豆腐乳的氣味。（尤詩涵）

語言——

・他的甜言蜜語如同人工香料，初嚐叫人心花怒放，久了讓人頭皮發麻。

・他說話橫衝直撞像嗆人的洋蔥。（沈芝穎）

情緒——

・溫柔時的她就像粉圓一樣，讓人忍不住想咬一口，但一發怒則如狂風暴雨，就像辣椒襲擊我們的味覺。（陳佳青）

處境——

如此被人誤會，我的臉當場像隻被燙熟的章魚，變得又硬又僵。

・帶小孩就像吃麥芽糖，雖然甜滋滋的，卻惹得滿手黏答答。（陳怡璇）

・政商界黃金單身貴族，個個像鼎泰豐的蒸餃「皮薄餡多」學歷一流，身價非凡，只因臉皮薄而錯過了適婚年齡。（蕭麒玉）

跳脫尋常以舉止動作、言談神情描繪人的方式，或以固定的詞彙如婉約剛強等形容文筆、以得失窮達寫境遇，這種另類式的以飲食為喻，將食之特質、味之狀態與人結合的表現，製造出意想不到的新奇，就像充滿驚嘆號的麻辣鍋，直叫人大呼過癮！

二、舌頭的試探

要點

1 以酸甜苦辣麻澀濃淡等口味，捕捉天氣的陰晴冷暖乾濕悶燥。

2 山海景觀、建築空間、街景樹道其色其味讓你聯想到什麼樣的料理滋味？二者之間相應之處為何？

3 一日之晨昏晝夜、一時之變動常異就如同上菜程序般排列出生活，它們間相關的圖景是？

天氣——

•卷雲是絲絲縷縷的棉花糖，天氣也甜得一派爛漫。潤餅捲似的龍捲風看來無奇，內容卻應有盡有。

•雨後的太陽一出場，就像「一家烤肉，萬家香」，見者皆有份，不見者也難逃其熱情大力相送。

•夏天的太陽像沒去籽的辣椒，曬得人直喊：「辣呼呼！」（詹蕙瑜）

風景——

•廣西的石灰岩地形像凹凸不平的榴槤，天賦「異」稟。

•初生的旭日像盤裡的荷包蛋，熱騰騰地帶來一天的營養。

•陽光滑亮得像果凍，透明的質感摸起來有粉圓的滑溜，粄條的嫩鮮。（王皓潔）

街景——

•納莉颱風之後，捷運停駛之後，上班上學搭公車的人多了起來，馬路上的轎車、計程車也多，整個清晨像是起了一團團的毛球，亂成一片。

累癱了的沙包一個軟趴著一個，有的像歷劫歸來彼此扶持的戰友，也有的像一場大屠殺後堆疊在一旁壓得透不過氣來的屍堆，有的依舊飽滿的，就被工人搬回計劃重覆使用，有的破了洞，像露了餡的芝麻湯圓——就不被要了。

這些景象在許多地方同步上映，又溼又麻煩的氣味溢在與地面垂直二公尺的範圍內，讓許多人的頭髮亂翹一通。台北雖然早起，但它的眼還是惺忪的。……（余玉琦）

時間——

•清晨的空氣洋溢著朝露的純真，是道寡慾清心的生菜沙拉，隨著陽光加溫，紅燒獅子頭、炭烤魚排、爆鍋黑胡椒牛柳……一盤盤被端上場。天上地上籠罩著熱騰騰的忙碌，就像上緊發條的馬達，熊熊大火蒸煎炒滷，總要到傍晚時分，才能悠悠然地喝煲了一天的湯，享受晚霞七彩水果。（駱宛萱）

・高三模擬考考完，考段考；段考考完，考模擬考，這就是高三生的頂真烤程。目標為夜市麻辣鴨血、暗巷乾意麵、大碗炸醬麵、太子羊肉羹、四維香園美式冰沙、源士林皮蛋粥、木新市場蔥抓餅、米粉湯、景女御用餅乾店……這就是夜自習的奧秘。（高雅君）

三、舌間的迴盪

以酒而言，威士忌、二鍋頭、高粱雖是男性的象徵。但彼此之間，卻各有其意象：威士忌的洋味是政商豪門、二鍋頭讓人想到〈鐵漿〉裡的漢子俠義，高粱是金門戰士的忠誠，至於保力達P則是勞工打拼的，相形之下「米酒」便成了平民。

「瓜瓞綿綿」自古便是生育多子多孫的祝福，而「金魚、蓮子、瓜」在西南剪紙裡被影射為陰性與「蘿蔔、香蕉、海蔘」的陽性相對。

飲食的運用豈止於性別的象徵，它更以其形味色相活現商機與各類人間情事，如「券商公會改選大火拼，吳乃仁支持姚棋輝滿臉豆花」、「他一生投資股票奉行『不抓空中飛鳥，寧可撈海底死魚』，不攀高檔股，低價從容買進。許多雞蛋股、水餃股動不動就跌停板，可以好整以暇地精挑細選。」、「當新衣成為謊言時，所有批判與自省，才像受不住壓力鍋的豆子，突然爆開。」這樣的形容讓飲食的天空超乎想像，也讓它運用的範疇叫人無法設限！

作家說法：

張曉風在〈竇娥不冤，我冤〉一文裡寫劇本被擅改的感受，以中國人最熟悉的吃來形容文化活動，褒貶事理：「沒想到一進場，發現上了當，後二場法場、托兆居然沒了，換了個『團圓』。這真好像上館子點了菜付了錢，卻發現跑堂把你的清蒸鰣魚和元盅土雞掉包拿走了，和善經理給你空來一大盆甜圓湯，並且摸摸你的頭說：『乖，多吃點，甜的多好吃呀！土雞吃多了會生癌症的哩！』」可見在創意下，食物，將不再只融於口，駐於心，更可以用來撰寫現實百態。

要點

打開報章雜誌，由焦點新聞、專題報導所陳述性別、政治、社會、國情、經濟上的現象，並以飲食形容之。

・這國家貧窮落後，地小人稀，就像豆腐不堪一擊。（張嘉芸）

・泡沫式的經濟狀況下，產業似冰淇淋般急速消融，股票市場一片慘綠。可憐的櫻桃世紀，甜酸黑暗，擺久不易，我們只能張口結舌瞪眼近乎油噶窒息。到底誰能掌握國會杓柄，煨一鍋溫馨愛民？（陳佳青）

・八卦新聞就像剛出爐的麵包，過了時效就不新鮮了。

（王承韻）

・在穩定中求發展的經濟，就像營養口糧，雖不是最好吃的，卻是最長久的。然而臺灣泡沫經濟下，股市比不成熟的檸檬更慘綠，投資人的臉也綠得嚇人。（黃齡萱）

・台灣的經濟是發不起來的薄片披薩，縱使發不起來，還是有洋蔥，橄欖，香腸調味。大陸的經濟是發起來的白麵包，就算發起來，也是淡而無味。（李杰穎）

四、舌頭的神旨

米，在中國人嘴裡吃出敬天祭祖的太平，在中國人手裡捏出傳統節慶的神奇！你瞧這首江蘇民謠正說著米食在歲時節慶的模樣：「正月裡，鬧元宵；二月二，撐腰糕；三月三，眼亮糕；四月四，神仙糕；五月五，小腳粽子箬葉包；六月六，大紅西瓜顏色俏；七月七，巧果兩翹；八月八，月餅小紙包；九月九，重陽糕；十月十，新米糰子新米糕；十一月裡雪花飄；十二月裡糖菌糖元寶。」各式點心使得節日別有意思，也讓民俗文化在其中傳遞。

食物在祭祀中扮演著「象徵語言」的角色，漢人社會藉祭品的全部與部份、生與熟、冷與熱、素與葷、形式與內容表徵人和神、鬼間的相互地位與關係。如臺灣民間祭祖用家常熟食，上墳則以沒烹煮的食物為主，因為祖先在陽界、亡者在陰間，與子孫的遠近關係不同。又如延續太牢之禮以全豬拜天公，以過水略煮過的大塊肉或鴨拜一般神明，如因成人而成神的媽祖、保生大帝、開漳聖王等，藉以表徵祭拜對象與人間社會的不同關係。而每一神祇因所祈求的目的，而各有其特殊性的祭品，如在神明前發誓則斬雞、安太歲時用紅紙寫當年太歲星君姓名，擇正月中吉時安之，用四果、清茶、香燭供奉。

要點

1 在你所見所經歷的節日或祭祀活動中，有哪些食物被用以做為貢品？它們象徵的意義是？背後所流傳的故事是？

2 上貢的祭品與祭拜的神，有何關係？祭品各有相異處？原因是？

3 上網或在小說話本、民間故事、童話繪本中認識其他國家或民族中對食物的神話傳說、找尋其他民族在祭祀中所用的食物，其處理食物的方式？這些食物與祈求的願望有何關係？

4 飲食在宗教中的意義？各教將哪些東西列為禁食？對哪些食物禮敬？其背後原因是？所凸顯的文化或傳統是？

《搜神記》：「菊花舒時，並採莖葉，以雜黍米釀之，為菊花酒。」

九九重陽，我獨登高處，諦聽萬籟，啜飲著瀰漫空氣中素雅的菊花香。微甜的味道盤旋在鼻腔，繞呀繞的直衝腦門，不自覺地，腦中浮起幻影：你和我，把酒言歡。苦澀的甜味擴散著，緩緩滑入喉嚨，凝在喉頭的一點溫熱，曾是鵝黃菊花，如今歷經千錘百鍊，凝聚成一杯精華。

一杯精華蘊藏在九九重陽，滿山鮮嫩菊花，曳風相和，我今來悼，灑酒吟哦。（陳佳青）

佳青融合古書記載與往事今日交織，舊情凝聚的酒既是實筆寫重陽菊花酒，又虛寫悼昔事傷悲之泣，幻影中的歡正襯當下的吟哦，時空流變、人事滄桑盡在其中。

而各族祭祀文化裡與日常祈求之中也呈現出其特殊性的食物意義：

・賽夏族矮靈祭以蒸米糕連同酒和魚請歸來的矮人用餐，魯凱族烤小米餅來占卜下一年農作與狩獵的情形，雅美族大船下水時，族人將自家種的芋頭覆蓋整隻大船，向海面呼喊「飛魚回來哦！」之後，將卵石放在曬魚桿及四個支架下面，並搖晃支架，這象徵了魚架因掛滿了飛魚而搖晃，有祈求豐收之意。
（駱宛萱）

・無論是去九族文化村或是山地原住民區常見在屋簷下掛著一串串燦黃的玉米，原來小米不僅是布農族等主糧，還有個相當有趣的故事呢！相傳早期所有食物與材木都是自動跳入家的，只要一粒小米就足夠一家人吃飽，但有一家媳婦很懶，被跳進家的柴絆倒，便生氣的大吼：「走開！」從此，人必須要下功夫由穗梗間打下小米才能有飯吃。（林佳蓉）

晨霧裡匆忙的三明治與燒餅油條在公車與捷運的速度感中，化為胃裡翻滾的雲霄飛車，午時便利商店的便當草草安撫生理時鐘的饑渴，公式化的排骨雞腿生硬地被撕裂成碎片。夜暮低垂，華燈初上，整條街擁擠了起來，人潮與車潮渲染成一片繁華風景。西雅圖咖啡的濃香盤據鼻尖、日式迴轉壽司的火車在唇齒間響起了氣笛。典雅的希臘菜、養生的傳統藥膳、四神湯定情緒、生炒魷魚辣妳的胃口、四果冰甜妳的嘴……味蕾的王國，都對每一副脾胃發出強烈的誘惑，同時也在細火慢燉中溜進回憶，在滋味之外進入韻味。

正如明戲曲評論家李漁所言「於飲食之美，無一物不言之。」以食物為主角，圍繞主角相關範疇，層層疊疊架構出一個以「飲食」為類的書寫，或是食物誌似的記技與寫藝；或記口腹之慾的飽足、賞心悅目的心靈享受，筆下風姿婀娜，信手拈來意味、趣味、情味或是風味曼妙多姿；或如學術論文般引經據典、掌故習俗，縱橫博徵天馬行空。於是飲食文學的書寫行列，讓原本總是被視為「小道不足以觀」的庖廚之事，躋身文學之林，也讓食物不只是讓人吃飽的東西，所謂的美食更已超越了盤中飧的內容，而成為證明自己存在意義的一種方式、文化歷史載體的某種形式。

如果能引導學生們憑著創新的視角，以飲食寫下流動於生活中的日記、環境裡悲歡離合與象徵人情事理的一桌好菜，並在物資消費的同時縮合自身經驗、時代文化變遷，將單純面對美食咀嚼的唾液與文化思考的腦汁融為一鑊之味。那麼，從具象到抽象的延伸，不但展現飲食與文學的不同層次與多種面貌，也開發其觸角與觀察想像的天空，則飲食所開啟的嘉年華會將趣味十足、豐盛飽滿！

聲之舞蹈

時空中展演的音符
音光四濺的即興曲
開枝展葉的協奏曲
魅力四射的交響曲
星輝斑斕裡的放歌
迴旋於空間的花腔
淋漓盡致的獨奏曲
荒腔走板的隨想曲
眾聲喧嘩的奏鳴曲
混聲合唱的饒舌曲

時空中展演的音符

一、聲音的舞蹈

世界的第一響石破天驚之聲，是在什麼時候出現？據說，當倉頡把天上星辰與大地的鳥獸蟲魚轉換成文字，於是，「天為雨粟，鬼為夜哭，龍乃潛藏。」天地陰陽之聲，隨著雨粟、鬼哭的形象陣陣傳遞而來，十足震撼人心，也為人類開啟文明的聲音留下記錄。

有了文字，那過耳即逝的聲音有了駐足的可能，那透過符號，天地震撼的聲響得以化為永恆，蟲魚鳥獸的鳴唱呼嘯得以譜成曲韻。而把這種鉅力萬鈞的聲勢以抽象的語言文字表現出來，恐非李賀之詩〈李憑箜篌引〉莫屬了：

吳絲蜀桐張高秋，空山凝雲頹不流。江娥啼竹素女愁，李憑中國彈箜篌。崑山玉碎鳳凰叫，芙蓉泣露香蘭笑。十二門前融冷光，二十三絲動紫皇。女媧鍊石補天處，石破天驚逗秋雨。夢入坤山教神嫗，老魚跳波瘦蛟舞。吳質不眠倚桂樹，露腳斜飛溼寒兔。

箜篌於東漢從西域傳入，體曲而長，二十三弦，抱懷兩手撥彈，唐以李憑最善。其為儀容質樸的梨園女弟子，出入宮廷，時人贊之，時稱「李供奉」。顧況有〈李供奉箜篌引〉是新樂府詩，以寫實手法描繪其容貌、彈奏動作與音樂之美。楊巨源〈聽李憑談箜篌二首〉則以律絕型形式，抒情筆調讚之。

李賀仿古越樂府，用浪漫手法，結合以自然之聲喻樂、以視覺形象喻樂、以各種傳統典故喻樂。此詩特殊之處在於不直接描述聲音，而將主題集中於聲音所造成的巨大影響，這是詩人匠心獨運之處。當李賀憑彈奏由吳絲蜀桐所製之箜篌，神話世界裡神嫗、吳質、寒兔莫不受感動，甚至自然界中老魚跳波、瘦蛟起舞。全詩以想像的文字來打造音聲的迷人炫目，既有聽覺、觸覺的酣暢之感，更富有飽滿的視覺意象。由中可以感受詩人沉思之致與所表現的翰墨之美，尤其在建構聲音的氣韻時，掌握流動的律變，用浪漫手法，極力描繪渲染秋月夜於長安梨園彈箜篌驚天動地、感鬼神、動人生的音樂效果，同時暗用典故，透過傳說塑造一個天上人間、神仙人物交織的藝術境界，更豐富了聲音的美感特質與氣勢。

撼動的驚愕固然能激起高潮迭起的變奏，靜而柔的聲音同樣能產生如太極拳般運行的力量，讓我們來想像一種看似寂靜卻充滿節奏的旋律——《莊子・養生主》裡的「庖丁解牛」是個很好的示範：「手之所觸，肩之所倚，足之所履，膝之所踦，砉然嚮然，奏刀騞然，莫不中音，合於桑林之舞，乃中經首之會。」

想像庖丁在心中沉思默想，極為短暫的時間內拿起他的刀子，刀鋒游刃有餘地穿梭在牛隻龐大的身體裡。這當然是個隱喻，但過程極為精采：刀動聲、呼吸聲，在廣大而寂靜的空氣裡，迴盪著沉穩的節奏。試想其速度、落刀的輕重、形成的線條，這是另一種聲音美學。

聲音在時間中具有的動態美感，如同舞蹈、書法，在秩序與結構之中，行走坐臥、蹲跳奔跑，自有其本身具足的活潑特質與精神面貌，而把這種抽象世界中的音聲、感受透過文字書寫出來，似乎也是一種不得不然的心理傾向，所謂：「言之不足而詠歌之，詠歌之不足而手之舞之足之蹈之。」《詩・大序》對於音聲的感受與表達如此自然，並且是超越時空的人們共同的經驗。

那麼在作文教學上，引導學生感受聲音、想像聲音，並以文字書寫聲音，似乎是個頗值得進行的嘗試。於是，根據了「聲音表現手法」、「聲音內涵意義」等設計了一些練習，讓學生更細膩地感受、思考感官所帶來的豐富內容。

二、樂曲的誕生

㈠從創作論談聲音書寫的層次

在進行實際教學之前，有幾個不得不先思索的問題，寫聲音的什麼？要怎麼寫？如何才能更豐富聲音的意涵？這幾個問題都集中在創作論上，總結為一點：以具創意的方式寫出聲音帶來的感受與意義。順著這條脈絡，思考了幾個層次的創作原則：

第一層次：聲音本身的摹寫與美感經驗（過程）的呈現。

以聲音為對象的細膩摹寫，與其他的體物詠物作品同是最基礎的寫作功夫。在摹寫之際，必須注意到不同的聲音、不同旋律的特質、節奏，譬如〈琵琶行〉中白居易細緻地處理琵琶女彈琵琶時，由「輕攏慢撚抹復挑」的彈奏動作技巧，到「間關鶯語花底滑」、「大珠小珠落玉盤」、「幽咽泉流水下灘」……一連串視覺可感的畫面來狀寫聲音節奏與情緒的變化。其次，聲音摹寫與美感經驗無法分開，美感主體永遠是以其自身的感受來觀看世界、感受世界，因此對於音聲所帶來的聽覺美感，亦值得關注，例如聲音出現的場合、氣氛、所引發的情緒。以〈琵琶行〉而言，「此時無聲勝有聲」的迴盪凝結、「四弦一聲如裂帛」的淒厲，乃至「遶船月明江水寒」的場景與心緒都使聲音的演出散發無比感人的魅力。

第二層次：聲音引發的聯想：記憶、想像、其他主題的擴展。

聲音既是美感主體的經驗對象，經驗與經驗又常會彼此激盪與迴旋，因此，在引導寫作時必須將學生帶入聯想的世界裡。每個學生自有其獨特的生活世界與記憶，也有其獨特的感知方式，藉由聲音引發的聯想，一方面是種創意的表現，一方面也讓他們透過這些記憶事件重新梳理生命，展現個人獨特的面貌。

第三層次：聲音的深層意涵。

很多文學意象都不只是單純的創作材料，本身也蘊含了許多象徵與暗示，這正是文學在可解與不可解之間的迷人處。聲音當然也具有這樣的功能，不同時代、不同國度的音樂都各有其時代象徵意義，對於學生而言，最基本的象徵意涵還是圍繞在他們個人的生命意義上。這個部分也是他們正在探索的問題，藉由聲音來書寫、省思問題，甚至領悟到某些道理，這是一個切入的角度。

這幾個層次當然環環相扣，有深淺之別，但是都是摹寫聲音必須注意的基本要點，以這幾個層次為基礎，再來設計教學引導方法，便可以有許多的可能性。

(二)教學方法的試驗：聲音之筆歌墨舞

「創造力是個體在支持的環境下結合敏覺、流暢、變通、獨創、精進的特性，透過思考的歷程，對於事物產生分歧性觀點，賦予事物獨特新穎的意義。」（陳龍安〈創造思考教學的理論與實際〉）根據上述美學表現及引發創造力的原則，我們設計了幾種主題，來引導學生寫作。

(1)以各種方式玩出聲音：製造出聲音、玩弄聲音、畫出聲音、感覺聲音。

(2)利用錄音機播放音樂，讓學生感受聲音的旋律，並以文字捕捉掠耳蕩心的旋律。

(3)讓學生看一段迴轉主題曲情境的電影、或者一段音樂家的故事如〈鋼琴師〉、〈鋼琴師的情人〉、〈莫札特〉、樂團彈奏的畫面、故事改編的樂曲與舞蹈如〈梁祝〉、「漢唐樂府」、「雲門舞集」的演出或是流行歌曲 MV 如〈青花瓷〉、〈瀟灑小姐〉……讓學生深層地感受音樂所詮釋的畫面、情節、情境與樂曲背後的生命。

(4)如團體輔導活動，播放音樂及唸心靈引導語，讓學生感受音樂進入自我心靈世界，與音樂對話的交流。

(5)結合詩歌朗誦，聽聞古調與今誦的聲趣，如「天籟調」的吟唱、詩歌朗誦賽的團隊演出、個人獨誦，以感受當文字藉聲音傳達出的情感與韻味之美。

(6)較富動態的活動設計，可以讓學生尋找喜歡的音樂，自編音樂劇或請同學將一段描寫聲音的文章還原為音樂本身，如剪接數段音樂來呈現〈明湖居聽書〉中繞泰山盤旋而上、高亢曼妙的實感，或以琵琶曲還原〈琵琶行〉中「間關鶯語花底滑」的輕盈曼妙、「幽咽泉流水下灘」的悲抑淒楚。

(7)與音樂老師協同教學，彼此配合課文所著墨的情境，介紹歌劇、地方戲曲、中西樂器、民歌小調……國文老師則可配之以雜劇傳奇曲文、唐詩宋詞、樂府詩等文學作品，如此不但能活化對古典文學的認知，體會音樂在歷史文化交會中融合與變化的脈動，也在描繪聲音與音樂的文章中，因為有文學為養份而豐沛厚實。

音光四濺的即興曲

序曲——體驗聲音

⑴你覺得世界上最大的聲音及最小的聲音各為？

⑵除了以聲帶，請以自己的身體做為大樂器，拍擊揮動出自成曲調及節奏的聲音。

⑶以兩手拍桌或以兩腳踏地形成韻律，並仔細聆聽自己以身體所發動的旋律，在眾聲喧嘩後，是否會趨向統一，為什麼？不受影響的心理又是如何？

⑷出動所有能發聲的身體部位，譬如鼓動兩頰、空嚥口水、捏捏耳朵、眨眨眼……聽聽它們奏出什麼樣的聲音？

⑸以各種方法對待一個物品（杯子、桌椅、球棍……）——打擊、撕扯、抓捏、扭轉、敲吹、拉碰……並傾聽它們各自發出的情緒之聲。

⑹各組以不同質材的杯子，裝著不同份量的水，敲出一首即興曲。

⑺陶淵明彈無弦琴，我們何不如法炮製，以或彈或拉的動作，帶出演出樂曲的現場感，務必以動作、表情讓「看」的觀眾如聞其聲。

在這充滿聲音的世界裡，習以為常的麻痺往往讓我們聽而不聞、聞而不察，或者為震懾的、巨大的、變化的頻率所眩目，為喧鬧的噪音所失聰，以致我們從沒有試探過聽覺的極限是什麼樣的境界？聲音的力量有多大？

這些遊戲的目的在使聽覺膨脹，讓學生能由各種敲擊、打碰、撞吹的節奏中，從潛入人體的微觀漫遊裡聽見聲音流動與遊走的節拍，從荒腔走板的隨想曲、抑揚頓挫的節奏、驚嘆號的激昂間拉開聲音帘幔，以文字譜寫出自己的樂歌。

課堂上一時之間眾聲齊發，是傳自人聲鼎沸的搶答激情，有物我兩忘的鳴喧疊唱，兼雜著想像與經驗飛奔而至的吹奏彈擊，或緩或急，時而歡呼時而低嘯。聲，由有音能聞，到無音無聲聞不見，進而至無聲之音萬籟有聲，無處無聞聲不見音：綠燈與車輛的辯論、城市與鄉村的口角、流行與復古的對罵、雕像的呼吸、電線杆的呢喃、雲的情話、花的歌聲、病魔與白血球的談判、腦細胞與難題廝殺聲、地球的滴汗聲、孤獨寂寞的哀泣……遂登堂入耳，落之於筆，盪之於心。

要點

閱讀抄錄──由書籍、報章雜誌介紹新歌新曲中「獵豔」，或從詩詞歌賦裡「尋芳」，抄錄五句描寫聲音的佳句或短文，並請註明作者、出處。

在最初的指引活動，我們先讓同學們自行抄錄五句描寫聲音的佳句短文，不限散文或詩歌、不限書籍報章或是任何文字作品，如音樂課本中的樂曲介紹、CD 文宣、樂評……。主要目的讓同學在挑選他們喜歡的聲音意象或描寫中，廣涉文字如何呈現抽象音樂，並藉以此培養鑑賞力，同時請同學們仿作作品。由於作品的意涵可能十分豐富，或許可以從中觸發靈感。老師可收集同學所抄錄的優美的段落，做成講義讓彼此分享奇文佳作，揣摩具體寫聲的技巧。

作家說法：

「山壓險韻／岸走拗步／慣於和沙灘酬唱的／海，怕要難為吟詠了。」（大荒〈貓鼻頭〉）

「這般嘹亮／是不甘寂寞的／蟲聲／抑是／熱鬧過後／空洞的耳鳴」（非馬〈樹．四季〉）

「啄木鳥　空空／回聲　洞洞／一棵樹在啄痛中迴旋而上……入山／仍不見雨／三粒苦松子／沿著路標一直滾到我的腳前／伸手抓起／竟是一把鳥聲」（洛夫〈隨雨聲入山而不見雨〉）

聯想擴散——收集狀聲疊詞或表現其狀態的詞。

這活動可以學習單形式作為作業，也可以在課堂上搶答、分組在黑板上填寫的方式比賽，一則可以刺激舊經驗，二則由詞語群中分辨其強弱剛柔的特質，同時提供同學在創上更豐富的素材：

水聲——

淙淙、潺潺、汩汩、滴答、唰唰、嘩啦、淅瀝、泠泠、轟轟、滴滴答答、嘩啦嘩啦。

語聲——

吱吱喳喳、喃喃自語、喋喋不休、竊竊私語、呶呶不休、咆哮如雷、咿咿呀呀、期期艾艾、哼哼唧唧、嘁嘁喳喳、嘟嘟囔囔。

鳥聲——

啾啾、啁啾、唧唧、吱吱、喳喳、咕咕、嘎嘎、間關、呦呦、嚶嚶。

風聲——

咻咻、颼颼、蕭蕭、颯颯、呼呼、噓噓、飂飂、呼隆隆。

樂器——

丁丁、鼕鼕、叭叭、鏗鏘、鼓聲咚咚、鑼響匡匡、撥弦錚錚。

作家說法：

單純的疊字狀聲，是最原始的形容，最直接而樸素的表態，如余光中《白玉苦瓜·大江東去》「大江東去，枕下終夜是江聲／側左，滔滔在左耳／側右，滔滔在右頰／側側轉轉揮刀不斷／失眠的人頭枕三峽／一夜轟轟聽大江東去。」

蕭蕭〈太陽神的女兒〉：「偶爾還夾雜著三三兩兩麻雀無謂的笑聲，但我喜歡稻子這樣爭吵，在風中，窸窸窣窣彷彿半夜裡媽媽為我蓋被的腳步聲。」以此所書寫的聲音，透露出繁複而生動真實的世態。

要點

藉由最樸素最尋常的狀聲詞，練習簡單的造句。

・機車轟轟的啟動聲，如鼻塞的鼻正努力的向外吸取氧氣。（鄭佩迪）

・唧唧咕咕、嘁嘁喳喳的噪音如閒閒無事、惹人厭的鄰居，時時來敲你的耳膜。吱吱喳喳，咕咕呱呱地炒熱情報，有時像喋喋不休刺耳的磨刀聲迴盪耳際，有時像喁喁私語平板無奇的木魚聲。（王心薇）

・聽水聲像品酒，清清的如淡酒，涓涓如甜葡萄酒，唰唰若拿破崙，浩浩蕩蕩的聲音則唯有高粱可比。（林佑慈）

因為先前的親身製造聲音、感受聲響、玩弄聲調，以及共同激盪出各種形容詞，「寫」便如水到渠成般自然與自在。儘管是信手拈來之句，頗有可觀者，如王心薇以聲音補捉的街頭情報，林佑慈以酒興與聲結合，讓聲音的形象更出色。

要點

分析歸納——請找出古詩裡描寫聲音的詩句，並歸納聲音在詩文中的作用。

特別指定學生從古詩中找尋描繪聲音的句子，是因為其以景以境勾勒聲音的美感，與沾染濃郁文化性的中國樂器與生活質感所形塑的故事情節，讓學生感受到不同於現代快速節奏、匆忙步調的寧靜優雅。同時透過分析，看見聲音在表情寫事中的位置，以樂曲作為符號所銘記的修為理念。打開唐宋詩集，俯拾皆是的聲音詩語如流水般一句句響起。

文學和音樂雖是兩種不同的藝術，但經營文字和經營音符仍有相通之處，文學家也常運用文字來傳達聆聽音樂的感受。例如「錦瑟無端五十絃，一絃一柱思華年」是寫人因為音樂而回憶往事；「大絃嘈嘈如急雨，小絃切切如私語」是以文字直接描寫音樂的時而急驟、時而低沉；而「蜀僧抱綠綺，西下峨眉峰。為我一揮手，如聽萬壑松。客心洗流水，餘響入霜鐘。不覺碧山暮，秋雲暗幾重」和「自聞穎師彈，起坐在一旁。推手遽止之，濕衣淚滂滂。穎師爾誠能，無以冰炭置我腸」則寫出音樂與心靈交會時的情境。不同的是，前者是因為音樂而彷彿融入自然之中、獲得慰藉；後者則因為音樂的強烈力量而使心情起伏激盪。（92學測補考題）

這樣的尋覓是為發現，發現古今共有的感動，看見聲音如何被重現，被承載人事，如何在情思間迭宕成為文學作品，也讓學生在閱讀中學習，在寫作中熟悉轉化前人的表現方式，在亦步亦趨之後走向創新。

要點

有樣學樣——仿所選錄的句子創作。

仿作的作品雖以抄錄的段落為本，不過也出現了許多不錯的句子，有些同學藉著詩歌仿作，開始寫起了詩。例如：

・夏日的午後，空氣裡跳動著不安煩躁的因子，一言不合，打出成串的轟天雷。

・天后唱完高八度的副歌後，陡然一落，忽又卯足全勁衝上頂端，好似一顆彈性極佳的彈力球，在寬闊的音域間，蹦來跳去。（丁姿辰）

其他仿作作品中，可以發現同學們在有樣學樣中，不論在煉字、情境塑造、氣氛的掌握上都頗有詩意，如：

・波浪向前推移，推進了海岸邊，剎那間，湧起的浪頭退縮了一下，岸上的砂礫滾動，發出一陣嘈嘈切切的低語，那是浪與沙乍逢又別的纏綿吧！聽來竟有點像一隻受傷的鯨魚在呻吟。破碎的浪花聲猶如清玉擊石，碎成了萬粒珠璣，霍霍作響，是海枯石爛此情不悔的誓言嗎？聽來壯烈而孤單。（李怡佩）

・草叢中的蟲鳴此起彼落，彷彿討論著這月光皎潔的夜晚所發生的趣事。在高低不一、熱熱鬧鬧的眾蛙合唱中，夾雜了幾聲淒厲、悲涼的啼聲。（張雅萱）

琴聲愈來愈溫柔，如少女害羞的告白；錚錚是古琴的春夢，冷冷七絃撥弄著凋零的心，珠落玉盤灑了一地的清露，鏤刻著古意。（駱宛萱）

・一如這部影片所呈現的陰暗奇特氛圍，澀乾的女聲唱出映在心中的思慕，那嗚嗚淒苦、霧似的迷濛，是在雨夜中的等待，亦是自深淵中傳出的哭喊。（王莉）

開枝展葉的協奏曲

為了培養摹寫聲音的基礎，這個層次設計了兩個主題，一是利用排比、譬喻、擬人來為聲音特寫，二是聲音形象化。文學摹寫需要表現手法、策略來達成，因此選擇了幾種學生較為熟悉的修辭方法來幫助學生練習。有了修辭的規定，學生還必須尋找題材，思考如何將文學表現方法與所要表現的主題結合起來。

一、運用修辭

剖析名家之作——發現修辭的妙用，分析其在擬聲狀音上的創意

在所列出的短文中，找出其運用修辭的部份，並比較這些藉描繪聲音所呈現的風格，目的在使學生發現修辭點活文章之妙，引起躍躍欲試的興奮。

轉化——

雨天的屋瓦，浮漾濕濕的淚光，銀灰而溫柔，迎光則微明，背光則幽黯，對於視覺，是一種低沉的安慰。至於雨敲在鱗鱗千瓣的瓦上，由遠而近，輕輕重重輕輕，夾著一股股的細流沿瓦漕與屋簷潺潺瀉下，各種敲擊音與滑音密織成網，誰的千指百只在按摩耳輪。「下雨了」，溫柔的灰人來了，她冰冰的纖手在屋頂佛弄著無數的黑鍵啊灰鍵，把晌午一下子奏成了黃昏。（余光中〈聽聽那冷雨〉）

排比——

乩童分立在定點，呼呼呼呼呼，呼呼呼呼呼，呼呼呼呼呼，池塘周邊圍一圈的人，哪吒太子爺玄天上帝爺在神轎上坐鎮。眾弟子退開，東方喊；天兵降，西方喊；牛角嗚嗚嗚，北方吹；銅鈴叮叮叮，南方搖；東西南北，乩童交換位置來回跑。（阿盛〈六月田水〉）

譬喻——

聲音有其特殊的特質，如一片草原，如一條溪流，各種譬喻的使用將可把這些迷人的感受如魔法一般調製出來。歐陽修〈秋聲賦〉中「初淅瀝以蕭颯，忽奔騰而砰湃；如波濤夜驚，風雨驟至。其觸於物也，鏦鏦錚錚，金鐵皆鳴；又如赴敵之兵，銜枚疾走，不聞號令，但聞人馬之行聲。」便是譬喻狀聲的最佳典型，也是學習者最容易上手的路徑。

有樣學樣，大顯身手——以各種修辭技巧為聲音粉粧。

有了前一段暖身活動中列出一些排比、譬喻、擬人等等的句子讓同學們參考與引導，這些刺激再加上自己生活經驗的累積，或者個人的想像，創造出句子：

(1)讓排比的句陣列出氣勢，可強化廣度與深度

「風笛樸實的低穩氣鳴，讓人彷彿遊於蘇格蘭香草瀰漫的綠野仙境。豎琴自傲的輕亮高雅，讓人恰似臥於奧地利皇家典雅的白絲絨。」排比兩種樂器的性質，且引出豐富的視覺、味覺及觸覺感受，呈現深具魅力的音質。

而「嬰兒的哭聲驚人處如獅吼，溫柔處如小鳥私語」、「歌聲悠揚，響徹回家的路，笑語喧嘩，吵醒街邊的燈。」結合誇張與擬人透露了生活經驗與觀察。「看那濃密的樹林搖動，韻律著本身特有的拍子——強風吹，聲如急雨墜，清風徐徐，聲如竹篩篩米般疏落有致」、「夏日蛙鳴，忽快忽慢、忽遠忽近，忽強忽弱，是一首錯落有致的樂章。」則顯現對自然的不同感受。

「急促的翻書，窸窸窣窣，緊張的心跳，怦咚怦咚，這是考試會場奏出的緊張交響曲。」將考試緊張的心情寫得十分生動。隔牆聽聲尤見趣味者如這則：「鄰居的麻將聲：第一圈，溫和平順，第二圈，驚濤裂岸，第三圈，步履闌珊。」雖是簡單對句，卻形成有機結構，可見學生對聲音與人性情境間的充分掌握。

(2)透過譬喻來傳達聲音的感受，可外化聲音在內心的迴旋。

聲音本是時間的藝術，當與光的意象連結後，展現了迷離的空間感，如「聲音在時間的波動裡如光的解散與重組。」「烏鴉嘎嘎的叫聲，彷彿地獄死神的召喚。」則是透過烏鴉的淒啞音質來想像另一世界忽焉在前的恐懼。

•咔擦咔擦咬餅乾的聲音如打鼓，大口喝可樂咕嚕咕嚕的聲音像吹薩克斯風，賣蕃薯的小販摔著「庫嚕嚕，庫嚕嚕」呆板的節奏，和賣麵茶燒滾水所發出女高音尖銳的長音，是冬夜溫暖的星光。（高毅潔）

•機車行駛的轟隆聲像在麵粉堆中滾動的湯圓，骨碌碌地翻來覆去，互相撞擊、鳴和著。（夏秉楓）

•他的笑聲像熱水壺，咕咕、咕咕作響，清麗的歌聲突然轉出低音，像憑空冒出的一彎逗號。（黃可涵）

•巫婆的笑語像烏鴉低啞，像熊熊烈火，更像水晶杯的爆裂聲。（林佑慈）

•鋼琴奏鳴曲響起：一聲聲如天使的話語，輕巧綿密像正在對上帝傾訴的感動；一聲聲又如惡魔的低喃，沉重壓迫著你心底的害怕；最後重重的一擊，劃破天空的寂靜，深深打入扶疏的樹影中。（劉于禎）

•婆婆的碎碎念，像極纏腳布又臭又長。煞車聲，像索命的嗩吶，尖刺而又令人心寒。情人間甜蜜的呢喃，此刻聽起來像會讓人上癮的毒藥。（楊妏英）

⑶擬人法的使用使聲音更具生命

如「聽秋風拂過柳林，輕輕在眉梢、腰身，孩子氣的搔了一下，按耐不住滿心的歡喜，柳條枝葉禁不住笑成了一團欣喜，引起滿山的窸窣共鳴。」（林維苑）風、柳條、山的互相呼應，更見自然意趣。又如「潺潺的溪水，清碧如鏡，而喃喃的流水聲似在低訴旅程中那千古的秘密。」充滿古意。頗有詩意的句子如：「寂寞默默在笑聲裡喧鬧。」寂寞是抽象的主詞，無形無影，卻透過一個對比的動詞「喧鬧」，寫出了寂寞的不寂寞。「刺耳的電話鈴聲，鈴鈴鈴鈴，似乎想幫這尷尬的寂靜，找個台階下。」（張書涵）則流露體貼的趣味。「刀叉交互碰撞，一聲聲訕笑著人們的貪吃。」（李佳瑤）讓人想到宮琦峻〈神隱少女〉中變成豬的父母親，充滿對人性貪婪的嘲諷。他如：

・火山的噴發是大地連連喊痛的聲音，海浪在礁石上的拍打是不遠千里的掌聲，椰子咚咚地落碎了椰子樹傳宗接代的美夢。（王懋華）

・這是夏天午後的一場浩劫，雷公將計畫好的恐怖攻擊付諸行動，拿起他最溺愛的機關槍向地面掃射，子彈的聲響嚇得人們到處竄逃。（葉美碩）

二、聲音形象化

張開觀察與想像——感官與各種畫面、情境、文學作品的聯繫。

前述韓愈在〈聽穎師彈琴〉以形象化的表徵，讓聽覺與視覺在心神的聯繫綰合更緊密，所設計的活動是在黑板上寫下許多命題，然後請同學上台填上所直覺反映的事物或畫面，其他同學則提供想法。在引導上可以開啟學生以擴張式、延伸性的想像、創意性的顛覆串聯，由下所列，可見聯繫出去的形象有表象的、抽象的，也有以情境詮釋的，甚至與文學作品相繫，同時活用上段修辭之道，如：

雷聲——

直硬的刀鋒相擊、天崩地裂壯烈的氣勢、乒乒砰砰的翻轉世界、張芝狂草、仇人見面分外眼紅、身高八尺的壯士在原野間肆無忌憚的舞拳弄武、十萬青年，十萬軍的民族呼嘯、水滸傳火燒山神廟與林沖夜奔、媽媽的叫罵來得快去得快。

鳥語——

宛轉的詩畫、間關鶯語花底滑、天鵝湖芭蕾舞、快樂的民謠、夏日裡的一流清泉，沁涼入骨。

鐘聲——

清亮的明光、見山是山的清明、疲憊的旅人、枯藤老樹昏鴉的孤寂與執著、六祖偈語、罈子裡的美酒，愈陳愈香愈有味。

雨聲——

水壩洩洪、滴答滴答的童謠、戴著有色邊框眼鏡的秘書，在打字機前十指不停的記錄資料、一群喝醉酒的老頭在街上沿街叫喊，理所當然而肆無忌憚、秋日午後落葉稀疏的翻滾，襯托光影的清閒、持續不絕的馬蹄，勇敢出征中的精兵、晚餐中熱戀男女的絲絲情話、軟趴趴的糖水，清純而沒什麼負擔的乳白、在夏夜裡唱成清涼的吟詠、重重打入頑強土地的杵。

手機聲——

情話綿綿的絮語、寂寞的出口、踢踏舞般噠噠地響，在腦中思考著要先去吃飯，還是先逛街的相對論、不愛說話的藍天白雲，只是咻咻地喘幾口氣、被踩了尾巴的貓，咿咿嗚嗚地叫個不停、情人的細語，在枕邊幻為輕柔的吻、微風的輕唱，在耳畔吟成慵懶的催眠曲、熱鬧過後空洞的耳鳴、伴上情歌威尼斯的搖船，讓美麗的水都染上一層熱情的紅。

爆竹聲——

鳳仙花的種子般滿天飛舞、爆玉米的霹霹剝剝亂蹦亂跳、雨天的露珠，只管衝出不論後果、一鍋沸騰的開水、熱情的森巴舞、活潑的街舞踢踺舞、如機關槍的怒罵，把思緒打得不成人樣、母親的囉嗦、不嫌煩的蟬鳴、三姑六婆的八卦陣。

蚊蟲聲——

鬼魅的腳步聲、撕裂夢境的饒舌歌、七四七轟隆隆的引擎聲、街頭巷尾八卦情報、美夢破裂的碎裂聲、吵鬧不成樣的麻將館、叭叭叫的十字路口、千萬隻螞蟻一齊爬行。

時鐘的滴答聲——

一去不回的隕石、老頑童般的惡作劇快感、八面玲瓏身經百戰的上班族、陣陣的鼾聲，在熟睡後變成周公的搖滾樂、深夜裡晚歸的踱步聲、那等在季節裡如蓮花開落的容顏。

在集體構思與搶答競爭之下，激發出對聲音的想像涵蓋詩詞章句、情境感官、故事情節，非但達到觸發感官、激盪想像的效果，更讓「形象化」不再是空洞而遙遠的目標。

作家說法：

這時再提醒同學欣賞，好比何懷碩評黃安源胡琴技巧以書藝字體展現飛揚之姿：「運弓如使長鋒毛筆，厚重處如漢隸，嚴謹處如小楷，飛揚處如狂草。」或如張錯〈這是一罈清水般的碎萍心事〉則將輕柔情語化為風，所掀起的一圈圈漣漪是蕩在心湖上的波，是柔語的浪漫，更是耳際擴散的愛：「……語言輕軟細甜／彷彿溫柔一陣風過／從小圈的漣漪／到大圈的渦游／都是耳邊擴散的叮嚀」。

相形之下，白靈〈晚報〉以落日入山的鏗噹響聲、彩霞狂草的盛會形容晚報扔下的氣勢，狀語之驚奇令人拍案：「鏗噹一聲／落日應聲跟入／壯烈而虛假／留下彩霞，滿天狂草」。

馮青《天河的水聲‧鐘聲之外》：「但是在人潮裡／我依稀聽到鐘聲的碎片／在被成人們踐踏成一地／我依著慣例撿拾起來」。以及林文月《青山青史：連雅堂》寫外祖父聽郭壽青彈琵琶聲：「壽青便彈奏水操之曲。不多久，遠方似傳來咿啞之聲，既而有喇叭聲、傳點生、士卒呼唱之聲由遠而近；忽而又聞砲聲隆隆然，旗聲瑟瑟然，刀聲鏘鏘然，風聲水聲蕩蕩然，兩軍激戰一聲轟轟然，有如周郎資火赤壁，岳侯之破洞庭，足以鎮人尚武。而樂聲正當高潮之時，又突聞畫然一聲，似弦俱寂只見月光與水光交輝，舟中人都屏息傾耳……。」

此兩篇詩文都寫懷念，一以撿拾的動作、一以示現的想像，或記存飄逸的碎片鐘聲，或吶喊激烈的轟然戰況，讓人觀名家之作，在大開眼界習得刻劃方法之外，也心生提筆寫的興味！

要點

以具體的形象狀寫抽象的聲音。

由於「形象」選擇不拘，學生作品中會出現如「他清麗的歌聲突然轉個低音，像憑空冒出的一彎逗號。」、「她如天籟的輕音，細微處如工筆翎毛，厚重處如潑墨山水，飛揚處如敦煌圖卷。」這種極具創意與想像的句子。

聲音串接了腦中的各種影像，拼貼成句，也許是短短的語詞，卻如旅遊一般，重新開啟了心靈搜尋之旅，正如劉勰所說：「思接千載」、「窺意象以運斤」。

(1)將抽象聲音情境化，如有故事情節者

・急促的救護車聲有如一位老婦人，望著死神帶走枕邊人悲淒哀嚎的叫喊聲。

・音樂家急急敲擊揚琴，如兩軍交鋒，馬鳴人吼，震撼人心。（呂瑀琴）

・這首曲子描述小河的旅程，從平順的流暢聲，漸漸曲折起伏，最終匯入大海，聲音沉重而浩大。

潮水湧來，彷彿是達達的馬蹄，夾雜著長鳴的號角和陣陣的吶喊，千軍萬馬奔馳而來。（簡玉琴）

以各種不同的場景為喻，讓聲音由一個時空移向另一個時空，是因為在聲音特性上具有同質性，但在另一個世界的想像中也開啟了異質性。揚琴的急促過渡到戰爭的震撼，樂曲的流動如江河向海，都產生一種陌生化的效果。

⑵連結自然景物與聲音

鍾子期何以得知音之名？因他聽伯牙彈琴時，驚嘆說：「善哉！峨峨兮若泰山，洋洋兮若江河。」

李頎在胡笳聲中聽到什麼？他聽到的是「空山百鳥散還合，萬里浮雲陰且晴。」

以景勾勒出聲音的感覺這樣的表現方式在古典作品者歷歷可見，如〈春江花月夜〉呈現藝術化的美感經驗、李白〈聽蜀僧濬彈琴〉揮手之下，以三個形象「萬壑松濤」、「流水」、「霜鐘」，未直寫琴聲，而用不覺暮收筆，大筆寫意，水墨淡雅，境界高遠。

要點

將所喜愛的樂章圖像化（線條、光線、圖塊、構圖），如「而不經意間，樂器的合奏變成馬蹄雜遝，馬鳴蕭蕭，且越來越快，越快越高，越高越緊，緊到無可再緊的絕處便是萬馬奔騰，把秋高氣爽捲成狂沙滾滾把大地槌成狂顛的鼙鼓，咚咚咚咚咚咚……」（大荒〈山水大地　奔馳〉），把聽見的聲音風景化。

同學在薰染之下，也多能開展出新意：

・多明哥高亢的聲音，如江海邊湧向海岸的浪濤，衝擊每個人的聽覺。（李翌萱）

・山間的大雨，就好像貝多芬的命運交響曲一般，驚心動魄。楓葉落下啪它的一聲，如我心碎的聲響。

・狂風暴雨敲打在窗戶上，就像個瘋狂的樂團，鼓聲把人撕裂，而一響重低音的雷鳴，敲醒了黎明。（駱玉嶔）

・貓頭鷹鳴叫的聲音，此時聽來非但不覺刺耳，甚至一如穿梭林間的夜風，輕唱著搖籃曲的母親。

女高音的歌聲，如長風飛繞於雲霞，飄飄盪盪，如醉如夢。（許思佳）

基本上學生都把自然與音樂巧妙連結起來，尤有進者，能在鍊字上下工夫，選用的意象能夠把所寫題材的精神點出來者，如：「補習班老師的說話聲如印表機列印時平板無律，不知不覺將我們帶入夢鄉。」也許是學生的親身經驗，但也可見其無奈的心情，說話聲與印表機本風牛馬不相及的東西，卻在創意的聯想中產生絕配的組合，讓人有種會心的讚歎與詩般的驚奇。另外，「她所吹奏出的每個音符，像裝了彈簧的精靈，直往妳心裡跳，跳出了一段輕快靈活的舞步，使妳整個人都快樂起來。」「他的笑聲像熱水壺，咕咕咕咕作響。」則是人的狀態的有趣描寫，彈簧的活潑、熱水鳴響的笑聲如在目前。「她唱歌猶如群鳥大合鳴：高音時如雄鷹一飛衝天，中音時如黃鶯翩翩出谷，低音時如海鷗緩緩前進，激昂處如大鵬雄姿風發，平緩處如夜鷹輕聲呢喃。」（林佳蓁）以眾鳥風姿展現歌聲抑揚之美。

⑶聲音的形狀與線條：

作家說法：

語言學裡，以各種曲線分別聲音的質感與密度，在文學裡，聲音也以無數成短波折的點畫或以伸縮動作呈現：「電車軌道像兩條光瑩瑩的，水裡鑽出來的曲鱔，抽長了，又縮短了；抽長了，又縮短了，就這麼前移——柔滑的，老長老長的曲鱔，沒有完，沒有完……搖玲了『叮玲玲玲玲玲，』每一個『玲』字是冷冷的一小點，一點一點連成一條虛線，切段了時間與空間。」（張愛玲〈封鎖〉）

至於朱天文則以近乎慢動作的變化寫風吹竹葉由遠而來的聲音：「靜謐的天空中，風吹竹葉如鼓風箱自極際彼端噴出霧，凝為沙，捲成浪，乾而細而涼，遠遠遠遠來到跟前拂蓋之後嘩刷褪盡。」（《世紀末的華麗》）

這樣的線條在學生筆下，翻飛出無限婀娜姿態：

•混亂急躁的琴音如錯綜複雜的線條，連心都被捆住了。鼓聲像是空空的大廈，腳步聲和回音構成了高音譜和低音譜。（溫筠）

•烏鴉的叫聲，「啊—啊——」直的、彎的、粗的、細的……好多好多的線條，錯綜交雜，有如解不開、放不開的毛線球。（黃巧云）

•她如天籟的清音細微處如工筆翎毛，厚重處若潑墨山水，飛揚處似敦煌圖卷，柔和處如楊柳吹拂，細緻處如棉絮交錯，激動處如萬馬奔騰。（林維苑）

・心電圖上漸緩的曲線，是你和死神搏鬥的吶喊，「嗶」一條直線，那是我心裡的 y 軸，向下沉淪。（黃俞璇）

・進入景美樂隊才認識低音號（亦稱巴里東），每個週六的早晨，在熟悉的教室中，抱著巴里東，深深的吸一口氣，用力的呼出去，溫和而低沉的聲音將我的腦洗得乾乾淨淨，寬闊厚實的弦律洗去睡意，震撼我的精神。

雖然它只有僅僅三個按鍵，但卻能組合出數十個美妙的音符，譜出動人的樂章。最近練的是一曲名為「蛇舞」的樂章，它很特別的地方是就連樂譜上的五線譜也化成有如蛇般的波浪狀！剎時間，自己有如弄蛇人，以著輕快、弔詭的蛇舞，引得蛇從甕中隨著音樂慢慢的、彎彎的、捲捲的，爬出，纏繞，爬入心中！（楊珮絹）

・山洞中，即使是小石頭，落下的聲音依然能像絲一般，在山洞裡繚繞。風飛過峽谷，低吟如八部合音，華而不俗，繁而不雜，淨如風鈴，輕如羽翅。

奔馳於竹林中的刀光劍影聲聲嘶吼，飛快的步伐，踩在落葉上的困頓，似問：予該何去何從？風聲四起，將身上僅剩的偽裝扒個精光，將心靈的殘缺送至最高點。無力，隨著跌落在枯葉的細聲，腦中所剩下的，是一片又一片，空白。（林芝宇）

⑷聲音的顏色、觸感、質地與密度

作家說法：

除卻以視覺形象狀寫聲音之外，善用更細膩的觸感，往往能讓聲音更深切地呈現，如杜甫〈兵車行〉「天陰雨溼聲啾啾」所滲透出的觸感、白居易〈琵琶行〉中「四絃一聲如裂帛」顯現的質地。

聯繫觸感、視覺的鐘聲描述，在畫面之外洋溢著更幽微細膩的情緒，即使用於短句，也因感官匯通而顯得靈動逼人，如粗糙的口蜜腹劍、光滑的童言童語、酸澀的爭吵、紅色的喧嘩。就作品而言，如余光中〈鬼雨〉：「今夜的雨裡充滿了鬼魂。濕濕濕，陰沉沉，黑森森，冷冷清清，慘慘悽悽切切。」平聲字形成哀而安、陰平是低而幽、陽平是高而揚，而「濕濕濕，陰沉沉，黑森森」九個平聲字中的重點字都是陰平，構成一種抑鬱悲涼的氣氛。

覃子豪〈吹簫者〉則以蛇為意象，書寫那吟哦蠕動的聲音：「他有弄蛇者的姿態／尺八是一蛇窟，七頭小小的蛇潛出／自玲瓏的孔中，纏繞在他的指間／昂著頭，饑餓的呻吟／是饑餓的呻吟，亦是悠然的吟哦／悠然的吟哦是為忘懷疲倦／柔軟而圓融的音調／混合著夜的淒冷與顫慄」不僅寫出聲音的狀態，更以觸感刻劃情緒。學生依此方向所創作的佳句亦頻頻可見，如：

・高音如一輪明月掛窗前，聲音柔柔的放，細細的推，慢慢的往上揚，和諧安祥得似一張床，給人一股像禱告般舒服信任，可以依託的感覺。（簡庭芳）

・原住民遼闊的歌聲是深沉厚重的水缸，聲樂女高音是細緻的琉璃，小孩的童聲是小巧玲瓏的瓷雕。（史蓉蓉）

・水晶音樂的質感像碧綠澄澈的湖水上精靈跳躍的腳步，而他低沉而富有磁性的嗓音，則像冬日暖爐邊的紅磚一樣，沉穩溫暖。（吳彥蒔）

・尖銳的聲音刺辣辣的，像惹火喉嚨發出的顫抖；噁心的聲音麻癢癢的，像爬了一身的痱子；滴水敲石的聲音似光影下黃綠斑斕的碎片，柔嫩透明得像薄紗輕撫臉頰。（楊妏英）

・彈鋼琴就像是畫國畫，輕重音聲如墨之深淺，在心靈鋪陳的宣紙上點染出大塊文章，勾勒出人文風情。（邱怡韻）

(5)聲音裡的情緒與個性

作家說法：

移情方式，使得聲音透露主觀的情緒，如「馬蹄聲，孤獨又憂鬱地自遠至近，灑落在沉默的街上如白色的花朵。」（何其芳〈黃昏〉）馬蹄聲敲在「沉默的街上」，顯得格外清晰明顯，也正因為這聲音在寂寥的夜裡聽來分外但響亮，襯出「孤獨又憂鬱」的情緒，而「自遠至近」所表現的移動感與狀態，以及「白色的花朵」作為意象展示出的寧靜、寂寞將馬蹄聲的情緒與周遭氛圍相烘托，營造出一片淒清。

至於在霧的低語中，說的是什麼故事？聽：「霧的窸窣聲，紫藤枝蔓伸展的幾乎難以察覺的聲音。牆後有振翅的嗡嗡細響，紙張翻動的沙沙聲中夾雜著喃喃細語。您聽見了嗎？」（斐德里克　柯雷孟著《巴黎情人》）

要點

你聽見了嗎？景物的聲音裡隱藏豐富的情緒，事實上是人的投射、人的參與。屬於你的情緒波動、激昂澎湃裡飄揚著什麼樣的聲音？請藉景象將情緒表現出來。

・寂寞在笑聲裡喧嘩，如秋天蕭瑟枯老的葉子，落在地上，碎在腳下。（高思庭）

・隨身攜帶自己行蹤的大哥大，在聲音與話語的網絡中，每一句話都是情緒，都是陷阱，然而參與其中的我卻渾然不自知。有時候它像昏暗的燈光下，一個厚嘴唇的黑人吹著薩克斯，展現出一副藍調的氣息；或者似晴空萬里清爽的長笛，有如橘子口味的果凍，有種浪漫的甜香。（周文婷）

⑹聲音的情節與鏡頭

聲音承載一段或續或斷的情節，讓人以想像綴補，如「我用工筆畫下屋頂慵懶的亞答、屋底喧嘩的雞鴨；視覺漸漸被夜色逼回眼前，聽覺自然地膨脹起來，往各種聲源網羅過去，地籟混淆了天籟，我把諸多情結像鳥巢雜亂地搬了進來，把雷的平仄、風的脾氣，把溫差的種種暗示……草稿完一頁又一頁。」
（陳大為〈海圖〉）

要點

當聲音被想像為有情節式的發展時，映之於身不僅是多姿的聲響，也是多彩的鏡頭，請寫下聲音所觸引的畫面。

・忽高忽低的琴聲，忽遠忽近的笛聲，像霧鎖竹林，煙籠寒江。（朱婕）

・鋼琴譜出的樂章，就像蝴蝶輕盈飛舞，曼妙多姿。（施懿晏）

⑺感官交錯的聲音

顏色以其深沉的語調說話，氣味喚醒記憶的畫面，低語的聲音若能透露出色香味穿梭的感覺，將召喚出聲的語言更細膩而深刻的情思，營造出濃郁的意境。

余光中〈蓮的聯想〉中「甜甜的木簫奏蓮的清芬」所散發出來的味道、聲音、氣味；「細碎的鋼琴敲出點水的蜻蜓」所呈現以視覺觸覺性感覺的微細聲音，在「濕濿濿的」、「啾啾」的聲與觸感之中，營造「芙蓉塘外輕雷」、「水鬼們的」，在畫面上與情緒上的描述和想像。

陳大為〈海圖〉：「浪，因諧音而有了狼的個性，狼牙偽裝成詩篇裡常開的浪花，還釋放野百合的芬芳。」以狼比浪，既取諧音之妙，也表現浪的野性，與「野百合」的氣味形成矛盾的對應。

要點

藉視、聽、味、觸、嗅等感官捕捉聲音所流動的旋律。

學生的創作如在形象化描寫中透露著個人心情意緒者，以鮮豔色彩反映內心的澎湃，轉化「人聲鼎沸」平凡的成語為鮮活的鏡頭。

・黃鶯的婉轉歌唱如荷花，臨風婀娜散發縷縷清香。

・貓的腳步輕慢如落葉翻飛，又似戀人的喋喋絮語，綿綿溫柔。（駱宛萱）

・鐘聲將整片山丘染紅。

・他冷冷的語調，像一塊磚，擊碎我的夢幻，潰散我的意志。（黃佳怡）

・艷紅的爭吵、粉紅的軟語、鮮黃的感嘆是戀人的歌。

・喇叭揚起麻辣火鍋般樂章，大提琴拉出高湯般渾厚的弦律，而你以奶油般的圓融唱出歌喉的神韻。

瓷磚般圓滑、砂礫般粗糙、海水般輕柔……圖寫天地廣闊的劇本。

嘈雜的人聲是一鍋沸騰的開水，浮著水性楊花的流言和黏稠腐臭的慾望。（黃湘鈞）

・交響樂華麗處如海鮮大餐，清心淡雅者如清蒸鱸魚，高潮迭起如麻辣豆腐，甜膩嬌美處如融化的奶油，陰沉時似深秋蕭颯烈酒。（許筑婷）

詩中有畫、畫中有詩的交融成就了王維禪境，聲音與詩畫的會通留駐繞梁餘音的回味，而聲音與舞蹈、烹調、自然事物撞擊出來的則是令人拍案叫絕的新鮮！

魅力四射的交響曲

樂曲是最直接而動人的旋律，在描繪自然的音樂中，如約翰·史特勞斯〈藍色的多瑙河〉、〈春的信息〉、舒伯特〈野玫瑰〉、〈菩提樹〉、〈冬日的旅程〉無不以音聲展現優美而多變的景致。貝多芬〈田園交響曲〉則表現維也納郊外雷鳴閃電和傾盆大雨後，從烏雲後透射出的霞光。中國古典〈高山流水〉、〈春江花月夜〉、〈翠笛春曉〉……等流瀉出作者與山水間情景交融的意蘊，以及東方思維的雅致。

因此結合音樂課協同教學，放映平劇、歌劇、樂器的故事……等讓同學寫下所見、所聞的聲情故事，如演唱者的表情動作與音色唱腔、各種樂器的鳴奏音質、形狀技巧，以此進入這一方文學化的音樂世界，以文學表現天地間美感的書寫過程。

要點

1 認識樂器家族——說出它的名、玩它的聲、摸它的形、觀它的色、明它的材質。

2 唱一首最喜愛的歌，並為它寫文宣。

3 偶像出場—介紹他（她）的聲質、風格。

4 我歌我唱我曲：創造一首什錦歌、抒情歌或寫實歌（可配已有樂曲或自己作曲，請自彈或自唱錄下這獨一無二的世界名曲。）

一、勾勒樂器

樂器也是展演人文與環境的舞台，鐘磬之聲寧靜悠遠、竹笛獨奏的小調清麗婉轉、二胡拉出古老的悲嘆、銅鈸嗩吶喧囂起節慶的輝煌、鼓聲敲起猛烈的進兵，這轉折繁複的聲音裡銘刻著東方，醞藉無可言喻的哲學美。西方樂器則是展示規則結構、象徵意義的符號，長笛優雅、豎琴嫻靜、提琴流轉線條、鋼琴滑動曼妙。

這些中西的樂器在每個人解讀中將呈現什麼樣的面貌？

(1)樂器感官化

以顏色、線條、物品、飲食來表現樂器的個性情緒、節奏的音色特質。

・低音大提琴裡面似乎住著一個寂寞的老人，只要一觸動他的門房，便發出低沉的怒吼，像是外面掛了個牌子：「請勿打擾」！（歐陽而美）

・喇叭是熱情奔放的炮仗紅，豪邁而充滿活力；又像西班牙鬥牛場上的鬥牛士，意氣風發、神采飛揚，自信威武。（余雋慧）

・簫聲泠泠劃開寂靜的子夜，凝冷的絲線繡出橫視千秋的孤高狂傲。一匹滑軟的絲綢在眼前延展悠揚，色彩漸層豐富的盈

滿，是鋼琴時而輕盈時而沉重的旋律。（康涵菁）

・二胡是仙風道骨的白眉道人，以他那固執的鼻音吟唱出千秋不朽的中華魂。威武凜烈的鼓擊，一聲令下，揮動末梢的感官神經，在流動的血液裡，竄起一陣陣寒霜的嫣紅，猛然撞擊耳膜。揚琴以水色般的輕盈，溫婉秀麗的音符為樂譜挑染素白，爆出一朵朵絢麗的漣漪。（楊燦語）

・鋼琴聲是一塊上等質料的土耳其地毯，溫暖而富有張力、強韌而綿密。法國號聲是昂貴的絲絨柔軟、厚實、細緻，如王者再現。（江佳蓉）

小提琴聲，運弓處如中國菜中的快炒，厚重處如燜煮慢燉，謹慎處如拼盤的果雕，飛揚處如油炸，爆發力十足。（魏如敏）

在這些書寫中，或以顏色描宮商起伏的詩篇，或以飲食烹飪的態度來談論音樂演奏，頗具飲食文學的架勢，或將焦點集中於動感的情緒，一時間彷彿所有聲音在流動中活絡著筋骨，所有心情隨之起舞弄清影！

⑵樂聲文學化

樂器所鳴發的聲音，所彈奏的曲調，無論輕重緩急的行進、忽高忽低的起落，或為連綿不絕變化的章回小說、鏗然有力的鳴響似邊塞詩，有的渾圓雄厚得無懈可擊如碑帖奏議，有的富麗堂皇得奪人心魂如漢賦，有的像古樸的俚語樂府、街頭巷語的瑣碎話本……當樂聲與某種想像、某種文化、某類作品匯通時，它將不再只是過耳即逝的音，而是類似閱讀的饗宴。

要點

以藝術、自然、文學作品狀寫樂器彈奏的情境與內涵、樂器的特質、氣質。

・三角鐵清脆的聲音像乍落的初雪，透涼沁心。（吳彥蒔）

・風笛樸實低穩的汽鳴讓人彷彿遊於蘇格蘭香草瀰漫的綠野仙境；豎琴自傲的高雅清亮恰似臥於奧地利皇家典雅的白絲絨床上。（林維苑）

・大提琴低沉而穩健的聲音如明月下涓涓旅行的清流，又像爸爸溫暖可靠的雙臂。胡琴的聲音柔和處有如天山白雲，激昂處如山澗瀑布，低沉處似百年檜樹，輕巧處耳畔盡是鳥語花香。（吳惠琳）

・月琴的草根性、三弦走江湖的滄桑味、蕭吹起文人懷才不遇的愁憤，當這三種樂器相逢時，那是樂府說的庶民人情，是遷徙流離的生活本色，是一首首傳唱不已的思鄉曲。（駱宛萱）

・小提琴運弓如揮青龍劍，擊弦如蜻蜓點水，輕快處如草上飛，急促猶如戰國萬馬奔騰，嚴謹則如臨大敵銜枚疾走。（沈芝妤）

結合文學與想像所描繪各種樂器的練習，不但讓樂器音色、樂器形狀散發出古典式、現實性的氣質，有的如「琴聲清處如水仙，重如牡丹。」則把以花的高雅富貴、色澤丰姿呼應琴聲的美妙。「他的琴聲平滑處如芭蕾舞，變調處如踢躂舞。」樂舞合一，以舞寫樂，寫出音樂的靈動性。而直接點出體悟者如：「大提琴的琴聲如老榕樹，低沉的琴音似榕樹那一把一把的鬍鬚，充滿了智慧。」（謝佩樺）

⑶樂器擬人化

以人比喻樂器的特質。

・豎琴溫柔如慈母、高音笛是尖酸的怪婆婆、法國號乃優雅的貴婦、嗩吶則是七嘴八舌的推銷員。（尤韻淳）

・大鼓像沉穩的老人，不管如何敲打總穩定的回答；鑼聲是臺慶裡的司儀，只要它一出場，必然驚天動地，成為會場焦點。（許筑婷）

・典雅內斂的三味弦，平靜而沉穩，是一絲不苟，梳妝復古的老太太。暴躁的大鼓連擊轟轟，是熱情的少年，衝勁十足！（康涵菁）

・嗩吶，被嫌棄？其實它只不過是一個喜歡以高亢的音調發表自己想法的年輕人，有青春的活力與衝勁，迫不及待的想一展抱負，到底哪裡做錯了？（邱孟瑄）

・大提琴拉出憂傷，像一個黑色的甕看不到底，憂鬱，壓抑；鐵琴叮叮噹噹聒噪著，像一顆顆在嘴裡的跳跳糖，散發活力；灑下的夕陽寂寥的排笛，好似孤獨的年代裡失業者空洞、顫抖的眼神；搖滾、混音電子音樂，咆哮著掉入了異次元絢爛的漩

渦、迷離燈光失落的徬徨。（黃梵雨）

二、描繪樂歌

如果有一天，自己成為逐日失去感覺的「漸凍人」，會是怎麼樣的感覺？將耽溺於想像，將藉著聲音的記憶，敘說存在？或是藉重溫樂章宣洩內心的憤懣，或以積澱於靈魂深處的旋律嘲笑命運？

線條和旋律是音樂的基本元素，音樂則是不斷實驗的結晶。作曲家以像浪花般的五線譜一波一波激出優美的旋律，使得每一條譜線，彷彿有生命似的，隨意奏出心靈的慰藉，聽者在「以意逆志」的解讀下，進入樂曲譜寫的情節故事。

你看見什麼？聽一首樂歌，一段舞曲，耳際所流轉的聲波、腔調，所敲開記憶暗室裡的情緒，會是什麼樣的光景？

作家說法：

時報散文首獎呂政達〈最慢板〉以「歡樂頌」為旋律：「樂團緩緩奏出信號曲，男中音的宣敘調登場發聲，那副人類的嗓子連著一條五色繩索，直通雲端的天國之門，繼而，從雲堆裡引爆雷鳴地撼的歡樂頌，彷彿世界這六十億人擠在一頁巨大的五線譜上，在同一時間裡齊聲吶喊。」寫下「悠悠如古代幽靈」，復活的旋轉，復活的生命節奏作為自己逐漸喪失感覺奮力的反擊。

傅雷《傅雷家書‧論舒伯特》中則是這樣敘說他對於舒伯特樂曲的詮釋與分析：「在舒伯特的心靈中，形象占的地位不亞於感情，感受更細膩。海洋、河流、山丘，在他的作品中有不同的表現，不但如此，還表現出是平靜的海還是洶湧的海，是波濤澎湃的大江還是喁喁細語的小溪，是雄偉的高山還是嫵媚的崗巒。在他歌曲的旋律之下，有生動如畫的伴奏作為一個框子或者散佈一股微妙的氣氛。……他的歌的口吻與伴奏的音色還有一種神秘意味，有他世界的暗示……節奏往往疲軟無力，旋律卻極豐富，豐美，和聲具有特殊的表情。」

這些樂曲解說著墨於曲風、素材、情境的描繪，或由聲音的特質、唱腔的味道以及形象化的顯現，將盪於心魂的感動、轉於耳際的音符一一浮出。音樂的共感性，有了表現技巧的幫襯下，即使初次練習，亦具架勢：

要點

1 請以在佛面前求五百年只為一次相遇的虔誠與執著，慎重，專注地，迎接一首樂曲。

2 以手上的素材，以任何形式畫出、表現出音樂的節奏、聲音型態、拍子的旋律規則，其所展現有形的圖像、無形的曲線、流動的弧度。

3 聽舞動的音樂、安靜的聲音……請畫出聲音的線條與結構組織。

4 用文字將聲音浮現在腦海的圖景、流動出的圖塊線條、激動於心的波浪一一寫出。

5 比較樂調、樂風間的差異、雅俗的趣味，如「聽仙樂而暫明」、「嘔啞嘲雜難為聽。」

(1)以情節、色調表現樂曲

音樂是神秘的語言，作曲者想勾勒的情節只能以聲音頻率展衍，彈奏者也只能透過音符解出這心情故事的密碼，而聆賞者則必須藉由對作曲者的了解與彈奏者的解讀進入這由音樂所形塑的世界，於是有了這一段文字記載：

Nemo 是芬蘭樂團（Nightwish）的歌，學聲樂的女主唱聲音十分清澈，配上史詩般的樂團背景音樂，感覺就像從中古世紀的幽暗森林無意間落入凡間的精靈，在雲端不停地墜落、墜落。她黑棕色的長髮在空中翻飛，紗質的衣襬隨著空氣的掠過，跟著雲朵變幻形狀，就這樣，在夜空中下墜……將要觸地之時，猛然張開眼睛，光線打入瞳孔，造成強烈的不適，原來，這只是一場……很美很美的夢。（桂尚琳）

(2)以學科術語、現象繪出樂曲

・〈幽默曲〉像三角函數，複雜中仍能理出規律；〈小星星變奏曲〉像幾何圖，單一圖形是原曲，多重搭配是變奏；〈大黃蜂的飛行〉是直線加速度（A＝MV平方），音律正比於彈奏重量和敲鍵速率。（簡珣）

・聖母頌第一章猶如鈉金屬遇到水激烈的反應，第二章卻變成碳酸鈣了，與酸漸漸的反應，透出無色無味的二氧化碳，輕得讓人幾乎如躺臥水床般的舒服。（郭鈺姍）

(3)以線條、色塊畫出的樂曲

在中國山水畫裡，常可以見到松下彈琴、林間童子吹笛、月下吹簫的圖景。音樂吹的是隱逸的閒趣，至於人物往往以數筆勾勒形態，並不細加著墨，表現出天人合一的哲學。

在西方思考裡，山水景致退為背景，如歐洲繪畫裡吹奏者往往是主體，在寫實的經驗主義下，只見其人而不聞其聲，如荷蘭尤迪特．萊斯特〈吹笛手〉，畫幅上的焦點是聚精會神的小男孩，光線打在戴著紅帽子的吹笛手臉上，身後牆上掛著小提琴和黃竹管笛。畢卡索〈三個音樂家〉則是三個不規則交錯色塊：黑底色是一張撲克牌臉，拉著手風琴、藍色底是吹笛手、花橘黃格子三角形底則是有著落腮鬍的吉他手，在這沉沉暗暗咖啡色場景中，流瀉出一種苦澀的情感。法國左．治布拉克〈巴哈抒情曲〉用的是鉛筆、炭筆、粉筆、木紋拼貼，黑底上白色鉛筆畫出吉他線條，畫面是乾淨相當後現代的作品，但表現的抒情曲卻是宗教音樂神劇中的獨唱。（駱宛萱）

(4)捕捉樂曲風格與聆聽的感受

・Vanness 不僅具有陽光大男孩的外型，聲音更具特色，時而深情渾厚，時而熱力四射，交織出複雜、極端、融合的音效，投射出性感迷人的魔幻圖騰，神秘得像在無盡的宇宙中的黑洞，深深地吸引你，把你拉進漩渦裡。（沈育如）

・古典樂是老人家最愛的清粥小菜，淡淡滋味裡有股隱隱的醇味，那是屬於時光醃製的招牌口味，只有穿梭過歲月的人們才能體會它的深韻。

放縱的搖頭樂則是年輕人狂愛的麻辣火鍋，火辣辣地奔放著狂野的紅，天不怕地不驚地放肆著嗆人的、碰不得的瘋狂。

溫文儒雅的爵士樂是時髦的牛排西餐，人人都可輕易接近，他也以娛樂大眾為榮，不虛偽而貨真實，平價而易得，時時換個旁菜作為幾個修飾音。

抒情樂則是含蓄婉約的江南樂曲，處處可聞，人人會唱，讓說不出口的情話盡在一首歌裡。是以情歌則是飯後甜點，精緻而溫暖人心，兒歌就是港式茶點，短小簡單，單純可愛。

重金屬樂放縱一身叛逆的因子，它流竄的律動，像韓式料理，大蒜辣椒蔥與薑齊飛，酸麻辣澀齊舞。民俗樂則是碟生菜沙拉，各有各的味，各有各的調，清新自然不做作，與天籟合為一體。（周穎若）

(5)曲調的情韻與故事

每首歌、每段樂都是一個傳奇，在不同人心底低迴著各自的情節。它可以是作曲者編織進五線譜間的故事，可以是深植入主調與副線裡的思想，可以是承載神話傳說情感背後的浪漫，或是發生的文化場域。

當你傾聽樂章時，是否也曾籠罩在創作的背景故事、思維以及時代氛圍之中，也曾因為那淒美浪漫或冷酷潦倒的光影而讓你在類似的生活情境中，低迴不已？

要點

1 請選擇你所喜愛的樂曲，找出它背後的故事，或是製作的靈感，或是作曲的情境，或是寄託的想法與寫作的歷史文化場域。

2 人的美聲中變化的音色、滑動的音調，如雙簧、相聲、口技、數來寶、京韻大鼓、吟唱詩、朗誦。

3 在描繪上，可以資料為主，個人整理分析為輔，或以想像增添其故事傳奇性或藝術性。

Astor Piazzolla，〈布宜諾斯艾利斯的瑪麗亞〉是一部以探戈寫成的歌劇，傳說、幻想與現實人物交錯出現，彼此互相影響。

瑪麗亞，是神飲醉時所誕生的女子，既是女神又是妓女的她，同時被注入愛與恨。和聖母瑪麗亞不同的是，瑪麗亞並沒有得到神的祝福，她被遺忘了，一段讓人潸然淚下的風塵故事於是展開：

場景時而在破舊昏黃的小酒館，時而是夜晚寂靜無人的街道上，情節緊湊而充滿戲劇性，舞者精湛的舞技和素有阿根廷音樂靈魂之稱——手風琴，美妙的樂聲串聯整個舞蹈和戲劇的進行。聲光舞曲絲絲入扣，手風琴淡淡哀的音符，好似訴說著瑪麗亞在愛與恨的紅塵中打滾的一生，令聽者彷彿置身其中，與她同悲同淚。（黃可涵）

詩的聲音？是自天涯敲響的一記清靈？閒雲野鶴的自在自適？陰鬱沉重的國仇家恨？你濃我濃的兒女情長？抑是舳艫千里的豪氣干雲？

在〈石頭記〉裡，我聽見了鳴音，一陣一陣，時快時慢，綿延不絕的波濤流向逝不盡的長江水，石頭動也不動地看遍世態炎涼。多少春秋繁華落盡：上古神話、三雄爭霸、豪傑的義薄雲天、男女的纏綿情史。有的發出不平之鳴，有的仰天長嘯，有的嗚嗚泣訴，有的對酒當歌，但諷刺的是，任憑你多愁善感，石頭啊！頑固的石頭，它依舊不發一語的盤坐。

起起落落的歷史，只是它生命的過客，因為它永遠是傲笑紅塵的過客。（楊燦語）

三、中西音樂風格的歷史與風情

最能讓人深刻感受音色與音調美感的，該是緩緩地一字一字唱出的平劇、歌劇唱腔，以詩與歌的方式結合，口白、平讀、唱腔、重複、誇張、疊音等方式穿織於音樂與舞蹈之間的字句，利用複疊、應和、變化穿梭音樂的發言，一方面玩空間對位，另則運用平劇音色感情的變化及強調。

然而，在這些技巧性組合性的表演聲樂中，在歌劇、平劇、流行歌曲、爵士樂、熱門演唱會、古典交響樂、圓舞曲、輕音樂、鄉土小調、地方民謠、宗教聖歌、梵唱的音色、音質、音調、曲調、節奏之間，交疊著什麼樣的文化與歷史？

要點

1 音樂的國家風：透過各國音樂，了解其文化差異或宗教民俗。

2 音樂與民情：以聲音曲調或樂器小調寫國情、民俗、地方習性與特色。

・與西方以結構組織的奏鳴曲不同的是中國樂曲重於旋律捕捉情境，如〈平沙落雁〉、〈梅花三弄〉、〈春交花月夜〉、〈十面埋伏〉由題目所展開文字的聯想，與樂器所吹彈奏撥出詩般的意境，是以性靈與文化所填寫的氛圍，而不強調以音聲平均律或嚴格節拍所組織成的聲響氣勢。另如佛教音樂，以簫笛古箏胡琴詮釋「手執青秧插滿田，低頭便見水中天。六根清淨方為道，退步原本是向前」去我執的修行空境，也與西方宗教音樂讚

美超我上帝的彌撒、神劇、受難曲、安魂曲，莊嚴神聖的貴氣不同。（駱宛萱）

・彝族有悠久的音樂傳統，男女老幼開口而歌，一唱百和，加之彝族支系很多，居住在交通不便的山區，形成因地而異，豐富多彩的傳統音樂。

彝族人民所喜愛的四弦、口弦、大小三弦、直笛、悶笛、煙盒等樂器、構成了彝族音樂鮮明的個性和濃郁的特色，節日慶典，婚喪祭祀，農閒遊樂伴隨不同的歌舞形式，華麗的衣飾與歌聲樂曲譜出熱鬧的幸福。（丁姿辰）

這是布農族的八部合音——長者穿著布農傳統服飾，戴著鮮豔花紋的首飾，謹慎地排好隊形，眼神中有說不出的莊嚴，或許還帶有一分對祖靈的尊敬。

隨著起音，渾厚的嗓音馬上鎮住全場，單純的音符成天籟，旋律中飽滿的生命力彷彿稻麥都在這個時候成熟，獵物也能順利到手。如果祈禱真的有用，上天必然也被這樣的嗓音感動。男人用盡力氣發出的單音的音量有如吶喊，古老的曲子中有著未知的力量，繚繞了整個山林，直達天聽，能震撼天神，也能感動我們。

從他們的眼中，好像能夠看到山林中群綠圍繞，白霧瀰漫，大自然的景象一一浮現。都市文化的庸俗，在八部合音面前頓時抬不起頭，身上少了值得驕傲的東西，人變謙虛了，也更願意以崇敬的心態看待與自身不同的原住民文化。

布農族的勇士們用他們的歌喉征服了山林，也贏得了我們的崇拜與驚嘆。（胡乃文）

星輝斑斕裡的放歌

一、呼喚回憶裡人事的聲音

是什麼聲音呢？我們每天充斥在各種聲音裡，何時去仔細辨認過聲音？

在這個部分可以透過音樂欣賞時所引起的感受，回想生命中記憶最深刻的聲音。追問這些聲音出現在什麼時候？是人或物所發出？另一方面也可以讓學生由聆聽音樂時自由聯想，或者由記憶出發，尋找可表達這些記憶事件的聲音。

不可阻擋的記憶如快速倒帶的影片，將聽聞的聲音交織成一個個相互招引、相互呼應的世界。細細瑣碎的生活藉著聲音成為記憶，當單一細節被喚醒，便瞬間連結整個生命網路，讓主體跳脫當下所在的時空，回到過去經驗中。

作家說法：

簡媜以〈叫賣聲〉串聯起從早至晚的各種小販的聲浪，其中有小籠包的柔軟幸福的幻想、蒼老、低沈的閩南語叫賣豆花引起的文思，擴音器開始響起「報紙賣，簿仔紙賣，報紙、簿仔紙拿來賣！壞鐵賣，壞銅、壞銅、壞電視、壞冰箱拿來賣！」聲音的過癮、錄音帶傳來：「來哦！來買芋粿、蒜頭粿、紅豆仔甜粿、鹹甜粿、油蔥粿……」惹人發噱嗲嗲的聲音，以及三更半夜賣肉粽的寂寞。

琦君〈下雨天，真好〉以父親吟詩的聲音穿梭昔今，寄以無限懷念之情：「我在書櫥中抽一本白香山詩，學著父親的音調放聲吟誦。……他提高聲音吟詩，使我一路聽著他的詩聲音，不會感到冷清。可是他的病一天天沉重了，在淅瀝的風雨中，他吟詩的聲音愈來愈低，我終於聽不見了，永遠聽不見了。」

陳列〈無怨〉寫的是風雨前，在獄中的遙想：「午睡在雷聲中醒來，脆急沉厚的聲音響在囚房外。一場大雨應該就會接著而來的；我聞得出雨的味道。若在家鄉盛夏的平原上，這必是一番壯闊的景象：涼風，奔馳的陰雲以及稻田間頓時高起來的蛙鳴，然後，父親可能就會穿起雨衣，扛著鋤頭，要掘水路去。」

要點

每個活著的人都不斷地為自己，也在他人生命裡創造新的情節，彼此共處的情境、促膝長談的片刻、為活動而奮力的時光、擁抱傷痛再次出發的互持……這些與人所發生的事、與事所建構的生活，所帶來的心情與成長，都是真實存在的聲音。

請寫下這些記憶中事件的聲音、投入事情過程的心聲並勾勒空間，更真實地還原昔日風情。

三年的國文，沒有溫文儒雅的慢條斯理，也沒有悠悠的吟哦嗟嘆，取而代之的是雲霄飛車的冒險刺激，和如火箭般的劈哩啪啦。猶記得老師第一次和我們說話的時候，最震撼的印象就是「她講話好快啊！」我幾乎害怕她的舌頭會因為轉動太快而打了結。

老師不呼我們的名，也不喚我們的姓，而叫我們「丫頭」，感覺上就像親人一樣。不過她也有生氣的時候，但那往往是我們不乖乖交作業的結果，這時我們就變成了「死丫頭」。

我們的老師是親切、單純而可愛的，像一首自由的隨興曲，她對生活有著無限的浪漫靈感，對事物有獨特見解。那一年，她和我們一起經歷了高中生涯的最初體驗，共同譜出一段段校園民歌。（劉于禎）

繞著人所遇合的記憶裡，總有令人難以忘懷的聲音，那或是一次貼心的談話、一段相處的因緣、一道行旅的風景、一段學習的歷程，以聲音所記錄的相會各浮現甜蜜的圖景。如

・載著遊子返鄉過節的火車，沉重古樸的聲音似低吟故鄉的改變，似在耳語童年往事，呼喚遊子模糊不清的記憶：父親的責罵聲和嚴肅的面孔、母親的眼淚和溫暖的手。

火車喚起了鄉愁，遊子在車上回想父母的嚴肅與溫暖，記憶中，火車傳來陣陣聲響。同樣寫鄉愁：

・笛聲訴說著遙遠的思念，是你未曾見過的故鄉。溫柔的聲調逗引老人們在廢墟裡的憑弔與記憶，即使你從來就不以為然，卻也在此時，被那祕境似的音曲招引著，你原以為絕不存在的—

—鄉愁。

這一段文字中，以第二人稱並選擇老人為視角人物來寫聲音引發的鄉愁，聲音融化了老人的心防，喚起其對家鄉的渴望。由於是未曾見過，故曰祕境，也許指的就是死亡，文中因而安排了廢墟作為頹敗的象徵。此段文字寫鄉愁，卻不落俗套，具有深刻的思維性。

上文也許是生命世界的終點，而人類最原初的世界在何處呢？「隧道中暈黃的燈光照得人安穩，『嗡嗡的聲音』更像回到母體溫暖最初的混沌中。」（吳彥蒔）隧道意象與母體十分貼合，在母體中安穩溫暖的感受道出了作者的回歸意向。

至於這個小小的章節中，是否具現出一位心思細膩的學生身影？

・又是一個下雨天，懶懶地倚著窗沿，冰瀉玉盤，一滴、兩滴、三滴……清脆地敲擊著窗沿的鋁片。成絲成線的雨兒，連起一道脆弱的鵲橋，讓我，走向過往的回憶。

又是一個下雨天，坐在教室裡聽課，沖刷玻璃的豪雨萬馬奔騰，隔絕世俗。（沈和祺）

二、聲音的魔咒

歡愛喜語、悲怨仇言、溫軟情話、剛烈直音在人與人之間流傳，然而，「聲音的目的在那裡？」負載著話語的重量或如刀刃萬劍穿心，或似怪獸在內心廝殺擄掠，在聽聞的當下畫下刻痕，成為日後回憶難以逃脫的咒語。

作家說法：

周芬伶〈音聲之藪〉以手機傳來的音聲幻象，寫男友以語言誘引威脅懲罰的糾結。愛語與暴語構成的情事，損毀的力量勝於有形暴力，因為那些謀殺的聲音會無時地鑽入耳裡，但也在聽聲音中得到滿足的想像：「聲音很男性，健康爽朗，彷彿電擊器拍打垂死的人幽幽還魂，終日她期待他的電話，原來手機有生命有樂音亦可能寄託心靈，小小的黑盒子藏著無限生機。她在跟一個聲音談戀愛。」「她不知不覺中了聲音之蠱，並且複製前任男友用電話控制對方的暴行，這是聲音構築的虛幻世界，過去她曾被話語餵飽，斷絕舊的聲音，那無邊的空寂必須被新的聲音填滿。」「她以為在他的聲音中找到一個家，沒想到找到的卻是一個捕鼠器。」

聲音暗示了色彩影像記憶，喚起記憶深處某些畫面，請寫出它引動重溫的感受。

在學生視角裡，手機並非負載愛情的介面，而是被手機附身的情緒，但彼此之間的糾葛依然如戲劇般充滿張力：

當我睜開眼時，身上即烙印著一副密碼，那是使我能夠存活的密碼。密碼或許會變，但沒有密碼我就失去了價值，所以日復一日地，我和另一不知身在何方的手機對話著，傳遞彼此的訊息。和不同的手機對話激盪出不同的情緒：當另一端是NOKIA8250，我必須對他嘶吼地叫罵；當另一端是GD75時，我則是表達溫暖問候。

若我每天和NOKIA8250吵鬧太多次，我可能就得闔眼休息，否則我沒有剩餘的體力和別隻手機對話；但是當沉悶的憂傷高氣壓籠罩時，我必須盡速地連絡到GD75，才能找到和煦的陽光，擺脫陰霾，並將溫暖散發。（廖蓮吉〈手機〉）

迴旋於空間的花腔

一、空間的聲音

棄尋常以視覺來解讀或捕捉空間的方式，而以聲音狀寫反別具創意，如建築以亙古不變的存在所宣告的誓約、或是都會公共空間的細碎紛飛？你可曾聽見？

作家說法：

「曾同學把長廊比喻為一支笛子，窗口即是它的音孔，所有倚窗瞭望的眼神，以及交談的話題都是音符。」（陳大為〈帝國的餘韻〉）

「上海弄堂是性感的。有一股肌膚之親似的。它有著觸手的涼和暖，是可感可知的，有一些私心的。積著油垢的廚房後窗，是專供老媽子一裡一外扯閒篇的；窗邊的後門，是專供大小姐提著書包上學堂讀書，和男先生幽會的；前邊門雖是不常開，開了就是有大事情，是專為貴客走動，貼了婚喪嫁娶告示的。它總是有一點按捺不住的興奮，躍然的，有點絮叨的。曬台和陽台，還有窗畔，都留著些竊竊私語，夜間的敲門聲也是此起彼落。」（王安憶《長恨歌》）

這二段文字分別書寫中國式的長廊與庶民性的弄堂，並以白描與譬喻的力量帶出各有的特質：前者以清亮的笛子形容長廊四面通風，吹響的音籟；後者則以出出入入的動作帶出語言與人的聲音，既親近而又私密的巷弄，因著各種身份的人而走動出不同的生活情境，聲音代替了語言，以更細膩而複雜的隱喻，如「老媽子一裡一外扯閒」、「有一點按捺不住的興奮，躍然的，有點絮叨的」、「竊竊私語」、「此起彼落」……聲音，於此是暗示人際關係的網絡，是巷弄一覽無遺而又分界彼此的空間領域。

要點

1 選擇一個空間，靜聽場內場外的聲響，請以耳朵啜飲這聲音的感情與思想，以溝通形成彼此的欣賞與相知。

2 以聲音捕捉空間的氣氛、環境、人事，你可以用實況轉播的方式呈現立體聲音，也可以採聯想式的勾勒置身其中的感覺，或者將聽到的聲音當成元素，經想像與組合，編織空間的色調、圖景。

3. 以學校為標的，書寫充斥建築、環繞間的聲音，勾勒其風格、與氣味。

・江西抑揚頓挫有稜有角的地貌，就像朗讀時的抑揚頓挫。（黃俞璇）

・咖啡館像是小提琴奏鳴曲，洋溢濃稠厚重的情思，茶樓則好似在聽平沙落雁古箏曲，遠離塵俗，寂寥孤獨中帶著自在自得。（陳怡錚）

・「一顆高麗菜，十元不計成本，賤價出售！」「養樂多、牛奶喔！」「土芭樂、土芭樂、鄉下運上來的土芭樂！」「這個怎麼賣？」「頭家五十塊一把！」ㄚ！不小心踩壞了一粒掉下來的葡萄，還沒來得及說對不起就被人潮向前推了。

市場，就是這麼脾氣火爆個性毛躁！（周文婷）

這三段文字或以聲音狀寫空間的氣味，或以喊叫的聲音寫實地呈顯，所造成的效果與風格也各不相同。前二者以主觀感覺為主，主要強調安靜純樸的空間氛圍，後者則因是寫市場，集中小販叫賣的聲音更能表現熱鬧而民俗性的生活狀態，可見同樣書寫空間，卻因空間性質，表現的方式隨之而異。

住在都市的你，怎麼詮釋這空間的節奏與情境？

・深坑非假日的夜裡，老街好安靜，遊客走了，商人回家了，只剩幾戶人家在漆黑深長的街巷中閃爍著微弱的燈光，闃靜得彷彿聽見兩旁空盪盪的老房子哭號，就像野貓躍出，張著雙眼瞪著你瞧，令人不寒而慄。（胡詩唯）

・汽車喇叭聲、擴音器的叫囂、流動攤販的叫賣，每個聲音都在互相吵架，爭取自己的空間，把城市鬧得震耳欲聾，吵雜不堪。（周文婷）

・臺北城，是一篇進行中的樂章，恆常不變的五條經線構起整城的基架。高樓大廈、車水馬龍、時尚流行、未曾停歇的腳步和五光十色的夜生活是跳躍其間的音符，交織出繁複華麗的曲調。（張瑜軒）

・臺北，像 30 年代的上海百樂門，紙醉金迷的聲囂，讓人意亂情迷。

・動感的搖滾樂從服飾店裡流出來，身上每個細胞忍不住蠢蠢欲動，想追上潮流飆舞，痛快地隨一身花色流汗。唱片行音響裡傳出的是周杰倫的「愛在西元前」，充滿異國風情的歌詞蠱惑心底的渴望，顧客毫無意識地取出皮夾，抽出鈔票，忙得櫃台的店員天昏地暗。走上二樓正放著莎拉布萊曼的「月光女神」，在空靈得宛如深山清泉的聲音裡，喧囂被隔絕於窗外，月光似乎真的降臨了。（陳佳青）

一如那不成調的交響曲——這城市，毫不協調，彼此衝突，沒有制約。但這不是荒無，儘管混亂，卻是以各種方式狂放地、激烈地演奏出來旺盛的生命力。佳青選擇了毫不協調的音樂來形容紛亂的城市，但又看見紛亂中的旺盛氣息，頗有個人見地。不過，也有以嘲諷之筆暴露追名逐利的城市鬧劇：

・天堂的驪歌惑亂耳膜，暮靄的喪鐘沈重地敲著都市的旋律，死神揮起鐮刀，劃破祥和的幸福。失序的都市溢滿魅惑的血紅，潛伏著黑暗面的動物獸性大發，狂亂的奔放在這片名為科技的草原上。

脫線的城市是壞了的傀儡，四肢猶自抽搐平躺在浩瀚無際的草原，森冷的月光勾起人類體內原始的記憶，宛如狼群對月嚎叫。自閉的人類為了尋找一個冰封的幸福，瘋狂的在城市裡翻來覆去，掀開地殼鑽往地核，只為了尋找名為幸福的東西！（陳佳青）

有人說建築是凝固的風景，一棟棟特有的建築，構成一幅幅奇異的街景，無論是絢爛繁複、誇張媚俗，或斑駁蒼老，這些建築的表情語言各以其獨有的姿態與世人對話，與世界呼應。

・建中第一樂章是百年紅樓，古樸幽雅，沈著深邃，是高三衝刺的疆域，聞得出考前暴風雨的寧靜與肅穆，書香低沉的鼓隱隱作響。第二樂章是兩排相對的高二教室與中隔的操場，鋼琴、小提琴、長笛、豎琴一一加入，空氣裡揚著飆球技的激昂、辯論的氣勢、搭訕妹妹的口哨哈拉聲。第三樂章生猛熱鬧，喇叭領導的管樂與提琴家族的弦歌、鑼鼓喧天的奔放，爬牆翹課、裸身露體、破球網、臭煙味……像大雜燴。制服的黃褐與紅樓的紅，混成熱力無窮，臭氣熏天的男人味道，吵聲震耳讓男人多了一味。（劉宜家）

・澳洲雪梨歌劇院貝殼白的屋頂，在海風歌誦下，在漁船氣笛歡呼下，一張一合傳出陣陣美炫的音符。埃及金字塔則是定音鼓，在每一轉折、每一回鼓棒鼓皮的撞擊中，愈來愈趨近完美。中國的萬里長城以低厚的旋律，寬廣的音域，在低音管的音律中蜿蜒不絕。巍巍的故宮以一曲國樂，隆重出現在觀光客眼前，氣勢恢弘的管瑟齊鳴，佐以琵琶、古琴的輪指快彈，還有揚琴「叮叮噹噹」乾脆的擊音，似合奏又似獨奏，象徵我千年中國文化的博大精深。（何昱圻）

・敦煌石窟幽幽低迴輕柔的水晶音樂，紫禁城裡弦歌不絕，漢唐樂府的典雅沉穩奏著「吳宮花草埋幽徑」的蒼茫、萬里長城石上刻鏤雄壯的軍樂，見證「古人爭戰幾人還」的悲涼、慈禧頤和園嘲諷火藥齊發的炮彈聲，滾出割地賠款一身狼狽的賣身契。（黃湘鈞）

二、風景的聲音

古人說：「何必絲與竹，山水有清音。」如果把風景比為樂曲，那麼每一景、每一段都是樂章之一，花鳥樹雲、峰巒蟲魚則是譜寫樂曲的音符，各樂章自有其高低起伏的旋律，也有各自其和聲、裝飾或變奏。

以聲音寫景，著墨於生活世界中本就同具景象與聲音。學生可一面聽不同音樂，一面藉由幻燈片的欣賞或個人聯想來寫景，使音樂與景象結合起來，不同音樂、不同的樂器搭配各種景象，可以創造出意想不到的靈感。這樣的引導一則為跳脫傳統偏重以視覺狀寫景物的模式，再則以另類的組合創造出新鮮的趣味。

作家說法：

王家祥在〈秋日疏林〉一文中，著眼於水點滴落下的姿色到一路與葉片、青苔、溪石打招呼的輕語聲、鳴唱聲、對話聲，呈現秋日疏林間流動的自然聲：「極巨之大雨過後，水珠猶滴不止，於每一片垂直之葉。這是一首水之匯集的音樂點點滴滴，點點滴，點滴滴，從每葉奏樂者涓落出來，彈奏溪石之琴，振動青苔之弦，點滴成涓，涓涓成流，堅持地奏鳴一種亙久之單音，之後，撞擊曲折與岩石，淙淙澎澎，呈現高音迴盪與低音沉沉。便完成水之成為激流，於山谷煙聲中。」

凌拂〈絡草經綸〉則寫萬籟之聲：「小徑上清寂無人，時而山風與急浪迅急掃起，遠近的山樹一起發哮喘，此起彼應綷糸祭相連。……深居幽徑，在山野裡走著，有時就在紫花藿香薊和咸豐草掩沒的小徑上，龍眼樹梢傳來搗木聲，奪奪奪奪，一昧空曠。是五色鳥在空山裡幽幽的鳴講，式微了的商籟，通常是在午后空山響起，一草一木一靈魂，光色幽微，所有的一切都在漸漸消暗之中。」

以各種樂音、聲響為自然狀態，自然景物作註腳。

(1)風景弦歌

寫景之淒涼——

・小提琴聲、低音大提琴聲、豎琴聲組成秋夜的淒涼，明月高掛，聲在樹間更顯孤寂。

寫景之幽靜——

・石橋下清溪潺潺流動，就像舒伯特的小夜曲，柔和輕麗，悠悠滌淨心中的煩憂。耳中所聞是清越之音，眼裡所見是純明之景，多麼美麗呀。（葉美碩）

寫景之狂暴——

・夏日雷雨如被緊拉的鼓皮，一下比一下急速地打在街心，強大的閃電則如巨鼓的撞擊聲，轟轟然，那氣勢如天帝臨空，令人畏懼。（鄭佩迪）

・夕陽時的淡水河嫵媚動人，是小提琴與歌聲的相遇。碧海青天的陽光如嗩吶般嘹亮霸道，翠綠草地似口哨輕快神氣。

寫景之宜人——

・漫步在西湖畔，就像悠遊在爵士樂的音樂天堂。四周裊裊的水煙是貝斯悠揚的襯底；空氣中偶爾滴下幾滴小雨，帶著輕盈的跳躍，伴隨鋼琴沒有重量的音符，飛翔、跳躍、輕落……。獨樹一格的薩克斯風也不甘示弱的加入這場饗宴，化身為河堤邊的楊柳，隨著爵士鼓有節奏地輕搖擺盪，曼妙地舞出一場爵士樂的四重奏。（劉敏之）

寫景之神秘──

・鬱鬱蒼蒼的山色像古琴清靈的樂音，穿梭在崇山峻嶺間，濛濛地透著樂音，迷迷茫茫，是浸過牛奶的朦朧，是籠了一層輕紗的神秘。（黃欣儀）

(2)植物吟唱

作家說法：

我們總以為植物是靜著不動的，總認為它不說話，其實它不但與風雨細語纏綿、與蜂鳥蟲蝶叨叨喋喋，當它懷胎結實、傳情喬遷之際也曾鑼鼓喧天，不信？

你瞧：楊子澗〈桑花〉：「仰首／偶然望見桑花／靜靜／爆裂」（張曉風〈詠物篇　花拆〉）：「有一種月黃色的大曇花，叫『一夜皇后』的，每綻開一分，便震出噗然一聲，像繡花繃子拉緊後繡針刺入的聲音，所有細緻的蕊絲，登時也就跟著一震，……看久了不由得要相信花精花魂的說法。」都是花開之笑聲。

噓，你聽：

・從沒聽過葉子的歌聲，直到今天。它的聲音粗糙低沉的，並不很悅耳，是一種有東西梗在喉中而發出的聲音。沒有什麼起

伏，卻讓你體會到人情冷暖，這大概只有年年被風背叛，仍不死心的葉子才能詮釋的吧！（何昱圻）

・綠葡萄是沉靜的搖籃曲，在淺淺的小河裡彈奏出一首首美妙的鋼琴協奏曲；草莓是濃妝豔抹的歌星，總是圍繞著令人眼花撩亂的聲光效果；西瓜則是肚大能容的鼓，一逕發出咚咚咚簡單而直接、肯定而不悔的承諾，回應槌擊的追問。（林郁姍）

(3)收集鳥聲

作家說法：

鳥，是大自然的聲樂家，是森林的歌手，文學作品中常見以各種鳥聲引起情思，如〈關雎〉以雌雄兩鳥相互合答的鳴聲為興。李頎〈古從軍行〉：「胡燕哀鳴夜夜飛」則以悲哀的鳴叫抒行軍之悲。此外，蟲鳴鳥唱聲音往往被賦予情感的隱喻，成為具有性格、意義的文化符號，如蟬鳴、蟋蟀、鷓鴣、杜鵑是思鄉代表。

當然也不乏單純寫鳥聲之美者如歐陽修〈啼鳥〉：「……花深葉暗耀朝日，日暖眾鳥皆嚶鳴。……黃鸝顏色已可愛，舌端啞吒如嬌嬰。」近人寫鳥聲最著者當推梁實秋〈鳥〉：「黎明時，窗外是一片鳥囀，不是吱吱喳喳的麻雀，不是呱呱噪啼的烏鴉，那一片聲音是清脆的，是嘹亮的，有的一聲長叫，包括著六、七個音階，有的只是一個聲音，圓潤而不覺其單調，有時是獨奏，有時是合唱，簡直是一派和諧的交響樂。」

大考中心嘗以此命題，引用「這麻雀無法說人話，於是它只好藉著啾聲表達。啾聲可分長短急緩。長的，輕脆連綿不絕，約略是訴說情緒的愉悅，或是叫喚春日的美好；短的，吞吞吐吐持續，大概在於表達內心的沉思，或是探索事物的新奇；急的，鏗鏗鏘鏘擊個不止，似連珠而無法停歇；緩的，卻又柔柔汩汩流個不斷，反而不似刻板印象中的麻雀了，倒有些悠閑如白鷺，如烏鶖。」（何修仁〈麻雀〉）作者將麻雀的啾聲細分為長短緩急四種，並分別加以描述形容，要求學生依此創作。

久居都市的學生耳邊聽到的鳥聲又是什麼樣的歌？

窗外的小鳥在電線和屋簷間玩著跳格子，一下跳在這家屋簷上，一下跳在那家屋簷上，好巧不巧屋簷上的另一人家正在滋潤自己的愛花愛草，正中目標，「唰」淋了一身濕，甩甩身對著上一樓叫了幾聲，氣憤地飛走了。多麼可愛呀！那氣憤的樣子就像小孩和媽媽賭氣一樣，生氣又充滿矛盾。

玩不成跳房子，唱歌好了，「ㄉㄛ、ㄖㄨㄝ、ㄇㄧ……」一聲又一聲輪流獨唱，個人秀外還有大合唱，每隻鳥站在不同的高度，唱出自己的音調，此起彼落。這「鳥聲天籟樂團」裡指揮鳥頭腳並用，又是搖頭又是點頭，又是舉腳又是打拍子，樂團就開始唱起鳥聲多重奏。（江佳蓉）

(4)浴洗蟬聲蟲唱

作家說法：

「西陸蟬聲唱，南冠客思深。不堪玄鬢影，來對白頭吟。露重飛難進，風多響易沉。無人信高潔，誰為表予心？」（駱賓王〈在獄詠蟬〉）

「蟬聲是一把鈍鈍的鋸子／參參差差的鋸齒鋸齒／鋸來鋸去

鋸不斷／好長這一截下午，炎炎的仲夏」（余光中〈與永恆拔河〉）「整個夏天／你的鼓噪／很像我家悍婦那種重覆的調子／令人思慮的／不知道誰抄襲誰的語言」（羊令野〈蟬〉）

前者以蟬之高潔寄託個人心志，後二段現代詩中「蟬聲」成了生動的標誌，或拉出仲夏炎炎，或凸顯悍婦潑辣。在學生作品裡，蟬唱出什麼樣的故事？

・豔陽下，最愛的仍是找一塊大樹蔭，捧一本武俠小說神遊其中。停在枝頭的蟬彷彿喝了咖啡似的越叫越起勁，就像書裡越演越烈的武林盟主爭奪戰，刀光劍影，熱鬧翻天。

初時，這一頭的枝上蟬滋吱，滋吱地連聲成浪，一聲聲像趕路的馬車，急著奔赴未知的征途，儘管馬疾車奔，輪子卻轉不及了，於是滋吱，滋吱地猛想加勁。正喘氣噓噓時，那一端樹梢的群蟬洶湧鼓譟，奏起十面埋伏，輪指轉喉，有如鼓號樂隊，管弦齊鳴，那嚇唬的聲勢，緊張的氣氛直叫人屏氣凝神，不敢稍動。（駱玉嶔）

蟬詠。詠禪

那是一個驚嘆號！
挾著薰風，在雷雨來前
奮力鼓噪夏天

一首交響曲，只在七月奏起
露水瑩亮的薄翼是公主的芭蕉扇
輕輕一揚，便是千軍萬馬

熱浪翻騰
孫行者好不容易翻出五指山
對於天大地大神仙佛陀的
風語風雨，他只輕應著
「知了，知了」（吳彥蒔　高毅潔）

淋漓盡致的獨奏曲

一、藉聲音狀寫人的千姿百態

剛開始讓學生們練習以聲音寫個性或年齡等與人有關的短句，以奠定更進一層次的興趣與基礎。先給學生一些優美的短句示例，再讓同學練習，因為有前數步驟的練習，同學對於跨越聲音本身範疇為主體，卻以聲音作為媒介的表現方式多能有所意會，在運用造句中時有佳品。

作家說法：

胡適〈老鴉〉、李魁賢〈鸚鵡〉以及紀弦〈狼之獨步〉這三首詩，分別以狼悽厲之長嗥搖撼天地，所「颳起涼風颯颯的，颯颯颯颯的」聲勢、老鴉「不能呢呢喃喃討人家歡喜」的堅持、鸚鵡重複著「主人對我好！」的諷刺展現詩人自我的心志與信念。同是處世原則的表態，或以強悍孤傲的聲音，或以對比的凸顯，或以主體性喪失的重複軟弱，達到「千山我獨行」的絕然固守。

透過詩家之作，學生由聲音所描繪的人像，在深刻性與凸顯性上，頗有可觀者：

要點

1 聲音低迴著談吐的獨白、個性的寫真、習氣動作的節奏，請以各類型的音樂來表現人在穿著、喜好、動作、談吐、習慣、工作能力所顯現特質。

2 以樂器、曲調比人的個性、年齡、階級、思維、生活態度。

以聲寫形貌──

・狂放的龐克頭、滿身的刺青、一身搖滾的裝扮、嘴上的唇環是對這個世界的回應，電吉他是詮釋自我的媒介。其實他的內在很脆弱，只為了讓自己看起來很強壯而武裝起自己，聽到狂放的搖滾樂時，你是否聽得出，他背後其實有著深深的脆弱……（桂尚琳）

以聲寫語音──

・媽媽碎碎唸的嘮叨，彷彿驟雨暴風一傾而下，頓時，我被淋得像大滷麵一樣狼狽。（黃琦雁）

・那清脆圓潤的嗓音，就像早晨興奮的鳥鳴；厚沉的嗓聲，似古代練武者，雄渾豪邁；猛烈的怒罵聲，彷彿灌了整瓶的伏加特，淚水不斷湧出，又嗆又辣；深沉悲痛的哭泣，就像在空曠的原野上撕心裂肺的吶喊，無助而痛苦；拔尖高亢的喊叫，似鬧鐘的響鈴，催得人魂飛魄散。（蔣宛誼）

以聲寫脾氣──

・王里長的脾氣就像嗩吶般，尖銳強烈，說話就像小喇叭一樣權威，堅持「今日事今日畢」的原則像響板一般乾脆，從不拖泥帶水。（周文婷）

以聲寫個性──

・火象星座的人猶如鳳陽花鼓，熱情有活力，在眾多人群裡永遠要做最出色的一顆星；水象星座的人猶如豎琴，溫柔而細膩，在感情世界裡默默扮演屬於對方的角色；風象星座的人猶如風笛，自由而隨性，在多變社會上戴著各式各樣不同的面具；土像星座的人猶如月琴，誠懇而踏實，在自我立場上抱持著永不改變的一顆心。（林佳蓁）

・喜歡聽古典音樂的他，個性一絲不苟，無法忍受任何不協調事物。習慣在七點零八分起床，習慣用牙線挑乾淨每個牙縫；對他而言，生活就像巴哈的曲子，四平八穩，每一拍都落在該落的地方，沒有例外。（何昱圻）

以聲寫階級地位──

・他就像樂團中的 Tuba，沒有自己的旋律，只能吹著單音伴奏。但少了他，公司卻完全不能運作，如同曲子中少了低音，就少了點沉穩。（顏廷芝）

・華麗的上流社會是巴洛克音樂風，在樂譜上，高音譜記號永遠盤據著上方；無力翻身的低音譜記號，默默耕耘，終有出頭天的時候嗎？（林立婷）

以聲寫風範行事──

・高漸離、荊軻間的悲壯是夜深時的簫；昭君的為國出塞熄邊火，彈奏的是琵琶思鄉的寂寞；衛青、霍去病為國為民征番守邊敲響戰鼓的莊嚴；王維「行到水窮處，坐看雲起時」的無爭是支笛，吹成禪境；淵明的恬淡則是把古琴，「質而實腴，癯而實綺」。（駱玉嶔）

以聲寫生活態度──

・現代流行音樂呈現台灣目前年輕世代的生活速度──來得快、去得快。也因為如此，這一代的年輕人對於事物的態度轉變為淺顯而散漫。這種速食心態，反映於饒舌歌曲的速度與咬字不清，歌曲內容僅周旋於愛情的淺顯等，都顯示了新一世代處世的浮泛，值得我們深思。（簡珣）

・十八分之三，一個跳耀式的黃色音符，在我生命中的樂章以激昂奔放的方式進行著。有時是莫札特嬉遊曲的曲調，有時如韋瓦第四季春裡的從容自在，偶爾會出現命運交響曲的震撼。全音符的我，拖著沉重的眼皮迎接充滿挑戰的一天，四分音符的我以穩定的步伐努力著，八分音符的我在操場上奔跑著。這些都是我，我是個偉大的作曲家！（林佳蓁）

二、書寫情感深藏的聲音

作家說法：

心情的聲浪可以是喧天震盪：「他的龐大的快樂，在他的燒熱的耳朵裡正像夏天正午的蟬一般，無休無歇地叫著：『吱……吱……吱……』」（張愛玲〈第二爐香〉）

也可能響著思念的音符：「我的心是七層塔簷上懸掛的風鈴……／只因我的心是高高低低的風鈴／叮嚀叮嚀嚀／此起彼落／敲叩著一個人的名字」（余光中〈風鈴〉）抑或是任音樂流淌，思想穿梭，窗前風景也有明媚的可能：「思想的弓弦拉動時間的小提琴／韋瓦第的四季／明媚了窗前的風景」（吳錫和〈窗〉）

有時候，它窸窸窣窣碎語著記憶裡的畫面、想像中的景色，萬物清晰細微低語其實是守望的心情、等待的想念：「水聲很大，不斷流過我頭上／深沉的原始連一個角落／而我正等候有約來踐的」（楊牧〈其實〉）心靈圖像裡情緒的聲音。

「裊裊的一縷煙筆直的上升，一直戳到頂棚，好像屋裡的空氣是絕對的靜止，我的呼吸都沒有攪動一點波瀾似的。……在這寂寞中我意識到了我自己的存在──片刻的孤立的存在。」這是梁實秋〈寂寞〉裡片段，作者採取以動顯靜，以外在客觀物境，反襯內在的靜境的手法，寫享受寂寞之情。然而並不是每個人都能如梁先生，那睡不著的痛苦正在於「眾人皆睡我獨醒」，於是群音並奏、萬籟有聲，都成為魔音傳腦的針，扎得你發麻。

我們常期待他人聽見我們心裡的聲音，這回，靜靜聽自己的心怎麼說？並輕輕給它一個擁抱。

要點

心情的起伏迭宕、情緒的歡愉愁苦、思緒的雜亂平靜，就像一首首曲調。請以各種滋味、色彩與聲音交融，為這翻騰不已的情海波濤作一段鋪陳或簡筆。

・鐵板豆腐送上桌，蓋子甫一掀開，劈劈啪啪油爆聲像極她的心情，磨都給磨老了。（陳宛瑜）

・屬於自己一個人的時間，孤單，有時候也是一種幸福。

回程的路上，看著街上來來往往的行人在每一個捷運站、十字路口、公車站牌不停的轉程，雖然我知道回家的方向，但心卻好像在繁亂的思緒中迷了路。望去遠遠天邊的一角，捷運再次開入地底，一首鋼琴小品忽然在我腦中浮現，Satie「吉諾佩蒂」的旋律道盡了我回程的心情，裝滿了各種滋味。（黃梵雨）

・躺在床上，乾瞪著天花板，眼睛半闔半閉，耳邊響著無關緊要的嘈雜聲音——電視沒看也沒關，讓它獨自對著空氣演著。腦袋裡迴旋著不著邊際，下一秒就消逝的思緒……這樣空白的「悠閒」，竟是我視為珍寶的時間。

平常繃緊的肌肉，現在全恣意地攤在熟悉的被褥上。（鄭雅云）

雅云寫是放任聲音的一派悠閒，宛瑜那「磨都給磨老了」的心情與梵雨在城市流浪遊走的腳步，與張讓〈並不很久以前〉所捕捉的片段：「她腦裡彷佛水龍頭大開，嘩啦啦在放水，雜思亂想只管由眼耳口鼻湯湯流出。誰家的狗在吠月，見了鬼麼！她刻意要分散心神，卻愈發集中。照文便又翻了個身，似一尾魚，煎了一面，再煎一面。床嘎吱嘎吱響。」都有著動作所鋪陳賦寫的心情聲音。

・肚子像狼群般嘶吼的咕嚕聲，激起灼熱強烈的飢餓感，又如被電擊中劇痛的鞭打，在腸胃上掀起痛苦的抽搐。

心痛如玻璃掉落滿地的碎片聲，難以回復原貌；興奮的笑聲如手指撥弄著琴鍵，音符跳躍在樂譜上，又像開瓶的香檳，噗噗地冒出開心的氣泡。（周芝宇）

・我的心飄揚著的不是別的，正是你對我唱的情歌。那海枯石爛的承諾，是我一輩子忘不了的絕句。你對我的甜言蜜語，永

遠是我腦海反覆唸誦的華麗駢文，每一句「想妳」，都是手心裡抹滅不去的偈語。（劉敏之）

‧天空好藍，是大提琴悠揚又沉穩的步調，拉出一片藍。滿山滿谷的薰衣草香，吹著亮銀色的橫笛，連蹦帶跳的在我身邊打轉。我們以旗揚起青春之舞，紅色肚兜長裙與紅蔥金線旗幟是響板，響起巴西嘉年華的熱情。（黃于真）

‧我的生活脫離不了流行，在我的回憶錄裡，我崇拜的人，佔了很大的位置，我寫了一篇紀念文，用的全是他的歌名：

那天，你交給我一個「半島鐵盒」，優雅的說著分手，我站在「悲傷的斜對面」，看著他冷冷的笑，原來我們只有「愛在西元前」。當耶穌出生的那一刻，蘇美女神不再守護誓言，我問你那隻「印地安老斑鳩」你要帶走嗎？你說不了，留給我當作紀念，我看著你瀟灑的走去，一如「忍者」般的神秘，這瞬間，停格，「反方向的鐘」帶我回去看我們甜蜜的畫面，看不到你的笑，只看到你的「黑色幽默」，我沿途種下「傷心的樹」，站在「屋頂」上放歌，所有的悲傷只有「眼淚知道」，這一切在你說再見後「脫離軌道」，沉寂，「安靜」。（莊雅筑）

生活裡真實的饑餓、心痛、歡喜有如民間樂府是那樣單純而自在的陳述；亙古流傳的情歌則是一抹桑間濮上豔麗的彩虹，而洋溢青春華姿的旗舞，既有草原式的牧歌風，又有現代節奏的狂歡。

三、詮釋生命現象的聲音

仔細觀察聲音、樂器，會注意到其所具有的不同特質，每一項都可以作為聯想的點，由點擴張，去思維各種生命現象。在引導方面可以呈現各種音聲、樂器特質，如聆聽旋律、觀察樂器、注意聲音所發出的場合，是在森林或是演奏廳……等，或讓學生自由聯想，盡量拋出各種點來。如：

將旋律與生命結合者——

一首曲子是一個生命，清雅的前奏是稚嫩的童年；澎湃快速、高低起伏的中段是人生的精華，有歡笑有悲傷；低沉的輓歌是即將結束的老年，緩慢沉重的消失。

・琵琶曲風亦剛亦柔，做人亦當能屈能伸，逐步調整步伐。

・風鈴輕忽縹緲地在風中響著，像他無所寄託的身世。

・圓舞曲不疾不徐的節奏就像經歷豐富的長者，眼光卓越，腳步穩健。（蔡宛庭）

以樂器音質結合生命者——

有智慧的人總是孤單的，因為遇不到同樣思維密緻的人，就曲高和寡的寂寞是尖銳的嗩吶，令人難耐。木魚的敲打聲，看似呆板無趣，但仔細聆聽，卻充滿禪意令人心靜。年華老去之後，不再是艷麗的曲調，而是沉澱著智慧，如笛聲一般悠遠閒適。

以樂器構造結合生命者——

男女就像鋼琴的白鍵與黑鍵，需要心靈上的交集與共鳴，才

能共同譜出一首優美動人的樂章。（吳惠琳）

以樂器地位結合生命者──

你生命中一定有這樣一個人，你視他的存在為理所當然，然而，若少了他，生活就紛擾不堪，就像低音大提琴在樂團中的地位，合奏時並不顯眼，卻缺他不可。

結合諸種特質者──

人生像鋼琴的琴鍵，有黑有白，有起有伏。思想有如樂器，只有每天都彈奏，音色才會愈來愈美好；哲理如弦樂器，要使每個音都準確，勢必要歲月沉澱，又如複雜的升降記號，要唱出高音，就需要磨練。（朱婕）

叔本華說：「旋律和人性的本質相當。由主音開始，不斷地以變化或是脫離常軌，不僅走過協和音程、三音程和屬音，也巡行至每一個音，到不協和的七度，也到絕對變化音程，但最後總會回到主音……旋律最後終於又尋找到一個協和音程，更常見的是回到主音，而表現了意志的滿足。」正如朱婕所比擬：「人生像鋼琴的琴鍵，有黑有白，有起有伏。」

荒腔走板的隨想曲

一、無聲之聲

由聲音可以感知世界的心靈。你可曾聽見大地心跳、海洋的呼吸、青草生長抽芽爭先恐後的歡樂？以耳朵解讀這聲音的感情與思想，以匯通形成彼此的欣賞與相知。

思想的聲音、情緒的聲音、心裡的聲音、書香花語、磚紅山青的獨白，椰子樹與風的情話……你可曾聽見？透過眾家作品，我們似乎可聽見時間在情節中流轉迭宕的細語，在思索寂靜裡吐露的智言。

作家說法：

「思考的節奏，如同疏林的結構。……有千百個意念萌發了即有千百種幼苗發芽，……意念能至茁壯長大的境地並不容易。有心人一直在尋找思考乃至疏林中風吹拂的韻律。」（王家祥〈秋日疏林〉）

「到此，半島便探入汪汪的藍／一片松濤，三面海嘯／桀厲的老鷹，似怒，似笑／茫茫的靜，靜靜的喧囂」（余光中〈蒙特瑞半島〉）

要點

請以「我見青山多嫵媚，青山見我應如是」般匯通的眼神與心靈，傾聽周遭無聲之聲，那或許是眼神交會時的低語、寂靜時的絮言，或是山與山的交談。

・對我來說，無聲之音代表的就是，眼神。

走在熙來攘往的大街上，是什麼讓你我在擦肩而過後還會再轉頭確認剛剛的交會？是眼神。

在空氣中一觸即發的火星，眼神交會的那瞬間，像一次小小的對峙，其中有挑逗，有不捨，有激賞，有所有呼之欲出的感情，那是最強烈的語言！透過眼神的糾纏，你我就像交談了千年，那是世上最強烈的一無聲之音。（桂尚琳）

・翻越迷濛盎然的古山，不知不覺來到被落山風吹來的三仙台。但不見三仙，只見霧影重重，烏雲難分難解地糾結、嘶殺，晴空被陰天綁架，氣氛詭譎。令人欣慰的是那三個屹立不搖的巨石，仍堅守本分鎮於峽灣旁，喃喃吟唱先民突發奇想的魔幻即興曲，浪濤一波一波翻滾著亙古不變的無奈。（楊燦語）

・站在山巔極峰上

俯瞰・眺望

茫茫雲海　煙霧裊繞

對面的山峰忽隱忽現

兩座山靠著雲霧的連結

交・談・著（姜安璟）

二、聲音與時間

(1)一天生活的聲音

通常我們以人事物書寫日記，以照片記錄形貌，浪漫點的以花草蠟燭寫心情，如果拿聲音捕捉這一天的經驗，會是什麼樣的曲調？

作家說法：

豐子愷〈閒居〉就這麼以聲寫生活之常與變：「一天的生活，例如事務的紛忙，意外的發生，禍福的臨門，猶如曲中的長音階變為短音階的，C 調變為 F 調，adagio 變為 allegro，其或晝永人閑，平安無事，那就像始終 C 調的 andante 的長大的樂章了。」

梁實秋《雅舍小品‧雅舍》記錄「雅舍」由白晝至黑夜，眾聲齊鳴的情景：「篦牆不固，門窗不嚴，故我與鄰人彼此均可互通聲息。鄰人轟飲作樂，咿唔詩章，喁喁細語，以及鼾聲，噴嚏聲，吮湯聲，撕紙聲，脫皮鞋聲，均隨時由門窗戶壁的隙處蕩漾而來，破我岑寂。入夜則鼠子瞰燈，纔一合眼，鼠子便自由行動，或搬核桃在地板上順坡而下，或吸燈油而推翻燭臺，或攀援而上帳頂，或在門框桌腳下磨牙，使得人不得安枕。」

要點

傾聽學校的一天、假日午後、社團活動，聲音所留駐的歲月風情或許比視覺彩繪的畫面，多幾分想像的共鳴。

加速的引擎吹出法國號啟幕的第一聲長音，老舊的投幣箱振動出清脆的三角鐵聲，下車鈴如追命符咒低迴於與時間搶拍的鼓聲、腳步聲似逃命的小提琴倉皇猝然、煞車是急速的終結者在車頭到車尾掀起一陣痙攣。

每一個上學天就這麼被聲音鋸來鋸去，怎不叫人肝腸寸斷？（駱宛萱）

(2)一個季節的聲音

作家說法：

夏丏尊〈白馬湖之冬〉，將焦點集中於「風」，為了將風形象化，作者以一連串事例與描繪補捉：先說風聲「呼呼作響，好像虎吼」，再言風的狀態「風從門外窗隙縫中來，分外尖削」，並進一步寫夜深時「松濤如吼，霜月當窗，飢鼠之吱吱在承塵上奔竄」以動稱靜，以及人在風中，物我交融的情趣。

林語堂在〈秋天的況味〉一文中，則以燒鴉片「聽那微微嗶剝的聲音」、「或如聽聞一只熏黑的陶鍋在烘爐上用慢火燉豬肉時所發出的鍋中徐吟的聲調」，來形容秋天古老成熟、恬淡與靜好的詩味。

屬於年輕人的季節又是什麼樣的風景呢？

以聲音編寫你所體會的四季風情。

・溫柔歌聲般的微風、詩人吟詠般的細雨、小狗喘氣聲般的暑氣、吵鬧煎魚聲的午後陣雨、火車行駛般密集切菜聲的狂風、緊急事件般的西北雨、三姑六婆烏鴉絮聒般的雲、晴天霹靂般謠言的雷聲……是夏的專利。（吳佳蓁）

・椰子樹葉不偏不倚的墜落，戰慄的轟天一聲雷，攫取風雨的懦弱，銀白色的弓箭直穿腦門，磨蹭嗡嗡作響的混沌。

這，是夏之絕句！（楊燦語）

⑶一段天氣的聲音

要點

無論是夾著敲雷閃電的風風雨雨、沉著臉怒吼的冰霜雪飛，或是乾裂爆開的驕陽，請敘其音書其景。

・陰沉沉的天像鬆了發條的音樂盒，含糊不清地旋轉著。一連多天的梅雨，潮溼的空氣中充滿無奈的梅弦小調，瞬間閃過的雷電是一群愛鬧事的飆車族。（許心盈）

・一首清遠的蘆笛，在早晨薄霧中靜靜舒展開來。序曲是清晨的陽光，安祥地透穿樹林，薄薄地落在四合院，自然而平靜。曲子以協奏的方式繼續進行，行雲流水如小溪潺潺，似微風吹皺湖面。這時，幾聲木琴加入：「叮叮咚咚、叮叮咚咚」，是雨打荷葉的聲音。

忽地，一聲大鼓咚地震碎詩趣，大雨急驟，小提琴的琴桿快速摩擦，大提琴是狂風的呼嘯，震起鈸的閃電打雷，狂風暴雨像一隻失控的猛獸向觀眾席攫來！

慢慢的……慢慢的……鈸用摩擦的方式送雷遠去，木琴又出現了，叮……叮……咚……咚，風平浪靜後的水滴在葉子上聚成了一個個小窩窩，集多了，葉子承受不住，便嘩ㄚㄚ啦的傾倒。

豎琴劃出一道虹。瞧，雨過天晴了！（周文婷）

⑷一個節日的聲音

節日，必伴隨著特定的音樂、儀式來傳誦禮讚，請以其聲敘述其傳統民俗與活動。

・用鞭炮聲炒出的年菜、嗩吶吹起紅春聯、鑼鼓敲亮的恭賀新禧是新年之聲。（黃湘鈞）

・龍舟賽上擊鼓吶喊屈原主戰的意志，一如炙熱的五月陽光濃烈地燃燒，亢奮地喧騰。江邊渡口的船家祭古調以滄桑，吟唱悲歌以招魂，粽香與掛懸門前的艾草、菖蒲、榕葉喋喋不休地傳說天問的疑惑與去邪避災的習俗。（駱宛萱）

⑸一層年輪的聲音

淡瑩〈年輪〉：「這些日子／總不經意地聽見／月落聲／火

焚聲／甚至年輪的迴旋聲／在體內的關節／鼓噪」以及余光中〈當我年老〉：「當我年老，高峻的額頭／就響起星斗／將我蛀穿的聲音／那樣恐怖的清醒／此外整個世界都十方沉寂／咳一聲嗽／滿城都空洞有迴音」詩先聽覺描摹聲入腦際，心緒之亂不得安眠，「咳一聲嗽／滿城都空洞有迴音」則以聲襯靜。

面對時光逝去，老驥伏櫪，烈士暮年的沙啞滄桑之音，讓人不覺想起：「曲子在震耳欲聾的鑼鼓聲的夾縫裡，悠然地飛揚著，混合著時歇時起的孝子賢孫們的哭聲，和這麼絢然的陽光交織起來，便構成了人生、人死的喜劇了。他們的樂器也合攏了。於是像湊熱鬧似地，也隨而吹奏起來了。高個子很神氣的伸縮著他的管樂器，很富於情感地吹著〈遊子吟〉。也是將節奏拉長了一倍，彷彿什麼曲子都能當安魂曲似的──只要拉慢節拍子，全行的。」（陳映真《將軍族》）

請以聲音敘寫不同年齡層的特質。

・Adagio 緩板，19 歲，正是初春，苦楝開花的季節。

・調皮搗蛋的小男孩像小提琴尖銳輕盈的聲音，徬徨無措的青少年是中提琴不高不低的聲帶，成熟的男人味似大提琴渾厚飽滿的韻味，老邁的晚年刻下歲月的痕跡則是暗調的、消沉的低音提琴（夏秉楓）

・輕狂的青少年是搖滾的電子舞曲，充滿爆發力與能量；穩重的中年人是踏實的進行曲，一步一腳印地種下理想與成功；白

髮花花的老年人是沈重的安魂曲，緩慢的踩過生命的旅程……（胡瀠文）

在 LKK、草莓族、繭居族之外，聲音拉奏出的世代差異，以另一種方式敘寫人生各階段的狀態，代際間的特質。

正如；「韭菜開花直溜溜，蔥仔花開花結幾毬；少年仔唱歌交朋友，老歲仔唱歌解憂愁。」這是老一輩的詠嘆調，嘆歌唱是為解人生一路行來閱盡的滄桑，「那麼平和自然的聲音卻蘊涵深沉的人生滋味，彷彿大火燎燒後只剩一截木炭閃著微火，巨浪澎湃後化成沉默的流水，沒有火焦味與濁濤，只有樸素的詠嘆。」〈簡媜老歌〉而屬於年輕人的 KTV 唱的是流行的風起雲湧，與時髦豪情的樂團，就像「無盡黑洞」、像「嘉年華會」，張掛起「魔幻圖騰」蠱惑流動狂野的年少，在歌聲與魅影間交流浪漫不羈的青春。

眾聲喧嘩的奏鳴曲

音樂不只用耳朵傾聽欣賞、用心想像體會，更可以閱讀的眼光去捕捉那潛藏在影像與樂聲底下的心音圖像。文字可以充當聽診器，去傾聽音符的脈絡；可以是繪圖員，清楚地呈現節奏的線條，將掠耳而逝的聲音拼湊成圖像。

有了上一個層次的摹寫基礎，接下來要讓詩心四溢，目的引導學生進入聯想的世界，以其獨特的生活世界裡的記憶，與獨特的感知方式，來創作有趣的聲音世界。

所設計的主題包括了以聲音寫景、寫菜餚、寫顏色、聲音暗示的色彩影像記憶、喚起記憶深處某些畫面引動重溫的感受與聲音的表情達意。

在引導方面，例如寫景可安排學生共同聆聽幾段音樂，共同欣賞自行帶來的各種圖片，把不同的音樂與不同的圖像組合在一起，形成許多排列組合，同時，由於圖片景象具有各種色彩，可以當作寫顏色的材料。各種顏色加各種聲音還可以並置想像，形成文字調色盤。而聲音喚起的影像，則可以給學生一張白紙，記錄幾件聆聽音樂時所引發的記憶，或請同學闔上眼，以心聆聽、冥想周遭的聲音，繪畫出聲音的線條、色塊與圖案。

一、聲音越界的圖景

要點

1 以聲音寫顏色、寫菜餚、寫物品。

2 以聲音描繪物質的質地、觸感交織的情思。

(1)聲中有色，色中有聲的盎然旋律

單純的顏色最具想像空間，試想一片紫、一片白，如此簡單而豐富，彷如柏拉圖的理型說，顏色是最抽象的上層理型，紛紛落在人間，形成各種具體物的身影。如何引導學生感受呢？

首先讓同學試著以聲音捕捉單一顏色：

紅色──

・紅是熱情的拉丁舞，以踢踏舞的腳步快節奏地搖擺風情。（林佑慈）

・紅是熱情的喇叭、木吉他與響板所演奏出的西班牙佛朗明哥。（趙真儀）

黃色──

・黃是體力充沛的長號、法國號與小喇叭，是節奏分明的進行曲與光鮮奪目的嘉年華會舞曲。（謝佩樺）

・黃，金黃，是牧童手上的小短笛，清亮高亢的笛聲和著農人的吆喝聲，純屬天籟，是秋的主打歌。（何昱圻）

綠色──

・綠是植物抽芽的聲音，是椰子樹與天空的對話。（高毅

潔）

・綠是小提琴悠揚的弦律，是三角鐵與鈴鐺在風中叮叮噹噹的田園詩。（林靖容）

藍色──

・藍是憂鬱的薩克斯風和沈穩的低音提琴，奏出淡淡的哀傷，又像浪漫的豎琴，帶點慵懶，有如身處在小酒吧之中聽聶魯達的情詩。（黃可涵）

・藍色是平靜的鋼琴，浪漫的交際舞，低調的爵士樂，是音樂中少有的冷靜。（陳怡錚）

紫色──

・藍紫色是略帶憂鬱而神秘的薩克斯風，低沉而渾厚。

紫是優雅的鋼琴，自由而奔放的浪漫樂派曲調，是搖動時發出沙沙聲的沙鈴，散發出神祕而冷艷的氣息。（高逸琴）

灰色──

・灰就像吉他彈奏抒情而憂鬱的藍調，帶點中東地區沉重的哀傷。

灰是補習班的顏色，嗡嗡的講解聲與抄寫的沙沙聲、麥克風啞啞然的倦怠聲與大教室單調蒼老聲，構成奇異而無奈的世界。（高思庭）

・灰黑正似這架走調的鋼琴，沒有絕對可言，只有渾沌，無法高無法低，不黑也不白。

褐色──

・褐色是穩重的大提琴，與鋼琴同演出深層年代的淨化曲。

黑色──

・黑是動感的電吉他、鼓、貝斯，強勁的搖滾樂跳動重節奏

的力道。（蔡宛庭）

・黑色彷彿是女巫的竊笑聲，得意地慫恿白雪公主吞下誘人的紅蘋果。（周芝宇）

・黑色是神秘的管風琴，又像黑袍巫師，呢呢喃喃地唸出咒語，召喚邪惡的吸血魔王！（陳怡如）

接著是以聲音塗抹出來的各種顏色，如深藍是藍調、酒紅是搖滾、銀是爵士、淡紅是抒情、靛紫是古典。黑人音樂、藍調、爵士搭配著紅焰等等顏色，寫出音樂散發的奇異氣氛。如「雙手於黑白的舞動中錯雜，奔放地幻化成無數的火焰，昇華為淒絕的華美，無數的火燃燒在指間，懾魂的旋律終將在無盡的黑夜中迴盪。」彈琴過程中的奔放心情，藉變化無窮的紅焰來表達，黑與白琴鍵，也成了渲染氣氛的效果。

(2)菜餚與樂章的華姿

音樂與菜餚？是否令人意想不到？

音樂描寫是個點，由此擴散可以連接許多主題。至於聲音會變出了什麼樣的菜餚呢？你瞧，有以本土音樂與菜餚表達出對客家民謠的了解與喜愛，也有便宜的滷肉飯與家常的麻婆豆腐卻聯想到古箏、拉丁舞，頗有意趣，或簡單的聯想，都展現深境與趣意。如：

・想到輕淡可口的小米，就想到乾淨無華的客家民謠。

吃到滷肉飯，就好像聽到胡琴的樂音，那麼「古色古香」，至於麻婆豆腐則像熱情的拉丁舞曲，辣得過癮，讓胃口全開。

（黃可涵）

・這條魚鮮美得讓我聽到了泉水的聲音，這盤菜鹹得讓我以為聽到了海浪的聲音，這碗得來不易的飯咀嚼間彷彿聽見農人的汗水落下的聲音。（朱婕）

竊竊私語的薯條，哄堂大笑的叉燒包，破口大罵的獅子頭……，在台北街頭巷尾明爭暗鬥。（陳姵如）

本土菜外，當然少不了國際化趨勢下引進的異鄉食物：

・暢飲可樂，耳邊響起重金屬和鼓聲的猛烈撞擊。品嚐咖啡，似乎蜷曲在古老歌劇院的悠揚樂章中。啜飲牛奶，彷彿回到年幼時睡臥在嬌小嬰兒床聆聽母親動人童謠。（林維苑）

可樂與鼓聲、咖啡與古老樂章，牛奶與童謠，構成了不同的時空現象，顯然並非消費著異國情調，而是喚醒某種感受。有的則著墨於飲食與音樂聲音間的融合者，或流轉著飲料的旋律，或低語沙拉的清爽、奶油化在嘴裡的香味：

・淡泊寧靜的綠茶香水，像早晨露珠滾過茶葉，也滾過心弦。檸檬、薄荷、茉莉花仙女禁不住獻上一曲，最後在麝香的滑音中結束一場圓舞曲。（高毅潔）

・卡布奇諾的低音揭開序幕之後，圓滑流暢的三連音在唇間轉，小提琴在第二口入舌間之際，悄悄躍上舞台，忽低忽高的弦聲、琴聲，與窗外稀稀落落打在簷前的雨滴，和成蒼涼。（劉宜家）

・品嚐生菜沙拉就像聽田園樂曲，沒有豐富的配料，只有單純的清新甜味。黏稠的濃湯，迴盪著舒伯特的鱒魚樂曲，在我的腹內留戀徘徊。山藥排骨湯的香郁有如洞簫聲溫潤悠遠，便令人無法忘懷，淡然的竹筍湯則像古箏悠長而溫和，餘音嫋嫋無窮。（鄭宇雯）

・泰國菜酸辣得出奇，吞下去就像玻璃的尖銳聲，割破我的食道。生菜沙拉就像三角鐵的聲音，叮叮噹噹地敲醒我的味蕾，無怪乎是所有美食饗宴的序曲！（周文婷）

除純以聲音來表現食物的美味，著墨於料理過程中的種種聲浪與曲調，舞弄菜色的節奏與動感，將色味樂舞渾然合一，也造成繁麗的多重饗宴：

・鐵板燒上，跳著踢踏舞的嫩肉與跳著圓舞曲的青菜，合唱著快樂頌，胡椒粉、醬汁飛舞出歡樂的香氣。（劉于禎）

二、藝術低吟的韻律

畫作與雕刻是空間靜態的藝術，詩歌是時間動態的美感，它們各自以線條、造型、文字展現作者創作的心聲、時代的節奏、文化的韻律以及觀者讀者與之相對時所感覺的聲音。無論是以意逆志的解讀、知人用世的認知或只是感覺式的察訪，那迴旋於形狀顏色之間、隱藏於語言符號之中都是一段段聲音：

偶然間讀到《吳冠中——畫中心情》一書，「印象」式的畫風，給人一種間接透過視覺而得到的心靈上的享受！其中一幅名為「太湖鵝群」的作品呈現鮮活的躍動感，彷彿作者蕩漾在漁舟中寫生。而是面對養殖人家所養的一大群白鵝時，畫家並沒有細細描繪每一隻鵝的嘴喙、蓬鬆的羽毛、在水底下擺動的雙蹼……，反倒捕捉白色亮塊在銀綠湖面上的聚散、碰撞間的抽象韻味。相較於白鵝群的動感，船沉靜地停泊在水面上，稍稍的壓制住了整個畫面的浮動，使整幅畫充滿自然的韻趣與樂府輕快愉悅的曲調。（劉敏之）

三、物所發出的聲音

物總被定位為靜默的，唯有當被撞擊拍打時才會發出聲音，於是人們總忽略了它們的情思意見，聽不到它們的對話爭辯，然而文學卻為它們圈圍出一方天地。

作家說法：

你聽雨與傘的合奏：「一柄頂天／頂著艷陽　頂著雨／頂著單純兒歌的透明音符」（蓉子〈傘〉），還有物質的吶喊：「我認為我應該是睡著了，可是卻又明明聽到喧嘩的眾聲。有的從衣櫥裡傳出來，有的從抽屜、從鞋櫃，聲音如梟啼，如蠍鳴，如蛇叫，如空谷中急促的腳步。然後，我就赫然看見，一條一條的領帶與領巾，從衣櫥裡鑽出來，像一群雨傘節、龜殼花、竹葉青，向著我的床舖游進。接著，一件一件的背心，像一群夜梟，衝開衣櫥的門板，向我急掠而至。我驚嚇地翻身卻看到一只一只電子錶，從抽屜蹦出來，像一群蠍子窸窸窣窣地爬向床鋪。然後，就聽見七、八種腳步聲，從樓下鞋櫃處開始朝著樓上奔來。」（顏崑陽〈被拋棄的東西也有他的意見〉）

當物品與聲音相繫時，展示出較顏色形狀以視線捕捉有著更令人著迷的圖景：「土甕像歌詠隊中的低音部，持續著沉穩厚實如大地的聲音，宋瓷則是借著這沉穩厚實往上翻騰激越的高音，它要脫盡土氣，享有玉的尊榮。」（蔣勳〈甕〉）「毛織品，毛茸茸的像富於挑撥性的爵士舞；後沉沉的絲絨，像憂鬱的古典化的歌劇主題曲，柔滑的軟緞，像『藍色多腦河』，涼陰陰地匝著人，流遍了全身。」（張愛玲〈第一爐香〉）

經過引導後，同學似乎也聽懂了物的語言，並以瓶照見現代人的孤寂，以甕浮現童年：

・馬克杯穩重內斂，就好像聽國歌或軍歌時，強化人心，振奮團結。（黃巧云）

・上等古玩與透光玻璃桌觸碰瞬間，發出深沉而尖銳的聲響，好似古玩商人內斂卻又心高的思緒。壎的聲音像廟宇的龍柱一般雄偉莊嚴，閃亮亮的金屬鍋是搖滾樂的高分貝，至於只稍碰塑膠袋，必發出響亮的唰唰聲，是否在說：「我雖然薄得如絲，但請明白我是存在的」？（陳怡伶）

・日光洗禮下，飄著微塵的陳舊閣樓中佇著高大木架。木架上砌滿色澤材質型態各異的器皿，從精緻嬌俏的凸壓玫瑰紋粉紅琉璃瓶到憨厚沉穩的繩紋褐釉粗胚大甕都有。甚至生活中隨處可見的薄鋁啤酒罐、玻璃胡椒罐都有一席之地。

每樣器皿都兀自流動著特有的神韻，和街上比肩行走而面無表情的路人相比，未料還更有幾分精氣！未能憶起自何時起，擁有自己的意志，選擇盛裝著什麼，又不要些什麼。器皿們有些還留著甫被製出時的場景，拉胚的手紋還記憶著倉房地面的清涼，有些卻滿滿的被他人對話和畫面填滿了。空盪盪地重複著片段片段，零星破碎的畫面。

一只看得出曾裝過飲料的流線玻璃瓶，微弱地動了幾下，空曠的瓶口倏地閃過嫩綠條葉狀的光影，怯怯地探出和裝在飲料罐中心形葉片的萬年青沉默相對。……萬年青心形的葉片微微晃著，彷彿被答錄機中流洩的那份孤寂所撼動。瓶中水漾出圈圈漣漪，和迴盪在斗室中的聲音應和著……陽光小小的腳印碎碎繞著瓶身走了一回，答錄機的主人還沒有回來。

靜默觀望一切的植物和容器，只是把思念和尋而不遇的失落融入每個光合作用的吸吐間。只是，瓶子的記憶又有誰會在意？（翁宜嘉〈瓶夢〉）

混聲合唱的饒舌曲

很多文學意象都不只是單純的創作材料，本身也蘊含了許多象徵與暗示，聲音亦然。所以這個層次的書寫，是引導學生透過聲音來感受其富有的象徵意涵，甚至可以去思考文化的意義與時代的特質。

一、音樂與教化

中國音樂承載倫理教化功能，〈樂記〉明言：「大樂與天地同和。」荀子說：「善民心，其感人深，其移風易俗，」凡此都指陳出音樂對民心的感化作用。聲音與修行之間，也有著密切的關係，這也就是為什麼無論東西宗教皆以音樂禮讚或吟誦。

要點

孔子主張禮樂教化，曾曰：「興於詩，立於禮，成於樂。」聞韶樂言：「盡美矣，又盡善矣。」聞武樂言：「盡美矣，未盡善矣。」聞子路之樂而不悅。請以音樂敘寫各國各學術流派的思想，或時代政治、社會、生活、心理。

・音樂在中國文化和「禮」同具有崇高的地位，〈樂記〉裏，就有「禮樂皆得，謂之有德」的說法。此外，音樂還擔負著移風易俗，薰陶民心的作用，在奠定禮制、穩定政局、平和人心方面，有著積極的政治作用。（陳怡錚）

二、社會文化與時代的聲音

每個時代都有自己的聲音，那是人群事件與社會文化交融而成的旋律。如「夜上海、夜上海，你是個不夜城。華燈起，車聲響，歌舞昇平。」這首周璇唱的〈夜上海〉真實地反應戰後上海情調，霞飛路上霓虹燈閃爍著慾望與金錢的繁麗，國際飯店與洋房高樓則象徵上海灘發酵的財富。

要點

請選一個世紀或一個朝代、一段時代，結合其社會發展、風土民情、人文世態，並以音樂為喻，寫出其流轉的曲調與旋律。

・歐洲中古世紀的「黑暗時期」，百業蕭條，社會動盪不安，活在戰亂、恐慌中的人們，有如置身在重金屬音樂的曲調裡，鏮鏮鏘鏘，鏘鏘鏮鏮，日子嘈雜而沉重。

・日本平安時代像鋼琴和長笛的協奏曲，詩意與畫趣齊飛，歲月美善而幽靜。（王炘炷）

・唐朝，是交響曲的天下。胡簫、胡琴、琵琶、笙簫搭配得錯落有序。盛唐曲風豪氣千變，史詩悲壯，山水激越，就連旦旦

誓約的愛情也慷慨動人！（顏廷芝）

・自從 320 總統大選以來，台灣就如同播放鬥牛歌般籠罩著緊張氣氛，又似一首詭譎多疑的爵士曲神秘而錯亂。（簡珣）

・民國初年的台灣是渾厚的男聲，散發沉穩與無窮的爆發力，新潮流的七〇時代，像是煙火綻放的聲音，燃燒光燦與創意。（黃鈺婷）

・時代像個大齒輪，轉啊轉啊，怎會無跡可尋？段段分明的交響樂章，同樣有著可掌握的大綱，繁中有簡，簡中帶繁。歷史合久必分，分久必合，千年得來的智慧芳醇，是血淚得來的精采，在體內奔騰。（林芝宇）

三、聲音與學科的交集

要點

1 以物理、數學、化學名詞如曲線、折射、射線、硫酸等形容曲調、曲風、聲腔的節奏、變化。

2 以音樂形容你對學科的感受，無論那是糾纏不清的愁恨，是渾魂牽夢縈的沉醉，是若即若離理不出頭緒的茫然，請以樂調曲目表現這種種歷程。

・歷史，像時鐘的滴答聲，一成不變，枯燥乏味。（羅芸軒）

・物理就像是敲鑼時，「咚」的一聲全軍覆沒；數學像是命運交響曲，充滿著刺激和挑戰，但大多時候它是一首讓人痛哭流涕，無能為力的送葬曲。（陳宜萱）。

・原子是四分音符，中子是二分音符，元素扮演音階，化合物是裝點曲子，穿著白袍，帶著護目鏡的——音樂家，嘗試創造新曲，增進大眾的生活品質。（顏廷芝）

・變化多端的三稜鏡演奏拉丁的曲風，光速的速率好饒舌，像 rap 的節奏。（黃湘鈞）

・國文像一張空白的樂譜，隨時等待我們去創作；歷史如平劇唱腔，忽高忽低，是貫穿古今的傳聲筒；科學就像是一首沒有休止符的曲子，無止境地發展下去；蕩氣迴腸的數學像是命運交響曲，充滿刺激和挑戰。（陳宜萱）

・國文是一首千變萬化的組曲，隨著年齡以及你對它的了解而產生奇妙的變化。

剛接觸國文時，它是一首沉悶的古典樂，高雅卻艱澀難懂；學到了一種程度後，我發現它漸漸轉變成了民歌，不但聲韻盎然，在朗朗上口之際還會引領我們呼朋引伴的學習。最近，我猛然發現國文早已變成前衛的搖滾樂，非但不冗長、不老舊、不死板，反而能帶給我最大的驚喜，最具震撼力的感動。未來的日子裡，我不知道這首組曲還會朝什麼樣的曲風發展，但我洗耳恭聽，滿心期待。（陳伊柔）

四、藝術的聲音

音樂詩畫之間存在著細膩而緊密的關係，而其道理也能轉化為鋪寫小說時的節奏與章法，簡政珍《音樂的美學風景（樂曲、小說、人生）》一文道：「奏鳴曲進行的三個步驟，也經常在小說敘述模式裡映現。以人生場景來看，現代音樂或是小說所展現的不協和的片段和不定性，讓聆聽者或是讀者無所期盼而感到痛苦，但這樣零碎感有時卻是人生逼真地展示。

想一想，音樂可以與書法、繪畫、攝影……等藝術結盟為怎麼樣的唱和？

我覺得楷書是清唱的京劇，行書是喜悅的水袖一揮而就古典情韻。草書急洩而下恰似輕功，一點一捺都是氣道，筆韻流動。至於隸書則是一首大江東去，「蠶頭」圓潤，「燕尾」有力，是沉穩男人才有的魅力，尤其收筆有勁飽含力道，是一個圓滿的結局。（簡珣）

文學作品裡的聲音多元而複雜，從文字所傳達的聲音到作者創作時的掙扎，情緒上的伏動……

無論中西戲劇都以聲音傳達情思，楊牧〈林沖夜奔〉則是齣聲音的詩劇，啟動水滸英雄的悲鳴、詩人的疼惜。如果為了愛情的美人魚以甜美的聲音交換人身的不悔之音便是海的泡沫，那麼這是首亙古流傳於河水的低鳴。

每本書都藏著作者的聲音，像附身的精靈等待被啟頁：「好希望打開我的書時會有一段音樂的旋律響起，也許是黑管，也許是低音大提琴，在翻閱每一頁時，輕輕的淺酌低唱，如同我畫畫時聆聽的音樂，那麼就更貼近我在創作時的感覺了。」（幾米

《聽幾米唱歌》）

每位讀者與被震撼的創作意念就如方思〈聲音〉詩中所敘的情境：「我獨挑燈夜讀，忍受一身寒意／每一個字是概念，每一句子是命題／是力量，是行動，是一個生生不息的／宇宙／有熱、有光」這是文字的聲音。無論什麼詩，若不抒情，即不是詩。詩本為情感的語言，以冷峻的夜與有光有熱的宇宙對比，使冷寂如死的夜心感應聲音。

要點

卡爾維諾說：「寫作是一種視野，拉得愈高，也就愈能看見真實。」你在文學作品裡，聽見真實的聲音是？請選擇一則神話、一位作家、一些作品，敘述你在翻頁間聽到的聲音。

・族群的遷移、生根、黯落，總會有許多糾纏難釐清的因素，卻悄然鐫刻在日常生活的點滴之中。

如果發聲是宣示存在的方式，那麼客家婦女以歌聲唱出生活，文人以書寫撐起了台灣文學的半邊天，從早期吳濁流和李喬化妙筆為珠璣，到近期徐仁修、劉毓秀、藍博洲等各在不同的領域為客家人發聲。（陳怡錚）

・〈孔雀東南飛〉以絕命綰繫有情人、〈梁山伯與祝英台〉以化蝶雙飛抗議父母之命媒妁之言、〈上邪〉以天地合、山無陵見證情愛的堅持、〈長恨歌〉以夢幻彌補現實的破碎……情是什麼？在文學裡，我們聽見直叫人生死相許的戀人絮語。（駱宛萱）

文學作品中以音樂為主體或以樂為抒情媒介者如王褒〈洞簫賦〉、馬融〈長笛賦〉、嵇康〈琴賦〉、潘岳〈笙賦〉、歐陽修〈秋聲賦〉、蘇軾〈赤壁賦〉、白居易〈琵琶行〉、元稹〈琵琶歌〉、趙嘏〈聞笛〉……都是音樂與文學結合中的不朽之作。正如歐陽修於〈贈無為軍李道士〉中盛讚其彈奏三尺琴的聲音：「音如石上瀉流水，瀉之不竭由源深」，其化境在於「彈雖在指聲在意」，而聽者則「聽不以耳而以心」，以至「心意既得形骸忘，不覺天地白日愁雲陰」。

文學所凝聚的樂曲旋律源於外在現實世界的觸發，各種聲波的和諧度、共鳴度、旋律性，足以敲定生命的整個基調。在我們的世界裡時時刻刻充斥著聽得見、聽不到，美妙的、嘈雜的聲音、響亮和沉默的聲波在襲捲與吸納之間，形成自我完足的宇宙，向世界散發出它自己的生命。

音與思、聲與情、透過主體審美心理呈顯出的是一種同構異質的契合關係，如果能引導學生加上有性格、有意義的文化符號，灌注固有文化蘊涵的節奏旋律，將可多角度、全方位地喚起他們的想像和聯想，如此，筆下所開展的音樂天地將於心耳間迴響，於生命裡銘記。

觸之探索

與世界親密接觸
呼喚觸覺的表情
觸覺的朝聖之旅
觸探虛實的時空
觸摸藝術的溫度

與世界親密接觸

當我們習於以水平思考面對世界時，便不自覺無視於周遭的變化。觸覺從不像眼睛所倒影的光色那樣多變，也比不上耳畔迴轉的音波那麼強勢，更不如流動於唇間舌上的五味充滿蠱惑。它只是無聲而無息的與身體相依相附，守候一生，以致我們總忽略與皮膚接觸的情緒變化，遺忘透過觸摸皮膚的感情認識人事的可能。

無論外在環境蕭條或蓬發、溫度熱與冷，皮膚總像閃著千萬眼睛的偵察機，全方位地目視並搜集所有情報。精密的觸覺小體如層層包裹的洋蔥，清楚地記錄並解釋不同的振動、頻率；它像敏銳的感應器，會隨時隨機調解體溫因應外在的變化。因此，皮膚是我們用來認識世界的一種組織，透過它，我們得以知道各種東西帶來的觸感，藉由這些觸感讓我們更了解事或物的特質，留下深刻的印象。

設計動機

感官經驗包含了視、聽、觸、嗅、味覺等，透過它們人接收訊息、傳達感情、溝通想法、學習能力，尤其是視、聽、觸覺對學習發展，具有決定性的影響。西蒙·波娃認為身體是使孩子了解世界的工具，既然我們經由眼睛、雙手來理解宇宙，那麼，何不設計一套以「摸」的活動，藉由觸覺探索、思考來認識這原本已熟悉的世界，或許因為不一樣的眼光，而觸摸出驚奇的經驗？於是我們有了一段與世界親密接吻的作文課！

活動設計原則

1 在自由輕鬆、新奇挑戰的氣氛中，展開一場顛覆日常的新經驗。在這段時間裡，沒有限制性的口令、沒有交錯的語言、沒有成規的框架，完全交由心主宰，讓身體甦醒過來。

2 教學流程由直接經驗的具體化，到細緻觀察與曲折書寫的複雜化，進而轉化為抽象化，內容上則以加強感受、提供路徑、深化思考為層次。

3 以設計的方向來引導創造力及延伸思考的回應，因為個人的經驗、感覺和體悟，反映於作品間的風景便各有其獨創性。

4 擴展內在思考是誘發潛能的開始，故運用類推及隱喻的方式激發創意思考，憑藉延展及滲透的途徑統合各領域現象，一方面創造陌生效果，讓熟悉的軌道失序脫節，另則多元類型間地重新排列組合，深化並擴充觀察文化的層面。

一、我摸我說台下猜

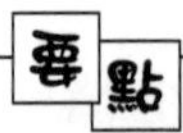

1 老師在紙箱內，放入一些會引起好奇、引動觸感的東西，如冰涼的果凍、曲線吸管、粗糙的石子、麻刺的布料、熱騰騰的漢

堡……。

2 請同學上台，以手摸箱裡的東西，說出摸到的感覺、形狀、大小、溫度……台下同學若猜著了，這位台上同學便可以把禮物帶回家。

3 遊戲後，以筆作「現場轉播」，寫下站在台上指尖的觸探，與坐在台下望箱搶答的熱鬧。

起初，大家面面相覷，沒有人自願上台，沒有敢以手指與那裝著不知什麼名堂的箱子對話，教室裡凝結著「？」的氣泡。這是國文課？是的！

潛意識與意識嘀嘀咕咕、眉頭與心頭納納悶悶，終於，在重賞與威脅下，斷腕的壯士出列，攪動箱內的答案，等待的弔詭、破解的驚嘆、恍然大悟的趣味溢散開來。遊戲的心就這麼被點燃，靈動的感覺也一一被召喚出來，以下是我們的實況記錄：

・歡笑聲中，猜疑替代了原本對「恐怖箱」的畏懼，箱內陰森的空氣早已被熱烈的討論聲煮沸。塑膠包裝的冰涼、長條狀的觸感洩露出它的真實身份，臺下的驚嘆聲好像春風吹紅了我的臉。同學的微笑拂去我的猶豫，因為在她們面前，我可以當一個最真實而有信心的我。牛奶糖的香甜滲進了我的手心的皮膚裡，除了冰涼，還多了一分溫暖。（羅婷丰）

・好奇加恐懼，短短的隊伍裡，躲在尾端的我，看一張張寫滿表情的得意，聽一串串相應的答案撞擊，眼前的神秘箱像有法力的咒語，吸引我的腳，踏上講臺。講臺，雖然它現在已不用來上課了，上課？我名正言順地在敲響上課鐘後站在箱子前，神秘地，狂妄地瞄著正巧經過的主任，查堂的嚴肅化為「謎」的好奇。

「圓柱體、塑膠的、軟性的……」一種新奇從指間發出擴散作用，逐漸擴大，擴大到一種無限。台下突起的回響，乾淨俐落，它「咻！」的一聲消失了！隨著我知道謎底的當時，驕傲與得意，失落與結束混合，一場與觸探相遇的過程由是起落，迭宕出春花般的驚豔。（胡詩唯）

二、盲的世界

「當你處在黑暗的恐懼中時，你也是瞎子；當你聽見聽不懂的語言時，你也是聾子。」因而，身體的完美不過是一種假象。請打破對身體的固有觀念，來觸摸世界的空間；讓身體回到最原始的狀態，體驗到最原始的身體張力。

(1)以赤裸裸的坦白與世界邂逅：

要點

1 每位同學以帶來的絲巾圍著眼睛。

2 脫下鞋子、襪子。

3 排成一長隊伍，後面的同學手搭在前者肩膀，或牽其手。由最前面的同學踏出摸索世界的第一步，老師一旁觀察並注意安全，其間盡量經過可以碰觸到不同材質的地面、高度、需要試探的樓梯，以加深用觸感認識世界的難度與深刻性。

脫下腳上緊緊束縛的鞋、悶熱地包裹的襪子、放下疲累而茫茫的近視眼。矇上與熟悉世界隔絕的方巾，過去的世界將在一瞬間崩解，然後踏出一步步與沾染塵埃的地板、與長著雞皮補釘的階梯、與留存昨夜風露的青草邂逅，並朝那不再有方向的方向行去……這是重新認識世界的另一種形式。

不會迷路，因為沒有方向；沒有阻礙，因為不知山高，不曉天遠。

要點

感受被矇住眼睛，卸下視覺後，這段「瞎」的旅程：記錄從教室出走，裸腳行走，以聽覺、嗅覺、觸覺所打探出來的「消息」與「感覺」。

・光著腳走的感覺彷彿從溫暖的棉被中滾落到冷冰冰的地板上，粗糙而乾燥的水泥地居然有種厚實的包容力，如果家裡的地板是高雅冰冷的貴婦，學校的地板則是樸實不修邊幅的莊稼漢。（龍楓紅）

・赤裸的雙腳觸及冰冷無情的水泥地，一陣寒凍自腳地竄入。地上粉細的灰塵磨擦雙腳，像螞蟻搔癢般，碎碎喋喋；路上頑皮的小石子像無可預知的地雷，刺痛每一根神經。（謝浣玲）

・眼前一片漆黑，手心傳來朋友信任的溫度，害怕逐漸從手心消散。當熟識的世界化為無垠的海洋，聲浪顯得遙遠時，方知原來盲的天地也自成一個世界，串成的隊伍自為一條心念，我們是孤島上獨行的探險家。（朱家儀）

・瞎子的世界是黑白？是彩色？還是透明？我不知道，只知道雙眼看不見任何東西，但耳朵聽得份外清楚：同學的尖叫聲、撞到桌腳的磨擦聲、嘈雜的恐懼的碎語……在耳旁繚繞不去。手，成了唯一可以輔助我前進的工具，像挖土機一樣往前開拓路。（林彥君）

・踏出雙腳，像是開啟塵封已久的心靈，就在自己幾乎忘記地板的觸覺時，一陣由腳底傳來的冰冷不斷將記憶召喚回來。矇上眼，我像在母體的胎兒，沒有靈魂，沒有邊境，渾沌不明裡，我只能以兩隻腳來當我的衛星導航，豈知步步皆是冰涼，皆是生硬，皆是灰塵。（黃喜蓉）

・踩在冰涼的大理石上，就好像從口中呼出的熱氣遇上冷空氣凝結成的白煙，讓我懷疑自己的腳底是否也冒出煙來。灰塵和沙粒騷癢敏感的肌膚，石子路則刺痛細緻的皮膚，凹凸不平的方形磁磚，一粒一粒的磚塊粉沾腳底混合著些許水氣，就像耍賴的小孩故意黏在我的探測器上，蒙灰的探測器發出惶恐的訊號，顫抖著忐忐忑忑的跳音。（羅婷丰）

・赤著腳，毫無防備地接觸到冰冷無情地板的侵襲，一地黏腳的塵，赫然發現——我們班的地板是沙漠氣候。腳底從冷—麻—涼—軟—滑—刺—黏，而草的擁抱，彷彿夾心酥又脆又香。（許佳蓉）

・第一次摸到魚，溼滑的魚皮帶著不明的黏稠液體，引起我一陣雞皮疙瘩。魚在垂死前掙扎，我的手指不僅觸摸到魚，也摸到了生命殘喘的悲泣。（周文婷）

經過手所觸碰的敏感、腳所摩擦的粗糙，它們所召喚的屬於身體裡某些不在意角落裡忘記清掉的廢置記憶或感覺，像是「舞動的精靈」的砂石、「軟軟的厚實」溫暖的貼附，深烙於心底的觸動，是曾經在場的微物證據，讓那真實的輪廓清晰地浮現。

僅僅一塊方巾，世界便分出幽冥／光亮，但明眼／盲目的界線豈在於看見與看不見間？事實上，還存在於心盲／眼盲之間，但弔詭的是：往往必須在眼盲之際，才了悟自己心盲了多久！這個遊戲打破了原有認識世界的空間感，距離與物體形狀不再為視線所區分，因而觸覺得以釋放。「聽」與「觸」，讓我們更真實地面對並認識自我的情緒，也碰觸到最不一樣的世界！

(2)裸足與草地接吻

要點

1 當同學以盲的狀態來到草地上時，請就所在位置坐下。
2 躺下感受身體與草地接觸的種種心情與撫弄，深深吸青草、泥土與陽光的氣味，感覺它們在鼻間穿梭的線條。
3 站起來，圍成圈，配合音樂節奏，慢走、小跑、跳躍、轉圈，感受不同彈壓力量所造成的觸感，草的彈性與腳底摩梭的節奏、身體在草地上振動的頻率。
4 以水噴灑，深深感覺、細細記憶、冰涼的水珠濺飛於腿腹、趾間，流落於手腕、臉頰，停駐於髮際、鼻頭，那以溫度、速度所詮釋的舞蹈。
5 感受矇眼走在草原的感覺，以及或坐或臥或滾種種改變引發的各種視覺聽覺觸覺的感受，特別是時間、空間、感覺、景物、動作的變化，是否聯想到什麼畫面、什麼記憶？

肌膚與泥土的戀愛是來自足尖腳腹的輕柔蜜語，當將身體全然信任地交付於大地懷抱，當忘我的以心靈在青草陽光裡翻滾時。天外飛來的噴水灑沫，足之舞之、手之蹈之，那與土地或輕或重，與青草擠壓的緩急節拍，與藏身的魔咒互通暗曲的了然……無論讓腳尖重重地與草的彈力一起飛，跳，或像高空彈跳般在草的身上飛躍，或和同學拉著手成圈成圓，一團團的跑，讓加速度的動力轉成暈眩的快感，都成為與自然永恆戀歌的樂章。

・除去鞋襪的足變成我的眼睛，帶著我的心，探索我曾經自以為熟悉的路徑……下樓梯了，地面彷彿換了一種面孔，換了新表情——面惡心善！踩著它，痛痛的，麻麻的，乾乾的，有陽光的溫度，一種春天含蓄的溫度，使我感到自己是被歡迎的，這將是一次愉悅的旅行……

陽光下昨夜的雨痕跡爬上我的腳，觸覺在撞到一片蜘蛛網後復活。我趕緊轉向，向一棵樹求救。樹以枝葉幫我揭去蜘蛛網，並告訴心虛的我那網的主人不在家，微風自願當我的共犯，拂去臉上癢癢的，涼涼的絲網，湮滅證據。……摸著這棵枯樹古老的紋路，我突然覺得自己不再孤單。

四肢躺臥在草上全然伸展，覺得自己是草叢中生物圈的一部份，是構成草香的一個因子，跟各種小蟲、小草沒什麼兩樣。我閉上眼，嗅覺在草香、泥土香中被淹沒。（許瑜芳）

・藉由觸覺的變化，我感受到空間的交替；藉由觸覺的探詢，腳板與地面做了最直接的對話。粗糙的水泥地透露沒有溫度的冷漠，細碎的小石子、輕澀的灰塵露出奸詐的輕笑，穿刺在黑暗中毫無防備的我。我像隻待宰的羔羊般——任由擺佈！但也因為這股陌生，放肆了我的想像，冒險之心，油然而生。好似身處異鄉，耳邊雜亂的言語，我聽不見。深透肌膚的冰涼，是我唯一的指引。（余思佳）

・滾動，讓我和大地的心臟以最原始的方式相連，我們擁有一樣的節奏，一樣的味道。（李翊萱）

三、打開感官與校園相戀

羅丹說：「雕像應該是被觸摸的。」撫摸老婦雕像，感覺皺紋背後的生命歷程。

琉璃藝術家王俠軍自言，難以抗拒徒手創作的誘惑，尤其現代科技帶來標準化量產之後，純手工藝品更令他感動不已：「……玻璃像岩漿一樣，在手上慢慢成形，有時候出來的形狀比草圖更有意思，你必須去掌握每個瞬間流動的美感。」讓我們以這般禮敬、虔誠的手與遇見的景物款款相看，深情對語……

作家說法：

正如葉維廉〈臨幸〉一詩所寫：「在這靜靜的／濕濕的／半透明的／霧的移動裡／一丁點微細的綠／在你不留神的時候／把枝頭上的彈走／不驕不傲地／昂起芽頭來／遠方的陽光／孩子一樣的唱／葉將蝶舞／花將蝶舞」

王家祥〈遇見一株樹〉時的感動或將是「我在樹林裡猛然撞見一株全力盛開的黃槐。它那艷麗耀眼的黃色花朵，在陽光下龐大集團的色彩，花的形體已然消失，簡化成強烈的，不需精確描沭的黃，印象化的，點點無數的黃，具有神奇魔力，能量驚人。我的心情由猛瞬間的驚奇轉為專注而簡單的快樂。」

以這般細膩而有情的觸感認識世界，你，也可以因為「看得見」、「摸得著」、「聞得到」……而有迷炫的發現。

要點

選定校園一個角落觀察春天，記錄這種感覺

1 每個人到校園以一種「植物」的觸覺來形容春天，如與一株草、一棵樹、一彎藤蔓……相遇。它由出生便等待，等待與你的相遇，請以虔誠的十分鐘，以你全然的心思，親近的眼手鼻耳口，聽它說話、聞它的氣息、搓揉撫摸它的身幹。這十分鐘的它，死心塌地屬於你，而你也以今生唯一一次見面的心情與它對話。

2 任選一個「物體」如一方池、一塊有個性的石頭、一面佈滿歲月的牆、一道流動的液體、一圈浮著年輪的老宅……用指尖、手掌、腕肘、臀背與它們搓揉，或以臉頰與之耳鬢廝磨，感覺它的生命節奏與歷史。

3 觸摸金屬、磚石、流動的液體、木質、塑膠物品，肌膚感覺玩弄它們所觸動的電波。

4 在自己喜愛的經驗中尋找生活的觸感：每天喝水的杯子、眼鏡鏡片、陽光透進室內的玻璃窗、看病時的溫度計、全家出遊用的照相機、晚上睡前光的那盞燈、醫生檢驗用的試管、天文學家的望眼鏡、擁抱棉被——感覺被圍繞，被觸碰、被親吻的感覺與心情。

5 伸長觸角以皮膚感應它們的外表、形狀，觸探它們的內心情感，設想它們走過的曾經，並描繪彼此靜靜地相對眼，心語間的對話和漾盪於試觸裡的風景。

遇見一棵樹——

・椰子樹身上一輪輪規則的圈，是數學課本上Z軸無限大的橢圓，一圈圈轉入天際。它的皮膚摸起來像風乾的橘子皮，數不盡的疙瘩，刺刺地記錄歲月。（劉純萍）

・椰子樹好高好高，我用手細細的摸它的身軀，它卻以粗粗的紋路磨擦回應我的掌心，但是我不覺得痛，反覺得心靈好像獲得了意想不到的平靜。換上手背摸，樹幹顯得更粗，麻刺的感覺像漣漪般散開。淡淡的屬於木質特有的味道，讓忐忑的心在不知不覺中平息下來。將臉貼近樹幹，粗糙的表面弄得我臉好痛，我換耳朵去貼近樹幹，明知道不可能會有什麼聲音，不過還是做了，原來人也可以跟植物那麼親近，這是我從未想過的。（林妤倩）

・在陽光普照、細雨綿綿中，我，遇見了一棵樹，一棵由花香引路的白蘭樹。我聽見了，它的呼喚；我看見了，它的燦爛。風，默默的吹，我和它默默的相望，不料，雨勢突然增大，受驚的我不覺靠向它，瞬時，我感受到了，粗粗的、硬硬的，卻能使我感到安心的身體。我，並不是樹，但是那一刻，我變成了樹。

彷彿我的出生，除了是為和他人相遇外，也是為了和這一棵樹相遇。在此，我似乎知道了一件事，我，下輩子想要當一棵樹，等待著和它相遇的那一刻。（成虹樺）

・遇見一棵松樹，有種像看到老朋友的感覺，因為輕觸到熟悉的針葉，溫暖的味道。用手背去摩擦包含在刺中的柔軟，就像用沐浴海綿般清爽，刺激我渾身上下的毛細孔都開始放聲大笑。

遇見一棵松樹就像迎面走來一位和藹可親的老人家，看見他對著我微笑，撫摸著他歷經歲月的風華，心底漾起走進歷史的激動。

樹幹上的瘤節是和大自然抗衡後所留下的疤記，樹緣的缺縫是風雨雷電、蟲鳥走獸的箋註，著實讓我心電圖上出現了一個大波峰，腳步不自主地一步步的靠近它，每一步都包含著思考、期待、仰慕！（陳薇如）

遇見一樹蔓藤──

在幾株樹後，我發現一片攀牆藤蔓。觸摸它那蜈蚣多足般的身軀，從粗糙膚質中感覺歲月的步痕。它不受拘束的自由攀爬在紅磚牆上，肆意地延伸觸角，開拓版圖，這種奔放不受限制的感覺正是我所嚮往的。（陳怡如）

遇見流動的液體──

・它自由自在的，不會限制你的活動，當你的手伸進它的空間，它以透明的微笑、欣然的擁抱歡迎你，它彈性的身體會想辦法擠一個空間讓你待在裡面。它是絕對的自由主義者，千萬不要太限制它，否則它可是會變臭臉的喔！（黃湘鈞）

・一片片，一片片，水花溜過手指、手背，水珠在葉片和手心上起舞，就像夏日紛飛的涼刨冰，透過燈光閃耀淡淡的彩光。「啪」的一聲，就像餅乾般脆裂，葉片的馨香由五官滲入心靈，就像乘著滑水道瞬間落入水面那樣暢快，整個心情飛揚起來。（陳薇如）

金屬的膚質──

・漫步在雨中，發現學校裡真的好多金屬物，有些看起來很像木頭，實際去摸了之後，才發現也是金屬，太令人驚奇了！路上的燈，摸起來冰涼的感覺，沁入手心，馬上就知道是金屬物。至於消防栓、水溝蓋，飲水機、教室的鐵門、冷氣機後面的鋼板、車子的外殼……，有些燙燙的，燒烤著太陽的情緒；有些黏著鐵鏽，聲明歲月的腐蝕；有些在艷陽下依然不改冰冷的臉孔，滑溜、沒有摩擦力、沒有任何負擔、不過順著滑下來卻感受到一種灼熱的刺痛。（林妤倩）

•滿臉滄桑的鏽痕硬得沒一點溫度，水氣吹不散鐵銹味，滿手沾著塵埃，我摸到它流下的淚，摸到無物結同心的怨，天若有情天亦老的嘆。（陳昭妤）

塑膠的臉孔──

•每按下一個氣泡就伴隨著「波」一聲的滿足，原來塑膠墊的身體藏的不是空氣，而是一個個聲響。我的觸摸，像破除魔法的咒語，解救了它，一個個迫不及待的衝出來與我「波」一下。（何晨綺）

石頭的歷史──

•遇見石，每一顆都擁有著自己獨一無二的故事，他們身上的花紋及色彩，散發出來最原始的美。但今天巧遇的是一塊不起眼的圓石，它靜靜的躺在角落，顏色淺灰帶點雜質，表面看起來光滑，摸起來細緻，彷彿摸到的是春去秋來的時間，風吹日曬雨淋的焠煉。（于凡）

呼喚觸覺的表情

一、記錄觸覺

有關觸覺的成語如水深火熱、熱情如火、冷若冰霜、不寒而慄、……，以及因觸覺反應所引發的種種動作或現象，如聽冷笑話、熱鬼話起的雞皮疙瘩、看驚恐片而戰慄顫抖、隨著年華在觸摸之際歷經光滑緊繃、粗澀鬆垮的皮膚、瞥見偶像時的觸電感、跟心儀者說話的酥麻、謊言被拆穿時僵硬冷冰的表情……都生動地捕捉內心的反映。

此外，日常語言中充滿觸感的比喻，如問題棘手、燙手山芋、冰山美人、軟腳蝦、軟性語言、鐵錚錚的硬漢、硬是要得、熱臉貼冷屁股、冷若冰霜，或是說話尖銳、適應彈性……無不以觸覺的感受來形容各種情緒與意念。

要點

以的手、以你的腳作為媒介，重新認識周邊的物件，或聚焦於特定物，仔細感覺流過手心手背，從腳底竄升的細微觸動。

二、觸覺描繪法

觸覺的描寫除以觸感所帶來的痛麻酸酥，以及撞摸揉捏碰觸的動作，要貼切地、仔細地、深刻地鋪陳這份短暫即散的感覺，不妨以各種感官的聯想來渲染觸及的感動與感覺深度，此處以手的觸感描繪為例，同學可以任何題材類推運用：

(1)以聲色味感描繪觸覺

撫摸雙手——觸覺的起點常來自手，指尖與桌面觸濺的節拍、指腹轉筆的韻趣、拇指搓成的陶藝、掌心拍擊出的鼓舞、手與手糾纏所說的甜言蜜語、手與身體對話時的激辯……雙手，就像傳遞情感的使者，遊走在彼此的情意之間。手的紋路、手的薄膜、真皮層神經末梢、汗腺血管，在觸摸的動作與眼觀耳聽鼻嗅間，其實是一則則傳奇。

作家說法：

「四十多年來，我去過許多地方，跟許多人握過手，看過許多不同的膚色，感受到許多不同的『手掌』的溫度。他們有粗似砂紙的，有厚實如大地的，有輕柔似羽毛的……」
（劉墉〈把握我們有限的今生〉）。

「我的指掌間甚至到現在，仍留著小時候靠在母親肚上的光滑膚質以及最後在父親告別式上深深烙上指印的感覺，這是對他們永遠的記憶」（王俠軍〈觸覺靈感〉）

「這是兩隻我從未見過的手，一隻右手和一隻左手，像兩頭凶狠的野獸互相糾纏在一起，十分緊張地弓起身子，互相揪鬥，互相推拒，手指關節喀擦作響，發出核桃裂開的脆聲。這兩隻極美麗的手，細長纖巧，色澤白皙。指甲沒有血色，修成秀氣的弧形，泛出珍珠的光澤，可是肌肉卻誇張的緊繃著。是的，整個晚上我一直注視著這雙手，凝視著這異乎尋常、絕無僅有的一雙手——這種痙攣似的互相糾結，互相推拒。
（褚威格〈一個女人的二十四小時〉）」

由上可見關於「手」的描述，其實隱含作者某種情懷，或是激動、緊張的糾結；或起伏跌宕懸念迭起，甜蜜柔軟的體貼善意，或者是一張素描：「形體豐厚如原野／紋路曲折如河流／風致如一方石膏模型的地圖／你就是第一個告訴我什麼是沉思的肉／富於情欲而蘊藏有智慧……」（辛笛〈手掌〉）

這一雙雙手的膚色、膚質，指掌透露出來的心情、力道、溫度，藏含著對往昔的懷念、對人事的著墨。同學們慎重心情觀察同學的手、身邊親人過客的手，又是怎麼樣的風情？

要點

以味道、視覺、聲音、氣味形容撫摸同學手部的感覺，並想像這隻手的過去與未來。

手的寫真（視覺）——

・厚實的手掌猶如檜木桌子，溫暖可靠，粗糙的紋路像石灰岩洞穴，一點一滴，是日日月月刻畫出來的堅毅。（林佳慧）

手的滋味（味覺）——

•短短粗粗的手指模起來像發皺的葡萄皮，酸酸澀澀的。（朱珈瑩）

•撫摸嬰兒的手如品嚐新鮮的烤布丁，有種特殊甜膩的溫度，及滑動於舌間的溫順。（許瑜芳）

手的氣味（嗅覺）——

•深刻的紋路，細緻地密刻在陳年蜜釀的淡褐色肌理上，有種老鍊的成熟滋味。指腹間鑲著雪片般的小繭，那是彈奏貝斯與鋼琴混雜出的歷史圖案，可以嗅出它潛在的味道，那類似金屬的銹味是貝斯的弦滲透皮肉的味道。我握著這樣的手，在極具肉感與骨感的纖細中，看到磨練的苦味，聽到堅強的靈巧。
（高雅君）

手的質地（觸覺）——

•細緻的皮膚彷彿細沙流瀉的觸感，一把掬起，卻又悄然滑去。（余思佳）

•他的手不大，可是軟軟的厚實，跟我身穿的毛衣一樣溫暖。這件毛衣是他送的，那雙手也可以讓我擁有一輩子嗎？（張書涵）

手的旋律（聲音）——

•指尖粗糙的紋路如蓋房子的吵雜聲。（林佳慧）

•濕濕滑滑的皮膚像老巫婆的呼喚，一種噁心的黏膩讓人無法逃脫。（周美馨）

・那雙別有韻致的雙手，好似典雅華豔的管風琴曲在清風拂過的黑鍵白鍵上，飛旋。（洪毅芩）

手，曾在羅丹凝視中成為不朽，曾在向日葵的狂野裡演出梵谷。手，改變世界也毀滅存在，讓遠遠觀看的人們或者驚叫、仰望、讚嘆，或者在燈火闌珊時分，默默低頭離去。當我們以各種角度觀照手所散發的氣味、聲音、色澤時，手像聲色滄桑的舞台，以勤奮的背影、忘我的姿態撥弄出人間最真實而動人的戲碼。

捨棄一般以整體形貌、動作或事件寫人物的方式，而著眼於手的觸感，是一種更貼心而幽微的視角。同學們或以散發的氣味寫為社團為夢想磨練的歷程、或以形貌的刻痕寫歲月裡的沉默、職業深入生命的動人，有的則熟練地運用想像，分鏡與剪接的推移，將聲音與飲食融入手的記憶，層層渲染而寫出繫諸於手所創造的傳奇，也創造出自我在敘繪人物時另一番風景。

⑵以修辭技巧顯現的觸感

張愛玲〈第一爐香〉裡形容觸感的濕度、溫度是這樣描繪的：「叢林中潮氣未收，又濕又熱，蟲類唧唧地叫著，再加上蛙聲閣閣，整個的山窪子像一隻大鍋，那月亮便是一團藍陰陰的火，緩緩的煮著它，鍋裡水沸了，咕嘟咕嘟的響。」濕熱的潮氣與鍋聯繫，讓那不斷漲起的溫度與蛙聲、鍋裡沸騰的聲音形成膨脹開來的畫面。觸感需要各種修辭來當座標，那或深或淺、似近似遠的觸動印記才會清晰、可靠。

要點

以譬喻、排比、轉化形容撫摸或觀察他人手部的感覺，並想像這隻手的心情與個性。

譬喻——

這隻手顯然是姑娘家的手，纖細而瘦長。隱約能摸出手背上的青筋，猶如群山中的小溪流，溪流翻過山頭，盤旋在山腰上，隨著山勢慢慢地迂迴往山腳流去，流向那遠不可知的未來。但公車司機握著方向盤手背上的筋，青中帶紅，像藤蔓纏繞於手上，看似靜止，卻又無時不在思考著。小嬰兒紅潤的手心似霞彩，深紅、緋紅、淺紅染滿天空溫暖的手溫，猶朝陽初升，金輝落在肌膚上，乾爽健康。（詹蕙瑜）

排比——

她的手像黃橙澄的月亮飽滿而豐腴，沒有一絲缺陷和細紋，也沒有玉兔搗藥的震盪，更沒有吳剛伐桂的搖晃，一切就是這樣平靜的圓滿著。（羅婷手）

轉化——

「苦啊！」玉堂春裡蘇三哭泣的十根手指，身上的鞭傷訴說著蒼涼的過去。（吳佩珊）

修辭是寫作的精靈，在適當而巧妙的運用下，顯現出作者的創意，如「隱約能摸出手背上，猶如群山中的小溪流，溪流翻過山頭，盤旋在山腰上，隨著山勢慢慢地迂迴往山腳流去，流向那遠不可知的未來」將手筋的線條與人結合，或如以「也沒有玉兔搗藥的震盪，更沒有吳剛伐桂的搖晃，一切就是這樣平靜的圓滿著。」形容手的飽滿安靜，都別具況味。

⑶意象化的觸感

意象起於基層經驗的反省，由作家們所運用或形塑的意象中可以窺見其內心或其經驗世界，同樣的，當我們將生活形象的客觀事物和人的主觀情思結合，以自己熟悉或感知的情境、形象、意念來為觸覺勾勒線條、塗繪姿態時，必然也能將那摸得到卻說不出的觸感，真實而深刻地顯現。

作家說法：

由作家現身說法入門，便容易掌握以意象書寫的竅門，如以蜘蛛為象寫被纏繞的處境：「千萬條蜘蛛絲直下。被摔於地上無數的蜘蛛都來一個翻筋斗，表示一次反抗的姿勢，而以悲哀的斑紋印上我的臉和衣服；我已沾染苦鬥的痕跡於一身。」（陳千武《不眠的眼‧雨中行》）或以扭曲的窗形寫疼痛：「黃昏蜷伏床上，我開始疼痛／肌肉腐蝕，周圍的牆壁呻吟／門封閉，窗戶扭曲變形／我的疼痛在裡面，無處出去」（蘇紹連〈疼痛〉）

以心中之意、腦中之象，為觸覺的感動形塑其狀貌神態。

眼睛微微半閉，思緒已經不知飄到哪裡。她的手深深地引誘著我的手，不自覺地，我的手指沿著彎彎的邊緣滑向下邊那一片片厚實，再往上進入更深的鴻溝，慢慢地轉入一條窄巷，緊迫地鉗住我的指尖。好不容易從巷子裡擠出來，一大片平滑，又把我引向旁邊的彎道，反反覆覆地，我熟練的找尋熟悉的安全感。

我用指腹輕輕捏揉著指尖，捏出我心中耶穌的形象，捏出我心靈的平靜，我感到我的眼皮正慢慢下垂，眼瞳所見的世界也越來越模糊，睫毛像柵欄般圈住我的睡意，讓它恣意地在眼中擴散。指腹滑過掌心，指甲又緣著邊緣轉到深處，不滿足地更用手背享受著奇妙的觸感。失去自主權的前一剎那，我成功地譜出我的「平安夜」，在上帝的懷抱中，停息了一切，心跳也趁機跳出掌心，迴散在空中，在風中。（鄭雅云）

以動態的撫觸過程來書寫，結合了巷、路的空間感，使在手中游移滑動的觸感與都市複雜的巷弄結合。探索——尋覓——迷失——熟悉——放心——交付——融化的歷程，更使手與手的對話充滿意象的符號與情節。

觸覺的朝聖之旅

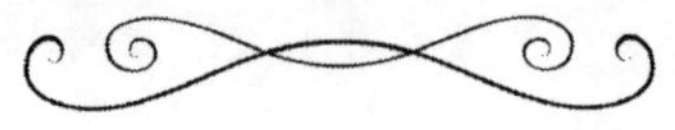

感覺神經分布最廣泛的就是觸覺，皮膚上每一平方公釐就有二十五個觸點，迅速地啟動屬於觸覺所引動的信號，如麻、癢、痛、酸、疼、酥、軟、硬、尖、柔、鬆、緊……等各種音波。

人體除了皮膚，沒有其他部位與外界接觸，而每種知覺都有其可以強調的器官，只有觸覺是無所不在的。從嬰兒時憑藉觸摸感受被疼愛的擁抱、在坐爬之間觸角的延伸、按摩手肘膝蓋背肩的遊戲、觸探玩具所撞出的驚奇，到日常沐浴中隨著泡沫清水觸摸脫落的死皮與濕意滿溢透明的肌膚、……說明「觸」，所觸動的不只供給生命的動作刺激發育成長，更是認識環境的媒介，知道自己被疼愛的指標。

同樣的，面對植物人、中風、休克者，皮膚與皮膚間的觸摸成為無聲，卻唯一能滲透的語言。由來自子宮溫暖的「觸」擁到歸於黃土於棺槨裡的「觸」覆，像回到子宮的儀式，觸摸時所傳達複雜而微妙的信息留駐我們對世界的依戀與回顧。正如薩克斯在《科學》中寫道：「觸覺是我們最先開始，卻最後消逝的知覺；在我們眼不能視時，手卻忠於世界……在描寫人最後過去時，我們常以失去觸覺為描述。」

一、方塔迴旋梯

(1)閱讀觸動身體的頻率

隨著手以輕重緩急的力道與速度在皮膚上的撥弄彈摳，彷彿戰鼓雷動地在毛細孔間搏殺之後，身上留下斑爛的抓痕血漬，或者像觸電般爬滿麻痛癢酸的暴烈煙硝，這一切只為了讓皮膚深深地記得，記得這些感覺的性格與脾氣、這些親痛仇快的肆意與張狂曾如何與你有肌膚之親！

作家說法：

袁瓊瓊〈燒〉一文中，以靈活的動詞和獨特的敘述魅力寫各種觸感：「乾硬粗糙的蔴編頭兜邊緣刮著她的臉，那是介於刺和癢之間的感覺。脖子上流著汗，醃著這一陣子養出來的痱子，又麻又辣的疼。」「汗液醃著脖頸的痱子，針刺似地小小的搔癢。」

而鍾怡雯在〈癢〉之中，則以豐沛的想像與詭異的設境，將癢的感覺展露無遺：「癢，總是欺負疲倦的身體，騷擾脆弱的睡眠。夜半坐起，可能只是一處皮膚在撒嬌。……手指的好意被曲解為放縱，那癢是過度寵溺的小孩，愈疼它便愈放肆。……抓癢絕是理智和感官的拉鋸戰。癢因嘗到甜頭而變本加厲，便壓抑不住地要求更強烈的痛快，而手指使出的力道，遂愈加無法控制起來。」

要點

以各種方式玩自己的身體，如舔、啃、拍、揉、捏、擦、搔、擠、壓、磨、撫摸的質感，並解讀刺痛、輕觸、瘀傷、重擊、輕推、摸索……等重量乃至冷熱所迭宕的感覺。

摩擦——

・老薑粗粗的皮在我的腳底慢慢的摩擦，柔中帶剛的力道與觸感，漸漸融化我冰冷的腳底，穴道似乎都打開了，血液熱呼呼的，幸福的在身體裡流動了起來。雖然只在腳底上下摩擦，但老薑似乎在腳掌心開了一個口，如海浪一般的暖流漩渦一波一波地直往心口旋入！

母親的愛加上古老的祖傳秘方，化解了我對自己脆弱生命的不安。溫暖的紅流，像尼羅河滋養埃及的土地一般，浸流到身體的每一個角落。漸漸的，咳嗽的聲音消失了，媽媽的呼吸聲轉為如釋重負的笑容，只剩下老薑的摩擦聲，繼續和靜謐的夜作伴……。（黃喜蓉）

觸電——

・電流瞬間撥動神經，引起一陣和弦以及雜音的顫抖。電，鑽進毫無防備的毛細孔，腐蝕的喧囂像煙火般擴散。（夏秉楓）

癢——

・癢是與蟲蟻接觸後所生的結晶，小蟲啃噬每吋肌膚，伴以點點的紅、陣陣的熱痛，是人間一大煉獄。癢牽制著我的身體，盤據每條神經就如有千萬隻蟲在體內爬行。抓吧！有個聲音不斷地蠱惑我，抓吧！當我的指尖碰觸到皮膚時，這個可怕的詛咒將一直持續，直到皮破血流。

咬——

‧咬著自己的手臂，那一個個小小的疼痛因子，紛紛朝著被咬的地方聚集像被螞蟻啃蝕般的痛處。痛！從旁邊往中間的痛，並不因為被咬得久，而有放棄的跡象，反而召集更多疼痛因子的到來。手背感到牙齒所殘留的水份，以及嘴唇遺落熱熱濕濕的安慰。（林芳瑩）

捏——

‧捏的動作，形成中間一小塊肉被擠出，指尖是軟流圈，驅動兩片皮肉板塊逐相接近擠壓，板塊交接處瞬間染成粉紅色，同時響起救災鈴般的疼痛聲，一吋一吋啃蝕著肌膚。（林妤倩）

撕——

‧酸痛藥布撕下時有種說不出的快感，每個細胞都醒了，肌膚的敏感度也昇華了，噢！無比暢涼！（林彥君）

刺——

‧一根針刺入皮膚，彷彿置身於黑暗之中，在還來不及反應的那一剎那，一道強光射入眼睛，一陣暈眩，使我不支倒地。（蕭敬忻）

舔——

‧人最性感的動作莫非就是舔。我最喜歡在吃水果之前舔一下它們，溫熱的小舌在果膚上留下濕滑的黏液，像輕撫貓下巴的軟毛，帶著一點親愛，一點肉感的探索。溫熱的小舌溜過果片，就像波濤洶湧的海浪，將果肉送入口腔，讓器官充滿果香。（魏紀敏）

吹──

・輕輕的一口氣，鬧得我直打冷顫，十分不熟悉的可怕氣流，在每一個毛細孔中逗弄著我，時而細微，時而粗略。那種看不見，卻又不得不令你在意的觸感，穿過全身走到腳尖頭上，像親密的溫存，盪出一圈圈甜美的波動。

捶──

・難得做運動的肌肉震盪了一下，力量隨著肌肉走進了血管，一陣暢通的快感隨著被解開的穴道密碼而竄流。輕捶兩下、重捶兩下，充滿節奏感的韻律操，有點像打小小拳擊，肌肉也感覺到放鬆的心情。（張維芬）

吞嚥──

・杯中洛神花茶漣漪著一池媚艷，煽動視神經，有些膩厭的濃麗色彩，卻飄盈著素淨的芳蘊。緩緩地入口，沁涼著茶甘，滲透著花甜。舌莓由茶液滋潤：水溫的冰寒、陳皮的醃鹹、菊花的清柔、梅汁的澀酸，藉由籠膽葉的調和。沐浴在喉中，浸沉在食道，隨風而逝的快意，細胞每一次的吸收，酵素每一回的作用，舒暢地在口腔中流竄著。（藍逸群）

拍打──

・手指在手心中遊走，拍打，響起輕重跌宕的節奏，一股喜悅的感覺牽動著頑皮的麻癢感，一圈一圈的，像漣漪般逐一擴散，滑過每一吋肌膚，似乎發出了呵呵的嘻笑聲，就像青梅竹馬在草原上奔跑追逐那樣活潑自在。重擊的壓力讓皮膚的海流隨之進行漲潮及退潮的運動，小小的毛細孔就像海面上點點的飛魚，在起伏的海流中跳躍，好不痛快！（陳薇如）

冰敷──

・膝蓋火辣辣地燃燒著，冰塊敷上去的那一刻，「吱」的一聲，火熄滅了，一股冰涼在膝蓋漫延開來，滑過了熱燙燙的小腫塊，直達心際，彷彿接到上天莊嚴神聖的旨意，感到前所未有的清淨。（吳涵晴）

⑵感覺疾病激濺的觸感

作家說法：

「喉頭像是塗上一層厚厚的黏膠，乾澀痠苦，我不禁頻頻吞嚥口水，疼痛的感覺便像雨後的菇菌逐漸浮露出來，起初細小如芝麻，在口水的浸泡下，竟然迅速臃腫膨脹，如鮮紅的櫻桃，喔，不，那明快的痛點已慢慢脹成碩大的芭樂，終於越級僭位，儼然取代腦髓，成新設的神精中樞，操控著全身的細胞。有一些紛雜凌亂的情緒擠壓著分泌汁液的腺體，如同洗手檯裡長長短短的毛髮，淤塞了水管。於是那些餿壞的膽汁哽住咽喉慢慢積累擴大，終於淹過鼻頭，漲滿整個頭顱，苦苦撞擊著每一個可能的出口。」（唐捐〈大規模的沉默　十日痰〉）

「凍僵的手上仍然間隔約莫十幾分鐘會有一陣劇烈的灼痛，好像許多血液洶湧而來，好像皮膚下微血管要腫脹爆裂了，每一個皮下的細胞都在撕裂。……」（蔣勳〈大仙院〉）

病毒在身體裡放肆的動作、細菌在皮膚上侵佔的地盤，你一定深深感受，請寫下它們在你唇喉腸胃翻滾的痛楚、在血管脈搏間穿戳的麻刺……。

鼻水、喉嚨痛、咳嗽、沒有食慾、全身骨頭酸痛、四肢無力……，走起路來邊晃邊搖，活像喝醉酒的酒鬼。就在我倒下的那一刻，地獄的嘍嘍們把千斤重的鍾子壓在我臉上，頭沉重得抬不起來。接著，他們拿鏟子往我身上每一處重重地敲打，好痛好痛，任憑我在床上怎麼翻滾，擺任何姿勢都無法掙脫鎚子帶來的痛苦。突然，夜叉轉身向我走來，一眨眼，我的四肢被綁在大木柱上，就像山豬一樣被夜叉扛著走，搖搖晃晃。

四周的山都是冰塊堆成的，荒涼而詭異，唯一的感覺就是好冷好冷，頭好熱好熱，可是我身上明明穿著棉襖……。

（關崴〈暗地獄發燒夜〉）

二、與自己的身體唱和

作家說法：

如朵思〈耳〉：「女人喜歡用耳朵感應遠方可能發生的想念；有別於黴菌活躍鑽動的解釋，一旦在耳膜上面傾柔刺戳時，女人在知性和感情角力下，便會獲致極大的快感。棉花棒沾水，輕輕轉動數下，抽出，再輔以乾爽棉花棒進入耳洞飛掠，觸撫、速度與被愛的感覺，讓女人覺得耳朵感應器和掌紋的差別，其實是微乎其微。」又如朱天文〈世紀末的華麗〉中描寫透過陽光的衣服與身體的接觸感：「衣服透透曬整天，堅實糲挺，著衣時布是布，肉是肉，爽然提醒她有一條清潔的身體存在。」

髮，牽動著綿長的情愛記憶，也牽扯著深邃的感覺。鍾怡雯〈髮誄〉裡，髮幻化成主宰的精靈，它是主人血脈的延伸，亦是自我的意識的顯現：「頭髮是那樣的脆弱纖細，容不得大聲的獅子吼，或馴獸般的狠狠搓洗。它崇尚徹底的自由主義堅持散髮，討厭我以方便為由把它束成馬尾，『馬尾是趕蒼蠅用的，我要求唯美的浪漫，優雅的古典，要像少女漫畫中的主角那樣自然飄逸，我討厭你一切以方便和效率為考量的現實主義。』它如此振振有辭的辯駁，並藉機諷刺我。於是橡皮筋才戰戰兢兢纏上它沒多久，頭皮被拉扯的疼痛抗議就開始了。細微尖銳的痛，一陣一陣針我的大腦皮層，接通敏感的神經，呻吟著要求解放。那樣令人無法忍受的煎熬，讓全身都為之心悸的哀求。」

要點

如果身體是疆域，作為主人的你怎麼可以不認清自己的領土？請以各種探觸的方式解讀五官、聆聽四肢、遇見溫度或動作與身體碰觸所盪起的漣漪。

吹頭髮——

‧淋完雨後的髮絲一根根垂頭喪氣塌著，奄奄一息。吹風機奏起一陣陣溫柔的風，一根根頭髮活了起來，興奮而輕快地跳起華爾滋。那股熱風，像隕石撞擊地球後落下的粉塵，漸漸擴張在頭皮上，左插一針，右插一針，好像在按摩，輕輕的，很舒服。即使拿開那發熱機器，仍像冰河後的春天，溫暖而安心，渾身都罩在雨後春筍的幸福下。（周穎芳）

梳頭髮——

‧梳子的齒針一根一根地穿過我的頭髮，順著頭髮的弧度而下，細細的、柔柔的，忽快忽慢，牽動著頭皮。伴隨著頭皮被一根根青絲輕彈而來的是柔順感，輕柔的髮絲拂過臉頰的觸覺是種被撫摸的享受，被疼愛的感動。

隨著吹風機的風飄逸，每一條髮絲變得滑順純淨，隨手的波動散開細膩浪漫的幻想！（成虹樺）

拔頭髮──

・用手指頭慢慢地挑選一根粗粗捲捲的頭髮，然後再以快、狠、準的方式，啊～的一拔。一開始有種肚子抽痛的感覺，接著是暈眩的，好像有人突然拿針輕輕的刺你一下，但很快地什麼感覺都沒有了。（林彥君）

挖耳朵──

・輕輕的旋轉，細細柔柔的磨蹭，忽淺忽深的探索，那種輕飄飄的感覺在耳朵裡徘徊，彷彿飛上廣闊的天空，在軟綿綿的白雲熟睡。（林彥秀）

捏鼻子──

・捏住自己的鼻子，想試試自己能憋多久。隨著儲蓄在肺裡的空氣一點一點地滲出，像針筒裡的藥在時間裡流盡，臉開始脹紅，兩眼呆滯，缺氧的頭暈眩麻木。緊急呼吸新鮮空氣，哇～重獲生命的感覺從腳底一直舒暢到頭，活著的感覺真好！（林彥君）

洗手──

・濕濕滑滑的兩隻手，越是搓揉就摩擦出越多晶瑩亮麗的泡泡，手心越是熱情，清水緩緩瀉下，泡沫像美人魚的歌聲化為流動的漩渦，手清亮明淨如秋天的空氣單純而樸素。

指與唇——

・冰涼的指和溫熱的唇相碰的觸感是柔嫩的，輕滑唇所產生的一股小小電流是麻麻的。因為酥麻感而開始不安的唇，傳送出一種無法理解的熱，那神秘的吸引力，迫使指腹再度去輕觸癢癢的唇。（成虹樺）

咬指甲——

・牙齒與指甲接觸的瞬間，堅硬與柔軟的角力就此展開，啃蝕的滋味穿透皮膚，迅速地隨著神經在體內穿梭，取而代之的酥麻卻在心中生了根，難以拔除。（陳怡君）

淋浴——

・蓮蓬頭灑下的水，不只有沁涼滲透的感覺、柔滑細纖的滋味，最討人喜歡的莫過於那種抓不住的神秘。甘洌、清涼、爽快，剎那間深入了全身的細胞。那種明明在你手中，卻走得不明不白的觸覺，是滑掉的感覺吧！感覺水在你身上亂竄的不實在感，溫順的、細膩的、留不下來的泡沫與肌膚之親的笑臉。（李思佳）

我永遠記得：四周明亮平整的全身鏡讓我用眼角餘光便能看見我的身體——那如弓般不可思議的弧度。

雙腳足心相貼，盡量壓向自己身體，伸長了手，深深吸了口氣，彷彿將周圍空氣全吸進了丹田似的，然後眼一閉，吐出體內所有的氣息，隨著逐漸緩慢凝滯的手部動作，我的身體奮力下貼。手是向後拉滿的箭，過度使力而顫抖不已的指尖如羽箭末端的翎羽，在風裡飄阿飄的；彎曲的背部曲線則如繃緊的弓，隨時有「繃」一聲斷裂的可能。而我的腰，承受著撕而未裂的痛覺，神經好像被漸漸拉長、收緊，雙腳從足底泛漾酸麻。只有我隔著

一件薄薄的粉色紗質舞衣的腰際，塑膠棒木然深沉的陰冷氣息，如此清晰。（吳亭彥）

三、身體與物間的擠眉弄眼

人身體的每一部份都可用來傳達音訊，在焦躁不安的時候，我們會不自覺地皺眉頭咬指甲，寒冷時以手護胸口、搓掌心，高興地揚眉吐氣、手舞足蹈，憤怒時捶胸頓足，交叉手臂是防禦的動作，推對方肩膀所示威的權力，擠眉弄眼傳情表意，擁入懷裡的愛撫，這些以身體動作行為語言所發出的訊息一如語言所表達的聲音，是具有意義的符號。

觸覺的語言則以全身密佈的神經與充斥的細胞，與所有侵入者、觸動者進行喋喋不休的交談，那或許是與羽毛枕、棉布床單所低語的夢話，或者是與鞋襪親痛仇快的豪談，或將是掠過髮梢眉間寫下的情詞誓約，這輕聲細語的幽歌都是觸覺的語言。

作家說法：

如果身體的獨奏，是私語的低吟，那麼足尖腳趾與鞋的親密關係、用愛人曾滑過髮的梳子、擁抱溢流著前一個人沐浴香的枕頭……那是怎麼樣的觸感與心動？

平路這樣寫道，穿上還留著另一個人體溫的鞋：「我細心地感覺穿在左腳上的，與右腳上不同的那雙鞋：微微的溫熱、清淺的凹陷，密合地貼在我的腳掌。如果這屬於另一個女人，當我穿著她的鞋，恰似我的腳心正在撫慰她的腳心，我的腳趾正在勾纏她的腳趾，我的腳跟正在擦撞她的腳跟，每邁出一步，像是密不可分的耳鬢廝磨：肉貼著肉，腳掌印著腳掌，十指連心接繫著十指連心。什麼叫做體貼？只要是她走過的人生旅途，同樣尺碼的塵泥與汗漬，也刻在我的腳板上。」（平路《巫婆的七味湯》〈戀愛中的鞋子〉）

同樣是寫鞋與人的親密關係，有的藉鞋負載身體的功能延伸至情感的記憶：「天天穿著拖鞋行走，走動時的摩擦就像鞋子在撫摸雙腳，撫慰巨大的失落，對拖鞋的倚賴，供給了生存時必須的安全感，而拖鞋給予的觸覺，卻也是開啟失落記憶的鑰匙。儘管那是一雙平凡的拖鞋，它們註解了我今生單薄且荒涼的斷代史。推開門，我嚴肅且慎重地，將雙腳伸入鞋裡，記憶的編碼器重新銜接上一度中斷的歷史，剎那間，巨大的缺損復歸完整，悲喜都由一雙鞋，悄悄記載。」（陳思慧〈我鞋〉）

要點

觸覺神經所佈下的天羅地網，隨著接觸輕重的程度、遠近距離、粗細質地、濃淡氣氛、緩急形式，發出各種頻率的訊號。它們像一個個地標，引領我們建構七情六慾的自我版圖。

請寫與任何東西接觸時，身體所發出的心號，無論那是緊張或歡喜、是奇癢無比或是舒服貼心……。

眼鏡與臉孔間的糾纏——

出門時戴上幾乎沒有重量的隱形眼鏡，真的可以讓我忘了自己是個大近視，感覺上它就像貼身保鏢，隨時隨地注意我的安全，我們之間默契十足，彼此配合得天衣無縫。

回家換上一副鈦合金的眼鏡，感覺整個不一樣了，鼻樑被鏡架夾著，這種感受就有點像小時候調皮，被母親揪紅耳朵的感覺。雖然戴眼鏡，眼球比較不容易乾澀，但就因為這誇張又不自在的聯想，讓我還是偏愛隱形眼鏡。（王慈惠）

腳底與拖鞋的細語——

冷冷的冬天裡粉嫩的腳底和毛茸茸的拖鞋摩擦著，猶如在腳底下生了一盆火，暖暖的鬆弛在腳底，足指間擴散。拖鞋默默的、悄悄的搔弄著腳底，柔柔的、熱熱的，讓冰凍的腳開始微笑……。（成虹樺）

足與鞋的契合——

腳上的這雙黑皮鞋是新生入學時在學校訂購的，剛穿時就像穿玻璃鞋一樣，雖然細皮嫩肉常要和硬梆梆的皮革做一番交戰，但穿新鞋的小心翼翼與得意興奮，使腳趾緊束微痛的觸感，被原諒，也被吸收。

現在，鞋和腳是如此契合，只要把前腳掌插入，再用食指一勾，腳就滑進鞋裡。套進軟硬適中的鞋裡，就像縮進溫暖的小被窩一般。腳，被安全地保護著，與微舊而有經驗的鞋親密而貼近。（蘇絹斐）

脫鞋暗示的意義——

從禁錮的枷鎖中，解救出那被強塞在狹窄空間的靈魂，退去罪惡囚衣，十個腳趾自由伸展。敏感的肌膚重新感受人間的空氣，宣告自己的存在；冰涼的地板，喚起雙腳對地球的記憶，證實人的尊嚴。（鄭雅云）

與衣服戀愛的絮語——

我喜歡把手深埋在風衣的袋裡，末梢神經時常冰冷的我，習慣向風衣索取我為它帶來的溫暖，一波一波溫柔的海浪撫過我的皮膚，這種奇妙的觸感，是戀人間的體貼溫柔，是放任我自由自在地玩，卻又怕我會感冒的牽掛。

手，埋進風衣的口袋裡，雙臂窩在衣袖裡，身體被抱在風衣裡，這種熟悉的舒服與甜蜜，親近與信任，化為我們彼此間的溫暖。（王慈惠）

身體與床所締結的盟約——

床像 QQ 的果凍般很有彈性，棉被則如同棉花糖那麼鬆軟，我的身體伏貼地夾在其中，與夢結合成沒有重量的忘我。（史蓉蓉）

原來相遇所傳唱出的故事，並不一定要發生於人與人之間的契合，在日常生活裡必要性的與物的親近中，叨叨喋喋不已。

四、觸覺飛行的心得

•對於與生俱來的感覺，人們往往不會探究。藉由這堂課，我慢慢去發現，由不同部位去摸同一個物品的感覺其實有所不同，用不同的摸法去碰觸同一物品也會有迥異的感覺。透過觸摸東西更會有各種不同的心情，這讓我更了解自己身體的反應。

和不會說話的東西說話，也很有趣！起初，我以為很難，其實只要撇開一切罣礙，用心靈跟他們說話，還蠻好玩的！無意間，我愛上這種咀嚼的趣味，頓時一切都覺得理所當然的事，讓

我有種重新發現的驚喜在我心中，久久不散！這堂課我學到了平常在正式課堂中沒辦法學到的東西，真的很難忘！（林芳瑩）

很難得有這麼多時間可以在校園中和自己想要的、喜歡的物品在一起思考、對話，進而互相理解。在這一段時間裡，我徹底了解，這世界上所有的東西都是有生命力和靈魂的，只要我們肯用心、花時間去和他們交流，我想，這世上就沒有所謂的孤獨了吧！（成虹樺）

正如昭妤所說「我已厭倦用正常的角度看世界，換個方式感受世界，手心彷彿出現了一個眼睛。」讓手腳以身體代替眼睛與耳朵，會乘著觸角拉出的無限，會發現完全不一樣的世界！

觸探虛實的時空

一、接觸空間

觸覺是最古老也最重要的知覺，無論遠近、虛實、想像現實中與人事物的碰觸時，就啟動觸覺細胞精密網路。腦部像解讀摩斯密碼般讀出訊息，讓我們承受、反應、改變間及時回應，並記憶情緒或文字畫面存檔。

(1)觀天地觸碰的線條、聲浪與色調

作家說法：

公式 1：「自然的心情＝（風＋冰沙）×觸覺＋（岩石、天空）×視覺」

如鍾文音：「眼前在橘黃和墨綠中游移，向晚的風開吹起，陡然下降的冰冷。渾身肌膚滲透著冰沙，山岩崩塌於，起先一切都覺得新鮮，但一成不變的視際，讓睡意斷斷續續來襲著。」

公式 2：視覺＋觸覺＋味覺＝觸覺

如「所以來到這裡，無需為別的，只要感受一下溫暖的、金黃中帶著些微水氣微塵的光束裡，還存留著當年潮熱、甚至夾帶著油畫顏料的氣味，遙想一幅幅光與影，如何織出剎那片刻成為

不朽的永恆。」

要點

1 昆蟲植物、山風泉水與皮膚接觸的線條，皮膚對空氣的舒暢、乾濕所做的回應等等。

2 陽光與草、花與蝶、蟲鳴與鳥語、雲與雨、葉與風對眼所接、觸、摸、揉、撚、碰、踏出的感動，移情於其間所煥發的心情故事。

・平躺在草地上，靜靜的沉澱在時光洪流裡。風清、雲淡、天藍、草綠，我在浪疊中品嘗孤獨、在飽含觸感中凝滯。萬古以來，滄海桑田，莊生曉夢蝴蝶，我是莊子，流連在時間的遞移中。（陳佳青）

・時間彷彿停止了，沒有動、靜，只有風輕飄而過的聲音、「咚！」地綠芽上滾落的水珠笑語。柔軟的草皮散發出清涼的濕氣，像冷藏在地窖的美酒，在時間裡蘊釀。（許立佳）

(2)天氣季節的觸感

季節是一種質感的經驗；當我們感到光線的質地、白晝的長度和皮膚所感受的空氣有一些幽微的變化，我們便察覺到，大自然正進行一些變化。在地球萬物生長和變化所開展的韻律中，每一小時都有個遠比我們固定的時鐘刻度，更為豐富而複雜的性格和面貌。

作家說法：

在詩裡充滿以生動的觸感所拓出的季節印象，如寫春天的綿綿細雨與芳草萋萋：「天街小雨潤如珠，草色遙看近卻無。最是一年春好處，絕勝煙柳滿皇都。」（韓愈〈春早呈水都張十八員外〉）、夏裡溽熱難當的濕燥：「南州溽暑醉如酒，隱几熟眠開北牖。日午獨覺無餘聲，山童隔竹敲茶臼。」（柳宗元〈夏晝偶作〉）、秋裡山氣的濕潤：「荊溪石不出，天寒紅葉稀，山路元無雨，空翠濕人心。」（王維〈山中〉），以及極寫冬雪寒氣逼人的銳利：「北風卷地白草折，胡天八月即飛雪。忽如一夜春風來，千樹萬樹梨花開。散入珠簾濕羅幕。……翰海欄杆百丈冰，愁雲慘澹萬里凝。」（岑參〈白雪歌送武判官歸京〉）

張愛玲〈桂花蒸〉裡，別出心裁地以人氣衣服的氣味轉而形容天氣：「剛才在三等電車上，她被擠得站立不牢，臉貼著一個高個子人的深藍布長衫，那藍衫因為骯髒到極點，有一點奇異的柔軟，簡直沒有布的勁道，從那藍布的深處一蓬一蓬發出它內在的熱氣。這天氣的氣味也像那袍子。」〈第二爐香〉。

在學生的解讀裡，摸出什麼樣的季節風姿呢？

春的柔細輕語、夏的黏稠溼悶、秋的爽朗清心、冬的凝滯蕭瑟……透過溫度與景色，你觸見什麼樣的風情？探摸到什麼樣的故事？

‧空氣中黏滯的悶熱像稠濃的巧克力汁，與融化的柏油密密地聯結為一張燙人的網，每個毛細孔像交換器忠誠地、爭先恐後地進行調節。但體溫 37 與天氣溫度 40 相乘，熱烈的汗水迅速與舌頭吐出的火燃燒成一座火山。（陳萍）

‧春時，風與百花美妙的旋律，猶如燕子在空中優雅曼妙的飛行，是吹面不寒的楊柳風。夏日裡風拂過竹林的聲音，像輕鬆的棉布衫又乾又細，舒服而自在。秋風起兮雲飛揚，就像入口即化掉的奶油，塗抹於身，竟日清香。冬來北風如大鼓的敲擊聲，就像巨人沈重的腳步，鏗鏘的有力說話，如大鋼杯冰冷而無情。（許家禎）

⑶目觸城市的印象

作家說法：

南方的熱情最能展現在黏稠的汗水之中：「處在臺北這個盆地裡，早晨往前一望，一日的行程就如橫度戈壁沙漠。濕漉漉的脖子，粘粘的汗衫……額上豆大的汗珠直冒，像擠壓了一顆多汁的荔枝。於是，就這從早到晚，一直生活在粘粘的，溼溼的，燙燙的衣服之中。」（顏元叔〈人間煙火　游泳池畔〉）

或者是雨所滴落的詩調：「雨是一種回憶的音樂，聽聽那冷雨，回憶江南的雨下得滿地是江湖下在橋上和船上，也下在四川在秧田和蛙塘下肥了嘉陵江濕布穀咕咕的啼聲。雨是潮潮潤潤的音樂下在渴望的唇上舔舔那冷雨。」（余光中〈聽聽那冷雨〉）

要點

1 張開全身觸感神經，吸取所進入的場景，金屬磚塊水泥所包圍的硬體以及裝飾人文的軟體形成的戶外與室內、閉塞與開放感。

2 以身體作為平台，與空間的材質、溫度、溼度、建築親密接觸，記錄一個城市、社區、一方角落、光景的觸感。

・江南和暖薰風甜膩喧鬧，京城歌妓紅艷媚人，與肅靜蒼涼如苦澀烈酒的邊塞風情，層層染艷出金碧輝煌的王朝。（呂國麗）

・傳說中的「上有天堂，下有蘇杭」融在連綿的水鄉澤國裡，有種幽幽的、溫柔的、爛漫的、細膩的古典。這就是蘇杭的氣度，一尾船悠悠盪去，所有的故事，就是從這兒開始的……。

在神話的年代裡，這兒是楚地，是神話的故鄉。初民手裡輕輕捏出人類的起源，是一縷清煙，裊裊繚繞出最早的眷戀。……經過多少年的兵荒馬亂，改朝換代，吳儂軟語的浪漫，清河坊百年商號的招牌，西湖斷橋上撐傘望蘇堤楊柳的背影紛飛了流年。

船悠悠，風輕嘆，湖水連天，商女歌吹如風。（韓克瑄〈小橋流水話蘇杭〉）

二、感覺時間

朱天文《世紀末的華麗》裡敘道：「米亞和老段，他們不講

話的時刻，便做印象派畫家一樣，觀察城市天際線日落造成的幻化。將時間停留在畫布上的大師，莫內，時鐘般記錄了一日之中奇瓦尼河上光線的流動，他們亦耽美於每一刻鐘光陰移動在他們四周引起的微細妙變。蝦紅，鮭紅，亞麻黃，蓍草黃，天空由粉紅變成黛綠，落幕前突然放一把大火從地平線燒起，轟轟焚城。」將全身浸染於視覺紛麗，以印象畫派式的顏色變化記錄時間的流動感。

要點

摸鐘錶上的刻痕、凝視沙漏滴下的弧度，讓電子錶的聲音帶動及時行樂的悟、靜止融化的青春或是老大傷悲的無奈。

・滑不溜手的時光捉都捉不住，好似韋瓦第的四季交響曲，輕快飛逝，催動下個季節的來臨。（張銘）

三、感覺記憶

作家說法：

記憶像隻變色龍，總暗自在流年轉換之間，在悲離愁苦之際悄然溜進觸動一個個深鎖的密碼，如「已經在台北生活二十年的他，常常在冬天陰雨的下午醒來，身體感到無由言說的無力，寒冷的空氣中，彷彿有一股被雨水所浸透的液體在流動。那時他總要想起某一個熱天的午後，那個穿行過中部街道的陽光。他感到自己的身體已經生鏽，在北方的冷雨中。……現在，他終於明白，每一個城市都有它特殊的感官記憶。而這記憶是和過去的生活歲月、感情、悲傷結合在一起的。他所記憶的中部家鄉，來自他的青少年歲月，那時，生命如一盤空白的圍棋，所有棋子都還未下，等待自己去佈局；所有的道路都未曾走過，所有的愛情都未曾來臨。期待感會升高那時的溫度，記憶會過濾陽光下的陰影，只剩下一片白光。白光下是流浪的少年。那個少年是他久已遺忘的自己。」（楊渡〈風之觸覺〉）

要點

生命影像展中，生命的歷程=事件+事件+事件……許多事件；事件的產生=空間+時間+個體。當你以溫柔的觸角探訪這些人事記憶時，喚起什麼樣的傷痛？什麼樣的感受？請寫下觸摸這段回憶的心情故事。

指間搓著香灰，綿綿密密落入香罈，唯拇指與食指紋上殘了餘燼，像是敷上一層石灰，掩覆了迴旋迷思的深紋。就試圖將記憶撫成平滑，兩指卻因為沾上粉灰而無法輕易拾起，拼命的想將它提起。

回憶起幾年前最苦的一段過程——當至親的阿公過世，想著假若手上的那許灰是他的骨，一切的過往應當很快被收回來，而觸的細緻中將不再滑膩，刻骨的滄桑也會使顆粒圓潤中帶有粗糙，有些刺手，卻是靦腆的搓磨著。

六十年後才發現過去年輕荒廢太多，有了孫子，才開始正視自己的生命，收回放浪的把心全放在愛妻子、孩子、孫子，只是還是晚了，收得太晚。

彈去指紋裡的殘灰隨著春風混著檀香和昏灰，欲連同情意也一起逝去，縱然伸手向空中企圖攔回，但所有的記憶仍如灰飛，煙滅。（簡珣）

往事之所以讓人依戀不已，是因為它永遠不可重現，時光與人事交會的圖景永遠只有一次，那倒帶的是回憶，是傷逝的心情，也是如灰飛煙滅般的曾經。

四、戀物的觸感

與物的觸摸更直接地牽動情感，讓我們從與玩具捕捉笑聲、擁抱布娃娃間呼吸安全、與小被褥成長中寄語情思、在朋友送的生日禮物裡書寫青春……物的質地、重量所交付的反應、歲月情思所衍生的觸感，如「哈利從地上撿起那塊閃亮的銀布，摸起來的感覺很奇怪，就好像是流水織成的布料。」（J.K.羅琳《哈利波特》）

作家說法：

「那是一枚它不經意留在照片上，淡淡而透明的漩渦，是痕的指紋；在空氣的氧化作用下，這枚已經泛著黃色的光澤，可以窺探他心事的細微指紋，也不知道什麼時候，悄悄的失落在時間的漩渦中。」（江博文《失落的生命指痕》）

在我們生命也曾不經意地茶杯上、書箋裡、抽屜間留下一枚枚指痕，讀著這一枚枚看得見的、視不透的指痕，許多沉睡的記憶便這麼被敲醒……

要點

1 請在自己喜愛的經驗中尋找生活的觸感；每天喝水的杯子、眼鏡鏡片、讓陽光透進室內的玻璃窗、看病時的溫度計、全家出遊用的照相機、晚上睡前發光的那盞燈、醫生檢驗用的試管、天文學家的望眼鏡、撫弄寵物，或是與布料的對話（如擁抱棉被、趴臥沙發椅、窗簾拂面、與床單耳鬢廝磨、浴巾搓揉裹拭……）親密接觸的滋味。

2 任選某些觸覺，寫出由觸覺引發的記憶、心情或其他聯想。

・透明的玻璃杯摸起來有種清涼的感覺，像大太陽下被穿透的自己。（廖家鈴）

・輕撫懷中毛茸茸的小狗，柔軟潔白的捲毛飄飄地在手指間蕩漾，小小身軀溫熱的體溫沉穩的心跳透過掌心傳來，彷彿身上擁著的不是瑪爾濟斯，而是剛從天上摘下來溫潤的棉花糖。（林靖容）

不同的手、不同的人，卻在練槍法時「植」入同樣的一個繭，同樣的記憶……多年後，摸著相同位置的繭，也許耳邊會再次響起，我們的手與愛槍磨擦出一次又一次令人難忘的熱情與喝采。（許瑜芳）

・049，我的槍號。從去年七月到今天，每天我都會去碰它，是摸也好，是握也好，是接也好，是旋也好，是拋也好。我的槍，就是我，它的大小，它的重量，它的重心，它的長度，只有我最了解。

槍很老了，外層黑色的漆脫了大半，泛出紅紅亮亮的木頭紋理，透露一股樸素迷人的味道，堅毅憨厚的氣息。

它是舊槍，所以很重，是實心的槍。一碰到這把槍，就能感受到學姐練槍法時流血流汗的神情，因此，我不覺得重。摸著槍帶給我的祝福，摸著槍，我，就有力量，就有信心，我擁抱我的槍……049，我愛它。（朱珈瑩）

・我曾擁有過一隻小無尾熊，那是小學和爸媽出國玩時所得到的戰利品。觸摸它的感覺，就像手指跌進滿是棉花的田野中。

被媽媽罵，躲在房間偷偷哭泣時，我就會緊緊抱著這隻小玩偶，對它訴說心中的不愉快。小熊柔軟的布料先是輕輕擦過我的手指，再從我的臉頰上劃過，像是撲倒在一張天鵝絨的大床上，又像是回到了羊水時期媽媽肚子裡的我。那種感覺就彷彿一道緩慢而又堅定的電流輕輕從手指流向臉頰，又像是躺在搖籃中的嬰孩，被那雙推動搖籃的手逗弄得露出天真的笑容。（桂尚琳）

人與物之間所生發的感情故事，是生活的寫實，也是心情的告白。那或是童年孤寂的慰藉，或是繾綣的依偎，或是青春的烙印，盡在那深深的觸感裡綿綿不絕地低吟。有時候，物所銘記的是一段段愛情，傳送來的電波曾經灼熱，曾經心動，也曾冷漠，佳蓁以觸碰手機的感覺訴說聽見的聲音，彼此交結的情誼，取材新穎，在敘述之中溫柔地看見感情的流動：

我喜歡我的手機，喜歡它凸起來的按鈕，讓我很明白地知道我已按了鍵，減少打錯電話的可能。它有個小小的弧度，一手就可以輕易掌握，讓我講電話時不會累。

我的手機是有溫度的！當有討厭的人打來時就是冷冷的，一點都不想把暖暖的感覺傳給對方；當喜歡的人打來時，一不小心就會講很久，話筒變得興奮灼熱，對方也會感到甜蜜的熱情。當講了很久的時候，聲波就會不斷地撞擊耳朵，要我屈服於它，通常為了讓耳朵免於威脅，我只好停止與聲波的戰爭。在炙熱的太陽下講電話，話筒油油濕濕的，好像體內的油全都離家出走到手機上來了。

透過手機，觸碰到對方的心靈，冷靜的藍色、熱情的紅色、深沉的黑色、純潔的白色，冷、暖、刺、麻傳到手掌，不同的顏色、不同的心情、不的人藉由本來冰冷的塑膠殼傳送，傳送到我平靜的心，激起洶湧的浪花。（林佳蓁）

五、人事與生活狀態的觸摸

觸覺，影響整個有機體與文化以及所接觸的任何事物。

與碰觸相對的「隔離」，它的範圍不僅是有形的病毒，還有無形的人際關係。冷漠疏遠、猜疑八卦、仇恨攻擊，讓現代人沉淪於憂鬱孤獨與慌亂無助的失序中。身體的每個細胞、靈魂間的意識從清醒到沉睡，無時不接觸科學與細菌之爭，自然與人為之鬥所造成的干擾與傷害，以致我們與癌症腫瘤糾纏不清。

作家說法：

生活狀態：「他的婚姻已經成了一種無奈的感覺。像個大爬蟲，張著帶腥涎的大口，而他必須每天回去，進入那醜的洞口，任由那些口涎落在身上，黏著、堆積著。」（袁瓊瓊〈慕德之夜〉）

人情關係：「他的手發暖，是這樣黑而奇怪的夜，一切感官都失去了，唯剩下觸覺。維廉的手大乾燥，給夜風吹得有點涼，那涼意裡有火花般的微溫。……在生命的黑暗河流裡，那隻手不急不緩地執著她。」（袁瓊瓊〈恐怖世界〉）

「愛情就像是縫衣針與皮膚的接觸，當縫衣針輕輕巧巧地在皮膚上游移滑動，搔癢、不安的情緒，立即在心底蕩漾開來……當縫衣針失控，重重扎下去時，疼痛與憤怒讓人急急將這可惱的壞東西拔除，拋去；而那紅腫的傷口卻緊緊留在皮膚上……」（黎輔寧）

要點

以長鏡頭捕捉生活狀態社會新聞、現象與人際關係。

・在網路所構建的聊天室裡，雖然無法見到對方，所有的身份也是虛擬的，卻可以從文字中感覺到對方的想法、感受，彷彿對方就在耳邊與你交談，對方的鼻息所透出的熱氣，眼睛所注視的凝神，真實而誠懇，是一種很神奇的體驗。（周虹汝）

我聽一個人說過，世人都是恐懼寂寞的。若非如此，不需要寫電子郵件，不需要打電話，不需要發明手機，不需要有即時通，不需要安裝視訊。這一切聯絡方式，皆是人類驅逐寂寞的避邪劍。

現代的社會更趨冷漠，而營造這個世界的人類也越發害怕，唯恐所有人漠視自己的存在，於是無所不用其極，只要能讓其他人看見自己，發現自己的存在，於是乎發明各種工具，利用它們向世界嘶吼：我在這裡！有沒有人注意我？

其實有些悲哀，藉由著這些冰冷的機器，無生命跡象的程式，才得以建立存在感，但這些存在感就如同網絡般虛擬不真實，只要沒了電，斷了線，便是氫彈爆炸，軀殼瞬間蒸發，連個殘影都沒有留下，只有無盡的寂寞是刻骨銘心的，真切如刺青般，疼痛，且烙下傷痕，消不去，褪不掉。

即使如此，我也還是樂此不疲，一次次的寄信，一次次的對談，一次次的上線，一次次的通話，每一次每一次，期望，等待，失望，等待，一遍遍的輪迴，除了更深更重的寂寞我什麼也沒有得到。或許有點自虐，就像有時刻意讓瀕臨臨界點的寂寞達到飽和，硬是將自己擠入洶湧人潮，打電話到無人的家，聽著無止歇的鈴聲，如奪命的魔咒縈繞在耳邊始終不去，或是機械女音照著有規律的節拍娓娓道出：您撥的電話將轉接到語音信箱，嘟聲後開始計費……

當寂寞終於超載，狠狠咒罵或痛哭失聲都比悶在胸口強，否則便像一截魚鯁錮在那兒，上也不是，下也不是，用力一咳，吐出的是那顆熱騰騰的心臟。（蘇庭）

・秋意轉涼，路上一對對情侶手牽手逛著，冷了就伸進口袋中取暖，兩隻手相疊，彼此體溫相偎。

情侶的口袋，搓揉纏綿的依戀甜蜜而黏稠，口袋中的手也可以是爸爸溫暖的大手，粗粗的，暖暖的，緊緊牽繫無可取代的安全感與親情。（劉悅如）

文字在螢幕上所傳達的不只是符號的意義，虹汝由其間觸摸到一種親密而貼近的關係，悅如則以口袋所保有的情感溫度敘說親情與愛情，無論那種觸摸的熱力都是無可取代的！

觸摸藝術的溫度

在閱讀的進行式中，我們不斷在符號的意義間迷路、在情節的迷宮裡沉醉、在與作者對話中錯愕。翻開財經商業數字符號與大師的幾何交集、觀察藏身於你我身邊的文字精靈、漫步藝術品呈顯的文化氛圍，那是一種文明的累積？環境的塑造？思索的辨證？夢境的誘導？還是創作者本身遺傳的這樣一本書的基因？當你以與情人約會的心情期待時，閱讀便走入生活。

要點

1 去圖書館站在邂逅的書架前，與一本呼喚你的書約談五分鐘，以眼睛注視書套上的圖案與名字、以手翻動紙張質地，並跟著線條走，想像情書、家書、墓誌銘、歌詞、文章、圖片、筆跡……背後的感情。

2 書的閱讀，被視為一種空間的闖入和停留，可以是任意切換對話的即興空間，可以是像年輪般蘊含收藏、秘存、經典化及性格的思維，請寫下你與文字在黯黑中輕輕抽長的靈魂藤鬚，默立在風格迴廊的琳瑯窗前的低迴。

一、走入藝文世界裡的觸動

(1)書頁翻開的風景

・《夢的國度》這本書的封皮摸起來涼涼滑滑的，還有一些凸起的圖案，讓人不禁幻想在雲朵間飛翔，周遭清涼的空氣似乎已融入我的呼吸。書的內頁生命力強烈溢現，觸摸每一字的夢想，我感受到它們迫不及待舞動的生命力。（駱玉嶔）

・翻著自己根本翻都不想翻的書籍，那生疏的手感，好似置身異次之世界，唐突荒誕。但也是這份神秘而陌生的感覺驅使我的手一頁一頁的往下翻，仔細的看著書的內容，就像在探索從未發現過的寶物般。平滑的紙張像飛機跑道，引進我急迫地往下翻，因為紙所透露的趣味早已經盈滿在手心中了！（鄧雅云）

・隨手找到這本細說棒球的書，掃過封面，感覺就像佛寺裡的木魚聲，規律而缺乏變化。隨手翻開，某一行的兩個字瞬間勾去我的意念，抓住我的好奇心。懷著滿心的鼓動聲隨意瀏覽，大悲咒的誦經聲源源不絕地闖進我的思緒。

為了阻止眼皮舉起白旗，立刻又猛翻了一頁，陌生的人名，和熟悉的名詞同時出現。陌生的名詞如同沙灘上的腳印，初看也許很明顯，但熟悉的海水一過，立刻就淡忘了。闔上書，思索剛才得到的資訊。真可惜，棒球之於我是木頭和磁鐵，毫無吸引力，這可真是殘酷的結局呀！（陳薇如）

・抓住我的目光是「高行健」三個字，接著把焦點往下移到書名，「八月雪」。八月的雪讓人想到蒙受冤屈的竇娥，彷彿觸摸到戲劇的傳奇與身段，穿梭情節裡的沉沉的冤恨，以及那不甘心幽魂怨語。但一翻到背面，原來是在講述「禪」、「空」、

「佛法」，封面則是一幅帶點抽象的水墨畫，感覺很有它的意境。（陳淑敏）

書是有生命的，輕拂過它的封皮，就感覺到一陣陣呼吸。它們或坦誠地表現內在，讓讀者感受那強烈溢現的生命力，而欲罷不能；或似薇如觀書，如聽木魚聲，怎麼也敲不醒混沌，終以無緣收場；或如淑敏在未翻開前便已吸引目光發酵、續寫那悠悠故事。

⑵撫摸文字的心情

•一頁頁從我指間吸走我的自信和勇氣，悄悄地注入驚悚和膽怯。一次又一次地接觸到它乾澀的紙張，就彷彿碰到吸血鬼饑餓的喉嚨，渴望暢飲鮮血的聲音。〈關穎珊的故事〉以光滑的每一頁吸引我隨她一同溜冰——即使只是在紙上過個乾癮。手指總忍不住放縱的輕滑過每一頁，任由想像起飛，就像個溜冰好手隨心所欲地馳騁其中。（張瑜軒）

•那本書——17 歲的殺人犯，光看到書名就毛骨悚然，何況斗大的字樣，血的背景直懾人心，但我還是忍不住想要拿起它。隨著故事的發展，我的手也跟著情節繼續往下走，這本似乎沒有很多人翻過，書的觸感很新，彷彿能摸到紙漿被輾平的疼痛。我閉上眼睛，用指尖去感受每一個字的情感，但只是一陣恐懼。（張維芬）

正如羅智成在〈黑色鑲金〉一詩中陳述創作的心情與對作品的：「但我的詩已死／只有在別人不經意的閱讀中借屍還魂」。

讀者的參與詮釋讓文本生命得以綿延，被作者禁錮文字也因讀者的開啟而自由，觸摸的感覺就如瑜軒所言讓「想像起飛」，也像維芬所碰見的「一陣恐懼」，因為閱讀本是在真實和幻想之間一場漫步。

(3)與一個藝術品邂逅

要點

與一件藝術品深情相對、與一本藝術雜誌或書籍相見，感覺眼睛被開啟的視境、心靈被觸發的激動、腦海所迴轉的歷史，寫下這段偶然所編輯的情節與情懷。

今年到現在，多久沒去看過展覽了？拿破崙、齊白石，那時相見恨晚的震撼，怎麼忽地一時記不起？現在，我想我唯一能好好地與它敘舊的，只有慕夏了。

走進萬花筒裡，懷疑阿拉伯人為何總是這麼計較，要求精準無誤的幾何拼圖，像偏執狂般，以一雙強迫症的手，提起一罐罐的方、圓倒進藝術裡。我傾著頭，著迷了一會兒，線條倏地流散開來，原本是一片線與色互不侵犯的彩色磁磚，在鎂光燈刻意營造，金黃的光粉粉地灑下，一時女子長髮飄動，花冠搖曳，身後雕花複雜的黃道十二宮環，有如歷史性的一刻，轉動了。

女子的柔與剛、靈性與才華之美似乎是所有畫作的重點，可以感受到畫家真誠的臣服，對藝術，對女性。如果一名女子定要手持香煙，她的黑髮就不能不與繚繞的煙霧共舞，修長的頸子、鎖骨與身體，全透露著性感的節奏，任何一個動作都能使人心動神移。然而她只是垂下眼瞼，有意無意地盯著手指間瞧，在幾筆勾勒周圍，那淡淡地紫色修飾是一種無言的鄙夷？蔑視？我想我又得側著頭想想了，這是香煙廣告吧？怎麼會出現這樣子的眼神呢？

史詩在牆壁上連綿不絕，滔滔不絕，沸騰著斯拉夫民族血淚的歷史。站在那兒，可以感受到一雙雙堅毅的眼神，他們倔強、毫無索求，只尋一場壯闊，光明的決戰，就算青藍的陰影披在神殿上，灰黯的雲從邊境壓來，但人們仍然佇足在陽光下，沒有驚恐，沒有逃竄，彷彿所有過去的一切都凝聚在這一刻。這一刻，就算不是勝利的時刻，他們仍然要站在這裡，在這片故土上，他們是英雄！

一瓶小小的香水需要多少設計？細緻字型、曲線瓶身，多少期待和驚奇等待被開啟，這之前是需要來點特別的前戲的，嬌美的女性捧著一束水仙，優雅的甩著捲髮，讓人眼前一亮的復古時新，如果一位有學養紳士徐徐走過，那必是一場難以脫手的視覺暫留。（朱品宜 Mucha—藝術欣賞）

這是一幅壯觀的圖畫，初看便充滿了震撼，因為它一語道出了——繁華。

清明上河圖非常長，令人不禁感到懷疑，他——張擇端究竟是如何完成這件「鉅作」的？圖中清楚地描寫出汴京街坊的結構、物品的多樣以及熱鬧的人潮。那是個怎麼樣的年代？是個怎麼樣的背景？都可以從圖中略見一、二。隨著圖迆邐展開的小道街巷，引我們漫遊過往的歲月，踏進繁榮的街道，感受那帶點古色古香卻又充滿現代經濟社會風味的奇妙滋味。胭脂、羅紗、胡服、胡帽，中西合併，華夷大同。路上走的、街上賣的、身上穿的，五花八門，豐盛多姿。

這幅圖細膩得彷彿能觸摸到街上人的一顰一笑、夜市裡琳瑯滿目的雜物，盛況空前的正店、座無虛席的瓦子都十分生動，讓我們彷彿置身畫中，也在街上提著燈籠、選著髮釵或在正店裡吃飯談笑、在瓦子裡隨說書人的劇情神遊其中，再滿載而歸。

據歷史老師說，張擇端事先考察各地，一一畫成草稿，最後再集結而成。過程之艱辛是我們難以想像的，我很疑惑，他怎麼會有這樣念頭去畫這麼一幅需要耗費過人的心力與體力的圖畫呢？是藝術家的堅持？還是純粹對這個朝代、這個城市近乎瘋狂的喜愛？

歷史會永遠存在，但存在的，也僅僅只是歷史。正如這幅畫，儘管內心充滿憧憬卻也在心中滋生了另一種情思，那是一種對繁華不再的感慨，曾風華一時的歷史消失的悵惘。（何婧瑀〈清明上河圖〉）

面對藝術作品時，我們以「眼」以「鼻息」以每一分「感覺」去撫摸、閱讀其線條、色彩、構圖……並從眼前所見、觸碰作者的心靈情思、神遊其境，正如品宣所言，那是「一場難以脫手的視覺暫留」！

二、觸感所陳述的文化與國情

西方人相見時的握手、親臉頰、全身擁抱所展現的禮儀與肢體語言的熱情，充分說明以觸覺所表徵的民族性。東方人以接觸所表達感情的範圍限於熟人，但身體的觸碰在嚴肅的禮教下化為一道道符咒，禁錮著視聽言動間的觸犯。以中國對女性的規範而言，《禮記．曲禮》：「外言不入於閫，內言不出於閫。」限制女性不言外事，只處理家務，「閫」之外女性是沒有發揮才能的餘地，也使女性的生活空間囿於閨房之內，接觸的人事物被鎖定於思領域。

再者，「女正位乎內，男正位乎外」的傳統觀念，使婦人連說話的聲調、動作都要限制——「凡為女子，遵學立身。立身之法，惟務身潔。清則身潔，貞則身榮。行莫回頭，語莫掀唇，坐莫動膝，立莫搖裙，喜莫大笑，怒莫高聲。」「笑休高聲，說要低語，下氣小心，纔是婦女。偷眼瞧人，偷聲低唱。又惹是非，又不貴相。」以種種婦德為名的觸覺限制，緊控衣著語言，甚至於眉宇的表情，在層層統攝之下，中國女性所觸摸的夢想只能委託一針一線繡出的圖案來宣示。

對西方原始民族而言，由口中呼出的熱氣彷彿是靈魂的具體表現，吻，則是兩個靈魂結合的方式。於是從情人親人間的吻、在信封背後沾著唇膏的香吻、擲骰子前的吻、親吻十字架、親吻土地、親吻幸福符或相片……柔軟的唇所觸及的忠誠期許，在西方都成為充滿象徵的意符。

中非洲侏儒族的嬰兒至少有一半的時間都與人做身體接觸或玩耍、喀拉哈里沙漠的康族母親把寶寶掛在身前，任他把玩項際的珠鍊。毛利人、波里尼西亞人則以摩擦鼻子向對方致敬，達爾文曾描述馬來人擦鼻親吻的風俗道：「女人們蹲下身來，頭部上仰，而我的僕人則站著俯下頭來，雙方開始摩擦，歷時較我們熱烈握手的時間略長，在過程中，他們發出滿意的咕嚕聲。」是見身體做景直接的「觸」碰，在東西方文化中有著迥異的意義。

・韓國人喜用肉體、感覺等觸覺來察知事物，如語言有很多用器官來表達感覺的語彙：抑制慾望時的不安狀態就用「癢癢的」來表示，刺激的情況就用皮膚感覺「疼痛的」表示，比喻憎惡是「肝癢」……所有抽象的感情都用皮膚感覺來表示。冬天全家人圍坐在炕上，上鋪毛毯，這是韓國人所最懷念的故鄉情趣之一——皮膚感觸的情趣。（駱宛萱）

從無到有、從混亂到秩序是創作的要義。生活裡人事交疊、行旅間的山光雲影、書頁螢幕上展示的聲情故事、激盪於心靈裡的愛恨仇癡……形成或深或淺的經驗、概念。這些一如粉狀的顆粒墜時間飄飛淡化，緣於新印象的覆蓋而消失，以致提筆時，空白的紙張一如僵硬的麵團。而不斷地刺激便是讓麵團膨脹起來的酵素，讓沉澱的記憶被喚醒；不斷提供方向的引導有如點燃火的引線，觸發、啟迪想法，並在意念的撞擊、磨擦下，將握不住的感覺、雲淡風清的往事形塑為永恆。

正如艾爾柏為荷蘭畫家以眼盲為主題所做的畫評：「眼盲並不是為了要追求更高層次的靈魂洞察力，而是為了要使注意力集中於我們在世上的觸覺經驗。」

做為我們存在場域的身體，自我意識「觸覺教我們知生命有深度有輪廓，它使我們對世界和自己的感受成為三度空間，如果沒有那種對生命的複雜觸覺，就不會有精於繪出感官與情感之圖的藝術家。」（Diane Ackerman《感官之旅》）

所謂「春江水暖鴨先知」，說明最先察覺季節脈搏的不是眼睛，而是那散佈於全身的觸覺，但這比眼睛更敏銳的官覺卻往往在眼見為憑的實體中沉默。在這充滿聲光，講究與追求視聽的世界裡，以身體靈魂「接觸」所感知的訊息，讓我們認識世界的另番面貌。

皮膚有眼，是因為觸覺，它以奇異的雷達網感應所觸及的有形與無形世界，使我們對世界和自己的感受成為三度空間，畫出生活的領域，讓我們知道自己所處的位置。觸覺也是儲存與打開記憶的鑰匙之一，生命的深度與輪廓都因複雜的觸感的註解而深刻久遠，在這堂動與靜、實驗與參與的作文課裡，樂見難忘。

氣之精靈

看不見，卻依然存在的精靈
香味在食物裡下的魔咒
尋幽探勝的氣味導航
風姿綽約的氣味影像
氣味標出的人事地圖
滲透於生活環境的氣味
空間中吟詠低迴的氣味
時間裡踉蹌漂泊的氣味
網住藝文與時代的屐痕

看不見，卻依然存在的精靈

氣味在風的傳媒下揮之不去；無論是春天的花香、溽暑空氣中的悶熏、秋山蕭瑟的輕愁、冬令凝凍的寒氣，乃至流竄於工業文明間的異質、屬於人事時空的味道、流行與聲音顏色的氣味……。它們從門縫窗縫竄入，鑽進鼻孔，滲透於皮膚毛孔，留駐於心靈形體。它，無所不在，卻又無聲無息；它，看不見聽不到摸不著，飄然而逝，卻又實實在在地存有，長長久久地銘記。

世上沒有比氣味更容易記憶的事物稍縱即逝的氣味喚醒沉睡的熱情與感動：家人團聚的菜香、同窗共硯的筆墨香、練啦啦隊的汗味、旅行時流浪放逐凝駐路徑間的花香草語、湖畔柳蔭的夏日童年、滾動在奶瓶尿布中倉皇的育嬰香、燃燒於指間的煙薰……。

氣味就像強大的勾魂香，一旦似曾相識的氣息召喚時，那柱香便被點燃了，魂就這麼被催眠，被解咒，被引爆……繁複的幻影由記憶深處一一還原、浮顯，像神燈的精靈，囚在水瓶的巨人，回到人間重現。

就讓我們以個人的符號來定義氣味，為穿梭於鼻尖的空氣加眉批，寫下感覺的箋註。讓氣味，這「看不見，卻依然存在」的精靈重現記憶與世界的圖象。

活動設計理念

1 **每個人都是發光體：**每個人都要參與遊戲，每個人都是具有影響力的個體。

2 **分組討論與競賽：**在責任的主導下，發揮統籌、規劃、執行的能力。並且由主題分散出子題，由行動追尋與書寫記錄各形式的實驗。

3 **體驗教學：**以臨場的真實參與使感受深刻化、明顯化，具體化、直接化。

4 **自發學習：**尋訪名家著作為咀嚼的桑葉，經由臨摹句法、分析歸納表現形式，作為推陳出新的媒介，完成吐絲動作。

5 **解構／重組：**既對過去經驗重新審視以再創造，活用既有想像統整；同時延伸印象背後的集體意念，改變習慣性的思考模式。

6 **聚斂性思考／擴散性變化：**透過問題的討論分享，自由聯想的腦力激盪，進行各種嘗試所呈現的差異，並由觀察間思考原因，以整理組合包裝為創作靈感。

一、暖身活動：誰是好鼻師？

要點

1 每組帶神秘而勁爆的發氣體來誘惑同學。

2 拿著包氣味的神秘禮物的同學站在矇眼睛、伸長鼻頭、深呼吸的同學之後，提出各種有關氣味的暗示、問題引導對方猜。

3 說出氣味的可能名稱，那或許是人間的俗名、是學界的述詞、也可以是阿媽的典故、腦海裡飄浮的顏色、曾經邂逅的場景、甚至氣味所發出的聲調旋律……讓氣味引導你「天馬行空」。

4 以筆繪出氣味的形狀、線條與顏色；陳述出這段猜的過程與心理。

國文課作業竟然是帶氣味來課堂上？這該是實驗課？魔術課？家政課吧！

好罷！反正國文老師向來花招多、點子怪，但是如何讓氣味被包裝、被攜帶乃至被保存？這可得傷透腦筋。

不錯，這考驗著同學們搜索氣味的嗅功，也讓鬼靈精怪的、別出心裁的、神奇創意的味道、搞怪耍酷的表現方式一一出籠，剎時間，課堂上充滿詭譎的答問思辨、奇異的驚聲尖叫。

這個為強化同學對氣味的認識、為讓同學們有親身經歷的臨場感而設計的活動，無論是持謎者或是解謎人個個熱情參與，果真帶動了對以文字描繪氣味的興致，以下是這堂充滿味道的「實況報導」：

・我覺得這次上課挺好玩的，聞氣味遊戲讓我既興奮又害怕，有人拿著衛生紙包住東西，有人將液體塗抹在手上，當然最多的是瓶瓶罐罐封住的香氣。在所聞到的許多味道裡，印象最深的是薰衣草和立可白的味道，一個聞不出味道，猜了很久；一個是太臭了，聞了頭有一點昏昏的，鼻子麻痺。（鄧詠靜）

・當第一組拿口香糖給我聞的時候，一開始，還以為是酒精呢！仔細聞才發覺是我們最熟悉的味道——口香糖。有些組帶的東西怎麼死命聞都聞不出來，像薰衣草精油，我還以為是樟腦油呢！這次的活動還蠻好玩的，讓自己的嗅覺提昇，只不過最後整間教室充滿著各式各樣的味道，已經分辨不出是香還是臭了。（曹翊雁）

・拿著要讓同學聞的東西，看著別人猜想這是什麼的憂慮表情，讓我心中有「哇……好高興唷～！大家竟然想不到耶！」這種得意的怪心態。但換自己要聞別人拿的物品時，卻不知所措……因為你不知道他要給你聞的是什麼？是刺鼻的？或是柔順的？……然而聞到那樣東西後，並不會覺得心安，反而很煩惱，甚至腦中一片空白。等到謎底接曉時，才落下了心中那塊大石頭，有種恍然大悟的了然，也有種原來是那麼熟悉的味道，自己竟無法辨別的錯愕。這種重新認識的感覺就像拾回遺失的記憶，令人深深感動，深深珍惜。（曾怡潔）

體驗式教學讓每個學生有種「活在當下」的深刻之感，而藉著每個人真實的演出，共同完成一段生命經驗，這份感動讓情動於衷，也讓落筆所成就的文字是那麼生動而自然，真實而鮮活，同時也揭開下列尋香覓味之旅。

香味在食物裡下的魔咒

嗅覺是人最原始的感官，透過鼻端所碰觸的氣味，解讀近距離的刺激，勾起腸胃唇齒間的蠕動、翻覆於心神裡的美食記憶。有時，那幽幽飄飄的氣味是撥撩情慾的弦琴，如埃及豔后以香水將凱撒、安東尼、屋大維玩弄於魅惑間。

顏色所盤踞的色塊、所纏繞的線條，是固定的、大片的，是強迫性侵佔視線、有空間限制。味道則在一定空間中（唇舌齒喉胃腸）間演出，在一定時間內（咀嚼、吞嚥、消化）當中完成。但是香，卻是不穩定的、流動的，是暫時的、短時間消失的，是直接的、遠距離、沒有空間限制的。它或許如沙士比亞所說：「這片刻的芳香搶眼，卻非永久；甜美，卻不能持續。」

但無庸置疑地，無論比吃到嘴的菜餚更早一步傳出的酸甜苦辣味、拌著麵團酥油、蔥花煎出的香、混合各種醬料所染的火鍋料、薰染年味的五香八角，或是兒時懷抱的玩偶，家人的衣物……都是觸動情感記憶的按鍵。正如張愛玲在《流言　談音樂》裡所敘：「牛奶燒糊了，火柴燒黑了，那焦香我聞見了就覺得餓。……火腿鹹肉花生油擱得日子久，變了味，有一種『油哈』氣，那個我也喜歡，使油更油得厲害，爛熟，豐盈……」。

香，或許不是美食的主角，卻絕對是最醒目的配角；它們不是被吃在口裡，卻絕對是具致命吸引力的魔咒。就讓我們從生活中不可或缺的餐食裡，搜查探尋美食的護花使者——氣味。

無論是表現文化的大宴小酌、蘊藏著相思味道的紅豆塔香，或是帶有鹹鹹眼淚的天鵝泡芙、香甜的初戀滋味的薰衣草花茶，還是期待幸福的草莓果凍，那流竄於鼻舌間的氣味，飽嗝打出的回味，怎可不標示出那氣與味的圖畫？

作家說法：

張愛玲的妙喻一鳴驚人，竟把嗅覺經驗比為「警報」：「在上海我們家隔壁就是戰時天津新搬來的起士林咖啡館，每天黎明製麵包，拉起嗅覺的警報，一股噴香的浩然之氣破空而來，有長風萬里之勢，而又是最軟性的鬧鐘，無如鬧得不是時候，白吵醒了人，像惱人春色一樣使人沒奈何。有了這位『芳』鄰，實在是一種騷擾。」（〈談吃與畫餅充飢〉）

要點

請就菜餚飲料以及水果點心、健康食品、調味品等，分別以排比、譬喻、擬人方式表現，重點在寫其香於鼻尖心靈間的迴盪。

(1)菜餚冒出的氣味

・一把抓起粗乾乾的九層塔葉，我用兩根手指頭輕輕一掐，翠嫩嫩的細莖「啪！」一聲斷裂，彷彿踩在阿媽的小菜園裡，滿手是淡淡的清草香。（蘇絹斐）

・臭豆腐像不按牌理出牌的人，看它一身臭死人的外表，準沒什麼大作為，沒想到被熱油一炸，酥酥脆脆的外皮，堅強得如黃金般閃亮。臭味的神氣不見了，只剩下，香——油炸香、酥脆香、豆腐香。（簡庭芳）

・小魚穿梭在充滿海帶的「鹹海」裡，貝殼和蝦兵蟹將浸泡的高湯全聚在大碗公裡，配上鮮麗多汁的叉燒肉、不油不膩的蛋皮、還有一片寫著「北海道拉麵」的海苔。一時間，農場、綠草、牛奶、羊奶糖的香味混合著海洋的氣味直撲我的肺。（羅婷丰）

・裝在晶瑩剔透盤中的焗海鮮通心麵，勾起我想一探究竟的慾望。在咖啡色的佈景中漫溢著烤香，有股和咖啡搭在一起恰到好處的焦味，每一絲 chess 所牽扯出的煙縷彷彿觸手般攫住我的鼻。將上層如布幕的烤皮掀開，一陣排山倒海的奶油香猛然地朝著我襲擊，突破舌尖的防衛。淺嚐一口，從食道到胃，充滿海洋的鹹與濕，海浪在胃裡翻騰，每一朵浪花都是一個震撼，拍擊我的心。（林佳蓁）

街道灑滿金黃的陽光，空氣聞起來就是特別豐滿，甚至聞到一絲絲稻穗的香味，秋天就像陳冠學說的一樣豐富！

沿著街道走進一條巷子，遠遠看到人潮聚集在某家店門口，好奇心驅使我走了過去。

原來是坐落於保儀路 26 巷左邊的阿葉米粉店吸引了人潮，看到客人幸福的神情以及老闆努力工作的樣子，想必這家店的食品也是相當受大眾喜愛！訪問老闆娘之後，才知道這家店已經傳承到了第三代，也是高氏經營，看來早期這一代大部分都是姓高的吧！這家店以麵類聞名，特別是米粉，走到店裡看到人前桌桌米粉，我也點了一碗及一盤雞捲吃，米粉的味道果然名不虛傳，肉燥的香氣、醬油熬煮的火候氣味，混著口中湯汁不斷重擊我的味蕾，那股熱勁將涼爽的秋日都給暖了起來！就像冬天時蹲在爐火前，慢慢將能量融入身軀…。（高苡甄）

⑵飲料裡深藏的氣泡

・「砰」一聲，由易開罐衝出一股濃烈刺鼻的嗆味，淡淡的苦澀在還沒喝下時就已觸碰到心中的晦澀。大麥的清新味在喝下一大口後飄散，如雨過天青空氣中淡淡的泥土味，新鮮的陽光黃彷彿正誇耀「什麼最青，臺灣啤酒最青」！（高思庭）

・汽水裡，有成千上萬個正在抗議的小汽泡，飽漲著濃濃的火藥味。「砰！」打開瓶蓋，它們終於自由了，生氣和憤怒一股腦地衝出來。這可苦了我的鼻子，刺刺的氣味，硬生生地衝入我的腦中，比起入侵電腦的駭客，真是有過之而無不及！抑不住的二氧化碳刺激著雙眼，沁涼的滋味自口腔至胸口緩緩化開，隨著心跳一起行進，最後以一聲打嗝，結束了汽水的旅程。（江紫瀅）

⑶水果點心飄來的香

・走進果風小鋪，一股甜蜜的芳香如潮水湧來，複雜的甜味讓我分不清誰是誰，只知身在如童話故事中的糖果屋，而後鼻子才慢慢清醒過來。先是清涼無比的薄荷香，揚起一陣山中傳奇的自在，接著是香濃無比的牛奶香，像是到牧場似的。一轉神，場景到了熱帶夏威夷群島，散發濃郁水果香的糖果，是熱情的女郎，擺弄草裙，拍起鼓聲，味蕾與唾液隨之起舞。（林彥君）

・黑森林蛋糕馥郁的濃稠，猛然竄入鼻中，迴腸盪氣恣意地奔放著如史詩般壯闊的旋律，綿延細膩的味道長遠如摩訶婆羅多。法式水果塔上的各種水果，小巧玲瓏的、晶瑩剔透的，傳出清晨露珠懸掛在青嫩碧綠的草香，亮晃晃的好像雞蛋清般透明，帶點淡淡的，迷人的香，大概是薰衣草或風信子那種幽幽的香。（陳佳青）

・榴槤散發出濃烈且刺鼻的怪味，像極了臭水溝老鼠屍體腐臭的味道，又像夏天食物餿掉的臭酸味，散發出嘔吐汁液的苦霉味。但當你敞開心胸去接受它時，它其實是可愛、迷人的。冷凍的它散發出一種誘人的姿態，那滋味絕對令你難以忘懷，因為它在口中的變化，有冰淇淋的融化感、冰沙的綿密味，還有像水墨渲染擴散開的薰薰然，口口滑嫩猶如少女的肌膚，殘留的味道揮散不去，如無尾熊巴著思緒不放，真是好吃到心坎啊。（劉孝蓉）

・原味優格柔軟滑嫩，聞起來卻有濃烈的奶酸味。放入口中，優格柔軟地化開，酸酸的滋味，在鼻間舌上流轉為一派單純的潤澤，就像露珠般那樣透明、平靜。（劉孝蓉）

(4)健康食品鋪陳的氣息

・土褐色的全麥麵包，還沒撕開就聞到了淡淡的麥芽稻草香、絲絲健康的氣息和悠悠的酵母味，所以吃全麥麵包前都要先聞一聞，就像品茶一樣，閉起眼睛專心的聞。那是一種感動，還有一種祖先不顧辛苦來台開墾的感動，一種以農為本的感動，因為我聞到一種棕色的味道、稻香的味道。（鄧詠靜）

・五穀饅頭的外表有如花崗岩的花紋，卻好像溫暖的床被般彈性有勁。菓子的脆感、饅頭的Q感、枸杞平順的微甜，帶有純樸鄉間豐收的喜悅，上帝創造萬物的炫耀以及平淡而單純的香氣。（盧秋名）

(5)調味料與調味品衝撞的味道

・鹽，這無色無嗅的細小結晶，是食品的催化劑兼防腐劑；是海水的木乃伊，期盼著來世的轉胎還魂，而將身軀經過千萬次的洗滌，沖卻苦澀。從此海洋的記憶也一併褪去，只偶然成為挑逗人們舌尖的一抹驚艷。（吳彥蒔）

・像小海星的八角一臉黯沉，滾豆似的花椒滿肚子辛辣，它們是狂野的小分子，在腦細胞的嗅覺尖端跳躍，一股冰涼嗆鼻的氣流直貫腦門，微微滲透的淚水雖稍稍緩和八角花椒的過度熱情，但仍抵擋不了一波一波地麻！……（林維苑）

・醬油的味道樸實古拙，如同它的外在沉鬱而醉人，是從小陪我一起長大最熟悉的香味，是「家」的味道。這獨有、深沉，透著古老中國甘芳的滷味，促成滿漢全席的尊貴，連皇帝都要垂涎三尺。醬油香在大街小巷飄浮，一家醬油燒，萬家醬油香，只要有中國人的地方，就有醬油的甘、醇、芳。醬油的味道，是中國的味道。（蔡小瑋）

・如暗黑色的腳臭般的芥茉，沁入大腦，引來一陣噴嚏，嗆得咳嗽，衝得流淚。辣辣嗆鼻感席捲趕來，沒有薑的腥辣，卻有小辣椒的嗆辣，殺蟲劑般的吞食味覺，感覺一陣陣濃烈如去光水的氣味便直貫腦門，麻痺思考、麻痺情緒、麻痺味蕾，一切都風雲變色，全身的感官即被氣味瞬間封閉理性，所有的思考斷線，只剩身體的排斥反應。但當他的濃烈漸漸褪去腦袋又重新有了知覺，突然會發現所有的感官出奇敏銳，好似這味道是一把鑰匙能開啟味蕾的敏銳。不管是味覺、視覺都如此，強烈而不留餘地。……（呂冠瑩）

・肉桂有像驅蟲液一樣刺鼻的味道，好像人站在抹香水屍體旁的感覺。但它卻是甜點師傅的最佳良伴，當它搖身一變成帶著甜甜笑容的味覺精靈時，所有經過它雙手的甜點都成了令人難忘的佳餚。它是迷人的魔術師，不但變出了美食，也變出了人們的笑容。（溫筑鈞）

・紫蘇的味道就像是一道紫色的魔咒，奇妙地牽引著每個人的鼻子，特別的味道像藤蔓一樣從鼻尖蔓延到腦袋，酥酥的感覺讓人神往。（黃梵雨）

沒有香料調味的食物，不管它的顏色多麼炫耀奪目地營造視覺畫面，滋滋喳喳響起的油煎炒作的聲響如何誘人，都將如嚼蠟般無味。因此，所有的調味品無不騁其曼妙之姿，展其婀娜之態，呈顯豐富繁華的氣味，如：大剌剌的擴大地盤的「花椒辣椒大蒜」、粗魯急躁的火爆浪子醋、「挑逗人們舌尖的一抹驚艷」的鹽、帶著濃厚的宗教味，咖啡色印度的「茴香」、像是一道紫色的魔咒的「紫蘇」……這些溫柔卻也是最固執的嗅覺，想像生動地導引出一道道美感享受。

尋幽探勝的氣味導航

一、植物與動物的氣味

眼睛所見的形狀與顏色固然是最明顯的標誌，讓我們在花葉姿勢與馬鹿頭頂的差異上立即判斷、辨認它們的屬別，然而在距離外鼬鼠身上那聞起來像熔化塑膠的燃焦味、彷彿青草的薄荷香、類似花香的松杉林……這些氣味往往才是引領我們探幽尋勝的導航員。

作家說法：

植物與動物的氣味，就如朱自清〈香〉中敘述道：「聞著梅花香麼？——／徜徉在山光水色中的我們，／陡然都默契著了。」這樣的醉，也正是每個人曾有的感動，無論是源於身邊匆匆而過的植物、或是寵愛的寶貝，一一在「聞」的當下，在深深「吐納」的同時，與心結合，這樣的記得，這般的體會，在筆端緩緩流瀉……

要點

1 選擇一種植物，如薄荷、樟樹（樟腦丸）、玉蘭花、香水百合、九層塔、芫荽（香菜）、檸檬香草、鼠尾草、中藥（當歸、枸杞、甘草……）、薰衣草……或是一種動物——狗、貓、蟑螂、蛇、大象、熊……。

2 請以所見所聞所想像，寫出它們身上所散發的氣味，所勾引的感覺，所鋪陳的心情。

・蓮，旋出一片片的翠綠圓弧，隨波蕩漾粉嫩的夏氣。淡雅的清香，是隱士，飄散出與世無爭、高雅脫俗的白淨。風，吹起蓮的裙擺，調皮地搓揉紅蜻蜓的鼻頭，我彷彿聞到文人的風雅韻味。（邱敏雯）

・桂花樸素的香，淡淡、緩緩地擴散，勾起兒時純真的回憶，淺淺的、樸實的時光。時光藉著風旅行，在時間和空間交織著，織成一張網，用裊裊一抹餘香撫慰忙碌的都市人，讓他憶起兒時的桂花香。（林佳蓁）

・薄荷淡淡的香味讓人感到通體舒暢，若有若無的輕柔觸感在手指殘留清香，聞起來像青箭口香糖，但卻不像青箭那樣複雜。它是單純、沒有雜質，就彷彿置身於大自然那種簡單的幸福。（湯宛如）

・遠遠的聽見你脖子上的掛鈴，看見你搖著尾巴，踩著輕快的步伐。我就知道是你。嗅出你的靈性，你身上那股淡淡的狗騷味，是忠誠的味道。（余思佳）

・和狗在玩的時候，總會聞到一種很奇怪的味道，沒錯，那就是狗的味道。狗特有的騷味，有點像水溝泥黑色的臭味，又像是好幾天沒洗的臭襪子加上魚腥味，尤其是流浪狗身上的惡臭，有著被雨淋過又被太陽晒乾的臭味，就像腐爛的垃圾一樣，更有一身灰暗潮濕的無奈、一身窮途末路的苦味。（曹翔雁）

・蛇冰冷得就像冰箱散發出來的冷艷氣息，濕粘的味道如同死魚般的腥臭，遠遠地就傳來陰森的訊息。烏龜深綠的甲殼上透露著淡淡的、冰冷的青苔味，或許是剛曬過太陽的原故，似乎還可以嗅到陽光暖暖的氣息以及飼料的蝦腥味。（黃詩涵）

・溼熱的沼澤腐肉在堆積。那刺在蓋亞肺中的一朵艷紅大王花，食著如斯珍饈而兀自盛開。妳是否嗅得到她的香澤提供的肉慾，動脈血流的顏色，黏膩濕稠一如女陰散出的硫磺，紅色的黏稠液體，污穢的、不潔的、晦暗鮮豔的腥騷鏽蝕。（張瑋）

由於每人必須為植物動物的氣味作箋註，所書寫的文字並不限成篇，因此取材多元，形式上有短如文宣者，有聯句為段者。前者小而美，如「裊裊一抹餘香，淡淡、淡淡擴散」以香裊裊的線條、香淡淡的狀態、游動擴散的弧度為著眼點，頗引人駐足；後者如「讓人感到通體舒暢，若有若無的輕柔觸感在手指殘留清香」的薄荷、有著「忠誠的味道」、「信任氛圍」的狗以及蛇所「散發出來的冷艷氣息」和大王花「提供的肉慾」、「紅色的黏稠液體，污穢的、不潔的、晦暗鮮豔的腥騷鏽蝕」……都為那獨特而衝鼻的氣味寫出最亮麗的形容。

二、香精的氣味

香水，是煉丹師製造的奇蹟，把茶樹、黃檜、迷迭香燃燒出如魔幻魅力的薰香。無論是東方香草、西洋香草所提煉出的香精、精油，莫不讓人冥想、沉思、放鬆並由中到撫慰鎮定的平靜，或者帶來浪漫與想像空間……。許多化粧品、休閒廣告不約而同地以香氣為訴求對象來吸引買氣，植物的氣味就這麼拓展出奇妙的版圖，一個不需戰爭便令人順服的王國。

香水、香精，唯有在揮發時，在消散於空氣中時，才顯得出其迷人的氣味，它使得提煉於花果的馨香，在男人喉裡、女人體膚上佈下誘惑的陷阱。香，是巫師的媒介，也是征服異性的法寶，氣味像捉迷藏，那不見的神秘反而讓掩藏的形體更顯眼，以香精香水薰染、薰陶在薰香的當下，必然薰心！

作家說法：

「生活被切割成支離破碎的現代人，香味無疑是使其統一的妙方。用檸檬和鼠尾草清醒理智，薄荷和橘子活潑社交氣氛，檀香廣藿香和香油樹促進臥房性感。」（《荒人手記》）無論是體氣、香水，氣味挑逗著情慾，刺激想像，淹沒記憶。如果動物以撒尿的方式來標示王國，人，何嘗不是以氣味來侵略地盤？

由學生們的創作中，更可清楚印證這流傳於歷史、於生活間的香氣是如何蠱惑著夢與憶、情與思：

・蓮花香精彷彿揉自菩提樹下沉思的佛心和古剎裡寧靜的薰香，清柔、淡雅，蘊孕著禪意。（林維苑）

・五顏六色的沐浴球如同神奇的魔法石，丟入熱水中便產生不可思議的化學作用。不管是薰衣草、玫瑰，抑或是甜甜的草莓糖果香，乘著熱氣的水分子漫遊，剎時間，整個浴室都是快樂的氣息。夢幻的香氣像飽和的蜜糖，要酥掉你的骨，又彷彿母親的手，撫慰著疲倦的心靈，香氣分子填補著身體的酸痛，讓我甜甜地進入夢鄉。（林佳蓁）

沐浴乳大概是人類發明用來留住幸福的味道。媚紫、粉嫩、乳白色的液體，黏稠地凝聚薰香，像飽和的蜜糖。我偏愛淡淡的青蘋果香，停在肌膚沉醉，像一口咬開迸出的清爽味道，香脆，帶點甜，有如絲線幽幽地纏繞。雖然幸福很抽象，當沐浴乳在肌膚上滑、溜、抹、揉時，讓我好像聞到了幸福。（蔡小瑋）

三、化學藥品的氣味

毒性是砒霜數千倍的戴奧辛，濃烈的臭氣讓人噁心欲嘔，令人頭皮發麻的燒輪胎氣味有塑膠特有的嗆鼻霉氣、融火的毀滅味；而最最嗆鼻且令人所有神經都緊繃起來，像是世界末日來臨的化學藥品當然是殺蟲劑。

走進油漆過後的房間初聞是松香水與漆的香、煥然一新的淨，一如張愛玲《流言》〈談音樂〉所描述的：「油漆的氣味，因為簇嶄新，所以是積極奮發的，彷彿在新房子裡過新年，清冷，乾淨，興旺。」但繼而滲透出的卻是叫人忍不住淚流眼酸鼻苦的辛。

要點

在我們日常接觸的酒精、殺蟲劑、洗衣粉、漂白水……在洗潔、殺菌的同時，帶來什麼樣標誌性的氣味？請以各種形容勾勒這些氣味掃過鼻端的感覺與腦裡浮現的畫面。

・漂白水散發出如同香港腳的臭味，那讓人不安的強烈刺鼻味道令人作嘔，像討厭的虎姑婆被人唾棄。但它卻如此奇特，把不完美的變完美，把污穢的變乾淨明亮。它，有種巫術魔幻的神奇味，彷彿連肺都變白了。（吳美蒨）

・去光水澄清而透明的彩度如朝露，而綿密濃稠如同漿糊一樣粘膩，濃烈讓人窒息的氣息就如同未乾的油漆般揮之不去。鮮麗的指甲油與澄澈的去光水形成了一種奇妙的組合……猶如白玫瑰與紅薔薇絕佳搭配，在瞬間融為一體，交織相錯形成了愛情般的美夢。（顏伶娟）

・SARS 襲捲的恐懼，讓原本只在洗衣機裡出現的刺鼻味，突然成了每個公共場所的主角，成了一種安全保障。但大起大落的變化並沒有使它失去原本謙遜的個性，SARS 離境後，它又回到小螺絲的沉默。（曾子晴）

・殺蟲劑的氣味混著濃濃的酒精味，感覺是像抱著一顆榴槤和仙人掌的混血兒，刺得鼻子眼睛，全身上下的器官都不正常了起來，難怪能讓蟲子蟑螂無所遁形。（商涵柔）

氣味，可能為飲食精油加持，讓它們更具魅惑的法力，然而化學藥品與身俱來的毒味，卻像惡魔般無法掩飾，或許強烈嗆鼻的氣味正是它們對世界宣戰，對侵略者提出警告的方式。因此，消毒水、漂白水、殺蟲劑的氣味裡，往往聯結著其威力與效果而產生黑暗的色彩，沐浴乳則因渲染著花香甜味而繽紛幸福。

風姿綽約的氣味影像

一、人的氣味

人所附屬的氣味、所煥發的氣質、所吐納的氣息、所圍繞的氣勢……總能勾起種種回憶與鏡頭，如某個牌子的香水由心魂嗅出依戀的情愛，雪茄所飄散的燃燒，感覺父親的陪伴……氣味，是無形的證據，在記憶裡異常真實恆久；品味，是有形的標籤，在舉手投足的穿著間張揚。

作家說法：

母親是孩子的天使，而孩子則是母親的戀人，特別是奶娃身上的香味。簡媜在《紅嬰仔》裡認為嬰兒身上淡淡的奶香沒有一位香水大師調得出來，感覺像在有霧的暖春季節，躺在一條舖滿柔柔軟軟花瓣的小徑上，她說，這味道叫「深愛」。而平路在〈童年故事〉寫母親安定而安全的味道：「母親身上，總帶了一些髮油味、花露水味，到了傍晚還有一股淡淡的狐臭。因為是一種混合的氣味，包容一切的大地，算是我童年安全感的主要來源。」

朱天文在《世紀末的華麗》裡，記錄一個以嗅覺和顏色記憶存活的女子，便是以嗅覺為線索在現在過去的交錯時空中倒敘與跳接：「米亞是一位相信嗅覺，依賴嗅覺記憶活著的人。」「清冽的薄荷藥草茶，她記起九〇年夏裝海濱淺色調。……呼吸冷凍空氣，一望冰白，透青，纖綠。細節延續八九年清冬蕾絲鏤空，宛為魚網般新鏤空感，或者壓褶壓燙出魚鰭和貝殼紋路。」「她像貴重的乳香把她的男生朋友們黏聚在一起。」「米亞屋裡溢滿百香果又酸又甜的蜜味，像金。」

要點

1 請以同學或家人、朋友為寫真對象，觀察他舉手投足所流露的氣質、眉宇間煥發的氣宇、穿著習慣所顯現的風格。

2 你可以浮現腦際的聲色圖景，來形容他所獨特的氣味；可以誇張地書寫你對他種種印象、溫婉地描繪他所留存的味道。

3 你可以關注於性別的氣味，為男人與女人顯示於渾沌而清明，抽象而具體的形體，存在於思維的赤裸與透明氣味，寫下眉批。

・奶奶身上總有一股像曬乾豆皮般的味道，沉沉的霉，灰褐的調子。（徐千惠）

・靖容是一杯青蘋果汁，神秘而酸澀，她又像老人茶般老氣，像芋泥花生包子傳統，又像榴槤，看似兇惡，但相熟後便發現她像榴槤一樣溫柔和順又漂亮。（林維苑）

・她經過我身邊時，我聞到超級濃郁的香水味，有如一隻兇猛的惡靈在吼叫著，不准我靠近。接著是那有如牆般厚的粉底味以及嗆鼻的口紅，霸豔的氣味，像監獄大門，又像唱著雄壯的軍歌，堅守出入口，任誰也不敢越雷池一步。（簡庭芳）

・這個人，真是耐人尋味。和她談話就會感受一絲午後飲茶小歇的閒適味，軟軟的綿綿的，像是一首慢歌。等聊久了，認識這人的個性，會彷彿身處於參天古木的森林中，像遇見真正的，隱士。（高雅君）

周芬伶〈汝身〉中的「苦楝日」寫的是老去女人的身體：當「草原的清香、牛乳的芳香和母體的幽香漸漸遠去」，「近來她逐漸感到身體有了秋意，肌膚呈現樹木的紋理，並散發苦楝樹的果實氣味……。」與千惠聞到的奶奶身上「總有一股像曬乾豆皮般的味道，沉沉的霉，灰褐的調子。」都呈現歲月無情紅顏老去的蒼涼。然而，女人其實是善變的，在每個階段透露出令人捉摸不定的氣味，有如「中將湯」隱含婦女黑色的痛苦、憂鬱、壓抑，也如似迷迭香、薰衣草般浪漫的遐齡：

・女人橫陳的肉體散發成熟情慾的味道，是三宅一生的香水？抑或是香奈兒五號令人痴迷的味道？還是鮮紅唇印吻上男人胸膛的激情？

黑色絲襪包裹著修長纖細的雙腿，一舉手一投足，都是誘惑。男人簇擁著她，聞著她胸前微微的乳香，像豔麗的香水百合，散發令人捉模不定的迷魂香，潔白而致命的女人香。（林靖容）

二、習氣之味

「精采驚人，長揖而坐。神氣清朗，滿坐風生，顧盼煒如。」這是唐人杜光庭在〈虬髯客傳〉裡對唐太宗勃勃氣勢、瀟灑容止的描繪。大凡從一個人身上發出的氣味，可以看出他的個性、習慣，如豪俠、雄霸、或俠義，或奸惡；文人身上則顯露或清如陶淵明、或狂如李白、或豪如東坡、或忠義盡心如文天祥、方孝儒、或酸腐迂闊如《儒林外史》中的范進、《牡丹亭》裡的陳最良。

作家說法：

在朱天心《荒人手記》裡，氣味成了展示一個人的暗碼：「他是一股十分陰柔的香氛。吧裡，他溢散著檸檬、橘、佛手柑的前味，他似乎害怕被漠視或擱置了，頻頻上洗手間補香水，我少見這樣沒信心的人。他散著中味茉莉、迷迭香、梅子，後味則融入一片橡木苔、岩蘭草、檀香的濃濃綠野中。」

白先勇《臺北人》〈永遠的尹雪豔〉：「好像尹雪豔周身都透著上海大千世界榮華的麝香一般，薰得這起往事滄桑的中年婦人都進入半醉的狀態，而不由自主都津津樂道起上海五香齋的蟹黃麵來。」

要點

一向忽視忽略的氣味卻是最顯眼的鏡子，從呼出的氣，散發的味道裡看見什麼？請以氣味、氣韻、氣質、氣度……聞人的話語，察其心情，觀其行事。

個性──

爽朗健談的個性，因太過聰明而表現出來的機智言談，讓他

帶有剛出爐麵包的致命吸引力。悄悄出現，輕輕不見，謎般的行蹤令人無從追逐，無法跟隨，好似淡雅的菊花茶。（林芮如）

習性——

她以醋為香水，總愛用那股酸勁兒來刺激挑釁，然後再用蜂蜜黏成微笑，揚起嘴角得意的甜蜜吞入世間的鹹澀，化作涼味甘甜。（黃欣儀）

脾氣——

狂風暴雨的脾氣就像辣椒襲擊我們的味覺。（余思佳）

話語——

他說的話尖酸刻薄，狠狠地直擊而來，像碎了一地的玻璃片，嗆人的氣味裂人心脾；又像小李飛刀，猛烈地使你魂飛魄散。（陳曉雯）

心情——

打翻一罈醋，也打翻了染缸。紅色染料劃過，憤怒之火燃起；咖啡色流過，一陣苦澀在嘴裡升起；灰色飛過，替眉毛上了鎖；藍紫的低壓糾結著喘不過的心；再也禁不住氾濫的色調走樣，最後的深藍滑過敵意，帶出眼眶裡的淚水，花了的妝和心糊在一起，斑雜的色塊激起一陣酸意。（張瑜軒）

生活態度——

新潮前衛的他悠哉得像夏天珊瑚礁，逕自在那閃著碧綠翠藍的光波，七彩琉璃似的戲弄光影。（吳彥蒔）

做事方式——

清末貪官污吏一身銅臭味令人嫌惡，那張挖空百姓民脂民膏的嘴臉，就像腐敗發臭的剩飯殘羹，引人作嘔！（詹蕙瑜）

王安憶《長恨歌》裡，以生動的氣味形容不同身份的女人，那盤旋於空間的味道是流言，也是女人生命顏色：「流言總是帶有陰沉之氣。這陰沉氣有時是東西廂房的薰衣草氣味，有時是樟腦丸氣味，還有時是肉砧板上的氣味。……它不是那種陽剛凜冽的氣味，而是帶有些陰柔委婉的，是女人家的氣味。是閨閣和廚房的混淆氣味，有點脂粉香，有點油煙味，還有點汙氣的。」

在學生們的創作中，可以看見那無所不在的氣味是如何附著於人的內在，原來那未顯的氣息卻是最坦白的揭露。

三、身體的氣味

就像每個人的臉孔身材一樣，所散發的體味也是獨特的。戀人留在枕頭上的髮香、空氣裡迴盪的體味、包藏在衣服間的氣味……因為體氣而停駐熟悉的感覺，也因為在眼耳鼻唇之間、在眉宇肩足之際所存在的體味，而使依戀與記憶有停放的憑藉，儘管那氣味是多麼隱形，在感覺的圖像裡卻比任何聲色形態更深切。

作家說法：

《紅樓夢》秦可卿房裡細細的甜香、寶黛二人「情切切良宵花解語，意綿綿靜日玉生香」，那從黛玉袖中發出令人醉魂酥骨的奇香……聽其聲、聞其氣息、察其味……讓「記得」深深被證實，讓對方融入生活與生命，這是《紅樓夢》裡一縷幽香裊裊於芳魂間盛時的絕美，也就是為什麼張愛玲在〈紅玫瑰與白玫瑰〉

裡，以深深嗅振保衣上的氣味作為戀眷的暗示：「嬌蕊這樣的人，如此癡心地坐在他大衣之旁，讓衣服上的香煙味來籠罩著她，還不夠，索性點起他吸剩的香煙。」男性體味、煙熏味、私密的衣物像有靈性的東西，代替不在現場的人，成為被思念的對象。

觀諸女作家的書寫，尤擅於運用氣味來顯現女性的身體、神情與幽微的情思，如張愛玲〈桂花蒸　阿小悲秋〉：「她蹲得低低的，秀琴聞得見她的黑膠綢衫上的汗味陣陣上升，像西瓜剖開來清新的腥氣。」席慕容〈樓蘭新娘〉：「我的愛人　曾含淚／將我埋葬／用珠玉　用乳香／將我光滑的身軀包裹……」擁抱父權制所給予女人的愛情悲劇淒美形象，但同時流露我的不安。

要點

1 請仔細聞自己或他人身體所散發的味道，那或許是尋常飄過身際的髮香，或是驚鴻一瞥所餘留的脂粉味，或是運動後霸道而陽剛的汗臭……。

2 請以段為形式，寫出所聞之景、所嗅之境、所想之味、所感之息，呈現那以氣味銘刻情緒的依戀。

‧她柔軟的髮、柔軟的身子有如瓷器般光澤，散發出慵懶的味道，懶懶地纏繞著你的唇吻、你的四肢，甚至你體內的器官。你會驚嘆著她的美好，驚嘆她怎麼會散發出如此誘人的異香？不，那已不是香，而是一種近乎野獸的，深沉撼動人心的氣味。（高雅君）

・運動過後的體味，像是臭酸的哈蜜瓜醞釀了幾天後再剖開的熟透酸味。但經過舒服的洗澡之後，每個毛細孔都舒張了開來，享受著清水的洗滌、肥皂的玫瑰香、洗髮精的薄荷淡香，嘩啦啦，身體都會唱歌了呢！這時候，我的身體是聖潔的，美麗的，香得像剛曬滿陽光與柔軟精的衣服。（胡詩唯）

乳臭未乾是形容不經世事的小孩，但身上還真有一種溫暖得讓人眷戀的乳香。潔白的乳汁，不受任何汙染，正是餵食給小天使投胎的嬰兒。嬰兒白泡泡，幼綿綿的膚觸，像浸在牛奶一般。（高毅潔）

・起初像在密閉空間裡打翻了一罈醋，整個房間又臭又酸，接著又好像灌滿了有毒氣體，就算快窒息了，也不敢多吸一口氣；最後，突然有十幾個彪形大漢往你的鼻樑猛毆，使你再也聞不到任何氣味，就像嗅覺疲勞得僵死一般，汗臭，真令人「聞之色變」。（楊涵宇）

「你想得到花的精油嗎？／從茱麗亞的汗這兒拿去吧：／百合花油以及甘松香油？／同樣的東西她汗濕裡都有，／讓她呼吸，或者喘口氣，／各種濃郁香味隨之洋溢。」（荷立克《茱麗亞的汗》）所謂情人眼裡出西施，對於心嚮往之的女性，能嗅及她身上沾著香氣的汗都足以銷魂，但密閉空間駢肩雜遝所籠罩的汗味，就像涵宇所形容「突然有十幾個彪形大漢往你的鼻樑猛毆，使你再也聞不到任何氣味，就像嗅覺疲勞得僵死一般，汗臭，真令人『聞之色變』。」這樣的「寫真」畫面該是有公車上擠沙丁魚、與男生同班者共同經驗吧！

四、情緒的氣味

要點

1 抽象的心理活動要能真切的表達，須先掌握描述事件發生的過程，進而充分展示引起內心迴響的所在。

2 可巧妙運動各種寫作技巧，將生活情境、人物語言、人物對話與人物活動結合描寫，使人物形象具體而生動。

3 要寫出特定情況下的心理活動，使其具有感染力，因此不妨敘述場景、以氣味顯現氣氛。

・孤獨是一條蛇，溼溼的，涼涼的，在你沒察覺時，靜靜地吃掉你的一切。那冷冽沉默的窒息感，黑暗暗的霉爛味像腐敗的傷口，滴著膿血。（高雅君）

・孤獨像許多水蛭狠狠吸吮你的血，毫不留情地，又像上萬隻不知名的毒蟲鑽進你的身體，啃蝕你的五臟六腑，你喊痛，它竊笑。（周佩潔）

・壓抑在心中久久的憤怒，一觸即發。言語散布著濃濃的火藥味，鎮日無處可發的牢騷，頃刻間，從全身上下的毛細孔釋放出酸的藍乳酪味。鬱悶、煩躁、不安遂用刺激人類嗅覺的方式，逐漸散播開來。……（蘇絹斐）

五、疾病的氣味

據說斑疹傷寒聞起來像老鼠氣味、糖尿病聞來像糖、黑死病像蘋果、痲疹像剛拔下的羽毛、黃熱病聞起來像肉舖、腎臟病聞來如阿摩尼亞。（《感官之旅》）那糾纏著頭痛牙酸、全身無力以及反胃暈眩感覺的感冒聞起來又是什麼樣的氣味？

作家說法：

許悔之〈氣味辭典〉一文中敘述道：「身體是無法掩蓋朽敗的。不管是女人或者男人，或早或晚終會散發出明顯的氣味來標識時間的刻度。在那些香水分子的空隙中，身體正殘忍地告訴我們青春的終將敗亡。……他的父親斷斷續續地發燒劇烈地咳痰，並且不斷地需要含水潤喉，他在半夜聞到父親口腔中所散發的濃重的氣味，好像是身體腐敗的徵象，整個房間中充滿藥水和電線走火後的味道，凝，重，厚，苦，辣，酸，臭。」

要點

請寫下當病毒滲透身體時所留駐的氣味，當白血球與細菌奮戰時，在口腹安穿梭的濃液，當藥物前來助陣時，猛烈的擴散威力……

・背脊凹陷的峽谷上，酸臭的汗液由肚臍渦心處延伸至鎖骨滑向耳背，呼與吸，滋滋濕鹹散播。燒燙的溫度拋離心跳的回音自淤黑的角落，斜視，監視，窺視，察視，藐視，輕視，傲視，直到全身癱瘓意志投降。（方鈺琦）

・在肺與氧氣的吞吐間，一張張衛生紙包著一團團由細菌組成的黃綠黏液。腐敗的渣滓是白血球與病毒的屍體，還留在身體中的則頑強地與一顆顆的泛著苦澀氣味、榴連黃的感冒藥奮鬥著。（劉純萍）

溫度直線上升，飆高再飆高，我覺得自己是一隻包上錫箔紙的蝦子，體內有把火在燒著，由不知何處開始蔓延，直到全身都有一個又一個的燃燒據點，全像燒不盡的野火一樣，猛烈的直衝腦門，重重的在腦內堆起的柴火上旺盛的燃燒著，好像有顆太陽被放進了我的腦袋裡，頭變得又昏又脹，血液也跟著沸騰燒滾了起來，我聞到臉頰發燙，肚子冒煙的氣味。

我在地板上無力的翻滾著，用背抵著微涼的牆壁。牆壁，也成了燒紅的木炭，燒著我的背脊。

有人來了。他把我從牆邊扶起來，說了「快吃藥」之類的話。我一張嘴，吞下藥丸，再灌下大量開水，冷水流經又熱又燙的口腔、喉頭，在肚裡成了一灘熱水。我聽見我的頭腦、手臂、手心、肚子，一直到我的腳指頭都像爭吵中的人們一樣，面紅耳赤、怒髮衝冠的咆嘯著。我閉上眼睛，眼前星光閃耀。我燒著、昏昏沉沉的縮成一團睡著了。（彭詩庭）

氣味標出的人事地圖

瀰漫空氣中的氣味常會帶給我們比較大幅度、比較整體的記憶，以致雖無視覺的細節，卻能因氣味所召喚的整體情境感受與心情，而開啟留存的記憶檔案。因而熟悉的氣氛，會突然勾起了古老如化石般深層的回憶，包括曾經淡忘的細節……。

作家說法：

海倫凱勒曾這樣敘述道：「嗅覺是無所不能的魔法師，能送我們越過數千里，穿過所有往日的時光。果實的芳香使我飄回南方的故里，一度孩提時代在桃子園中的歡樂時光。其他的氣味，瞬息即逝又難於捕捉，卻使我的心房快樂地膨脹、或是因憶起的悲傷而收縮。正當我想到各種氣味時，我的鼻子也充滿了各色香氣，喚起了逝去夏日和遠方秋收田野的甜蜜回憶。」氣味呼喚起對故鄉的眷戀，正如蔣夢麟在〈故都的回憶〉中寫北平，「連飛揚的塵土」都令其懷念不已。

陳黎在〈蝴蝶風〉也勾勒了這樣因氣味而開啟往事的場景：「詩中的一個問號，一個逗點，像小小的螺絲起子／啟動你的回憶，鬆開你床頭那瓶舊香水瓶的／瓶塞，讓你重新聽到儲藏在裡頭我們一同／聽過的蟲鳴，狗吠，掉了鼻子的小丑的歌唱／讓你重新聞到儲藏在裡頭我們一同滾出的汗味，泥香：／深深的湖底無法被阻絕的夏夜的對話」氣味，芝麻開門的魔咒，讓底層的記憶隨之而拋出，似曾相識卻已淡忘的畫面被重新撿拾起來。

正因嗅覺細胞和腦記憶細胞，在演化上有前生今世的關係，所以懷舊曲調中，氣味比景物和聲音更能令人心神蕩漾，魂縈夢繫。

一、人情事故的氣味

要點

屬於人的氣味，說不清，捉不著，卻清清明明地感覺得到。氣味，讓回憶充滿沉默的喧囂。人與物的氣味挑起什麼樣的往事？什麼樣的場景？

試以氣味捕捉味道，敘寫回憶中的故事、情節、人物與感覺意象。

・一股淡淡的迷魂香隨著他而來，神秘莫不可測而又帶著誘人香甜的草莓味，不知不覺偷走我的心。只要聞到他的香氣我便知道救贖來了，他不經意的誘惑無聲地侵占了我。當他離去，我就像不能呼吸，失落無神的木偶，繼而像上癮般尋找他不留痕跡的殘忍。（張祐慈）

・我想用一個框框，框住我飛揚的青春記憶，將三年來的點點滴滴都收藏起來。我要製造個以人物、事件為長，地點、心情為寬，交錯而成的框框，把前年、去年和今年都放進去：

品名：回憶框框

成分：講台上的老師、比鄰而坐的同學、國英數史地課本、泥濘的操場、令人畏怕的游泳池、桂花杜鵑椰子樹、貓狗和松鼠、校慶畢旅

重量：如鴻毛，如泰山

保存期限：和年齡成正比

製造過程：

首先，憶起來到景美第一天，鋪陳的是麻辣的嗆鼻味，麻的是那隻對我狂吠的小花狗，辣的氣味則來自琳瑯滿目的社團介紹及熱情洋溢的學姊。接下來是豐富而多元的氣味：提起毛筆磨著墨，在美術課畫的國畫傳出古老陳舊的霉氣。沉潛在游泳池裡，跟同學惡補來蹬牆漂浮打水出濕澀的消毒水。數學課上怕被抽上台做題目戰戰兢兢的煙火味、歷史課裡為古蹟巡禮報告，第一次深入走訪廟宇建築，鑽入它的背景和深厚的文化淵源，烙印於心廟會祝禱的香氣。為了音樂會報告，和同學一塊結伴坐在國家音樂廳裡，欣賞烏克蘭兒童合唱團的精采表演，聽台灣民謠茉莉花時的感動。墾丁畢旅，看海、摸沙、晚會、枕頭仗、熱鬧的場景、真摯的情誼會都是回憶素材。

最後，是疊起如身高的課本，將從那一端的夏天延續到這一端的夏天。黑板上天天寫著倒數的日子，教室裡個個一臉睡意的女孩，講台上賣力講課的老師，高三的生活裡除了考試還是考試，空氣中充斥著一觸即發的戰火味。

我的回憶框框完成了嗎？還沒，現在還只是個半成品。它的價值有多高呢？就像名家的畫、地窖的酒一樣，唯有經過時間的千錘百鍊，才能看出它的價值，聞到它愈存愈香的獨白。

（詹蕙瑜）

祐慈寫心隨戀人氣味而沉浮的激盪，蕙瑜以「回憶框框」的形式，將那附著於課堂與活動、人身與飲食之中的氣味，如像一個個按鈕，聯繫著深不可測、牢不能忘的畫面，又似語言，陳述記憶裡說不盡的故事。

二、撫摸物之氣味

物與人之間是私密的、親近的、貼身的、如影隨形的，因此它從原本因品牌設計而存在的氣質，因人的氣味而被改造，被緩緩地、不落痕跡地扭轉折疊，納入生活與生命中，被依戀而形塑個人的氣味。

要點

1 請貼近新書聞聞它的味道（油印味、紙張光滑感覺、鉛字的氣息）、湊近文具（講義夾、橡皮、鉛筆、粉彩紙……）嗅嗅它的氣息。

2 以聞的方式尋找身邊物品的存在：桌椅電腦（鍵盤、螢幕、聊天室、收信箱、網路……）、寵物、玩偶、被枕的孩童氣味，或是指甲油、乳液、去光水、粉底等屬於女香的氣味以及刮鬍劑、髮油男人的味道。

・古老的藤椅，有點灰塵腐敗的氣味，那是歲月的味道。一

痕痕刻畫在凹陷的藤椅上……。（黃巧云）

・玩具熊散發出一種令人安心的味道，一種只有我聞得到的味道。媽媽、爸爸、哥哥聞過我的娃娃後都覺得沒什麼特別，有時甚至因為太久沒洗而被說是有臭味，但我不知道為什麼，那種味道只有我能辨認，也只有我能從其中得到安心的感覺。

長大後，依賴的習性依然沒有改變，只是沒有了投射安全感的娃娃，失落時能做的，就是緊緊抱住自己。從那緊密的距離中，我似乎又可以想像一種柔軟的觸覺和安心的氣味從我的身體深處擴散到每一個細胞，緩慢的延伸……延伸……。

（桂尚琳）

心靈喜歡各式各樣的依戀，依戀人生中特定的細節、依戀舊有過去耽溺的物品。心靈在日常生活的細節裡找到家園，因為意義與價值從日常生活中直接、間接的意象與記憶而來，因此在日積月累浸潤的東西中，獲得滋養和深沉的快樂，那是由玩具熊所擁抱的安全感、所察覺的脆弱、古老藤椅殘留的往事。

三、打開靈魂的抽屜

讓拿破崙即使被放逐，還摘下約瑟芬墳前的紫羅蘭戴在身上的，是香味，讓摯愛的深情寄語相隨直到生命盡頭。「我要把這漫長冬至夜的三更剪下，／輕輕捲起來放在溫香如春風的被下，／等到我的愛人回來那夜一寸寸將它攤開。」這首韓國李朝時期女詩人黃真伊這首短詩以捲被、攤開的意象寫對情人的等待，而那「溫香如春風」的甜蜜裡，「輕輕」的動作間，絲絲盡是柔情。以鼻息所傳遞的思念、心靈所捲起的期盼、行過時飄飛的體氣以及握在手心的溫暖……其中有對故人的追憶與失落、有對童年歲月的溫存、也有對逝去情愛的悼傷。

要點

以鼻息所傳遞的思念、心靈所捲起的期盼、行過時飄飛的體氣以及握在手心的溫暖……寫下這種種回憶裡難以抹去的人事氣味。

戀愛時情人間傳送的味道像薰香般點燃彼此回眸的深意，戀戀不捨的耽溺，卻也在香氣飄散或熟悉的感覺不再是相同頻率時，漸行漸遠，於是氣味成了最敏銳的試紙，也是祭悼逝去情愛時最難以割捨的場景：

愛情正如辛曉琪的那首歌〈味道〉，有時候男女之間之所以會彼此吸引、相互傾慕，也就是因為那不知名的，甚至意識不能察覺的「費洛蒙」味道吧！只要頻率對了，氣味對了，敏感的嗅覺神經便一一將此存檔為記憶中最根深蒂固的音樂。

然而氣味也是最善變的、最微弱的，也許是今天換了一個牌子的香水，也許此刻剛經歷過一場生命中的風雨，無論有形或無形的氣味，只要微微改變，對方便敏感地察覺到。

味道永遠是戀人之間最深刻的記憶，這累積的力量，所以當對方有一天突然發現：身邊的人那股氣味、那份感覺已不再是當初熟悉的樣子，這段戀情便走到至終點。相反的，氣味與腳步越來越相近，契合的靈動便是世界上最令人動容的。（陳嘉菱）

回憶是一個永遠到不了的地方。夢從回憶裡逃脫，東去的是眷戀的淚，一江春水悠悠是我思念著，卻回不去的過去。

我向回憶裡探索，我向衣櫥裡探索，這件真的是「穿不下」的衣裳，那溫柔敦厚的橘，面向衣櫃的角落，上頭縫著綿長成的兔子，兔子包著藍色的尿布，怎麼我以前有包過藍色的尿布嗎？我不記得！

也許所謂的溫暖正是如此，看著毛茸茸的披風前頭垂下兩個圓圓的白球，恰似一雙小手抱著一個小太陽。而我也是這樣擁抱著我的爸媽，這簡單的幸福是一縷縷透明的絲線，其織成的快樂卻隨著漸漸遠離的天真，漸漸讓我有種寂寞的失落，感到迷惘。（賴怡安）

看似微弱而飄緲的氣味當是伴隨事件的感官細節最深刻的痕跡，它所呼喚醒來的記憶是強烈而明晰的。

滲透於生活環境的氣味

流動的光影色彩與氣味悄然地詮釋居處的個性：「他的家庭擺設品味都還是早期的現代主義，線條果斷冷靜，有條有理—他的妻子是個生在美國的華裔，從小被訓練了要比美國人更有條理來證明她自己，矯枉過正的結果是他家成了沒有任何小趣味零件的窗明几淨。」（李黎《浮世》）

如果居室是人肢體的延伸，那麼透過盤桓不散，那起身攪動平靜的空氣，那亮著質感的家具與看似不輕易卻滲透生活軌道的週期，或是刻意經營而不著痕跡的擺飾、動作都傾訴著主人的生活風景，承載著居者所形構的種種關係。

一、飄浮的家庭氣氛

家裡瀰漫著不安的跳動因子，在視線交會中霹靂啪拉作響，躍動出一條閃爍逼人的閃電。狂暴的言語以雷霆萬鈞之勢迎面襲來，狠狠擊落脆弱的心牆，激起毒辣刺耳的噪音攻勢——在你來我往的攻防戰中，母親獲得絕大優勢——命運交響曲前奏乍然落下，驀然，撲來一陣心驚的硝磺味……我無力垂下頭，僵著凍傷的寒心，成為風雨後的犧牲品。（林靖容）

二、各階段與階層洋溢的味道

天真的小學孩童像一團麵粉，散發質樸自然俏的芬芳，可以被麵點師傅依它是高筋、中筋、低筋捏塑成各種形狀，經過學校這烤爐，終將成就出各種香味四溢的麵包。（詹蕙瑜）

稚氣未脫的國一生，帶著質樸清新的淡香進入國中學堂，歷經成長的蛻變，知識的陶冶，就像橘子慢慢成熟由青澀轉為橙黃，芬芳的果香四溢。（許立佳）

三、流露職業的氣味

每個人都必須擁有生存於世的特殊裝備與能力，才得以在職場居一席之地，也因此標記著身份、地位、階級、職場的符號便伴隨著所攜帶的器物、所處的環境，在舉手投足與談吐穿著間所表現的氣質。

如軍人身上紀律的氣質、教師談吐間的書卷香、官僚的霸氣、商人身上的市儈氣、銅錢味、上班族的敏捷效率氣質、僧侶袈裟所傳出的香燭氣……清楚地訴說著職業的氣味。作家必須具有靈敏的現實嗅覺、投資人聞到市場走向、設計師聞到流行的趨勢……凡此種種都宣告職業能力所具有的氣味以及嗅得先機所成就的特質。

曾淑美〈黑牡丹〉以身體氣味寫給在黑夜中販售青春與美麗

的女子們的詩：「黑夜的香氣在瀰漫了／彼時，／用心情深呼吸的人／都聞得到：／悲哀的味道　綠色盒裝的薄香煙／疲倦的味道　暈開且失神的眼線／痛苦的味道　剝落不勻的唇色／憂傷的味道　捲燙而分叉的枯髮／沉淪的味道　桃紅瘦長的指甲／情慾的味道　雜牌香水的放肆／無所謂的味道　洋裝下不著褻衣的胴體……」。這是活在社會邊緣的影子所吐露出來的氣味，它是獨特的，掛著職業唯有的標籤。

要點

請拉長鼻子，仔細觀察各行各業，書寫透過工作性質、穿著行事所吐露的氣質。

・屬於天堂乾淨清爽的氣息在牧師身上散發，他低吟著馬太福音中一段章節，沉沉低朗聲在耳邊迴盪，有力地敲擊有罪的心。一種難以置信如大理石般潔白忠誠信仰，是他最終的依靠。（林靖容）

・僧侶平淡而不凡的仙氣，悠遠而寧靜，有如繚繞青山綠水的靈氣。（蔡小璋）

・一靠近他們，彷彿看到滑頭的狐狸，那股奸邪貪錢的氣味，真是藏都藏不住。只要有他們的地方，那股市儈氣便傳遍四周，不過，同時也意味著商機！（余思佳）

四、穿梭於事件的氣味

人們在參與節慶而發生的事件，因人事生活而添增的事務以及政治活動中被發展出來的事態，隨著人事時空的交會、流逝，在當下、於事後，不同觀者評者的解讀裡、傳誦中，散發出各種情緒上、狀態形式間的氣味：

戰爭——

英國薔薇戰爭沾滿殺戮的鮮血，卻有一個浪漫的名字。鮮豔的紅色薔薇，鮮紅的血飛濺出死亡的腥味。（王琴韻）

「城破了——」「金狗打進城了——」

女人的手未停，好似沒有聽到家門外一聲聲絕望的呼喊、鐵甲碰撞的鏗鏘聲響。戰火在北京延燒，熾熱的溫度，鐵器入肉的遲悶聲，和像敲在城民心口上的擂鼓聲傳遍了城。女人手裡兀自縫著繡花鞋，靜得彷彿剛睡醒。金兵破城，守在前方的宋兵已敗，出征的人命運如何，終她此生亦不可知，等待，將是最好的辦法，歸人的答案在等待之後必然會出現。女人的手指捻著針，突然一顫，故作鎮定的指尖點上了一顆滾圓的血。

在胡同的老宅前，冷風捲起凋零的花，紅色的菊瓣在空中飄飛，如火星。（王喬）

文字獄——

空氣中，濃濃的火藥味迅速地擴散。昔日的一字千金，如今卻是成群官員咬文嚼字，勞師動眾研究的靶的。（陳佳青）

選舉——

選舉時的漫天塵囂，就像菜市場的氣味—腥、騷、酸、臭、辣、麻……分不清「新鮮」或是「過期」，因為叫賣的小販總是不停地吹噓自家貨的鮮美。當然，偶爾也有絲芳香味脫塵，但，誰是否如「賣柑者」般欺世盜名？一團腐的氣味瀰漫……揮之不去，不管是檯面上，檯面下，都一樣……臭啊！（余思佳）

活動——

樂儀旗隊意氣風發地排出圖案，踏成榮耀，個中辛苦只有被汗水灌溉的草地最知道。換槍、拋槍、甩槍，每個動作俐落而明快，旗幟在充滿太陽味的風中，飄揚。（高毅潔）

考試——

在考場中，我正進行兩種考試：一是試卷上的問題，一是該不該作弊的道德挑戰……？眼看著時鐘正一步步無情地邁向終點，我不禁天人交戰：一邊是貪婪的勝利果實，另一邊是正義感、道德感及自身的恐懼，兩方交戰，不死不休。我就像置身於1937 年的盧溝橋事變，到底要英勇奮戰，去前線殺敵，為國捐軀還是逃到大後方苟且偷生，就這樣度過下半輩子？To be or not to be？It's a question！

分針的腳步似乎愈走愈快，腦筋卻因為跟不上分針的步伐而顯得遲緩，我可不想因為猶豫不決而成了哈姆雷特這樣的悲劇英雄。手掌冒汗，手臂也不爭氣地抖了起來，兩方戰役打得如火如荼，不知鹿死誰手？……（楊涵宇）

揣測皇帝心意的「文字獄」，如市場般的「選舉戰」叫囂著「欺世盜名」的氣味，而考場上，歷史戰場裡分數與良心之戰，記憶與時間之戰、在煙火味中肆虐，既寫實亦嘲諷，讓縈繞於事件的氣味就這麼鮮明地顯影！

空間中吟詠低迴的氣味

不透氣的牢籠裡，七氣與浩然一氣雜出〈正氣歌〉，那是被隔絕的另一個世界在悲苦、淒幽的基調下，吐露怨憤、消沉之氣。而存在於天地間陰陽之氣，由空間孔竅所傳出的地氣、生氣、樹氣、芬多精、霧氣、水氣、氣流、山氣……也無不改造我們的世界。

在《楚辭·九歌·湘夫人》中，湘君為待湘夫人而於水中築室，詩從屋內結構說到室內裝飾，從屋瓦棟帷到門院無不充溢各式香濃，寄寓著深款濃情。

風吹葉子的光影充滿生命力的律動、線條所營造的流暢感低語空氣的音符，空間建構的視境與氛圍所帶來瞬間的感動力，不僅形成深具影響的經驗，使流動的氣味成為指示的方向喚醒情感，同時創造心情。這或許就是同一篇《傾城之戀》在誠品書店的白流蘇和新學友書店的范柳原，對感情可能就有一分不同的執著；同一個尹雪豔，在金石堂所散發的光彩就與在三民書局的冷靜知性不同。不同的書店讓同一本書化為千百種味道，各有不同感情，在不同的時刻帶來無法預測的驚奇，不同空間裡的溫度、溼度與聲光物飾印記著人與環境邂逅的風味。

要點

1 空間的氣氛與情調是由塵飛、光線、色彩、溫暖、門窗牆垣、畫幅擺飾……所構建的氛圍。

2 請分別就私領域與公領域的空間，各選一個目標，觀其色彩佈置、聽其樂音聲響、嗅那由材質、裝潢、燈光以及巧思所織就的天地之氣。

3 它可以是久未開啟乍然翻動的箱子、一方沉舊而默然的角落、一室陽光的玻璃窗，也可以是夢幻華麗的海邊別墅、埋葬青春壓制活力的補習班……無論是你親身浸潤的空間，是夢遊圖片影像的憧憬，或是戀戀難捨的秘密基地。請捕捉那飄飛浮游的氣息，讓蕩漾於心的圖景記錄這則人間緣份。

一、私密空間的氣息

(1)衣櫥的味道

你可能不知道擁有自己的衣櫃也是存在的象徵，是權力的版圖宣示。周芬伶在〈衣魂〉裡記憶一個衣櫃，一段男人與女人在衣櫃裡角力而離婚的故事，一個遺失少女夢的告白：「我遺失了一個衣櫃，那裡有我不忍回首的華美收藏，綺羅往事；還有一襲襲裝載過虛榮身軀的錦繡雲裳；屈辱壓迫和空間的誓言。」婚姻，讓美麗的衣裳只能孤獨地掛在衣櫃，就像那被深深藏著的羽衣，不再飛起。

你的衣櫃裡、抽屜中、木盒間藏著什麼樣的味道？訴說什麼樣的故事？

・我的衣櫃裡有股檸檬的香味，混著木頭的味道，清新優雅，像森林浴涼爽的感覺輕柔地滑過手心手臂；又像羽毛般細軟的清風悠悠拂面。它總讓我想起我小時候在家裡的躲貓貓遊戲，在充滿這種味道的衣櫃裡，藏著無限快樂。（商涵柔）

・白色的衣櫥散發出天使般神聖、純潔的氣息，一如媽媽的樸素、簡單、大方。也許現在衣櫥有點裂痕，也許她的身上有被我們小孩子弄髒的痕跡，但她的味道依然存在，而且會隨著媽媽的愛，輕輕的，悄悄的，偷偷流出來……。（陳伊柔）

涵柔的衣櫃飄逸木頭的清香，聯結童年躲貓貓的記憶而充滿快，伊柔則以媽媽的衣櫃，在平實不矯作的敘述中，洋溢無比的孺慕之情，令人深深分享母愛的慈暉。

⑵房舍的味道

行為科學家有一種說法：「衣著是一個人皮膚的延伸，宅第則為肢體的延伸。」說明建築是思想心靈的投射，是哲學內在的延伸。有人喜歡家徒四壁的空間美，有如一幅構圖簡單，卻韻味深長的抽象藝術，正因簡單，不著痕跡地營造出空曠、素美的氣氛。有人則愛凝眸的角落：蹲踞著幾隻舊甕、一張斑駁而姿態優美的臉盆架、掛在牆上的大陸木雕，背景是直接用手抹上水泥的灰樸牆面，凹凸不均的表面，玩起明暗的光影遊戲；有的則追逐歐式皇家式的豪華氣派……這些房舍的氣味都反映出設計者與居住者心裡的空間圖景。

儘管同屬一戶人家的居室，也因擺設使用的人事物而展演出繽紛的氣息，像盤根糾纏的苔蘚讓生命中眾多場景紮根；又似忽散忽聚的光影，在真實與虛幻間烙下斑駁證據。

你家隔著各種功能的空間裡，透露出什麼樣的氣味？

作家說法：

鍾怡雯在〈漸漸死去的房間〉中透過家裡如毒瘤的房間，憑弔在這自殺身亡的曾祖母和滿姑婆，氣味實踐對人事的追憶和懷念：「多少年後，我依然記得那氣味，以及尾隨而來的，重複低緩的嘆息……混濁而龐大的氣味，像一大群低飛的昏鴉，盤踞在大宅那個幽暗、瘟神一般的角落。……彷彿在等待一種低調而哀傷的詮釋。」

而同學們書寫房間裡油漆、地板、窗簾、書報流出的味道，有人的容顏與戀戀不捨的心情，儲藏室中有遺忘的童年與私密紙牌、藏著樟腦丸記憶的冬天以及從院落飄過的過去……

・我的房間充滿許多味道：剛曬過的枕頭所發出的太陽香、洗衣粉的消毒味、木製衣櫃幽幽傳出的芬多精、地板散發原始的氣味、化妝台上瓶瓶罐罐的脂粉味、帶有點汗味的運動衫，書報交談故事的歷史味、參考書與分數爭辯的火藥氣味……一起演奏著一首叫做「青春」的樂曲。（曹翔雁）

・古老的四合院，每一塊磚瓦都鑲著陳年的氣息，時間慢慢地在閣樓裡過，在荷池邊嘆氣，廳堂的匾額上留著時間的淚。時間走得很慢，慢得像院子邊雨後的積水般。屋裡的梅雨味，是經年累月的，淡淡的，只有在午睡或夜晚時才聞得到它的足跡。一種不知所措，任由其飄散地味道，老人家的味道，不知道屋子的

一角的年糕發霉了，或是那一塊布料被雨浸溼了，就是這樣，飄著霉味，飄著時光流逝的寂寞。（胡詩唯）

・作家張讓說：「空間的形成不單來自建築本身，而是建築的實體群落所定義出的虛空。」國小時搬過家，放學後喜歡獨自到尚未裝潢的新屋「巡視」。空無一物的空間內矗立著一座座虛淨卻強勢的牆，沉鬱地將陽光的鼻息染成蒼白的色塊。濃郁的油漆味使我除了工人身上泛著黃漬與棉屑的汗衫外，什麼記憶都感受不到。這真是一座沒有記憶的空間？

時間在一陣短暫的沉默之後，夢開始從牆角滲透出來。那無法用視覺來形容的色塊混凝了太多介於虛構與真實的深沉，我依循著冷寂的氣味攤開那張被斑雜的色筆所啃舐過的記憶，從光影的雜質中逐漸嗅出一組玩具積木的輪廓。擦掉瀰漫銅鏽氣息的線條，一棟褪了色澤的娃娃屋浮出灰塵所構築的地平線，淒影如古剎、反覆喃頌著這座土地的祭文。這曾是誰的夢境已不重要，歷史被黏膩的油漆纏綿著落入文明的監牢、慾望被冰冷的磁磚愛撫著跌入空間的下水道，在濺起的水花中迅速構築起以殉葬、運輸、偷窺為三向量的另一個角落。殘忍地漠視地正尖銳嘶吼的記憶直角，我們開始用衣櫃、冷氣機、電風扇……奮力堵住那如唾液般纏稠，銜著腐臭執念的過去。（姜星宇〈角落〉）

「空間將記憶如江河般匯聚流入我們稱為『無限』的角落，使她成為吞噬『過去』的死海。」星宇這篇〈角落〉寫的是那不斷被過去填充而又被現在空白的角落，那寄託著種種記憶氣味的角落，成為一個視點，觀察這一切變動，記憶曾做過的夢。而欣儀〈塵封的後院〉則透露出重整的氣味與隔洋渡海、承繼傳遞的愛意，就像那留在後院的灰塵與陽光閃爍著三代之間的回憶：

・爺爺去世後的幾年，在爸爸大肆翻動下，空氣中沉浮的灰塵，在陽光下爍呀爍的，那廢棄的倉庫彷彿變成珠光閃耀之地。「想尋寶麼？」「爺爺為妳留下了許多東西。他知道妳會跨過海洋歸來，就像他游過苦難貧困，渡到這而來！」我愣住了，那是一種甜蜜的承繼，子孫情無止的延續。

（黃欣儀〈塵封的後院〉）

二、風景的氣氛

俞平伯〈槳聲燈裡的秦淮河〉裡敘道：「冷靜的孤獨的油燈映見黯淡久遠的畫舫頭上，秦淮河姑娘們的靜妝。茉莉的香，白蘭香，脂粉的香，紗衣裳的香……微波泛濫出甜的暗香，隨著她們這船兒蕩，隨著我們這船兒蕩，隨著大大小小一切的船兒蕩。」秦淮河飄的是胭脂花粉的女人香，那麼如碼頭、船漬、油污、海浪、岩石等海洋氣息該是男人陽剛的味道！可見風景一如人，各以其氣味展現出不同的氣質，且讓我們伸長鼻子、拉高視角、磨銳觸感探索都市與鄉野所洋溢的獨特氣息：

(1)鄉村的味道

作家說法：

俄國小說家屠格涅夫曾在一篇名為〈村〉的短文裡寫道：「空氣裡散發著煙和青草的氣味，還夾雜著一點兒松脂和皮革的氣味。大麻田裡開滿了大麻花，散發著濃郁的令人愉快的芳香。」筑鈞筆下的牧場則以氣味帶來「輕」、「鬆」的感覺：

牧場裡飄揚著母牛身上暖暖的香味、羔羊身上的奶香和羶腥味、牧草的清香，以及帶著山林氣息的微風。它讓積壓已久的壓力找到一個寬闊的出口，就像躺在水床上完全零負擔。（溫筑鈞）

(2)城市的味道

哈林區黏糊糊的人味、曼哈頓炒熱的市儈氣、第五街古老地磚砌出的明星味道使紐約濃縮的人種味道，有如逼近的暴風雨。城市，不僅以人文形塑視覺，以財富樹立地標，洋溢於其中的味道更真實而深刻地陳說屬於城市的故事，如波特萊爾筆下開滿「惡之華」的巴黎、狄更斯小說裡童工被剝削的倫敦、白先勇夢中不知身何處的「臺北人」、喬哀斯觸目所及皆醉倒的都柏林……。

作家說法：

徐四金（Patrick Suskind）著的《香水》一書裡是這樣描繪一個十八世紀的巴黎：

我們要講的這個時代，在城裡到處瀰漫現代人幾乎無法想像的臭味。路上有堆肥臭；後院有尿騷臭；樓梯間有木頭霉味、老鼠屎味；廚房有爛包心菜和羊油味；通氣不良的房間有陳年灰塵的悶臭；臥房有油膩的床單味、黴溼的鴨絨被味、尿壺的嗆鼻騷味；煙囪發出硫臭；皮革廠鹼水池臭和屠宰場凝血腥臭；人身上散發汗酸和沒洗的衣服臭，口腔有爛牙味，從胃裡湧出來的洋蔥汁味；身體呢，從不再年輕開始，就有放很久的乳酪味、酸奶和發疹性腫瘤病的味道，河岸臭，教堂臭，橋下臭，王宮也臭。……在十八世紀，各種細菌的有害活動還沒受到任何限制，人類也還沒有任何對付細菌的建設性或破壞性行動……。

作者以集中於「臭」所呈現的各種氣味確立時代與都市文化的特質，其中有現代主義空間設計的成分，也有裝飾概念的啟迪，形成異類而新奇的表現方式與取景鏡頭。氣味，打破巴黎以香水耀眼的印象，更真實而平凡的呈現。

要點

解讀中西式空間密碼——不同時代、地理環境、人文藝術所展現的空間圖景。存在空間裡的一舞一動，記錄時代與生活的點滴；另一種空間詩學。

一個文字想像的城國，請由這種種顯示嗅出城市今昔之間交疊的氣味、民風習性所深植的氣息。

‧台北街道，是越奏越低沉的曲調，灰暗的天空、冷漠的表情傳遞出一種孤獨的氣味。當腳踏車輕盈的高聲繞過，摩托車中

音喘息的咆哮呼嘯，低音聲部的公車穿梭，在台北的大街小巷聞到的是急促吵雜的廝殺戰火味。（劉悅如）

・澎湖，驕傲地展示它海派的個性，淡淡的鹽味，是海洋的呼吸，凝結成鹹鹹已的夢，飄著海浪，響著海鷗唱的旅程。（胡詩唯）

・羅馬是帝權彰顯的計畫性都市，為軍事需要而興建的城市。以廣闊的面積產生偉大堂皇的感覺，四周聳的圍牆標誌清楚界線，洋溢著權力與唯我獨尊的氣息。

文藝復興時的巴洛克城市可見對於人性尊嚴的詮釋，城市以直線放射性道路為骨架，圓環、凱旋門、噴泉水池、方尖碑、雕塑等作為地標或景點，在宏偉中不失對人的尊重，是一種民主而有秩序的氛圍。

中國則是以棋盤式的里坊制度為基準，配合地形風水築城，嚴密的分區觀念將城市劃分為工商業活動的市區以及單純安寧住宅區，天人合一的哲學理念與嚴明的倫理觀，在家庭中陳述屬於中國的禮教思維與氣質。（孟圓婷）

・城市裡總是散落著各式各樣的石像，像是棋盤上的西洋旗，各自走著不同的行徑，卻有著相同的目的。他們是非常平凡的人們，做著非常平凡的事，平淡樸實到產生一種熟悉，彷彿你都曾見過，甚至覺得自己認識這些人。

每當你在城中閒逛，有意無意的掃視路上的人們，你會發現，只要隨便按下暫停鍵，面前出現的定格畫面，像是酒店中兩個比腕力的大漢、咬著麥桿的小男孩靠著石牆、路燈下等人的戴帽少女她臉上的陰影……等等，讓你說不清自己到底是哪來的印象，是見過這麼一件雕塑？或是在夢裡出現過這樣的場景？還是在那遙遠的歷史走出來的化石？

耳邊傳來喋喋不休的碎言，拓印著城市裡流言蜚語，譬如某個年輕人和房東女兒奉子成婚、小小職員因頂撞上司被開除之類的故事，早已司空見慣，連八卦的興致都沒有。

都伯林就是這麼小的城市，它容得下的不超過一捲三十六張的底片。

大部分都柏林人的夢想，是把離開都柏林當作前提，王爾德、蕭伯納、葉慈和喬依斯他們都失望地離開了，似乎也沒有人再回來，沒聽誰說過想家。等了很多年，異鄉墓前的泥也乾了，他們的作品在歐陸大城市中曾經綻放的光芒，卻奇異地在「愛爾蘭文學」興起後，靜靜的投射在都柏林的天空，書頁間遮遮掩掩、不敢明言的思念忽然變得特別清澈，拾得刻痕累累的幾行，為那些平凡的人們，他們平凡的故鄉。（朱品宜）

灰暗的台北、天空澎湖「飄著海浪，響著海鷗唱的旅程」、彰顯帝國的羅馬城、對都柏林失望，卻又不斷書寫都柏林的情慾……城市，便是這樣以空間氣息、住宅形式的氣味、居住者的習氣展現自我的風格。

三、店的氣質

聳立現代化旗幟、打著光鮮亮麗霓虹燈招牌的百貨公司、營造異國風情、蠱惑懷舊情思的咖啡屋、藏著暗沉心事的老字號或是散發著末世破落餘暉的舊書攤，在每個城市裡伸出櫥窗向人們招手……每個行路的人，或被設計者與經營者的氣質所吸收，或由那飄散心情而被牽引，隨流露的氣味而迷惑。

什麼樣的店？什麼樣味道？曾深深打動你，讓你不自覺地走入它的懷抱？

什麼樣的擺飾？什麼樣的氣氛？曾成為你的生活不可或缺的寄託？

什麼樣的構想？什麼樣的夢想？讓店成為建築詩的基地，這會作夢的人曾有過什麼樣的故事？

作家說法：

朱天文《世紀末的華麗》裡敘述道：「巷內都是小門面精品店。繁複香味的花店有若拜占庭刺繡不時湧散一股茶咖啡香，喚醒遼古的手藝時代。」正是以嗅覺捕捉空氣中流動的氣味，描寫店的特質。

要點

1 眼觀四面耳聽八方——狂讀室內設計雜誌、拜訪美麗的住屋、與設計師對話、公共空間所暗藏的點子、尋找個性商店的臉孔。

2 會作夢的空間——以嗅覺拍下迷人的角落、為迴盪的光影留下註腳、寫下空間個性的設計理念、分析營造氣氛的秘訣。

・舊書店跟圖書館裡的書，很有趣。當你走近書架就會有一種陳年書簡的氣味飄來，那可能是泛黃的書頁，薄附的塵埃，油

墨，木架或是其他任何東西。打個比方說吧：金石堂，誠品與新學友是新釀，舊書店跟圖書館則是陳年累積的香醇吧。（張瑋）

• 在英國的某一小鎮，有一個這樣的故事：男人的情人喜歡看書，便為情人收集了她所愛的書的每一種版本。四十年過去，情人逝去，男人開了一家書店，裡面只賣情人愛看的書。

我不知道那個故事是否真實？但我相信店裡的每一本書，都埋藏主人深刻的愛意。書店中瀰漫的，是混雜著各種情緒與各種記憶的書香，在那裡，你呼吸到情人的味道，觸摸得到情人的心情。你能在逐頁翻閱之中，找到男人與女人的那一分共同記憶，感受到情人與男人的手指交疊相融，細細品嘗書中的味道。（洪瑋伶）

• 中藥店裡各式各樣的藥味，在門一開之後，被關在一格格小抽屜的當歸、紅棗、甘草……像解咒的精靈迎面而來，爭先恐後地飛入鼻子裡，跑進衣服裡，鑽往頭髮裡，甚至像幽靈般纏繞在你的身上。壯陽補腎、調經活血……各色藥方記錄著天然的香味，中國人的宇宙觀。（劉佩鑫）

• 踏入狹小的精品街，充滿設計創意及趣味的小玩意兒映入眼簾，是紫水晶、白水晶、髮晶、古玉、新玉散發磁場的晶氣，帶著我走進了古玩珠寶店。一塊青綠色雕龍的古玉被放在黑色絨布上，在投影燈製造的美麗燈光下，店主人輕輕地訴說這塊古玉的故事……熱茶冒出來的白煙清香中，乾隆皇帝走了出來，還有江南美景、彩舟畫舫以及那說不盡的流風餘韻。（郭怡婷）

張瑋注重於舊書店與金石堂、新學友、誠品、圖書館都是藏書寶庫，卻吐露出各自奇異的味道。瑋玲說的是一個愛的書店故事，讓人想以一個專程的旅行，只為觸摸到那有著男人與女人手指交會的書頁，感受那眼光與心情契合的密度。怡婷悠悠古玩情裡「熱茶冒出來的白煙清香中，乾隆皇帝走了出來，還有江南美景、彩丹畫舫以及那說不盡的流風餘韻。」叫人神往！

四、公共場所的氣味

風格標出建築的獨特性，以各種材質作為語言形構出它在美感與實用間的平衡，但無論隱藏著多麼個人性的建築，都將以人事的想像與參與才能豐富其面貌與氛圍。公共開放的空間，尤其依其目的性的用途，召喚個別性的人群，於是空間、建築、人群以及在交錯中所發生的事件情思，既編織歷史亦形塑根深柢固的氣味。

陳大為在〈茶樓消瘦〉便以這樣充滿時間氣味的敘述開場，帶引出帶著百野史的茶樓由輝煌走入無所適從的空洞，往都市邊緣隱退的種種情事：「我要向你陳述一棟茶樓略帶霉味的身世。那是一種近乎陳年普洱，其中又混雜著木頭老邁的呼吸、歷史暗暗氣喘的霉味。」

要點

你所發掘在隱密的牆面所記憶的建築故事情節描繪出什麼樣的畫面？走入這些或密閉或開放房間，聞見的氣味訴說什麼樣的前塵往事？行在學校、圖書館、教室、教堂、公寓、大廈、別墅、寺廟、醫院、補習班、捷運站、車站公共空間裡，它們各傳遞出什麼訊息？請以文字留駐它們氣味的聲音。

銀行——

銀行裡充斥著新鈔氣味，行員以特技的姿勢將鈔票「扇」出財力，來來往往的客戶盯看著股票行情，臉上喜怒哀樂急速地變化。有的人領了錢，散發出一種富有人的氣味，有人拿了錢卻散發著一種令你喘不過氣的沉重感。

銀行，它就像一間會使人擁有各式各樣豐富表情的藝能訓練班。

醫院——

濃濃的消毒水夾雜著空調的香氣，潔淨得一塵不染雪白的醫院，就像個白色巨塔，牢牢鞏固醫生的權力。氫酸鉀融入酒精揮發的氣味，護士拿著針筒注射在病患的手臂戳出無數的針孔，宛若吸毒者飲鴆止渴，錯把化學藥品視為仙丹。（陳佳青）

醫院病房的氣味是最複雜的，一般人對此的刻板印象只聞得到藥水味，其實那是一種最濃烈也最隱晦混合著生與死氛圍的場域：是咀嚼悲與喜、放棄與衝進的煉獄，是煎熬重生與絕望戲碼的舞台。門診室來往人群的汗水味，夾雜著悶熱、焦慮、未知的迷惘。病房邊穿梭的醫護人員伴隨換藥車上五味雜陳的藥劑、紗布、針筒彷彿也感受到病痛折磨人的呻吟聲、各種待檢的檢體混濁的氣味。（陳嘉菱）

醫院是黑而白的一種絕對。永遠光明、正確而潔白的日光燈與消毒藥水，如同天使的羽翼不許染塵埃，執著銀色鋒刀刃的手，纖長而美，理智而優美地劃出一朵泛著血絲的微笑。不待鐵鏽的氣味染上即已死亡的手術刀，是影的光。（吳彥蒔）

實驗室——

福馬林僵死的陰沉、塑膠冷漠的無奈、泡在玻璃瓶裡無脊椎動物的苦味、機器低沉呻吟的生硬氣味飄盪在悶濕的空氣中，彷彿成千成萬隻關在試管裡的幽靈都還魂，跑了出來，壓得進來的人忍不住直打哆嗦。（周怡君）

教室——

昏暗的電腦教室，像沉沉的藍梅果凍，凝結住思維的流動。（余玉琦）

補習班——

明亮的日光燈，講臺上高人一等的老師正講解著三角函數的「六卦圖」。這就是當你踏進補習班大門所聞到的氣息—嚴肅、戰鬥、衝勁，再加上一點點搞笑。每看到考題，大家無不拔起自己的刀、劍，屏息以待，當泉思佈滿了整個空氣間，就是準備開戰的時候到了。大家一起拼死拼活，就為解出一題，再接著下題，當破完最後一關時，空氣裡只剩下微弱的呼吸癱軟的身影。（蘇絹斐）

圖書館——

圖書館是場盛筵，兒童室是充滿芝麻香的湯圓，閱覽室有紫糯米糕的老人味，藏書樓是碗超級營養的十錦拼盤，書的滑嫩、想像的嚼勁、歷史的酸辣、藝術的甜蜜盡在其中，讀書室則是單純的青菜豆腐湯，清淡自在心底。（張瑞娟）

捷運車廂——

從龍山寺到江子翠捷運站的車程，很長很長。

長到不知道捷運車廂究竟會不會停下來，不知道車子到底是否早已在不知不覺中奔馳到另一個時空裡去。地下景觀是染墨般地黑，黑裡浸溶的是人，還略帶了一點玻璃淡淡的流光，大大的窗，卻無法讓人恣肆地瀏覽，因為在那墨黑的空間裡，目光與目

光容易清楚地交接，而每個車廂裡，一個人至少有四個以上的眼睛。（余玉琦）

廟宇——

在台北城內最古老的一隅，踏入萬華區，彷彿時空倒回了十九世紀，彷彿古箏錚錚的琴音，南胡呀呀的絃聲，古老的旋律悠揚，卻凋萎在現代的風嵐颯聲。

龍山寺的香爐承載了多少信徒低喃的祈禱，壓艙石震住黑水溝噬人的風浪，廟宇一雕一鑿都是庇祐下的感謝。青草巷中充斥著中國五千年來未曾斷過的藥香，學海書院中依稀可以聽見悠揚的誦書聲與祭祀的裊裊之音在回盪，依舊可以窺視那根深蒂固的儒家思想，以及深植人心的宗祀家族。腳步落在有些塵灰的地磚上，被沉重的過往吸去了跫聲，中西混血的廊柱與窗櫺吐吶汗青老舊的氣息，偶一瞥見泛黃的春聯殘留在牆上，依稀可辨的楷書力道猶存，一磚一瓦一門窗，歷史軌跡刷洗不去。

煙霧繚繞的香火、藥草獨有的清香與空氣發潮的霉味混雜為一，深吸屬於台北回憶的氣息，我卻感到陌生。攤販叫賣的嘶啞、鼎沸人聲與車聲，本該深藏於我心底的刻痕，卻如淡影般在離我遙遠的那一端。（蘇庭）

表情十足的「銀行」是向錢看齊的最佳演員、「醫院」刀光所廝殺出的光明、「學校」、「圖書館」與美食結合，是道人文饗宴，「車窗」像行進間的螢幕，通過敘述者的探索的眼睛既與生命經驗結合，又偷窺這世界廟宇所薰染的歷史……凡此種種，在各種特質所成就的氣味裡彰顯空間的唯我獨尊。

時間裡踉蹌漂泊的氣味

在身可觸、眼可觀、鼻可聞的大千世界裡，記憶所留駐的時間中，因為情感的光影、溫度和軟柔而使得時間不再被手錶所分割，也非數字所能界定。春山煙雲連綿欣、夏山嘉木繁蔭涼、清山明淨葉落肅、冬昏霾翳寒意寂，這是四季的氣味，展演時間與光線溫度交會的戲碼。

「時間」其實該是由光線、用飄揚流動於其間的氣味決定、以心的獨白來體會……。

一、單戀一天時間的氣息

要點

時間像海灣細緻的曲線，像提琴在每一秒煙滑落待續的音符，夜晚是吐著夢話的浪潮，午眠是沙灘上的鷗鳥，清晨則是陽光錯愕下出水的貝殼，如此有氣味的一天是多麼甜酣愉快的一天。請以如是珍愛的心情，聞出屬於你的晨昏，曾牽動心魂的時辰。

・清晨，寧靜的風在山野間自由飄盪，氤氳的雲嵐在樹叢裡輕盈穿梭。朝露湖畔，滴滴答答，吹成一首清遠。空氣裡有種透

明的味道，經過沈澱、咀嚼形成最原始的天籟。（林維苑）

・夜晚，天色暗了下來，似乎可聞得到夜的神秘氣息，空氣中飄著興奮、恐懼、期待與不安的味道。（楊涵宇）

有人用日記寫下生活光影，有人拿照片留存人事燦爛，如果全然以嗅聞的方式，所捕捉的一天將是怎樣的拼圖？以下是舜華以氣味描繪學生的日子裡種種圍繞於身邊、教室裡、校園中的氣味：

你每天總會循著一定的路線抵達教室，這是例行公事由不得你抗拒。然而你可以在催眠視覺印象後，馳騁你的嗅覺、聽覺的想像。

晨露滴落的聲音、草地呼吸的吐納之音、蘊生於土地的繁榮氣息、椰子樹從高高雲端帶回來的消息、教室裡傳出隱微的相見歡、樂儀旗隊在操場上練習的鬥志……一路上細細密密的氣味、溫度、聲響召喚視感色塊。

七點零六分，你，已坐在熟悉的座位上，面前是剛煎好的薯餅和中杯奶茶。

你習慣這樣的方式為自己開啟一天，溫熱的食物氣味鑽入鼻腔，直通腹部，你齒間牙膏的薄荷味隱隱作祟，囫圇下肚後，你擦擦嘴，掏出英文課本，書頁沾著一絲絲甜膩的，淡紅色的氣味，那是昨晚邊啃西瓜邊背單字的後遺症。你輕輕嗅著西瓜淡淡的甜香，想起五歲時，鄉下奶奶總是為你切好一片片豔紅滴的西瓜。每回大快朵頤後，你胖胖的小手和下巴便浸著一股濃濃的果香，那是童年的味道。突然立可白刺鼻味把你拉回現實，你旁邊的女生搖著筆桿塗塗抹抹，桌上擺著一杯熱可可，那棕色液體散發的甜氣味和她身上的氣味十分相似，你甚至懷疑她體內的血液也是濃稠的熱可可。

十二點十四分，教室裡瀰漫飯菜的氣味，你卻覺得那股生鏽的熱氣令你反胃，所以你趴在桌上睡覺，太多不同的氣味毫不留情地刺激著你的神經，泡麵像濃妝豔抹的脂粉由四面八方侵逼而來、紅燒肉滷蛋鹹鹹的海水味夾著發酵的酒釀，有媽媽的味道、飯白白的土香米香像雜貨店老闆身上的樸素，清清淡淡的，不慌不亂的。油膩的便當味、溼溫的水果氣味、空中飄浮的汗味、髮香，以及女孩們口沫橫飛、流言蜚語忍不住的銅腐味……你開始憎恨太靈敏的嗅覺，懷疑自己身上動物的騷味是打哪來的。

走到廁所，張牙舞爪迎面撲來的嗆鼻惡臭，震得你退後好幾步。這幾天停水，排泄物的氣味層層疊疊像土石流般朝你湧來，你倉皇逃離，想找一方蔭涼撫慰疲累的鼻子。

烈日曬在水泥地上蒸烤滾燙的辣味，暫時麻痺了被染黑的鼻頭，一點十一分，你重新窩進桌椅間，電扇吹走了一部份不舒服的粘膩感。

兩點三十二分，第一滴雨落下，躺在窗檯邊，你吸到天空灰藍的水氣，接著是傾盆大雨，泥土混揉樹根浸泡在雨水中，那潮濕柔軟的氣味帶給你一種悠閒奔放的歡愉，你想衝出去痛快淋一場雨，蠢蠢欲動的因子像爆米花顫抖的聲音，霹靂啪啦地在足尖跳躍，鼻子伸長吸管嗅來一抹自然的氣息。

四點五十九分，窸窸窣窣收拾東西，雨停了，等著三十秒後的鐘響，你聞到酸中帶甜的寂寞。（崔舜華〈我的生活日記〉）

二、讀天氣與季節的氣味

作家說法：

以秋氣而言，歐陽修〈秋聲賦〉寫道：「其氣蕭瑟，砭人肌骨。」林語堂〈秋天的況味〉中以「一口一口的吞雲吐霧，香氣撲鼻，宛如偎紅倚翠溫香在抱的情調」形容秋天溫和淡雅的情味。

至於李黎的〈史丹福之秋〉則漫溢開一片木香與繁盛的顏色：「如果顏色有氣味，初秋的氣味便似一種淡淡的燃燒之後餘燼的香火氣，淡得恰到好處，是蠟炬成灰淚始乾後的淨化；隨著時序的嬗遞，漸漸更純淨、更爽脆，是真正的秋了，天更高，空氣中有木料的清香，紅橙黃赭的暖色持續著、自焚著，也是一場繁華。」

季節的絢爛、元氣的味道、冷熱乾濕觸及的氣味，你察覺到了嗎？

要點

1 屬於天氣裡陽光的味道、薄薄的雲、雨的纏綿、風的誘惑、溫度的燥濕、氣流變化可以著重顏色的鋪陳。

2 描繪季節中春花秋月的繾綣、風雨前熱。雷雨後的夏……不妨以排比、譬喻、頂真、設問、雙關、轉化來箋註。

排比——

・我愛春天的體貼，風是輕的，軟的，甜的；討厭夏天的烤悶，陽光是重的，硬的，酸的；喜歡秋天的爽朗，顏色是淡的、柔的、香的；迷戀冬的冷冽，溫度是沉的、薄的、苦的。（陳玟君）

譬喻——

・颱風，夾帶著刺鼻的煙硝味和恐怖的閃電而來。繁重的潮濕迎面襲來濃厚的霉味，像酪梅，剎那間化做千萬顆雨點如瘋狗浪襲人，彷彿聞到刀磨得發亮的味道，聞到水快沸騰的殺氣。（劉宜家）

・夕陽是一杯淺淺的酒，乍入口中是濃醇的，傳遞著金黃色的溫暖及祈禱的神聖。含在口中亮得如同成熟的晶瑩果實，熟得發香，連空氣都醉了。（林靖容）

頂真——

・雨林中的風，是黏膩的，黏膩著擾人的蚊吟蟲語。（高雅君）

・小雨滴答，滴答，像頑皮的小男孩，激動如沸滾的湯，彈起溽暑的悶熱，滾出一圈圈擴散的夏日氣味，整個世界，都是他的遊樂場。（余思佳）

設問——

・潺潺細水是天降甘霖嗎？是為春天的花香嗎？還是為終結共工與祝融的決戰而來？雲滴是因為細水蒸發而形成漫天自由的白雲嗎？它浮現各式的圖像，會不會拼湊出幽幽的戀情？小雨淅瀝瀝的落下，沒什麼目的地構成水循環，但我知道它以一種特殊的形式保留氣味、想像氣味。（陳佳青）

・廣寒宮上可會做桂花釀酒？不然怎麼情人們在月光下，都被薰醉了。（詹蕙瑜）

轉化──

・月娘抱著琵琶半遮嬌顏婀娜著蓮步而出，嫦娥獨守空閨夜夜聆賞人世的起落，感嘆夫君偌大的野心卻不過是黃粱一夢。（陳佳青）

雙關──

・雷電交加，預告著秦皇島的無上帝國，又將風雲變色，而受苦的，終究是人民啊！一股嗜血的味道……瀰漫……。（余思佳）

三、懷想歷史底層的氣味

往事總等候在風起處，而歷史終飄逝成最寂寞的風景，無論多麼光燦的王朝都已是美麗與哀愁宿命的終點。在時間疊成的歷史裡，我們讀出了生命之書的扉頁，撫摸斑爛血跡，彷彿隱飲作痛酒痕或者彈痕；白馬素車聲聲筑唱易水寒，共飲穹蒼陣陣大將雄風，劍正在鞘中作龍吟都化作古道西風的悲歌。

要點

1 細讀一本歷史書籍，無論那是正史別史，是小說散文傳記式的書史。

2 隨著文字走入歷史情境，感受時代的風情、人的氣宇創造出的世代，寫下你所聞見的氣味。

從曲折的身世之謎中，從一段段尋根之旅中，在翻開家族歷史之時，那夾雜著重重塵灰味的記憶，慢慢的，靜靜的，吸入我的身體內，隨著氧氣的腳步，流遍我的血液。那似曾熟悉過的味兒，就在身旁，只不過從未認真的聞過；那熟悉的味兒，是從母體散發出來的，是一個母親和她子女的聯繫，或許是太熟悉，便選擇遺忘……

想想祠堂內的神主牌吧！他們曾是那麼英勇，為了腳下那一塊地的尊嚴，為了抬頭挺胸的權利，他們執起劍戟，點燃炮火。「碰！」就在那一聲聲響後領頭喊聲作樣的倉皇跑了，昂首闊步來了個新頭頭——總督。在二十一響禮砲響起之時，戰火，在心中開始，燃燒……

看看祠堂內的神主牌吧！面前縱有縷縷香煙，子孫們的心中，真有那縷煙嗎？都說歷史是一堆燃燒過後的灰燼，是啊！它真是灰燼啊！它真是神桌上那老舊的香爐中的灰燼，只不過有多少家的子孫，會在膜拜後看一眼——那灰燼？聞一聞它的味兒？（陳怡如〈讀簡媜天涯海角－福爾摩沙抒情誌〉）

網住藝文與時代的展痕

一、歷史與現世所浮動的氣味

氣味，在某方面而言，是無形而具強烈意義的語言，在示警的同時，意味權力，象徵地盤的擁有與生存的圖幟，如絲路開啟東西方文明的孔道，長城宣示帝國權威。

人，何嘗不以有形的儀式、符號標誌莊嚴不可侵犯的王朝氣味、殺戮宰制的氛圍？

要點

1 在中國的興盛時代會聞到什麼味道呢？在唐朝街上會聞到攤販賣的香包、胭脂、青菜……等所透露出的社會民風。在豪宅裡會聞到牡丹花、杜鵑花……等許多花所組合的香味，其中所穿梭「朱門酒肉臭，路有凍死骨」的階級。在山巔水湄、亭臺樓閣聞到的該是月下獨酌的寂寞、談笑無還期的自在、不教胡馬度陰山的壯懷……屬於大唐氣魄的豪情。

2 在你鼻息間、記憶裡，漢唐、春秋戰國、五胡亂華、魏晉南北朝、晚明是什麼樣的氣質？

(1)朝代抖落的氣味

・唐，是「糖」的氣味嗎？不是，詩人吟詠詞句，緩緩而優美，有種陳年老酒那沉醉的氣味。君王不分戎狄，百姓不分親疏，兼容並蓄，像舀起大鍋菜而驚嘆的氣味。女人寬袖寬衣，身材豐腴，上了黛眉妝，是勇敢嘗試生魚片後的滿足氣味。

唐代，是個五味雜陳的朝代。（鄭宇雯）

・魏晉南北朝時期充滿權力、知識和逃避現實的風氣，在位者害怕權力消失而屠殺學士、知識分子；沒落的士族重新思考自己存活的意義和生命的生老病死……。玄學和清談類似宗教信仰的香氣成為心靈的寄託，讓生活於政治動亂不安，心無安全感的人民得到安慰。（周穎若）

・楊牧說的真對：「何必要等到亡國後才上吊跳海或是寫悲憤詩呢？」腐壞的東西是從裡部潰爛的，外表美麗卻早就千瘡百孔的蘋果是不能吃的，更何況晚明早已是個被踐踏得發臭的爛蘋果！管他是文天祥、陸秀夫還是鄭思肖，管他的流芳百世假仁假義還是自命清高，迂腐的儒生不過是被蒼蠅包圍的爛蘋果，碰巧包裝上「孔曰成仁，孟云取義，惟其義盡，所以仁至。」南面再拜就死？這大概是他們的盡忠吧！（陳佳青）

(2)時代懸掛的氣味

・巴洛克，是一場瑰麗繁華，如鏡中幻影的夢境。散發出仕女們裝飾著彩緞珠鍊衣袖的昂貴香水味，充滿水粉胭脂唇膏混合的異樣香氣。（高雅君）

・文藝復興，充滿著春天萌芽的清新氣息，一股再生的動力甦醒！充斥在人與人之間，是自我肯定的價值，腐朽的神權味道

如同久未除溼的衣櫃……霉味，被關在狹小陰暗的空間裡……氧化！（余思佳）

二、宗教文化、國家與氣味間糾纏的關係

宗教裡，香一直被作為供奉神祇的禮讚，而屬於文化的節慶裡傳統的智慧與堅持，也在繽紛氣味裡演變延伸，如中國端午節的香包驅五毒、祓禊雅會記下藝與文的協奏，凡此都聞見氣味旋飛在宗教文化裡溫度。

(1)執意於節日裡的氣味

要點

1 一年之間有許多大節，除夕元宵、到端午中秋、中元普渡，或是西方的嘉年華會、聖誕節，各以其傳統文化的味道。

2 請結合飲食、禮俗、儀式、習慣、傳說、宗教詩詞解讀這些節日背後的寓意與祝福。

・過年時，爆竹一響就散發出淡淡的硫磺火藥味，間或參雜著廚房裡，炸東西的油煙、蒸蛋的香味、煮魚的佐料被米酒煮出的薑蔥蒜末的香味，浩浩蕩蕩而來。在眾人互道的恭喜聲中，紅包袋上特有的香水味，也成了小孩子們對過年最大的期待。（吳彥蒔）

・一粒粒飽滿三角立體的粽子，從阿嬤佈滿皺紋的手中慢慢

包出，糯米香、花生香、混著香菇的肉香、油炒得發酥的蔥香……都被緊緊埋入這三角立體黃金中。在這歷經滄桑、歷經歲月粽香裡，還有一種「耐人尋味」的故事香、忠魂香。（楊涵宇）

⑵織出國家民風的氣味

・神秘的埃及像紗幔下的美人，美得若隱若現，美得深富意義，美得絢麗耀眼，也美得滄桑悲哀。當你伸手掀開一層層紗幔，始知它的美，是由哲理塗抹而成，也是由血淚堆砌而成。權威下的美沾了血腥味，也沾了期望；期望下的美，染上了朦朦朧朧的害怕、無知，無知害怕中，感受到了人類最原始的心靈。

・埃及，燃著檀香的氣息，引領我踏上美的腳步，走向它的過去。（陳怡如）

三、繾綣於藝術中的味道

無論是古典的優雅繁複、現代的簡單明淨、搖滾的熱情節奏或者重金屬式的澎湃喧騰，都散發出獨自的氣味，那是時代與文化的雙重奏，是作者生命與情思的協奏曲，或是民族與地域的詠態調。在絢麗燈光下，藝學精湛的舞者肉體與靈魂結合、昇華，跳躍旋轉成一盤華麗的拼盤，迷幻中絕妙美感滋味恍若飛天，那點染於心的感動飄出什麼樣的氣息？

要點

1 每人讀一本有關藝術、文學的書籍或雜誌，嗅一嗅它的氣味，以文字為它作一段藝術導覽。

2 與一個藝術品相對——聽樂、觀畫、看電影、賞雕刻、尋找建築物前的公共藝術品，感覺站在它們面前時，所聞到的味道，所觸碰震撼於心靈的氣氛。

雜誌——

・從外觀看，*INK*不像一般文學雜誌，有點洋味。目錄、排版適當保留的空間給人清新舒適的感覺，像是看到一個披著洋服卻身受中國傳統洗禮的女性。女性的細膩，男性的敢言，在文章中透露出清風般的隨意，山一般的深邃。（簡珣）

藝術——

・前衛藝術並不強調詩意和美感，著重於表現自我，凸顯個人特色，所以多藝見黑死、陰暗、美感不協調的作品，以致外界將前衛藝術貼上搞怪的標籤，其實他們只是忠於自我的原則。

我覺得表現個人特色應該被視為展示創意的方式，每份藝術品都有它特殊的生存空間，縱使是紐約備受爭議的視覺裸體舞蹈，介於色情與純藝術間的灰色地帶，但它也概括於前衛藝術區域，至少它已經滿足了「創意」。

前衛的氣味是專屬於自我的風味特質，那味道可以是唯美、可以深沉、可以憂鬱、可以陽光，它是一個新時代的大國度，如大海能納百川，沒有派系的分別，是二十一世紀藝術發展的轉捩點。

前衛藝術的詭異，只是一種發展的趨勢，而它的本質只是以創意為出發點。或許它的氣質過於澎湃激進，但也證明了光陰的挪移，不僅科技在進步，藝術也在推陳出新。（楊燦語）

繪畫——

・巨匠美術週刊——達利專集中，我喜歡「夢」這幅作品，書裡寫道：

「夢的語言是一種『象徵』，象徵用形象表示。」因此，野獸是一種象徵，一種暗示。野獸象徵了拋開一切禮教及世俗眼光的束縛。它代表了人類最原始的慾望，讓人回到未受文化薰染的最初。

所謂「日有所思，夜有所夢」。夢，是人們最初的思想，不經修飾的思想。達利想像卡拉夢見了石榴、金魚及猛獸，少女在夢中脫去了白日不敢表現出的思想，原原本本的將她的慾望浮於夢中。女人柔軟而富有曲線的身體、缺乏連貫性和整體感的構圖，營造出一種支離破碎的夢境虛幻氣氛，蔚藍的天空和在與人相似的岩石風景中的幽靈，散發異次元般詭譎而不真實的味道，相形之下，野獸猛然衝來的氣勢真實而強烈。（溫筠）

雕塑——

・以紅、黃、藍、綠等原色為主的唐三彩傳遞出唐代泱泱大國的氣派，色彩亮麗，變化無窮，除了展現從時對科學的認知與運用，如善用氧化鐵發展的紅與黃、氧化銅所形成的綠、氧化鈷藍，同時也顯現雕塑技術與對藝術精密要求的態度。由細膩而生動的造型如肥壯神氣的馬、文官的眼睛比武官還要小、武官接近核桃籽般的大小的眼睛炯炯有神、保持一定笑容的侍女則是圓圓

的臉，在在呈現大唐的福相與強勢風格。（姜安璟）

・木刻給人的感覺有點僵硬，像不善言詞，沉穩安定，甚至是大智若愚的人。（黃雅姍）

音樂──

・小星星曲調，純純的單音，就像甜甜的棉花糖飄著童年的香味。

如秋葉般的月光奏鳴曲、似春花般的田園曲則傳送出一股股悠閒寧靜的氣味。驚愕交響曲就好像是急診室裡的心電圖，以詭異而驚悚的線條陳述與死神搏鬥的緊張氣氛。（張鈺欣）

舞蹈──

・祭祀時跳舞是為通神和娛神，向神靈表示崇敬和祈求獲得祝福。打仗時跳舞，有敬告祖先與四方神靈以求庇祐，和振奮人心的作用，例如：祭舞、戰舞。那祝禱祈福的氣息像裊裊上升的煙，傳遞人與神的對話，同時以專注的喃喃強化上對下從屬關係，以及天理天命的神聖性。（邱孟瑄）

電影──

・這部電影真實的解剖生活，但那似沉寂櫃子中的樟腦丸味卻從銀幕中直透心底，又像是跨越時間和空間的任意門，把忽略或故意丟在一旁的不堪回憶真實的保存下來。（張祐慈）

戲劇──

・崑曲和歌仔戲的唱腔截然不同，一個聞起來緩和如淡淡花香飄來，句句都有才子佳人的韻味；一個則似魯肉飯，粒粒平易近人晶亮著草根的庶民性。

〈牡丹亭〉裡把男女情慾描寫得很含蓄很優美，充滿粉紅色草莓雪泡甜甜的夢幻，參雜著豔紅的春情洶湧，有濃郁的脂粉

味，眼波流轉的嬌羞味，情意纏綿好似一帖餘味無窮的中藥補湯。（賴佩吟）

四、作品氣質與文章風格

當我們以探索的心情開啟書頁、打開盒蓋、掀起封文、品嘗、嗅聞作品時，永無止境好奇心，隨著文本構築的世界，也不斷發現驚喜。在這飛閱的旅行裡，我們推開文學家的門，走入作家秘密花園，在捲起的書角上嗅見筆與槳的方向，在與文字相遇的旅程中，凝視的濃度與對白的酣醉裡聞到特別形式與特質。

要點

擇小說、新詩、樂府、散文家、古文家..以作品內容主題如閨怨詩、行旅詩、邊塞詩、……就其作品、風格、特色，書寫感受與觀點。

・鍾理和寫臺灣早期農村，像苦菜根，需要細細咀嚼才能體會筆下那番艱苦滋味。文章字句簡單，卻深含雋永恬淡，彷彿清風飄落一身桂花香。（林維苑）

・白居易詩風飄著白米的平實香，雖不獨特卻是家家戶戶皆能共享；杜甫的詩是酒是用眼淚釀成的一甕酒，醉人的醇厚香人魂；李白彷彿灌了大桶韓國泡菜，又酸又辣，慷慨的劍香俠氣痛快淋漓。（吳彥蒔）

・《別鬧了，費曼先生》一書裡有趣的、嚴肅的、爆笑的……故事這都源於費曼的親身經驗。我喜歡他的寫作方式，讀起來彷彿就跟他在對話，使得閱讀時就像浸潤於香草世界，他有迷迭香般的創意，九層塔般獨特的執著，和如蒜泥的內心與個性。（簡珣）

氣先於味，也先於色先於形，空氣中飄飛，不見形體，不見規則，卻真實而牢固地感動於心。所以能聞出商機、聞出流行的人能領導潮流，聞著古早味、家鄉味的記憶能讓時空倒流，偵探福爾摩斯「嗅出」犯罪證據、具有靈敏的現實嗅覺的作家，為時代與人性烙印、聞到政策走向的官員創造能力與地位……嗅覺因為它的無形不可捉摸，更加銳利和準確。

嗅覺是沉默的知覺，無言的官能。它能識辨氣息、氣味、氣氛、氣象、氣候、氣勢……等語言。無需藉助光線以看得見，不必伸長耳朵傾聽聲波的跌宕振動，就在呼吸的一吞一吐之間，氣味便娓娓滲透身體，在心神口腹間醞釀；也就在這一剎那間，氣味所凝聚的焦點已在生命裡存在，世界以這樣氾濫的方式與我們結合、進行改造。

徐四金在轟動一時的小說《香水》裡創造了一個嗅覺敏銳的傳奇人物葛奴乙，他不僅聞到別人聞不到的氣味，他的嗅覺還能進行立即的分解與組合。他以新嗅覺探測，他以鼻收集各種味道，他可以把別人以為的一種味道，拆開來仔細辨別裡面到底藏了多少不同的香臭成分；他可以準確地在「心靈之鼻」裡先感受到那股其實不存在的氣味，也可以光憑想像就把幾種東西的味道在腦中混合，在增減調節與新的方式組合中創造新氣味。

維吉尼亞意氣味描寫對城市的記憶、波特萊爾縱情於氣味，直到「靈魂翱翔在香水之上，正如其他人的靈魂翱翔於音樂之上一般」、福婁拜爾狂想式地敘述情人拖鞋和手套的氣味、《源式物語》在編織歷史與愛情中有一個能根據每個人的氣味和命運調製香味的鍊金師……。氣味，像一抹抹光線，在文學作品裡投注細膩的感動，低語人事悲歡的詠嘆調。

那麼，以穿越時空、形體聲色的氣味所作的作文訓練，也能在在跟蹤氣味、記憶氣味、書寫氣味間，再現場景、創造想像，永久保存那曾經的時空人事；並進一步地不即不離間有模倣的實筆，有靈感迷人的創新虛想，達到「超以象外，得其圜中」的藝術理想。

教學類 K087

感官的獨奏與越界 ： 打造創意的版圖

作　　者　陳嘉英

發 行 人　陳滿銘
總 經 理　梁錦興
總 編 輯　陳滿銘
副總編輯　張晏瑞
編 輯 所　萬卷樓圖書(股)公司
排　　版　浩瀚電腦排版(股)公司
印　　刷　百通科技股份有限公司
封面設計　小雨

發　　行　萬卷樓圖書(股)公司
臺北市羅斯福路二段 41 號 6 樓之 3
電話 (02)23216565
傳真 (02)23218698
電郵 SERVICE@WANJUAN.COM.TW
大陸經銷
廈門外圖臺灣書店有限公司
電郵 JKB188@188.COM
香港經銷
香港聯合書刊物流有限公司
電話 (852)21502100
傳真 (852)23560735

ISBN 957-739-540-6

2016 年 9 月初版五刷
2005 年 12 月初版

定價：新臺幣 400 元

如何購買本書：

1. 劃撥購書，請透過以下帳號
   帳號：15624015
   戶名：萬卷樓圖書股份有限公司
2. 轉帳購書，請透過以下帳戶
   合作金庫銀行 古亭分行
   戶名：萬卷樓圖書股份有限公司
   帳號：0877717092596
3. 網路購書，請透過萬卷樓網站
   網址 WWW.WANJUAN.COM.TW

大量購書，請直接聯繫，將有專人為您服務。(02)23216565 分機 10

如有缺頁、破損或裝訂錯誤，請寄回更換

國家圖書館出版品預行編目資料

感官的獨奏與越界 ：打造創意的版圖 / 陳嘉英著. -- 初版. -- 臺北市 ：萬卷樓, 2005[民 94]
　面 ；　公分. -- (教學類 ；K087)
ISBN 957-739-540-6(平裝)

1.中國語言-作文

802.7　　94018593